MANUEL TIMM

Die Gnome

Fantasy

PROLOG

Tief unter der Erde, verborgen vor Augen und Licht, leben Wesen fern jeglicher Vorstellungskraft. Einige von ihnen fristen ein primitives Dasein, beschränkt auf die einfache Erhaltung ihrer Art. Andere wurden von der Finsternis geprägt und dulden kein Leben neben ihrem eigenen. Und doch gibt es in den tiefsten Tiefen der Erde Wesen, die sich ihrer Umgebung angepasst, ihr Reich erweitert und sich die Schätze der Erde nutzbar gemacht haben.

Einige von ihnen sind die Gnome, kleinwüchsige Wesen, stets von dem Antrieb beseelt, ihr aus unendlichen Tunneln bestehendes Reich weiter auszubauen und neue Schätze zu entdecken. Ihr Heim nennen sie Chupa Waia, den Großen Stein, in welchem sie in einer beachtlichen Gemeinschaft leben, bestens an die Dunkelheit ihrer Welt angepasst.

Aber ihr bislang friedvolles Leben ist in Gefahr. In der Finsternis leben noch andere Kreaturen, welche die Welt der Gnome zerstören wollen …

Die Grauberge, Region Tendar
Etwa 214 Jahre vor Karapeus

CHUPA WAIA

Pelwicks Finger schmerzten. Er kniete in einem engen, dunklen Tunnel, umgeben von Stein. Kaltem, tief grauem Stein. Sein sonst so blasses Gesicht war von dem Geröll verdreckt, welches er mithilfe der Grabkrallen aus dem Fels schlug. Aber das störte ihn nicht. Er war ein Gräber und für das Anlegen von Höhlen und Tunneln verantwortlich. Pelwick tat dies schon seit dem Ende seiner Kindheit. In seiner Heimat Chupa Waia, dem Großen Stein, bekamen alle Gnome zum Ende ihrer Kindheit Aufgaben zugewiesen. Die meisten wurden Gräber, einige auch Metall- oder Steinformer. Die Kunst des Kochens wurde später jenen zugewiesen, welche den Nachwuchs betreuten, und andere wachten über das Gnomenvolk, damit sie nicht von Riesenkäfern angegriffen werden konnten.

Aber Pelwick war Gräber und mit seiner Aufgabe innerhalb der Gemeinschaft der Gnome zufrieden. Er sah zurück und freute sich, wie weit er mit seiner Arbeit gekommen war. Sein Tunnel sollte ein Erstgang werden, gerade groß genug, um hindurch zu krabbeln. Später, wenn der Gang auf eine Kana Thal – eine Knotenhalle – traf, aus welcher viele Tunnel abzweigten, würden ihn andere Gräber weiter ausbauen.

Pelwick drehte sich, damit er in eine angenehme Sitzhaltung gelangte. Er zog die eisernen Grabkrallen von den Händen und massierte seine Finger. Irgendwann, so hoffte Pelwick, würde er den Erkundern zugeteilt werden. Die Erkunder gruben Tunnel in unbekannte Richtungen, wo sie nicht am Ende auf eine Kana Thal trafen. Sie gruben vollkommen neue Wege und entdeckten dabei manchmal unbekannte Wurzeln oder hoben ein Nest von riesigen Erdkäfern aus.

Das pure Abenteuer.

Pelwick zog wieder seine Grabkrallen über, als ihn ein Geräusch ablenkte. Es ertönte hinter ihm und klang nach einem entfernten Klopfen. Der Gnom zog die Stirn in Falten. Seines Wissens nach befand sich in diesem Bereich Chupa Waias kein anderer Arbeiter.

Unwillkürlich kamen ihm die Gedanken vom verbotenen Tunnel in den Sinn. Er war damals noch ein kleines Kind gewesen, als einige Entdecker in eine unbekannte Höhle vorgestoßen waren. Dort lebten unheimliche Geschöpfe, voller Boshaftigkeit. Nur unter großen Verlusten hatten es die Gnome geschafft, diese wilden Kreaturen zurückzudrängen und den Tunnel zu verschließen. Es war damals eine dunkle Zeit in der Gemeinschaft der Gnome gewesen.

Pelwick wurde mulmig zumute. Das Geräusch schien tatsächlich aus der Richtung des verbotenen Tunnels zu stammen.

Einen Moment hielt der junge Gnom inne, unfähig zu entscheiden, ob er bleiben oder seinen Gang verlassen sollte. Als sich das Geräusch nicht wiederholte, krabbelte er vorsichtig aus seinem Tunnel. Die drei Zinken der Grabkrallen schlurften dabei über den steinernen Boden und begleiteten Pelwick mit einer schaurigen Musik.

Ein schwaches, rötliches Leuchten tauchte am Ende des Tunnels auf. Es stammte von einem Glimmstein, welche die Gnome lediglich zur Markierung ihrer Tunnel benutzten. Helligkeit brauchten die Gnome nicht. Sie waren fähig, in vollkommener Dunkelheit zu sehen. Sie kannten das Feuer, nutzten seine Kraft aber nur zum Zubereiten köstlicher Speisen. Wahres Tageslicht hatte noch keiner von ihnen gesehen, da es keinen Weg aus Chupa Waia heraus gab.

Pelwick kletterte aus seinem Tunnel und stand in einer Knotenhalle. Neben ihm signalisierte das rote Leuchten eines Glimmsteins den unfertigen Gang. Etwas weiter entfernt, innerhalb der Kana Thal, leuchteten zwei weitere Steine. Der blaue zeigte den Weg zu einer weiteren Knotenhalle, während der grüne den Weg zum Kern Chupa Waias wies: zur Ersten Halle, der Oni Thal.

Sie war das Herz Chupa Waias und der Ursprung aller Gnome. Dort befanden sich auch die Schlafkammern, der Heilige Quell, die Wollwurmfarm, die Käferstallungen, die Werkstätten und der Rat der Ältesten.

Pelwick lauschte in die Dunkelheit. Das Geräusch wiederholte sich nicht. Aller Wahrscheinlichkeit nach war es ohnehin nur ein Erdkäfer auf der Suche nach Nahrung gewesen. Es kam nicht selten vor, dass diese großen Tiere beim Graben die Tunnel der Gnome kreuzten. Und die Gnome hatten gelernt, sich die Käfer nutzbar zu machen. Sie hielten sie in einer Höhle gefangen. Ihr Fleisch und ihre Milch dienten den Gnomen als Nahrung, ihre Chitinpanzer als Rüstung. Trotzdem waren die Tiere nicht ungefährlich und es war schon öfter vorgekommen, dass ein Gnom von einem Käfer zu Tode getrampelt worden war.

Pelwick wollte es genauer wissen. Vorsichtig schlich er durch die Kana Thal hinüber zum Tunneleingang mit dem blauen Licht. Er versuchte leise zu atmen, da Erdkäfer sehr gute Sinne hatten und selbst sich anschleichende Gnome schnell entdeckten. Verstohlen blickte Pelwick in den Gang hinein. Auch wenn er sehr gut in der Dunkelheit sehen konnte, verlor sich der Gang in einiger Entfernung in undurchdringlicher Schwärze.

Der junge Gnom schüttelte den Kopf. Er ärgerte sich, die Angst so leichtfertig zugelassen zu haben. Wenn er weiterhin vor jedem nicht eindeutigen Geräusch erschauderte, würde man ihn niemals als Erkunder zulassen.

Pelwick zog erleichtert die Grabkrallen von den Händen und hängte sie sich an den Hosenbund, wo er sie mit Hilfe zweier Bänder festknotete. Der junge Gnom wandte sich ab, als hinter seinem Rücken ein unheimlicher Laut anschwoll, dem eines kreischenden Erdkäfers ähnlich. Erschrocken fuhr Pelwick herum, starrte in den Tunnel und erkannte etwas Dunkles, das schnell auf ihn zu kam. Noch bevor er reagieren konnte, hatte es ihn gepackt und zu Boden geworfen.

Das Kreischen veränderte sich zu glucksendem Gelächter.

Der Gnom riss die Augen auf, packte den Angreifer an den Schultern und schubste ihn von sich herunter. »Peya!« Pelwick steckte der Schreck noch tief in den Knochen. »Was soll das? Willst du mich umbringen?«

Das Gnomenmädchen hatte Mühe, den Lachanfall zu unterbinden, wischte sich die Tränen aus den Augen und setzte sich auf. »Stell dich nicht so an«, sagte sie. »Wie war es denn neulich, als du mir heimlich die Wollwürmer aufs Haar gekippt hast?«

»Das war doch nur Spaß.« Pelwick winkte ab, stand auf und sah zu Peya hinunter. Sie bezauberte ihn jedes Mal, wenn er sie anblickte. Ihre Augen waren groß und leuchteten in einem hellen, blauen Glanz. Ihre weißen, langen Haare waren glatt, was für Gnome unüblich war, und auch ihre zur Seite abstehenden, spitzen Ohren waren nicht so lang wie die der anderen Gnome. Aber am liebsten mochte Pelwick das verschmitzte Lächeln, welches ständig ihre Mundwinkel umspielte. Und als er sie so vor sich sitzen sah, musste auch er lachen.

»Was machst du hier?« Pelwick reichte ihr eine Hand.

Peya ergriff sie und ließ sich von ihm aufhelfen. »Du bist schon so lange hier. Lass uns was essen gehen!«

Peyas bittender Blick ließ Pelwicks Herz höher schlagen. Es war ihm schier unmöglich, der jungen Gnomin zu widerstehen. Auch wenn seine Arbeit noch lange nicht beendet war.

»Na schön«, gab er nach.

Kaum hatte Pelwick zugestimmt, lief Peya bereits lachend davon. »Fang mich doch«, hörte er sie noch rufen und setzte ihr sofort nach.

Die beiden Gnome huschten rasch durch die zahlreichen Tunnel, die Chupa Waia wie ein Geflecht aus Wurzelholz durchzogen. Nach geraumer Zeit trafen sie auf einen der vier Haupttunnel, welche in die Oni Thal von unterschiedlichen Seiten führten. Die Haupttunnel waren beinahe sechs Gnomenlängen breit, ebenso hoch und bestanden, so lange die Gnome zurückdenken konnten. Viele kleinere Seitenarme führten aus so einem Haupttunnel in alle möglichen Richtungen hinaus.

Peya und Pelwick hatten ihr kleines Fangspiel aufgegeben und schlenderten nebeneinander, dem breiten Gang folgend, in die Oni Thal hinein. Der Anblick der Ersten Halle überwältigte sie jedes Mal aufs Neue. Viele Glimmsteine leuchteten an den Wänden der riesigen Halle, wiesen auf Vorratshöhlen hin oder auf die zahlreichen kleinen Schlafkammern der Gnome, welche dicht nebeneinander in den Stein getrieben worden waren. Innerhalb der Halle standen zwei riesenhafte Gebilde. Das Vordere war ein Stalagmit und reichte in seiner Größe bis über die halbe Hallenhöhe. Ein schmaler Pfad wand sich um diesen Stalagmiten herum und schraubte sich an diesem steil in die Höhe, wo er an einem schmalen Eingang endete, der in das steinerne Gebilde führte. Jenseits des Eingangs saß der Rat der Ältesten, drei erfahrene Gnome, welche das Oberhaupt der Gemeinschaft bildeten. Sie entschieden gemeinsam über das Wohl der Gnome, welche Tunnel angelegt wurden und welche verschlossen, wann neue Käfer gefangen oder ältere geschlachtet wurden. Seit jeher wurden die Gnome in dieser Art geführt und sie waren glücklich damit.

Das zweite zentrale Gebilde in der Oni Thal war ein Stalagnat, welcher den Boden und die Decke miteinander verband. Durch unzählige kleinste Löcher an seinem oberen Ursprung flossen viele Rinnsale hinab und vereinigten sich an seinem Fuß in einem steinernen Graben, welches den Stalagnat umringte. Dies war der Heilige Quell, das spirituelle Zentrum der Oni Thal. Die Gnome verehrten ihn als eine Gottheit, da er ihnen das Leben geschenkt hatte und sein kühles Wasser ihnen den Durst löschte. Die Gnome glaubten fest daran, nach ihrem Tod in den Heiligen Quell einzutauchen und eins mit ihm zu werden, um folgenden Generationen neues Leben zu schenken. Niemals hatte ein Gnom versucht, in der Nähe des Quells zu graben, um zu sehen, woher er kam oder wohin er floss. Dies war aufs Strengste verboten und jeder Gnom in Chupa Waia hielt sich daran.

Peya und Pelwick betraten die erste Halle durch den Ersten Gang, wie er vom Rat der Ältesten getauft worden war. Sie grüßten die beiden Wachmänner mit einem kurzen Kopfnicken, welche den Gruß erwiderten. Wachmänner waren an den Zugängen zur Oni Thal stets präsent. Es kam zwar nicht häufig vor, dass jemand Ungebetenes auftauchte, aber selbst ein wütender Erdkäfer konnte beträchtlichen Schaden anrichten, wenn er nicht abgewehrt wurde. Und seit dem Vorfall in dem verbotenen Tunnel waren die Gnome mehr als dankbar für die ständige Anwesenheit der Wachmänner.

Die vielen Steinformationen, welche sich in großen Kreisen um den Rat der Ältesten und dem Heiligen Quell gruppierten, waren das Ziel von Peya und Pelwick. Dort waren kunstvoll Nischen und Öfen in den Stein geschlagen worden und dienten nun als Werkstätten und Kochplätze. Der Widerschein der vielen kleinen Feuer, die dort brannten, tauchte die Umgebung und vor allem die beiden zentralen Gebilde in einen zauberhaften Glanz.

Die beiden jungen Gnome suchten sich einen Platz an dem Stein der alten Kuri. Sie war eine Meisterköchin und hatte stets die schmackhaftesten Speisen in den Chitinschalen, die von den Käfern gewonnen wurden. Sie blickte auf, als die Gäste sich näherten.

»Hallo, Kinder, ihr seid sicher hungrig!« Ein sanftmütiges Lächeln schob die vielen Falten ihres Gesichts in die Breite. Ihre Augen jedoch wirkten jung und ein kurzer Blick ließ Kuri oftmals wissen, worauf die Hungrigen gerade Appetit hatten.

»Und wie«, sagte Pelwick.

»Was gibt es denn Schönes?«, fragte Peya.

»Oh«, Kuri kicherte. »Ich habe etwas Neues ausprobiert. Es wird euch schmecken!« Die Alte wand sich wieder ihren Chitinschalen zu, mischte einige Zutaten zusammen und erhitzte sie über dem Feuer, das in einer kleinen Nische loderte.

»Es kommt mir vor, als würde die Oni Thal jedes Mal schöner werden.« Peya sah hinauf zu den vielen Glimmsteinen an der Decke.

»Ich weiß nicht«, maulte Pelwick. »Wir haben schon lange keine Glimmsteine mehr gefunden.«

»Du bist ein Miesepeter«, sagte Peya. »Bist du immer noch beleidigt, dass Hadumod Erkunder geworden ist und nicht du?«

»Ach was«, log Pelwick. »Aber ich wäre ein toller Erkunder. Stell es dir nur mal vor. Du gräbst Gänge in unbekannten Stein. Niemand kann dir sagen, worauf du als Nächstes stößt. Ist das nicht das pure Abenteuer?«

Peya lachte. »Du und Abenteuer, Pelwick? Du hast doch viel zu viel Angst!«

Der junge Gnom verzog das Gesicht. Es gefiel ihm gar nicht, wenn Peya ihn aufzog. Er war zwar wirklich nicht der Mutigste, aber beim Graben war es anders. Wenigstens glaubte er das.

Bevor Pelwick die richtigen Worte zu seiner Verteidigung vorbringen konnte, kam Kuri mit dem Essen. Es duftete köstlich.

»Was ist das?«, fragte Peya.

»Zartes Fleisch aus dem Käferrücken an Wurmmilch und rohen Pilzen«, antwortete Kuri. »Lasst es euch schmecken.«

Die beiden Gnome begannen mit ihrem Mahl und es schmeckte tatsächlich ebenso gut, wie es roch.

Niemand in der Gemeinschaft musste für irgendetwas bezahlen und es gab auch nichts, was man mit Geld vergleichen konnte. Die Gräber gruben, die Köche kochten. Die Gnome kannten keinen Tag und keine Nacht. Wenn jemand müde war, so schlief er, und wenn jemand hungrig war, so aß er. Es war die Einfachheit des Lebens, welches es den Gnomen lebenswert machte. Und falls doch einmal jemand unglücklich war, ging er zum Rat der Ältesten, der bislang für jedes Problem eine Lösung gefunden hatte.

»Willst du mit mir auf das Fest gehen?«, fragte Pelwick plötzlich.

Peya blickte auf, verharrte einen Moment und schluckte anschließend den Bissen hinunter. »Das fragst du jetzt nicht im Ernst?«

»Doch, doch.« Pelwick wurde verlegen. Es war ihm schon lange Zeit bewusst, dass er für Peya mehr empfand als bloße Freundschaft. Nur wie er es ihr sagen sollte, war ihm noch nicht ganz klar, und ihr Urteil über seinen Mut traf in diesem Fall vollkommen zu.

»Ich gehe doch jedes Mal mit dir dahin!« Peya schüttelte verständnislos den Kopf, blickte zur Seite und rutschte von ihrem Platz.

»Warum versteckst du dich da?« Pelwick war von der Aktion überrascht.

»Pst, sei leise«, ermahnte ihn die Gnomin. »Er darf mich nicht sehen!«

Pelwick blickte sich um. Viele Gnome wuselten in der Oni Thal umher, was allerdings nicht ungewöhnlich war. Jeder ging irgendeiner Beschäftigung nach oder schlenderte einfach nur zwischen den Werkstätten und Kochstellen hin und her. Dabei sahen sie sich alle recht ähnlich: meistens schlank – schon beinahe dürr, hatten gewelltes oder lockiges Haar in dunkelgrauem, weißem oder hellem Gelbton. Sie gingen allesamt barfuß, trugen kurze Hosen und weite Hemden aus einem Stoff, den die Kleidungsmacher aus den Wollwürmern gewannen. Lediglich die Wachmänner trugen Rüstungen aus dem Chitin der Erdkäfer. Alles in Chupa Waia war normal und es gab niemanden, vor dem es sich zu verstecken lohnte.

»Ich habe keine Ahnung, von wem du redest.« Pelwick zuckte mit den Achseln und kümmerte sich wieder um sein Essen.

Peya hob den Kopf ein wenig und schielte über die Steine. Nachdem sie die gesuchte Person nicht mehr sehen konnte, setzte sie sich erleichtert zurück auf ihren Platz.

»Olsmund war da«, erklärte sie und aß ein Stück Käferfleisch.

»Wieso? Der ist doch nett«, antwortete Pelwick.

»Ja, schon«, meinte Peya halblaut, »aber seit einiger Zeit treibt er sich immer bei mir und meiner Mutter herum. Er ist zwar hilfsbereit und zuvorkommend, bringt uns Essen und Trinken an die Schlafkammern, aber ich finde ihn ein wenig aufdringlich.«

»Vielleicht mag er deine Mutter«, mutmaßte Pelwick.

»Bah, hör auf!« Peya schüttelte sich. »Olsmund ist doch viel zu alt!«

»So alt nun auch wieder nicht. Er ist doch höchstens eine halbe Generation älter als deine Mutter.«

»Ja, eben!«

»Also ich finde ihn nett. Wie denkt deine Mutter über ihn?«

»Ich weiß es nicht.« Peya nahm sich das letzte Stück Fleisch, wischte damit die restliche Milch aus ihrer Schale und steckte es sich in den Mund.

»Vielleicht mag sie ihn ja auch«, meinte Pelwick mit breitem Grinsen.

»Jetzt hör aber auf!« Peya verschluckte sich fast an ihrem Essen.

Plötzlich herrschte helle Aufregung in Chupa Waia: Die Gnome drängten sich zum Ersten Tunnel und schienen dort neugierig auf etwas zu warten. Peya, schon immer von besonderem Wissensdurst erfüllt, sprang sofort auf.

»Was gibt es da?« Pelwick drehte sich um, konnte allerdings nichts erkennen.

Peya antwortete ihm nicht. Sie lief der Gnomenansammlung entgegen. Pelwick verdrehte die Augen und erhob sich ebenfalls. Er hasste es, wenn Peya so etwas tat, rannte ihr jedoch schleunigst nach.

An der Mündung zum Haupttunnel hatte er sie eingeholt. »Was ist denn nun passiert?« Pelwick hielt seine Freundin am Arm fest.

»Die Erkunder haben etwas entdeckt. Komm, das müssen wir uns ansehen!« Peya packte Pelwicks Hand und zerrte ihn zwischen den neugierigen Gnomen hindurch. Gemeinsam liefen sie den Haupttunnel hinunter und kletterten wenig später in einen der Seitengänge.

»Weißt du nichts Genaues?« Pelwick hatte Mühe, mit der flinken Gnomin Schritt zu halten, obwohl sie einen halben Kopf kleiner war. Sie liefen durch eine angrenzende Kana Thal und huschten in den nächsten Tunnel.

»Ich weiß nur, dass die Erkunder etwas Merkwürdiges entdeckt haben und nach den Ältesten geschickt wurde. Wir müssen uns beeilen, bevor sie dort sind. Du magst doch Abenteuer, oder?«

Diese Neuigkeiten weckten Pelwicks Entdeckerader. Seine runden Augen bekamen wie immer diesen sonderbaren Glanz, wenn ein Abenteuer in der Luft lag. Er hoffte nur, dass es nicht allzu gefährlich werden würde.

Nach einigen weiteren Tunneln erreichten die beiden Gnome eine Knotenhalle, in der sich bereits einige andere ihres Volkes versammelt hatten. Pelwick kannte sie alle. Einige flüchtig, andere wesentlich besser. Sie drängten sich allesamt um einen Tunneleingang, der mit einem roten und einem blauen Glimmstein versehen war, der Bezeichnung für einen Erkundertunnel. Peya hielt immer noch Pelwicks Hand und zog ihn zwischen den anderen Gnomen hindurch, allerdings kamen sie einige Längen vor dem Tunneleingang nicht weiter voran. Peya versuchte, sich auf die Zehenspitzen zu stellen, um einen Blick zu erhaschen, doch sie konnte nichts Interessantes sehen.

»Kannst du was erkennen?« Peya hoffte auf einen spannenden Hinweis von ihrem etwas größeren Freund. Aber auch dieser konnte nichts Erwähnenswertes entdecken.

»Macht Platz für die Ältesten!«, ertönte eine Stimme aus einem anderen Ende der Kana Thal.

Sofort rückten die Gnome zur Seite und gaben einen Pfad zum Erkundertunnel frei.

Drei Männer betraten diesen Pfad. Sie waren alt und gingen auf knorrigen Stöcken aus Wurzelholz gestützt. Ihre Gesichter zeigten das hohe Alter durch vielzählige Falten. Die Körper wurden von weißen Gewändern verhüllt, ließen aber ihre knochige Gestalt erahnen.

War die Knotenhalle zuvor noch von den Stimmen der neugierigen Gnome erfüllt gewesen, so schwiegen jetzt alle. Niemand wagte auch nur, einen einzigen Ton von sich zu geben. Die Ältesten genossen das höchste Ansehen im Volk der Gnome und ihre Entscheidungen wurden niemals angezweifelt. Und auch jetzt waren alle gebannt, wie die Ältesten über den Fund der Erkunder urteilen würden, obwohl kaum einer wusste, worum es sich überhaupt handelte.

Das leise Klacken der Gehstöcke war der einzig vernehmbare Laut, als die Ältesten an den Gnomen vorüberzogen. Sie hatten bereits die Hälfte der Kana Thal durchquert und passierten gerade den Standort von Peya und Pelwick.

Das Gnomenmädchen drückte fest die Hand ihres Freundes. »Komm«, flüsterte sie und zog ihn mit sich.

Die Ältesten hatten fast den Eingang des Erkundertunnels erreicht, als sich die beiden Gnome an ihre Fersen hefteten. Hinter ihnen drängten sich wieder die anderen um die Ältesten und lösten somit den Pfad auf.

»Nun, worum handelt es sich?« Jukon, einer der Ältesten, blickte die Erkunder fragend an.

»Es ist gleich hinter diesem Tunnel!« Ein Erkunder wies auf das Loch hinter ihm. Es war Olsmund und sein Äußeres wirkte tatsächlich recht alt. Viele Falten hatten sich in seine helle Haut gegraben und seine Augen wirkten müde. »Dort ist eine Höhle, wie ich sie noch nie zuvor gesehen habe. Randvoll mit sonderbaren Dingen.«

Pelwick hielt den Atem an. Sofort kamen ihm wieder die Geschichten von dem verbotenen Tunnel in den Sinn. Obwohl er es nicht zulassen wollte, beschlich ihn ein Gefühl der Angst. Er sah zu Peya hinüber, doch sie bekam von seinen Regungen nichts mit. Gespannt starrte sie auf den Erkundertunnel.

»Interessant!« Der Älteste strich durch den langen, weißen Backenbart, blickte in den Tunnel und anschließend seine beiden Begleiter an. »Zeigt uns die Höhle.«

Olsmund nickte und kletterte in den unfertigen Gang. Die Ältesten folgten ihm.

»Los!«, flüsterte Peya.

Noch ehe Pelwick etwas entgegnen konnte, war sie bereits in den engen Tunnel geklettert. Dem jungen Gnom war nicht wohl dabei, sich derart aufzudrängen. Aber Peya würde ihn ewig damit aufziehen, wenn er ihr jetzt nicht folgte. Mit einem tiefen Seufzer krabbelte er ihr hinterher.

Der Tunnel war sehr eng, ähnlich jener, die Pelwick grub, und sie kamen nur sehr langsam voran, da die Ältesten es nicht mehr gewohnt waren, durch so enge Tunnel zu krabbeln. Sehr vorsichtig kletterten sie hindurch und vermieden es tunlichst, sich irgendwo zu stoßen.

Pelwick und Peya, die ebenfalls Gräber war, hatten damit keine Probleme. Manchmal, wenn das Gestein an bestimmten Stellen bedeutend härter war, gruben sie ihre Tunnel noch enger und konnten sich nur gerade so hindurch quetschen. Doch dieser hier war der reinste Spaziergang.

Pelwicks Finger glitten über den rauen Stein. Er fühlte sich an wie jedes andere Stück Fels, welches er in seinem Leben bisher angefasst hatte.

Warum sollte es auch nicht so sein?

Würde sich der Stein verändern, wenn man auf etwas Ungewöhnliches traf, hätten die Gnome den verbotenen Tunnel wahrscheinlich damals nie freigelegt. Pelwick schalt sich selbst einen Narren, da er schon wieder daran dachte.

»Wir sind da.« Peyas Flüsterstimme riss ihn aus seinen Gedanken.

Olsmund und Jukon hatten den Tunnel bereits verlassen. Die Nerven der beiden jungen Gnome waren bis zum Bersten angespannt und am liebsten hätten sie die beiden Ältesten vor ihnen aus dem Tunnel geschubst. Doch sie konnten sich zurückhalten und warteten unruhig ab, bis sie endlich einen Blick in die Höhle werfen konnten.

»Wo sind wir?«, fragte Peya, als sie aus dem Gang krabbelte.

»Die Frage ist, was macht ihr hier?« Jukon hatte die beiden jungen Gnome entdeckt und sah sie böse an.

»Wir ...« Peya stieß Pelwick, der eben erst in die Höhle kletterte, hilfesuchend an.

Überrascht sah der junge Gnom auf und bemerkte Jukons bösen Blick. »Wir sind nur neugierig«, gab Pelwick rasch zu.

Peya ließ den Kopf hängen. Sie hatte offensichtlich eine bessere Ausrede von ihrem Freund erwartet.

»Seht zu, dass ihr wegkommt«, sagte Groling, ein anderer Ältester.

Peya und Pelwick seufzten.

»Wenn sie schon mal hier sind, können sie auch bleiben. Je mehr Augen, umso besser«, entschied Jukon und wandte sich wieder an Olsmund. »Was ist das hier?«

»Ich habe so etwas noch nie zuvor gesehen.« Der Erkunder zuckte mit den Schultern und warf Peya einen freundlichen Blick zu. Doch die junge Gnomin hatte nur Augen für den ungewöhnlichen Raum, in dem sie sich befanden.

Die Höhle war quadratisch angelegt und maß ungefähr acht Schrittlängen. An den Wänden befanden sich Gestelle aus einem Material, welches dem Wurzelholz der Gnome recht ähnlich war. Wurzelholz fanden die Gräber manchmal beim Anlegen der Tunnel und nutzten es zum Feuermachen oder als Gatter für die Käferhöhle. Doch so ein fein bearbeitetes wie jenes, aus denen die Gestelle gefertigt waren, hatten sie noch nicht gesehen. Aus dem gleichen Material standen hier auch

Kisten und Fässer. An einer Wand befand sich ein großes Rechteck, welches ebenfalls aus diesem Holz bestand. Es hatte an einer Seite eine Art Griff aus Metall und schien auf der anderen Seite an zwei Metallstäben aufgehängt zu sein. Das hölzerne Rechteck hatte Ähnlichkeit mit dem Gatter aus der Käferhöhle, nur konnte man nicht hindurch sehen.

Es gab auch einen Ring aus Metall an einer Wand. Darin steckte ein angebranntes Stück Holz, welchem die Gnome wenig Beachtung schenkten. Viel mehr faszinierte sie jene Dinge, die sich in den Gestellen und Kisten befanden. Ungewöhnliche Dinge. Etwas davon sah aus wie das Fleisch der Riesenkäfer, nur hatte es eine andere Färbung und einen anderen Geruch. Anderes wirkte wie ein hart gewordener Brei, in ovale Formen gepresst.

»Was ist das hier?« Peya konnte ihre Augen kaum noch von den ungewöhnlichen Dingen abwenden.

Niemand vermochte, ihr eine Antwort zu geben. Alle waren zu sehr von dieser ungewöhnlichen Höhle fasziniert.

Pelwick kniete sich etwas abseits vor eine Kiste. Darin lagen grünliche Holzstückchen. Vorsichtig nahm er ein wenig davon in seine Hand. Die Stückchen waren sehr klein, höchstens halb so groß wie seine Fingernägel. Er überlegte, ob er sie zurück in die Kiste legen oder sie vielleicht mitnehmen sollte.

»Was hast du da?«

Pelwick hatte gar nicht bemerkt, wie Peya sich zu ihm gekniet hatte. Vor Schreck stopfte der junge Gnom die Holzstückchen in seinen Mund. Es war nur eine plumpe Reaktion und er wusste selbst nicht einmal, warum er sie nicht einfach hatte fallen lassen.

Plötzlich spürte er ein leichtes Brennen in seinem Mund. Das sonderbare Zeug war scharf und bitter zugleich, es schmeckte widerlich und ihn überkam ein Würgereiz. Unter Peyas weit aufgerissenen Augen spie Pelwick das grünliche Zeug auf den Boden.

»Er stirbt!«, rief das Gnomenmädchen.

Sofort waren die Ältesten und Olsmund bei ihr und kümmerten sich um Pelwick. Der junge Gnom würgte noch immer, doch es kam nur noch grünlich gefärbter Speichel aus seinem Mund.

»Dummer Narr!«, beschimpfte ihn Groling.

»Wir sollten ihn hinaus bringen. Vielleicht kann Rhasa ihn heilen«, schlug Jukon vor.

Pelwick fiel auf den Rücken. Er zappelte mit den Armen und Beinen, seine ehemals blasse Haut nahm einen rötlichen Farbton im Gesicht an. Die anderen Gnome packten ihn an den Armen, halfen ihm hoch und drehten ihn um, damit er sich leichter übergeben konnte. Allmählich verschwand die rötliche Färbung seines Gesichts wieder.

»Es geht schon wieder«, keuchte Pelwick.

»Du hast mir einen ganz schönen Schrecken eingejagt.« Peya war die Erleichterung anzusehen.

Pelwick lächelte ihr gequält zu.

»Dennoch sollte Rhasa einen Blick auf ihn werfen«, meinte Jukon. »Gehen wir. Diese Höhle wird versiegelt und nicht mehr betreten. Wir müssen erst darüber befinden, was mit ihr geschehen soll.«

»Ob sie ein Geschenk vom Heiligen Quell ist?«, fragte Olsmund.

»Vielleicht auch eine böse Falle!« Jukon kniff die Augen zusammen und kletterte in den Tunnel.

Die anderen folgten ihm rasch. Keiner wollte noch länger als nötig an diesem tückischen Ort verweilen.

***

Nachdem Pelwick von der Heilerin Rhasa versorgt worden war, gingen er und Peya wieder durch die Oni Thal. Ihr Ziel waren die vielzähligen Löcher überall in den Wänden der Halle, zwischen den vier Hauptausgängen, die den Gnomen als Schlafplätze dienten.

»Was hältst du davon?«, unterbrach Peya das Schweigen, welches seit dem Besuch bei Rhasa angehalten hatte.

»Ich weiß nicht«, gab Pelwick zu. Obwohl Rhasa ihn untersucht und ihm Heilmilch zu trinken gegeben hatte, war trotzdem ein leichtes, brennendes Gefühl in seinem Hals zurückgeblieben.

»Ob dort jemand wohnt?«, fragte Peya weiter.

»Vielleicht.« Pelwick zuckte mit den Achseln. »Aber wie soll da jemand wohnen, wenn wir erst den Eingang geschaffen haben?«

Peya kratzte sich an ihrer kleinen Stupsnase. Ihr Blick schweifte durch Oni Thal. Plötzlich packte sie den Arm ihres Freundes und stellte sich vor ihm auf. Mit einer Hand deutete sie hinüber zu den Höhlen, wo sich die Vorratskammer, die Wollwürmerfarm und die Stallungen der Erdkäfer befanden.

»Vielleicht ist es ein Gatter! Dieses komische Rechteck an der einen Wand in der Höhle! Vielleicht ist es so etwas wie unsere Gatter, welche die Käfer am Fliehen hindern!« Peya war ganz aufgeregt. Sie hüpfte von einem Bein auf das andere und zupfte immer wieder an Pelwicks Arm.

Doch dieser war von ihrer Vermutung nicht ganz überzeugt. Er blickte zu der Stallhöhle und betrachtete das schiefe, aus gewundenem Wurzelholz gefertigte Gatter. »Ich weiß nicht. Warum sollte man die Dinge in der Höhle am Weglaufen hindern? Meinst du, dass da drin war lebendig?«

»Das glaube ich nicht.« Peya ließ den Kopf hängen. »Aber wir könnten es herausfinden!«

»Nein!« Pelwick schüttelte vehement den Kopf. »Die Höhle ist versiegelt. Lassen wir die Ältesten zuerst eine Entscheidung treffen und danach werden wir sicherlich mehr erfahren.«

Peya war sichtlich enttäuscht. Pelwick wusste, dass seine Freundin am liebsten los gerannt wäre und die merkwürdige Höhle noch einmal eindringlich untersucht hätte. Wenn sie etwas verabscheute, dann war es zu warten. Und vor allem auf eine Entscheidung der Ältesten. Diese konnte sich mitunter ewig hinziehen.

»Junge!« Eine Stimme unterbrach seine Gedanken. Sie gehörte Fada, seiner Mutter, die mit ihrem Gemahl Zulias aus Richtung der Schlafkammern kam. Sie war recht klein, selbst für einen Gnom. Ihre weißen Haare waren sehr lockig und ihr Gesicht war vor Aufregung schrecklich gerötet. Kaum angekommen, nahm sie ihren Sohn in die Arme und presste ihn so hart an sich, dass ihm die Luft wegblieb.

»Vater hat gehört, was dir passiert ist!« Fada war noch immer ganz atemlos. »Was machst du nur für Sachen? Habe ich dir nicht gesagt, man soll nichts Unbekanntes anfassen, bevor die Ältesten darüber gesprochen haben? Und dann steckst du es dir auch noch in den Mund! Junge! Du hättest ersticken können! Wie damals mit deinem Onkel Filus ...«

»Lass gut sein, Liebes«, mischte sich Zulias ein, trennte seine Frau von ihrem Sohn und tätschelte ihm aufmunternd den Kopf.

»Aber …«, protestierte die Gnomin und wandte sich an Peya. »Hättest du nicht auf ihn aufpassen können? Du bist doch die Ältere von euch beiden.«

»Zwei Tage«, sagte Pelwick, als er wieder zu Atem kam.

»Immerhin«, meinte Fada. »Aber jetzt komm erst einmal mit und erzähl uns alles.«

Fada zog ihren Sohn mit sich und Zulias folgte ihnen.

Peya blieb noch einen Moment stehen und sah ihnen nach, bevor sie sich selbst auf den Weg zu ihrer Schlafkammer machte.

***

Das Wasser des Heiligen Quells rann in vielen Bahnen hinab und sammelte sich in dem steinernen Graben, der den Stalagnat umgab. Peya tauchte eine Chitinschale in die klare Flüssigkeit und trank einen Schluck. Sie hatte sich, nachdem Pelwick mit seinen Eltern gegangen war, nach Hause begeben und dort ebenfalls eine Zurechtweisung von ihrer Mutter Nusa erfahren. Sie solle ihre Neugier im Zaume halten, hatte es geheißen, und sie konnte ihre Mutter gut verstehen. Peya war noch ein kleines Baby gewesen, als ihr Vater als Erkunder einen Gang gegraben hatte, der über ihm eingestürzt war. Die Gnome hatten zwar nach ihm gesucht, doch sie hatten kein Lebenszeichen finden können. Sie konnte ihrer Mutter deswegen nicht böse sein, wenn sie versuchte, ihr letztes, verbliebenes Familienmitglied zu schützen.

Peya blickte gedankenversunken durch die Oni Thal und betrachtete das Treiben der anderen Gnome. An jedem der vier Hauptausgänge standen jeweils zwei Wächter, eingehüllt in ihre Chitinrüstungen und bewaffnet mit Grabkrallen, die besonders lange Zinken besaßen. Kampfkrallen wurden diese Waffen genannt. Nicht weit von Peya entfernt brannten die Feuer der Schmiedeöfen, in denen Grabkrallen aller Art gefertigt oder repariert wurden. Auch in den Werkstätten, wo aus einem Sekret der Wollwürmer Kleidung und Seile hergestellt wurden oder aus Käferpanzern Schüsseln und Rüstungen, war reges Treiben zu beobachten. An den vielen Kochplätzen waren ebenfalls Gnome damit beschäftigt, aus der Milch und dem Fleisch der Käfer schmackhafte Mahlzeiten zuzubereiten. Zwischen all diesen Einrichtungen wuselten andere Gnome umher. Einige gingen zu ihren Tunneln, andere kehrten von den Grabungen zurück und brachten hin und wieder Glimmsteine mit, die sie dabei gefunden hatten. Kinder spielten und rannten durch die erste Halle und andere ruhten sich in ihren Schlafkammern aus.

Als Peyas Blick auf das Haus der Ältesten fiel, sah sie, wie die drei alten Gnome den Eingang verließen und über die gewundene Treppe den Stalagmit herunterkamen. Die Beratung war beendet. Die junge Gnomin sprang auf und lief hinüber, doch es dauerte einen Moment, bis die Ältesten unten ankamen.

»Habt Ihr eine Entscheidung getroffen?«, fragte Peya neugierig.

Die Ältesten blieben stehen. Jukon lächelte sie an und tätschelte ihren Kopf. Peya mochte den hageren Mann, dessen Falten im Gesicht wie eine Landkarte Chupa Waias wirkten.

»Du bist sehr wissbegierig und ungeduldig, kleine Peya«, sagte er. »Aber warum solltest du es nicht erfahren? Es wäre wohl unmöglich, dich daran zu hindern, uns nachzulaufen.«

Peya strahlte und fühlte sich gleichermaßen ertappt.

»Wir sind zu einer Entscheidung gekommen!« Groling übernahm das Wort. Der stämmige Gnom stemmte die Hände in die Hüften und blickte die junge Gnomin wie einen unerwünschten Unruhestifter an. »Wir werden die Höhle versperren und kein Gnom wird je wieder einen Fuß in sie hineinsetzen.«

»Aber warum?« Peya war schockiert.

»Es ist zu gefährlich«, erklärte Rallek, der dritte Älteste. »Du hast gesehen, was mit deinem Freund passiert ist. In dieser Höhle befinden sich Dinge, von denen wir nichts wissen und vielleicht auch nichts wissen sollen. Der Heilige Quell hat uns auf eine Probe gestellt und wir haben versagt. Es lag an seiner Gnade allein, das Leben deines Freundes verschont zu haben.«

»Aber wozu haben wir Erkunder, wenn wir die Dinge, die wir finden, nicht untersuchen?« Peyas Stimmung gelangte an einen Tiefpunkt. Auch wenn sie gegen die Ältesten aufbegehrte, so wusste sie, dass eine Entscheidung von ihnen endgültig war.

»Neugierde kann tödlich sein, kleine Peya«, sagte Groling und versetzte ihr mit der Anspielung auf den Tod ihres Vaters einen kleinen, aber schmerzhaften Hieb. »Der Heilige Quell hat uns geprüft und wir haben diese Prüfung nicht bestanden. Das sollten wir als ein Zeichen sehen und uns seinem Willen beugen.«

Peyas senkte den Kopf. Es hatte keinen Zweck, weitere Einwände vorzubringen. Sie wischte sich eine Träne aus den Augen und ging zur Seite, um den Ältesten Platz zu machen. Ohne ein weiteres Wort gingen die drei Männer an dem Mädchen vorbei.

Enttäuscht schlenderte sie zurück zum Heiligen Quell, las ihre Schale auf und ließ sich zu Boden sinken.

Etwas später kam Pelwick. Er hatte seine Freundin zufällig am Fuße des Stalagnats sitzen sehen und ging zu ihr.

»Gehst du gar nicht graben?«, fragte er.

»Vielleicht später«, antwortete Peya knapp.

»Was ist denn los mit dir?«, fragte Pelwick. Man musste kein großer Gnomenkenner sein, wenn ein sonst so aufgewecktes Mädchen wie Peya plötzlich in sich gekehrt und trübsinnig wirkte.

»Die Ältesten lassen die Höhle versperren«, antwortete sie, ohne aufzublicken.

»Ach was!« Pelwick setzte sich zu seiner Freundin. »Warum?«

»Sie sagen, es wäre eine Prüfung des Heiligen Quells. Und wir hätten versagt, weil du das Zeug einfach gegessen hast, ohne es vorher zu untersuchen!«

»Gibst du mir jetzt die Schuld?«

»Nein.« Peya sah ihren Freund an. »Aber warum hast du es gegessen?«

Pelwick senkte den Kopf. »Ich weiß es nicht«, flüsterte er. »Es war einfach eine unbewusste Handlung. Du hattest mich ertappt, wie ich es in der Hand hielt, und da habe ich es eben rasch verstecken wollen.«

»Du bist ein Trottel!«

»Ich weiß.«

»Sogar ein Obertrottel!«

Peya begann zu lachen und Pelwick stimmte mit ein. Sie stießen sich gegenseitig an und gaben sich noch ein paar spaßige Beschimpfungen.

Einige Augenblicke später trennten sich die beiden Freunde und gingen zu ihren Schlafkammern. Es war an der Zeit, ein wenig Ruhe zu finden, bevor sie sich wieder zu ihren Tunneln begeben würden.

***

Schlafkammern waren nicht besonders geräumig. Jeder Gnom besaß seine eigene. Gerade einmal so hoch, damit ein Gnom darin sitzen konnte, und auch nur so tief, um neben dem Schlafenden noch etwas Platz für Nahrung oder andere Dingen zu bieten. Aber man konnte, auf einer weichen Decke aus dicker Wurmwolle liegend, wunderbar in ihnen schlafen.

Normalerweise.

Pelwick beschäftigten die Worte, welche er von Peya gehört hatte. Die Höhle sollte versperrt werden, weil die Gnome versagt hatten.

Weil er versagt hatte.

Es war ein dummes Gefühl. Er hatte so etwas bislang noch nicht erlebt und war auch nie in die Situation geraten, etwas beweisen zu müssen. Bei seinem Volk gab es so etwas auch gar nicht. Die Gnome halfen einander und jeder hatte seine Aufgabe, aber niemals wurde jemand anhand seiner Taten gemessen oder beurteilt. Womöglich war er der erste Gnom, der in den Augen der Gemeinschaft versagt hatte.

Pelwick musste es wiedergutmachen und er wusste auch, was zu tun war. Er nahm sich die Grabkrallen und verließ seine Schlafkammer.

In der Oni Thal herrschte noch reges Treiben. Jeder ging seiner Aufgabe nach und es gab niemanden, der sich auf Kosten anderer ausruhte.

Pelwick ging wie selbstverständlich an dem Gatter zur Käferhöhle vorüber. Die großen Tiere standen angekettet an den Wänden und regten sich kaum. Ein Gnom melkte einen Käfer. In breitem Strahl schoss die bläulich schimmernde Milch in die bereitgestellte Schale. Pelwick grüßte den Gnom freundlich, welcher den Gruß mit einem breiten Lächeln erwiderte.

Einige Zeit später hatte Pelwick die erste Halle verlassen und war an den Wachen vorbei in einen der Haupttunnel gegangen. Er folgte dem Verlauf des Tunnels eine Weile und kletterte in einen Seitengang, welcher linker Hand von ihm lag. Einige Zeit später befand sich Pelwick kurz vor der Knotenhalle, von wo aus er die sonderbare Höhle erreichen konnte.

Vorsichtig kroch Pelwick voran, bis er einen Blick in die Knotenhalle erhaschen konnte.

Und ärgerte sich!

Vor dem Erkundertunnel zur Höhle stand ein Gnom und bewachte den Zugang. Es war unmöglich, an ihm vorbei zu kommen. Es blieb ihm nur abzuwarten, ob der Gnom seinen Posten verlassen würde, was jedoch unwahrscheinlich war. Gnome erledigten ihre Aufgaben sehr gewissenhaft.

Pelwick dachte nach. Es musste einen Weg geben, die Wache abzulenken oder ihn gar von seinem Platz zu vertreiben. Ein zufällig vorbeikommender Erdkäfer würde ihn mit Sicherheit ablenken, doch solche Zufälle gab es nie, wenn man sie brauchte. Allem Anschein nach würde der Gnom erst weggehen, wenn seine Ablösung kam.

Pelwicks Augen hellten sich auf. Ein Lächeln umspielte seine Lippen, als er aus dem Tunnel kletterte und der Wache entgegen ging. Er begrüßte den Wachgnom freundlich. »Du kannst jetzt gehen, ich löse dich ab.«

Der Gnom sah den Neuankömmling mit großen Augen an. »Jetzt schon? Ich bin doch noch gar nicht so lange hier.«

»Ja. In der Nähe des dritten Hauptgangs wurden Erdkäfer gesichtet. Die Anwesenheit aller Wachen wird in der Oni Thal erwünscht.«

Nach »Nun gut.« Die Wache kratzte sich am Kopf. »Lass niemanden dort hinein. Der Gang wird später verschlossen und wir wollen ja nicht, dass sich jemand währenddessen auf der anderen Seite befindet und nicht mehr zurückkommen kann.« Nach diesen Worten ging der Gnom und ließ einen verunsicherten Pelwick zurück.

... nicht mehr zurückkommen ...

Er wischte den schaurigen Gedanken beiseite. Er wollte ja nur einen schnellen Blick riskieren und keine große Sache daraus machen. Einmal schnell in die Höhle klettern, die Dinge untersuchen, und wieder heraus sein. Er hoffte inständig, dabei etwas zu finden, was den Gnomen nützlich sein konnte. Vor allem aber wollte er Peya beeindrucken und ihr zeigen, dass er nicht derart ängstlich war, wie sie ständig behauptete.

Pelwick wartete, bis er von der Wache nichts mehr sehen konnte, und krabbelte in den Erkundergang.

In der Kammer dahinter war alles wie zuvor. Selbst das Erbrochene lag noch immer dort. Angewidert verzog Pelwick das Gesicht. Er wandte sich ab, doch allein der Gedanke daran brachte das brennende Gefühl in seinem Hals zurück. Er lenkte sich ab, indem er die Dinge auf dem hölzernen Gestell betrachtete. Sonderbare Gefäße standen dort, gefertigt aus einer Art Stein, wie er ihn noch nie zuvor gesehen hatte. Er vermied es aber tunlichst, die Dinge zu berühren. Auch die Kisten und Fässer betrachtete er aus sicherem Abstand.

Pelwick schlich auf das hölzerne Rechteck zu. Prüfend erfassten seine Augen jede Kleinigkeit des Unbekannten. Die Aufhängung und der Griff interessierten ihn besonders. Es schien tatsächlich eine Art Gatter zu sein.

Der junge Gnom nahm seinen ganzen Mut zusammen und fasste nach dem Metallgriff. Er fühlte sich kühl an, ähnlich wie die Zinken seiner Grabkrallen, die an seinem Hosenbund baumelten.

Mit einem Ruck öffnete er das hölzerne Rechteck. Sein Herz machte einen Sprung. Er hatte zwar gehofft, aber nicht damit gerechnet, dass er es öffnen konnte. Instinktiv ließ er den Griff los und ging einen Schritt zurück.

Das Rechteck gab einen Gang frei. Er führte schräg in die Höhe und schien von einem Meistergräber angelegt worden zu sein. Die Ähnlichkeit mit Gnomentunneln war zwar vorhanden, aber dieser Gang war ein wenig höher als breit und die Wände waren fein behauen, wirkten beinahe glatt. Die Handwerkskunst war beeindruckend. Es war mit Sicherheit kein Gnom gewesen, der diesen Gang geschaffen hatte.

Wenigstens keiner, den Pelwick kannte.

Der junge Gnom atmete tief ein, fasste sich ein Herz und ging dennoch ein wenig zögerlich auf den Gang zu. Auf Höhe des hölzernen Rechtecks blickte er hinauf und konnte am Ende des Tunnels ein schwaches Leuchten erkennen. Behutsam ging er dem Leuchten entgegen.

Das Ende des Gangs kam näher. Pelwicks Herzschlag erhöhte sich. Er war sich mit einem Mal nicht mehr sicher, ob es sich um eine gute Idee gehandelt hatte, diesen unbekannten Ort genauer zu erkunden. Ein unbestimmtes Gefühl warnte ihn davor weiterzugehen und besser jetzt umzudrehen, doch seine Neugier behielt die Oberhand. Wenn er etwas Schauriges entdecken würde, könnte er noch immer zurück in den Schutz Chupa Waias laufen. Der Zugang dorthin war noch offen.

Was sollte ihm schon passieren?

Er stand ein gutes Stück vom Ende des Gangs entfernt und traute sich trotzdem nicht, die letzten Schritte zu gehen. Nervös kaute er auf seiner Unterlippe.

»Komm schon«, flüsterte er sich zu. »Peya wird begeistert sein.«

Pelwick nahm seinen ganzen Mut zusammen. Nur ein kurzer Blick, nur einmal nachsehen, was sich hinter dem Gang verbarg, und er würde rasch umkehren. Niemand würde jemals erfahren, dass er hier gewesen war.

Abgesehen von Peya.

Die Gnomin würde beeindruckt sein. Und er hätte seinen Ruf wiederhergestellt – wenigstens bei ihr.

Wie das weit aufgerissene Maul eines Monsters kam Pelwick der Ausgang des Tunnels vor, in das er bereit war, freiwillig hinein zu gehen.

Und er tat es.

Mit den Händen stützte er sich an den Wänden ab, schob sich voran und streckte den Kopf vor. Was er jenseits des Tunnels sah, verschlug ihm den Atem.

Der Fels war ausgehöhlt. Er blickte in eine gigantische Schlucht, in der überall kleine Feuer brannten. Es waren keine natürlichen Feuer, sondern vielmehr gezielt aufgestellte Lichtquellen, die jene Schlucht mit einem faszinierenden Glanz versahen. Kleinere und größere Höhlen waren in nicht zählbarer Größe in die umliegenden Felswände getrieben worden und miteinander durch schmale, hölzerne Wege verbunden. Seile hingen von einigen dieser Wege hinab, an denen kleinere Fässer gebunden waren.

Pelwick hörte leises Klopfen, dem Schlaggeräusch der gnomischen Schmiede ähnlich, welches von überall her zu kommen schien, und doch konnte der junge Gnom niemanden sehen. Er blickte hinauf und wieder hinab, doch sein Blick verlor sich in scheinbar unendlicher Weite.

Pelwick war von diesem Anblick ergriffen, er bemerkte nicht einmal, wie er den Mund öffnete und vergaß ihn wieder zu schließen. Nachdem er jede sichtbare Einzelheit in sich aufgesaugt hatte, spürte er den Drang weiterzugehen. Er wollte alles von dieser sonderbaren Welt entdecken, denn wenn der Weg hierher erst einmal versperrt worden war, gab es keine Möglichkeit, diesen Ort jemals wieder zu besuchen.

Erst jetzt sah Pelwick den schmalen, hölzernen Weg, der zu seinen Füßen begann und an der Felswand entlang in die Tiefe führte. Der Gnom sah hinunter und erkannte am Ende des Weges einen Eingang, sowie eine Brücke, die hinüber auf die andere Seite führte.

Pelwick betrat den Holzpfad und schritt ihn vorsichtig hinunter. Der Pfad fühlte sich unter seinen nackten Füßen warm an und es war angenehm, auf ihm zu gehen. Irgendwer musste diesen Ort erschaffen haben und er wollte herausfinden, wer es gewesen war. Vielleicht würde es den Gnomen ermöglichen, neue Dinge zu erfahren, möglicherweise sogar Verbündete zu finden.

In Brusthöhe über dem Weg war ein Seil gespannt, an dem Pelwick sich festhielt. Er blickte abermals hinunter und zuckte erschrocken zurück. Die scheinbar unendliche Tiefe verursachte ein ihm unbekanntes Gefühl. Sein Magen krampfte sich zusammen und seine Sinne schienen in einen Strudel zu geraten. Der junge Gnom bemerkte, wie sein Körper zu wanken begann. Rasch presste er sich mit dem Rücken gegen die Felswand, sah instinktiv nach oben und sog tief die kühle Luft in seine Lunge. Sein Herzschlag beruhigte sich langsam.

»Nur nicht wieder nach unten schauen!« Pelwick griff wieder nach dem Seil und machte sich an den weiteren Abstieg.

Er vermied es noch einmal hinab zu sehen und richtete seinen Blick starr auf das Ende des Weges. An der Wand vor ihm brannte unruhig ein Feuerstock in einer Halterung. Pelwick kannte das Feuer der Schmiedeöfen und der Kochstellen, trotzdem schmerzte ihn der helle Schein in den Augen. Nur langsam gewöhnte er sich daran und die dadurch verborgenen Stellen in der Nähe der Feuerstelle nahmen allmählich wieder klare Konturen an.

Auf der langen Brücke zu seiner Linken befand sich niemand. Irgendwie schien alles verlassen, als hätte jemand diesen Ort fluchtartig verlassen. Lediglich die widerhallenden Schläge ließen auf etwas Anderes schließen.

Diese gewaltige Höhle war bewohnt.

Verstohlen sah der Gnom um die Ecke in den Tunnel, der tief in den Fels führte. Auch hier schien in weiter Entfernung ein Feuer zu brennen. Wenigstens vermutete er das, obwohl er die Quelle des schwachen Lichtscheins noch nicht sehen konnte.

Pelwick wandte sich der Brücke zu. Auch wenn die Holzbretter, verbunden mit Seilen und verstärkt durch lange Streben, die das Gestell an den Felswänden absicherten, alles andere als sicher wirkten, faszinierte ihn das Gebilde. Es schien ihm wie eine Mutprobe, diese tiefe Schlucht zu überqueren. Wenn er all dies Peya erzählte, würde ihn niemand mehr als Feigling bezeichnen. Er sollte aber tunlichst vermeiden, die Schlucht hinunter zu sehen.

Er setzte einen Fuß auf das erste Brett.

Insgeheim hatte der Gnom erwartet, dass jetzt alles in sich zusammenstürzen und ihn mit in die Dunkelheit reißen würde, doch nichts Dergleichen geschah. Es war, als würde er auf festem Boden stehen.

Er umfasste die Halteseile, die links und rechts des hölzernen Gebildes entlangführten, und ging vorsichtig voran. Je weiter er kam, desto mehr begann es zu schaukeln. Seine Hände verkrampften. Sein Herz schlug schneller.

Pelwick hatte mittlerweile die Hälfte der Strecke hinter sich gelassen, als ihm die Beine den Dienst versagten. Mit geschlossenen Augen stand er da, unfähig, einen weiteren Schritt zu unternehmen.

»Reiß dich zusammen, Pelwick Tunnelgräber!«

Er bemühte sich, die Nerven zu behalten. Langsam sog er die Luft durch die Nase ein und ließ sie, nach kurzer Verweildauer, durch den Mund entweichen. Atemzug für Atemzug kehrte die Ruhe in ihn zurück. Erleichtert stellte er fest, dass die Brücke unter seiner Bewegungslosigkeit aufgehört hatte zu schwanken.

Pelwick öffnete die Augen und starrte in die Tiefe.

Das Gebilde unter seinen Füßen schien in die Finsternis zu stürzen. Die Schlucht riss ihr alles verzehrendes Maul auf und wollte nach ihrer Beute schnappen. Dem Gnom wurde schwindelig. Alles um ihn herum verschwand in einem riesigen Strudel und verschlang jede Einzelheit, jede Kontur. Die Füße des Gnoms rutschten weg, seine Hände packten die Seile noch fester. Die Brücke geriet ins Wanken. Pelwick versuchte, sicheren Stand zu finden, doch er trat ins Leere. Er strampelte mit den Beinen, suchte verzweifelt nach einem Halt. Die Grabkrallen an seiner Hose lösten sich, prallten auf das Holz der Brücke und fielen in die schier undurchdringliche Dunkelheit. Der Gnom drehte sich und kam zum Sitzen.

In dieser Haltung blieb er eine Weile und ließ die Brücke ausschaukeln.

»Nicht nach unten sehen«, ermahnte er sich selbst.

Nach einer kurzen Erholungspause zog er sich an den Seilen hoch und kam wieder auf die Füße.

Pelwick blickte zu beiden Enden der Brücke. Er befand sich ungefähr in der Mitte, schickte sich an, seinem ersten Drang zu folgen und zurück zu gehen. Doch seine Neugierde zwang ihn, den entgegengesetzten Weg zu nehmen.

Dieses Mal strengte sich mehr an, nicht noch einmal hinunter zu sehen, versuchte sich langsam und gleichmäßig vorwärts zu bewegen und setzte seinen Weg fort.

Am Ende der Brücke sah Pelwick einen Tunnel. Die letzten Schritte lief er, um die tückische Schaukelbrücke hinter sich zu lassen. Erleichtert erreichte er wieder den kalten Steinboden.

Der Gnom sah zurück. Weit entfernt konnte er den Gang sehen, aus dem er gekommen war. Die Brücke war länger, als er gedacht hatte.

Pelwick schlich auf den Tunnel zu. Er war ebenso beschaffen wie jener hinter der sonderbaren Höhle. Fein behauene Wände, und die Decke befand sich gut drei Kopf über ihm. Der Weg vor ihm beschrieb einen Halbkreis. Er konnte nicht sehen, was sich am Ende befand, und ging mit dem Rücken an eine Wand gepresst vorwärts.

Die Anspannung in ihm wuchs. Je weiter er in die Kurve hineinging, umso mehr krampfte sich sein Magen zusammen. Sein Verstand befahl ihm einfach umzudrehen und zurück in die Sicherheit Chupa Waias zu gehen, doch seine Neugier war stärker als die Vernunft.

Wenigstens das Ende des Gangs abwarten, überredete er sich selbst.

Und das kam schneller, als er gedacht hatte. Gleich vor ihm mündete der Gang in einer großen Höhle. Glänzendes Gestein lag dort, reflektierte den Schein der brennenden Fackeln zu einem hellen Licht, welches die Höhle in einem goldenen Glanz erstrahlen ließ.

Geblendet wandte Pelwick das Gesicht ab. Er musste seine Augen erst langsam an die plötzliche Helligkeit gewöhnen, bevor er wieder einen Blick hinein werfen konnte. Allmählich wurden die Konturen innerhalb der Höhle vor ihm schärfer. Sie schien natürlichen Ursprungs zu sein, da es keine fein bearbeiteten Wände gab, welche die Tunnel zuvor geprägt hatten. Die Höhle war sehr groß, beinahe der Oni Thal ebenbürtig. Auch hier gab es vielzählige Löcher und Tunnel in den Wänden.

Beinahe willenlos tappte er in die Höhle und bestaunte die hellen Gesteinsbrocken, welche durch das Licht der Fackeln die Höhle in dieses faszinierende Lichtspiel tauchten. Einige der Steine kannte Pelwick, wie Eisen und Silber, aber es gab andere Dinge, die er nie zuvor gesehen hatte.

Viele der Gesteine waren in grob gezimmerte Holzkisten gepackt, andere lagen, zu kleinen Hügeln aufgeschichtet, einfach auf dem Boden. Pelwick sah auch Werkzeuge, wenigstens nahm er an, dass es sich um welche handelte, da sie ihn entfernt an Grabkrallen erinnerten. Es waren Holzstäbe mit großen Metallzinken oder -klötzen an einer der beiden Seiten.

Der junge Gnom sah sich um, bevor er tiefer in die Höhle ging. Er hatte eine Kiste erspäht, in der Edelsteine lagen. Diese waren ihm nicht unbekannt, er hatte selbst oft beim Graben welche gefunden. Er kniete sich vor die Kiste und sah sich den Inhalt genauer an. Er sah Rubine und Saphire, Diamanten und Opale.

Aber warum sollte sie jemand sammeln?

Sie leuchteten nicht in der Dunkelheit, wie die Glimmsteine, und besaßen auch sonst keinen Nutzen für die Gnome. Man konnte nicht einmal Werkzeug aus ihnen schmieden.

Was für ein Volk lebt hier?

»He, du da!«

Pelwick zuckte zusammen. Die Stimme kam aus einem Seitengang der Höhle. Der junge Gnom sah zur Seite und erkannte eine fremde Gestalt, die sich anschickte, die Höhle zu betreten. Der Fremde war etwas größer als er selbst und von breiter, kräftiger Statur. Er hatte kleine, wachsame Augen in einem gedrungenen Gesicht und eine dicke, fleischige Nase. Der Bart, den er trug, legte sich breit und lang über die aus Leder und glänzendem Metall bestehende Rüstung.

»Was machst du da?«, herrschte der Fremde den Gnom an.

Pelwick verstand die Sprache des Anderen, obwohl sie ein wenig anders klang als die seine. Aber er war unfähig zu antworten.

»Na warte!«

Der Bärtige stürmte plötzlich auf Pelwick zu. Die Starre löste sich von dem Gnom, er sprang auf und hastete dem Ausgang entgegen. Der Fremde folgte ihm.

Pelwick rannte wie noch nie in seinem Leben. Immer wieder warf er einen kurzen Blick über die Schulter und stellte erleichtert fest, dass sein Verfolger etwas langsamer war. Der junge Gnom stürmte aus dem Tunnel und lief, ohne weiter darüber nachzudenken, auf das hölzerne Gebilde. Dieses fing sofort an zu schaukeln, doch das war Pelwick im Augenblick egal. Er musste nur so schnell wie möglich dem Fremden entkommen. Nochmals sah er zurück. Der Bärtige war am Anfang des Gebildes stehen geblieben und starrte ihm hinterher.

Er weiß, dass ich schneller bin! Der Gedanke beflügelte Pelwick.

Aber der Fremde gab nicht auf. »Diese Brücke ist dein Untergang!«, schrie er.

Mit seinen Händen packte er die Seile der Brücke und zerrte an ihnen. Die Brücke geriet immer stärker ins Schwanken. Pelwick verlangsamte seine Flucht und versuchte, Halt zu finden. Panik stieg in ihm auf. Wenn er nicht bald von der Brücke kam, würde sie wahrscheinlich mit ihm zusammen in die Tiefe stürzen.

Der Gnom riss sich zusammen, hielt sich an den Halteseilen fest und zog sich an ihnen immer weiter dem Ende entgegen. Je weiter er kam, umso weniger spürte er von den Auswirkungen. Bald hatte er es geschafft. Nur noch wenige Schritte und er hätte den Holzpfad erreicht, der ihn hinauf zu dem ersten Tunnel führte.

Plötzlich hörte Pelwick den lauten Ton. Instinktiv blickte er sich um und sah, wie der Bärtige in ein Horn blies. Der Gnom wusste, was das bedeutete. Sie selbst nutzten die Hörner der Jakauri-Schnecken für diese Zwecke.

Sein Verfolger rief nach Verstärkung.

Jetzt hatte Pelwick keine Zeit mehr zu verlieren.

Der Hall mehrerer Hörner ließ ihn schneller laufen. Er erreichte den hölzernen Pfad, als er Stimmen hinter sich vernahm. Aus dem Seitentunnel kam eine weitere Gestalt heraus. Er sah der ersten recht ähnlich und blickte sich wild um, bis er Pelwick entdeckte und ihm sofort nachsetzte.

Der Gnom erreichte den Eingang zum Tunnel. Das Blut schoss durch seine Schläfen und sein Herz hämmerte wie verrückt. Er hatte Mühe zu atmen, doch er konnte sich keine Pause erlauben. Nicht bis er wieder in der Sicherheit Chupa Waias war.

Pelwick hatte es aufgegeben zurück zu sehen. Deutlich hörte er das Schnaufen seiner Verfolger und wusste, dass sie ihm dicht auf den Fersen waren. Keuchend rannte er in die kleine Kammer. Ein beherzter Sprung brachte ihn bis vor den Erkundertunnel. Pelwick zwängte sich in den schmalen Gang.

Geschafft!

Aber plötzlich packte etwas seinen Fuß und zerrte ihn zurück. Pelwick zappelte und strampelte. Er suchte mit den Fingern Halt, um sich weiter in den engen Tunnel zu ziehen, doch der Griff an seinem Fuß war gnadenlos.

Jetzt hatten sie ihn doch noch!

Der junge Gnom jaulte auf, als er ein Stück aus dem Tunnel gezogen wurde. Er sah seine Hoffnungen schwinden, nahm alle Kräfte zusammen und trat mit dem freien Fuß wild in die Luft. Er traf etwas Weiches und der Griff lockerte sich. Pelwick nutzte die Gelegenheit und zog sich rasch tiefer in den Gang. Er sah nicht mehr zurück, kletterte nur noch weiter, bis er sich erschöpft in die Knotenhalle fallen ließ.

Die Laute verstummten. Kein Schnaufen mehr, keine Hörner. Es schien, als wäre er vollkommen allein. Pelwick wusste es besser und stemmte sich wieder mühselig auf die Beine. Sein linker Fuß schmerzte. Der Gnom sah in den Erkundertunnel hinein, doch dort war nichts. Niemand der ihm folgte oder ihm in den Gang hinterher starrte.

Als hätten ihn unsichtbare Schatten gejagt!

Pelwick atmete aus. Er spürte, wie sein gesamter Körper zitterte, und sehnte sich nur noch danach, in die erste Halle zu gehen, wo er die Geborgenheit der Gemeinschaft finden würde.

Er setzte sich in Bewegung, nahm denselben Weg zurück, den er anfangs genommen hatte. Andere Gnome, die er traf, grüßte er, vermied es aber, länger mit ihnen zu reden, geschweige denn von seinen Erlebnissen zu berichten.

Als er die Oni Thal erreichte, sank er erschöpft neben dem Graben des Heiligen Quells zu Boden. Er füllte seine Hände mit dem Wasser und kühlte sein immer noch vor Aufregung erhitztes Gesicht. Dies wiederholte er einige Male, bis er sich allmählich beruhigt hatte.

»Was machst du denn hier?«

Pelwick zuckte zusammen. Für einen kurzen Moment fürchtete er, doch noch entdeckt worden zu sein, schüttelte diesen unmöglichen Gedanken jedoch sofort wieder ab. Er hob den Kopf und sah in Peyas freundliches Gesicht. Allein ihre Anwesenheit sorgte für Linderung seiner geschundenen Seele.

»Beim Heiligen Quell, was ist dir nur widerfahren?« Die Gnomin setzte sich besorgt neben Pelwick an den Rand des Grabens. »Du siehst aus, als hättest du mit einer Horde Erdkäfer gekämpft!«

»Schlimmer«, sagte der Gnom gequält. »Schlimmer!«

Pelwick berichtete ihr von seinem Abenteuer.

***

Die beiden Gnome schwiegen, nachdem Pelwick seine Erzählung beendet hatte. Peya sah ihn mit großen Augen an und suchte verzweifelt nach Worten, um ihren Freund zu beruhigen. Aber was sie gehört hatte, war einfach unfassbar.

Den Gnomen war seit langer Zeit bewusst, dass sie nicht allein im großen Stein lebten. Bislang hatte es sich nur um Käfer und Würmer gehandelt, welche Chupa Waia mit ihnen teilten. Da waren zwar noch die alten Geschichten um den verbotenen Tunnel, hinter dem grauenhafte Kreaturen hausen sollten, aber die jüngeren Gnome glaubten mehr an weitgehend unbekannte Tiere. Bösartig, sicherlich, aber eben nur Tiere.

Und jetzt erzählte ihr Pelwick von einem ganzen Volk, welches ihnen äußerlich ähnlich war, welches eine Sprache beherrschte und Tunnel grub, die größer und besser als ihre eigenen waren. Dies klang alles so unwirklich und doch gab es für sie keinen Grund, ihrem Freund nicht zu glauben.

»Wer mögen die sein?«, durchbrach Peya das Schweigen.

»Ich weiß es nicht«, sagte Pelwick.

»Du solltest dem Rat davon berichten.«

»Damit ich wieder wie ein Trottel dastehe?« Pelwick schüttelte den Kopf.

»Das bist du ja auch«, Peya lächelte. »Aber der Rat muss davon erfahren. Vielleicht sind die anderen gar nicht so bösartig, wie du denkst. Möglicherweise bietet sich eine erstklassige Gelegenheit, unsere Welt und unser Wissen zu erweitern.«

Pelwick senkte den Kopf und blickte auf seinen immer noch schmerzenden Fuß. Die Haut war gerötet und er konnte deutlich die Abdrücke der Finger erkennen.

»Und wenn doch?«, fragte er. »Was ist, wenn sie doch böse sind?«

»Der Rat wird es wissen.«

Peya stand auf und reichte ihrem Freund die Hand. Zögernd ergriff er sie und ließ sich auf die Beine helfen.

Der laute Schall eines Gnomenhorns unterbrach das Vorhaben der beiden. Erschrocken blickte Pelwick in die Richtung, aus welcher der Ton gekommen war.

»Sie haben mich gefunden ...«, flüsterte er ängstlich.

DIE ANDEREN

Der Ruf der Hörner war nicht ungehört geblieben. Durch Tunnel und Höhlen drang der Schall bis in die hintersten Winkel eines schier undurchdringlichen Labyrinths aus Feuer und Stein. Der Eindringling war entkommen, doch es einfach so hinzunehmen, gehörte nicht zum Wesen seiner Verfolger. Beharrlich warteten sie auf das Erscheinen des Einen, der sie anführte.

Und er kam.

Begleitet von zwei schwer bewaffneten und finster aussehenden Kriegern bahnte er sich einen Weg vorbei an den wartenden Männern bis zu der Stelle, wo sich die Spur des Eindringlings in einem schmalen Tunnel verlor.

Wortlos blickte der Anführer in die kleine Öffnung, bevor er sich an seine Männer wandte.

»Dort ist er hinein?«, fragte er mit tiefer Stimme.

Jemand nickte.

»Brecht hindurch. Ich will wissen, was sich jenseits des Tunnels verbirgt«, sagte der Anführer und verließ den Raum wieder.

Das klirrende Geräusch von Spitzhacken und Hämmern auf bröckelndem Gestein begleiteten ihn hinaus.

***

Binnen weniger Augenblicke war von der einstigen Ruhe in der Oni Thal nichts mehr zu spüren. Kinder und ältere Gnome eilten zu den Schlafkammern hinüber, um dort Schutz zu suchen. Andere bewaffneten sich mit ihren Grabkrallen und drängten in Richtung des ersten Hauptgangs, Deckung suchend hinter kleineren Felsen, in Erwartung eines heimtückischen Angriffs.

Die Ältesten erschienen am Eingang ihres Hauses und blickten sorgenvoll auf das Treiben unter ihnen.

»Was machen wir jetzt?« Peya sah Pelwick ängstlich an, aber ihr Freund stand nur da und starrte mit weit aufgerissenen Augen Richtung Halleneingang. Das Erlebte musste ihm schwer zu schaffen machen, anders konnte sich die Gnomin Pelwicks Zustand nicht erklären. Er war zwar schon immer um einiges vorsichtiger gewesen als sie selbst, aber so hatte sie ihn noch nie zuvor erlebt. Die Anderen mussten schrecklicher sein, als alles, was Chupa Waia bislang betreten hatte.

Kurzentschlossen fasste sie Pelwicks Hand und zog ihn mit sich. Peya musste nur so viel Platz wie möglich zwischen sich und die Eindringlinge bringen. Wenn es eine Möglichkeit gab, ihren Freund vor den Fremden zu schützen, wollte sie nichts unversucht lassen.

Wieder erklangen die Hörner.

»Sie kommen!«, hörte man jemanden schreien.

Peya verharrte und blickte zurück. Die Gnome, welche vor kurzem noch zum ersten Haupttunnel gerannt waren, strömten in großer Schar zurück in die Oni Thal. Auch die Wachen wichen vor einem Gegner zurück, den Peya noch nicht sehen konnte.

»Es ist zu spät!« Pelwicks Flüstern ging fast in den Schreien der vielen Gnome unter.

Gebannt starrten die zwei Freunde auf das düstere Maul des Haupttunnels, aus dem jeden Augenblick das unvorstellbar Böse hervortreten musste.

Die Schreie verstummten und wurden zu unruhigem Getuschel. Auch flohen die Gnome nicht weiter, sondern bildeten einen zur Abwehr bereiten Halbkreis um die drohende Gefahr.

Eine Stimme erhob sich. Dunkel und drohend. Obwohl die Sprache Peya und Pelwick irgendwie vertraut vorkam, konnten sie diese von ihrem Platz aus nicht verstehen. Anschließend herrschte Stille.

Es war, als hätte eine fremde Macht sämtliche Laute der Oni Thal geraubt. Doch nichts weiter geschah. Die Zeit rann in der Stille dahin wie die Wasser des Heiligen Quells. Diese Stille machte Peya nervös. Es drängte sie danach herauszufinden, wer die Fremden waren und was sie wollten. Sie stieß Pelwick an, doch dieser zeigte keinerlei Regungen. Peya musste allein entscheiden, was geschehen sollte.

In diesem Augenblick bewegten sich die anderen Gnome und gaben, wie schon in der sonderbaren Höhle zuvor, eine Schneise für die Ältesten frei. Peya nutzte die Möglichkeit, die sich ihnen bot. Sie zerrte Pelwick an den Gnomen vorbei, bis sie den drei Ältesten zum Haupttunnel folgen konnten.

Pelwick ließ alles willenlos über sich ergehen. Die letzten Ereignisse hatten ihn gezeichnet. Er gab sich dem Schicksal hin, dem er einfach nicht entrinnen konnte. Alles um ihn herum schien in einem grauen Schleier zu verschwimmen, bis er die Gestalten sah, die am Eingang zur Oni Thal standen.

Pelwicks Blick klärte sich.

Der Schleier verflog und er konnte die Fremden deutlich sehen. Sie ähnelten allesamt jenen, die ihn verfolgt hatten.

Sie trugen Rüstungen aus Leder und Metall und hielten bedrohliche Waffen in ihren kräftigen Händen. Jeder von ihnen hatte einen langen Bart, welcher bei manchen wild und wirr über der Brust hing, bei anderen war der Bart geknotet, mit goldenen Ringen verziert oder in vielzählige Stränge geflochten.

Am liebsten wäre Pelwick davongerannt, doch er blieb im Schutz hinter den Ältesten wie angewurzelt stehen und starrte auf die fremdartigen Krieger. Er presste Peyas Hand so stark, bis sie leise schimpfte.

»Ihr seid der Anführer?« Der Fremde, welcher an der Spitze der Eindringlinge stand, hatte gesprochen. Es war die gleiche tiefe, drohende Stimme, die Peya und Pelwick schon vorhin vernommen hatten. Die Sprache klang fremdartig und doch vertraut. Die Gnome wunderten sich, sie verstehen zu können, nahmen es aber als gutes Zeichen hin. Die Fremden waren gekommen, um zu reden. Keiner hatte seine Waffe erhoben und Blut vergossen. Zwar kampfbereit, aber nicht unbedingt feindselig, standen die knapp dreißig Fremden vor der Oni Thal.

»Wir drei sind die Anführer«, sagte Jukon, »wenn Ihr uns so nennen mögt.«

»Drei?« Der Fremde lachte. Sein schwarzer Bart zitterte dabei und der Metallring, welcher ihn auf halber Länge schmückte, klimperte gegen die silbrig schimmernde Rüstung.

»Ich bin Grimmbart Trollhand, Golraks Sohn. Bezwinger des Adepten von Ghur und Fürst des Tiefenfelsclans! Wir sind die Tendar, vom Westvolk auch Zwerge genannt.« Die Stimme des Fremden war von Stolz erfüllt, als er seinen Namen verkündete.

»Ich bin Jukon«, sagte der Älteste. »Und dies sind Groling und Rallek.«

Grimmbart stutzte. Mit einer Hand strich er durch seinen dichten Bart. »Das ist alles? Nur Namen?«

»Ja«, antwortete Jukon. »Nur Namen.«

Grimmbart lachte wieder. Diesmal stimmte sein gesamtes Gefolge mit ein.

»Schluss jetzt!« Das Lachen erstarb. Grimmbart trat einen Schritt auf Jukon zu. »Was sucht Ihr in meinem Berg?« Die Augen des Zwergs verengten sich zu Schlitzen.

Jukon wich unwillkürlich einen Schritt zurück. Der ihn gut einen Kopf überragende Zwerg machte ihm offensichtlich Angst.

»Was meint Ihr mit ‚Berg'?« fragte der Älteste.

»Wollt Ihr mich ärgern? Ihr werdet doch wohl wissen, was ein Berg ist, wenn Ihr Euch in einem befindet!«

Der Zwerg wurde wütend. Seine Stimme wurde noch bedrohlicher. Die Aura, welche Grimmbart umgab, war beängstigend. Jukon schien zu befürchten, gleich zu Boden geschlagen zu werden.

»Wir leben hier seit Anbeginn«, mischte sich Groling ein. »Wir kennen keinen ‚Berg'.«

Grimmbart schnaubte. Er hob seine Waffe, einen großen Hammer, an dessen Ende ein grinsender Ziegenschädel aus Metall thronte. Ein Schlag hätte einen Gnom ohne weiteres in den Boden stampfen können. Doch der Zwerg schlug nicht zu. Er verharrte einen Moment und legte nachdenklich die Stirn in Falten. Er blickte über die vielen kleinwüchsigen Gnome hinweg, die ihm mit ihrer hellen Hautfarbe wie kleine Maden vorkommen mussten. Seine Züge entspannten sich und sein Blick wirkte mit einem Mal beinahe belustigt.

»Wollt Ihr mir damit sagen, diesen Ort noch nicht verlassen zu haben? Ihr wart niemals draußen? Niemals auf der Oberwelt?«

Verunsichert schüttelten die Ältesten die Köpfe.

Das Lachen der Zwerge hallte von den Wänden der ersten Halle wider, um hämisch und um ein Vielfaches lauter auf die Gnome hinab zu stürzen.

»Ihr kennt keine Bäume, kein Gras und keine Sonne?«

Wieder ertönte das Gelächter, als die Ältesten Grimmbarts Frage verneinten.

Schließlich hob der Clanfürst seinen Hammer und die Zwerge verstummten. Von einem Augenblick zum nächsten herrschte wieder vollkommene Stille in der Oni Thal.

»Nun gut«, sagte Grimmbart lächelnd. »Wir sollten einander besser kennenlernen!«

Eine Welle der Erleichterung ging durch die Reihen der Gnome und ihre Anspannung verflüchtigte sich ein wenig.

Der Zwerg legte Jukon freundschaftlich eine Hand auf die Schulter. In diesem Moment wurde den Gnomen bewusst, dass die Zwerge kein Volk waren, mit dem sie sich anlegen sollten. Der Älteste erwiderte die Geste.

»Seid willkommen in der Oni Thal, der ersten Halle unseres Volkes. Fühlt Euch wie in Eurem eigenen Heim«, sagte er freundlich.

Grimmbart grinste breit. »Das werden wir, mein Freund. Das werden wir.«

***

Die Welt der Gnome war durch das unerwartete Auftauchen der Zwerge vollkommen durcheinander geraten. Niemand hatte das Verlangen, die Oni Thal zu verlassen, seit die Zwerge in Chupa Waia angekommen waren. Zu groß war die Angst davor, einem dieser finster aussehenden Krieger in einem abgelegenen Gang zu begegnen. Die meisten Gnome hatten sich in ihre Schlafkammern zurückgezogen und wollten zunächst nichts mit den Fremden zu tun haben. Andere gingen weiterhin ihrer Arbeit in den Werkstätten nach, mieden aber die Zwerge, die sich überall frei bewegten. Einige wenige, darunter Peya und Pelwick, hatten sich zusammen mit den Ältesten, Grimmbart und einer Handvoll seiner Zwerge in die Nähe des Heiligen Quells gesetzt und nahmen an der ersten Unterhaltung teil.

Pelwick war noch immer bis ins Mark erschrocken, doch Peyas Verlangen, alles über diese Zwerge erfahren zu wollen, war stärker als seine Angst vor ihnen. Widerstandslos war er seiner Freundin gefolgt.

Ihnen wurden Speisen gereicht, die in Chupa Waia als Delikatesse galten, aber die Zwerge nicht als solche erachteten: Wurmsuppe, gekochte Käferaugen und knusprige Käferbeine.

Grimmbart verzog zweifelnd das Gesicht, während er das Essen betrachtete, welches in Chitinschalen serviert wurde.

»Nehmt«, forderte ihn Jukon auf. »Es ist köstlich.«

Er selbst nahm sich ein Käferbein, brach gekonnt die Schale auf und biss hungrig in das gelbliche Fleisch.

Zögernd griff auch der Clanfürst nach einem Bein. Zunächst roch er daran, betrachtete es von allen Seiten, bevor er an der Schale riss und sie stückchenweise vom Fleisch löste. Mit den Fingerspitzen steckte er sich etwas davon in den Mund, kaute und spie es schnaubend auf den Boden.

Die Gnome sahen ihn entsetzt an, aber die Zwerge lachten.

»Das nennt Ihr Essen?«, fragte Grimmbart angewidert.

Jukon zuckte zusammen. Die Angst vor den Zwergen war nicht vollkommen abgelegt worden und jeder forsche Ton des Clanfürsten brachte sie zurück.

»Es ist sehr nahrhaft.« Groling war bemüht, die Wogen zu glätten.

»Ich werde Euch zeigen, was nahrhaft ist!« Ein Zwerg verließ auf Grimmbarts Zeichen hin seinen Platz und eilte aus der ersten Halle.

Anschließend wandte sich der Clanfürst wieder den Gnomen zu. »Ihr scheint tatsächlich nichts anderes als das hier unten zu kennen.«

»Ich weiß nicht, was Ihr meint«, übernahm Jukon wieder das Wort. »Wir haben die Hallen und die Tunnel. Es gibt Wurzeln, Wollwürmer und Erdkäfer für unser Wohl. Und es gibt den Heiligen Quell, den Mittelpunkt unseres Lebens.«

»Und den verbotenen Tunnel!« Kaum hatte Pelwick die Worte ausgesprochen, hätte er sich schon dafür ohrfeigen können. Der strafende Blick Grolings erzielte jedoch fast die gleiche Wirkung.

»Verbotener Tunnel?«, hakte der Clanfürst nach.

»Das ist lange her«, Groling winkte ab. »Wir sind schon einmal auf Fremde gestoßen.«

»Was für Fremde?« Grimmbarts Interesse wuchs.

»Es ist sehr lange her, wir kennen sie nur aus den alten Geschichten«, fuhr Rallek dazwischen. Der dritte Älteste erntete dafür sonderbare Blicke seiner Ratsbrüder. Auch Pelwick sah ihn erstaunt an, da niemand mehr über den verbotenen Tunnel wusste als Rallek selbst.

»Aber sagt, wie habt Ihr uns gefunden?« Jukon griff nach einem gekochten Käferauge und steckte es sich in den Mund.

»Wir haben Euren Eindringling verfolgt«, gab Grimmbart zurück, während er angewidert schluckte.

»Wenn die sonderbare Höhle, die wir zufällig fanden, die Eure ist, so versichere ich Euch, dass niemand sie betreten und tiefer in Eure Welt vorgedrungen ist«, erklärte Jukon.

Pelwick zuckte bei diesen Worten zusammen. Er wusste es natürlich besser als der Älteste und überlegte, ob es eine gute Idee war, jetzt die Wahrheit zu sagen. Andererseits konnte niemand ahnen, was die Zwerge mit einem anstellten, der unerwünscht in ihren Gängen herumgelaufen war. Vielleicht würde die Gemeinschaft ihn auch ausliefern und seinem Schicksal überlassen, damit es nicht zu Auseinandersetzungen mit den Zwergen kam. Er konnte nur hoffen, dass man ihn nicht wiedererkennen würde. Pelwick blickte zur Seite. Peya war die Einzige, der er sich anvertraut hatte. Flehend sah er ihr in die Augen, bittend, ihn nicht zu verraten.

»Wir wissen nicht, wer es war«, sagte Grimmbart. »Ihr seht alle gleich aus. Aber irgendwer floh vor unseren Kriegern hierher.«

Pelwick fiel ein Stein vom Herzen. Sie hatten ihn nicht erkannt. Peyas Lächeln beruhigte ihn noch mehr.

»Aber wir hegen keinen Groll gegen ihn.« Zum ersten Mal war so etwas wie ein Lächeln unter dem Bart des Clanfürsts zu sehen. »Vielleicht ist es auch von Vorteil, dass wir einander gefunden haben.«

Der Zwerg, welcher auf Grimmbarts Wink hin die Halle verlassen hatte, war zurückgekehrt. Ihm folgten weitere, die große, hölzerne Platten mit dampfendem Essen trugen.

»Ah! Jetzt werdet Ihr erleben, was ein wahrer Festschmaus ist!« Grimmbart rieb sich freudig die Hände.

Die Gnome verzogen angewidert ihre Gesichter, als sie die sonderbaren Speisen betrachteten, die vor ihnen aufgestellt wurden.

***

Nachdem das Mahl beendet war und auch die Gnome diese fremdartigen Speisen als durchaus schmackhaft empfunden hatten, führten die Ältesten den Clanfürst durch die Oni Thal, um ihm alles zu zeigen.

Die erste Vorsicht der Gemeinschaft wich der Neugier. Man suchte Gespräche und traute sich wieder aus den Schlafkammern heraus. Bereitwillig zeigten sie ihre Tunnel und ihre Grabwerkzeuge, präsentierten die Dinge, welche von den Käfern und Wollwürmern in den Werkstätten erschaffen wurden.

»Hinter diesem Gatter«, sagte Jukon, »befinden sich die Käferställe.«

Interessiert blickte Grimmbart durch das Tor und sah die Käfer an den Wänden stehen. »Nie zuvor habe ich derart große Käfer gesehen. Ein Zwerg könnte ohne weiteres auf ihnen reiten. Oben im Berg gibt es diese Tiere nicht. Vielleicht wäre so ein Käfer für uns nutzvoll.«

»Sie sind recht selten«, erklärte Rallek.

»Schade«, antwortete Grimmbart. »Vielleicht könntet Ihr welche für uns züchten?«

»Es wäre einen Versuch wert.« Jukon führte den Zwerg weiter. Sein Ziel war die nahe gelegene Wollwürmerfarm, welche im Prinzip auch nichts weiter war als eine kleine Höhle, in der die kleinen Tiere eingepfercht lebten.

Pelwick hatte sich ein wenig zurückfallen lassen. Die Nähe des Clanfürsts behagte ihm nicht. Peya hingegen befand sich so dicht bei den Ältesten und dem Zwerg, wie es ihr möglich war. Kein Wort, welches gesprochen wurde, wollte sie wohl verpassen.

Auch Jukon hatte allmählich Vertrauen zu den Zwergen gefasst und freute sich sichtlich, ihnen alles in Chupa Waia zeigen und erklären zu können.

Aber Grimmbarts Aufmerksamkeit galt etwas anderem: Ein grünliches Leuchten in der Nähe des dritten Haupttunnels zog ihn in seinen Bann. Er ließ die Ältesten stehen und ging schnellen Schrittes auf den Glimmstein zu. Fasziniert starrte er auf den leuchtenden Stein, der auf Höhe seines Kopfes in die Felswand eingelassen war, und berührte ihn vorsichtig mit den Fingerspitzen.

»Wir nennen es Glimmstein.«

Grimmbart zuckte zusammen. Er hatte nicht mitbekommen, dass sich die Ältesten genähert hatten.

»Warum leuchtet es?«, fragte der Zwerg.

»Wir wissen es nicht«, erklärte Groling. »Wir finden sie so, wie sie sind. Wir markieren damit unsere Wege.«

Grimmbart nickte nur. Er war unfähig, den Blick von dem Stein abzuwenden.

»Ich dachte, jeden Stein zu kennen«, sagte er ergriffen. »Unzählige Edelsteine hielt ich in meinen Händen und meine Spitzhacke schlug mehr Erz aus den Bergen, als vierhundert Lastesel hätten tragen können. Aber so etwas habe ich nie zuvor gesehen!«

»Ich schenke Euch einen als Zeichen unserer Freundschaft.« Jukon griff unter seine Robe und holte einen bläulich schimmernden Stein hervor.

»Ich danke Euch«, antwortete Grimmbart. Mit zittrigen Händen nahm er den Stein in Empfang.

Keiner von ihnen bemerkte die missbilligenden Blicke der anderen Älteren.

***

Während die Ältesten mit Grimmbart weitergingen, um ihm die Werkstätten und Kochstellen zu zeigen, kehrten Pelwick und Peya an den Platz zurück, an welchem sie zuvor die eigenartigen Speisen der Zwerge probiert hatten. Dort saßen noch zwei weitere Gnome und zwei Zwerge, die von dem üppigen Mahl noch nicht genug hatten. Wirklich geschmeckt hatte es Peya und Pelwick nicht, aber sie ließen sich nieder und probierten dennoch das eine oder andere. Dabei ließen sie sich von den Zwergen erklären, worum es sich dabei handelte.

»Und was ist das?« Peya hielt etwas hoch, das einem kleinen Schenkel glich.

Bei jeder Frage lachten die Zwerge.

»Das ist Truthahn«, sagte einer.

»Habt Ihr schon das probiert?«, fragte der andere und hob einen großen Krug in die Höhe.

»Was ist das?« Peya wollte alles probieren. Ihre Neugier schien grenzenlos, während Pelwick die Gesellschaft der Zwerge nicht behagte.

»Bier!« Die Zwerge lachten wieder und reichten Peya den Krug.

Er war schwer und sie musste beide Hände nehmen, um ihn anzuheben. Behutsam hielt sie ihn an die Lippen und nahm einen großen Schluck. Gebannt starrten die Zwerge auf die Gnomin.

»Nicht schlecht«, sagte sie anschließend.

Mit breitem Grinsen nahmen die Zwerge den Krug wieder in Empfang.

»Oh!« Peya fasste sich an den Kopf. »Mir wird schwindelig!«

Die Zwerge brachen in tosendes Gelächter aus.

Pelwick stand auf. Wütend funkelte er die Zwerge an.

»Was habt Ihr ihr gegeben?«, fragte er, aber die Zwerge lachten immer lauter.

Der Gnom half seiner Freundin auf die Beine und ging mit ihr zum Heiligen Quell hinüber.

»Hier, trink das.« Er reichte ihr eine Schale Wasser.

Die Gnomin trank und ließ sich am Rande des Grabens nieder.

»Widerliches Volk!« Pelwick setzte sich zu ihr. »Ich traue ihnen nicht.«

»Es war doch nur ein Spaß.« Peya hatte sich nach dem ersten Schrecken erholt. »Sie haben es doch selbst auch getrunken.«

Pelwick sah ärgerlich zu den beiden Zwergen hinüber, die jetzt ihre Späße mit den anderen Gnomen trieben. Womöglich hatte Peya Recht und es war alles nur ganz harmlos. Vielleicht würde er selbst auch andere veralbern, die ihm unterlegen waren und zu ihm aufblickten.

War dem so?

Waren die Gnome den Zwergen unterlegen und blickten voller Ehrfurcht zu ihnen auf?

Ja, irgendwie ist dem so, stellte Pelwick fest. Die Gnome waren kleiner und schmächtiger als die Zwerge. Auch ihre Kleider und Rüstungen waren einfach. Sie waren weder glänzend, noch Angst einflößend oder beeindruckend. Bestenfalls zweckmäßig.

Die Zwerge hingegen trugen große Waffen, manche übertrafen in ihrer Länge die Körperhöhe eines Gnoms. Sie waren schwer und scharf. Ihre Rüstungen waren massiv, dunkel und leuchteten an einigen Stellen in silbrigem oder güldenem Glanz. Die Gesichter der Zwerge waren allesamt als ernst zu bezeichnen, ihre Mimik wurde weitestgehend von den beeindruckenden Bärten verdeckt. Was blieb, waren kleine, dunkle Augen in schwulstigen Höhlen.

Allein der bloße Anblick eines Zwergs ließ Pelwick zittern.

Ja, die Zwerge waren überlegen.

Sie hatten jedoch keine Feindseligkeit gezeigt.

Bislang.

»Mach dir doch keine Gedanken.« Peya legte ihrem Freund eine Hand auf die Schulter. »Die Ältesten werden schon wissen, wie wir mit dieser Neuerung umzugehen haben. Sie werden uns sicherlich über alles in Kenntnis setzen, wenn die Zwerge wieder weg sind.«

»Ja, vielleicht«, antwortete der Gnom.

Peya lächelte ihn an. »Du wirst sehen, bald ist alles wie immer.«

»Ich hoffe es sehr.« Pelwick war davon allerdings nicht besonders überzeugt.

***

Es dauerte lange, bis die Zwerge Chupa Waia wieder verließen. Grimmbart hatte sich noch mehrmals für den Glimmstein bedankt und den Ältesten erklärt, sie auch bald in seiner Mine begrüßen zu dürfen. Er wollte den Gnomen die Oberwelt zeigen, betonte aber, dass es dort noch zu gefährlich wäre und sie einige Vorkehrungen treffen müssten, um für die Gnome den Zugang zu erleichtern. Bis dies geschehen wäre, dürfte jedoch kein Gnom die Mine betreten und einige Zwerge würden dies überwachen.

Von den Gnomen gab es wütenden Protest, als die Ältesten am Fuße ihres Ratshauses die Anweisungen des Zwergenführers verkündeten. Einige hatten gehofft, einen Blick außerhalb ihrer Tunnel riskieren zu können, andere forderten, die Zwerge zu vertreiben und den Durchgang für alle Zeit zu verschließen.

»Ich verstehe eure Sorgen.« Jukon stand mit Groling und Rallek etwas erhöht auf dem Spiralaufgang zu ihrem Stalagmiten. Nahezu alle Gnome hatten sich zu ihren Füßen versammelt.

»Wir hatten keine, bevor die kamen«, grölte ein dürrer, älterer Gnom. Er war als Poluk, der Käferhirte, bekannt.

»Aber wir haben den Durchgang gegraben«, erklärte Olsmund, der Erkunder.

»Vielleicht solltet ihr besser aufpassen, wo ihr grabt«, rief ein Nächster.

Die Ältesten beobachteten voller Sorge, wie sich das sonst so vereinte Gnomenvolk in zwei Lager spaltete. Nie zuvor waren sie sich derart uneins gewesen.

»Meine Freunde«, versuchte Jukon das Durcheinander zu durchdringen. Erst sein zweiter Anlauf zeigte Erfolg. »Es ist der Wille des Heiligen Quells. Er hat uns geprüft und uns ein Geschenk gebracht. Ein Geschenk in Form der Zwerge! Wir sollten es annehmen und sehen, wohin es uns bringt!«

Die Menge rief wieder durcheinander. Jeder hatte eine andere Auffassung davon, wie ein Geschenk auszusehen hatte.

Nur mit Mühe gelang es Groling, sich Gehör zu verschaffen. »Hat je einer von euch an den Wegen des Heiligen Quells gezweifelt?«, rief er. »Wenn dem so ist, so möge er vortreten!«

Die Menge fiel in betretenes Schweigen. Niemals würde ein Gnom es wagen, den Heiligen Quell in Frage zu stellen.

Auch als Jukon wieder das Wort übernahm, redete ihm niemand mehr dazwischen. »Grimmbart hat mir versichert, uns seine Mine ausführlich zu zeigen und uns über einen sicheren Weg zur Oberwelt zu führen. Uns Gnomen wird hier eine einmalige Gelegenheit geboten und wir sollten sie nicht ungenutzt lassen!«

»Und wenn sie uns nur bestehlen wollen?«, fragte die kleine Mira vorsichtig.

Jukon lächelte sie an. »Was sollten sie uns schon stehlen? Wir haben nichts, was für sie von Interesse wäre. Nur wir können aus dieser Freundschaft einen Nutzen ziehen.«

Jukon sah über die vielen Gnome hinweg. Keiner begehrte mehr gegen die Worte der Ältesten auf, lediglich leises Getuschel drang an seine Ohren. Sein Volk schien die Worte hinzunehmen.

»Nun geht wieder euren Tätigkeiten nach«, beendete er seine Rede und schickte sich an, das Ratshaus weiter hinauf zu steigen.

Das Gnomenvolk tat wie geheißen und die Versammlung löste sich rasch auf.

»Ich danke dir für deinen Einsatz.« Jukon nickte Groling im Vorbeigehen dankend zu.

Dieser brachte lediglich ein gequältes Lächeln zustande und sah seinem Ratsbruder mit gemischten Gefühlen nach.

***

Glanzlos lag der ovale Stein auf dem Tisch. Seine Oberfläche war rau und von einem hässlichen Grau. An ihm schien nichts Besonderes zu sein, wirkte vielmehr wie ein gewöhnlicher Stein, der über Jahrzehnte hinweg seine Form in einem Flussbett erlangt hatte.

»Was soll das?«, fragte der einäugige Zwerg hinter dem Tisch.

»Dies, Vetter Bok«, antwortete Grimmbart, »ist etwas, was du noch nie zuvor gesehen hast. Ich konnte es selbst kaum glauben, als ich es sah.«

Die beiden Zwerge standen in einer kleinen Kammer innerhalb Grimmbarts Mine. Der Schein zweier Fackeln warf groteske Schatten. Außer dem Tisch befand sich nichts weiter in diesem Raum. Grimmbart hatte ihn bewusst so gehalten, damit ihn nichts ablenkte, wenn er sich zurückzog, um besondere Schätze zu betrachten.

»Du zerrst mich in diese winzige Kammer, um mir einen einfachen Kiesel zu zeigen?« Bok verzog das Gesicht. Es missfiel ihm sichtlich, die Reise zu Grimmbarts Mine wegen eines schnöden Steins unternommen zu haben. »Als deine Nachricht mich erreichte, dachte ich, du hättest etwas Besonderes entdeckt. Aber ich sehe hier nichts Dergleichen!«

Grimmbart lachte. »Du Narr«, sagte er. »Los, lösche die Fackeln.«

Bok blieb noch einen Moment reglos stehen, als verstünde er die Aufforderung seines Vetters nicht, tat dann aber doch, was von ihm verlangt wurde. Er stülpte die Metallbecher über das Feuer und erstickte es.

Sofort wurde es dunkel.

Zwerge waren es ursprünglich gewohnt, in vollkommener Dunkelheit zu sehen, doch die vielen Jahre an der Oberwelt hatte ihre Fähigkeit beeinträchtigt. Langsam gewöhnten sich die Zwergenaugen an die plötzliche Finsternis.

»Wart es ab«, sagte Grimmbart.

Und Bok wartete. Im Grunde war er ein ruhiger, gutmütiger Vertreter seines Volks, doch wenn er eines nicht mochte, waren es Überraschungen. Er verstand auch keineswegs, was andere an jener Geheimniskrämerei fanden, um anderen anschließend schöne oder schreckliche Dinge zu zeigen.

Bok spürte, wie der Ärger allmählich in ihm aufstieg, als er auf einmal die Veränderung bemerkte. Zuerst schien es sich nur um eine Sinnestäuschung zu handeln, doch das bläuliche Leuchten auf dem Tisch verstärkte sich zusehends.

Der Stein begann zu glühen. Ein unwirkliches Licht strahlte von innen heraus und wurde von Moment zu Moment stärker, bis die gesamte Kammer in ein gespenstisches Licht getaucht war.

Bok blieb der Ärger im Halse stecken. Von dem Geschehen beeindruckt öffnete er den Mund, als wollte er seiner Bewunderung Worte verleihen, aber kein Ton kam hervor. Mit seinem verbliebenen Auge, welches nicht dem Kampf mit einem wilden Eber zum Opfer gefallen war, versuchte er jede Einzelheit aufzusaugen.

»Ist das Hexerei?«, fragte er ehrfurchtsvoll.

Wieder erschallte Grimmbarts tiefes Lachen. »Nein, nein«, sagte der Clanfürst. »Das heißt: Ich weiß es nicht wirklich, aber ich glaube, es ist einfach nur ein Stein. Ein Stein, der im Dunkeln leuchtet.«

»Beeindruckend!« Bok ging leicht vorgebeugt um den Tisch herum. Er ließ den Stein keinen Moment aus dem Auge und erinnerte an ein Raubtier, welches langsam seine Beute umkreiste.

»Sie haben noch mehr davon.« Grimmbarts Stimme riss Bok aus seiner Faszination.

»Noch mehr?« Bok zuckte hoch und blickte seinen Vetter fragend an.

»In allen Farben, die du dir vorstellen kannst.«

»Aber warum leuchtet er? Hast du einen zerschlagen und nachgesehen, was darin ist?«

Der Clanfürst schüttelte langsam seinen Kopf. »Es ist nicht so, als hätte ich nicht darüber nachgedacht, aber etwas hielt mich zurück. Es war ein Gefühl, Bok, welches ich zuvor noch nicht kennengelernt habe. In all den vielen Jahren, die ich auf der Oberwelt und in der Mine zugebracht habe, bin ich niemals auf etwas gestoßen, was mir ein derartiges Unbehagen beigefügt hat.«

»Und dieser Stein tut es? Du fürchtest dich vor einem Stein?«

»Ja, Bok. Ich fürchtete ihn. Oder viel mehr das, was in ihm stecken könnte. Nimm du ihn. Bring ihn auf die Märkte und sieh, welchen Preis du für ihn erzielen kannst.«

»Du willst ihn verkaufen, Grimm?«

»Natürlich! Oder was willst du mit einem leuchtenden Stein anfangen? Das ist vielleicht Hexerei und so etwas dulde ich nicht in meiner Mine. Nebenbei wärmt er ja nicht einmal!« Grimmbart lachte erneut.

Bok war verwirrt. Vor wenigen Augenblicken hatte er von der Existenz dieses Steins nicht einmal etwas geahnt und jetzt sollte er ihn schon wieder verkaufen. Dabei hatten sie keine Ahnung, was sie dort in den Händen hielten. Diese Steine wollten ergründet werden. Nein, sie mussten es sogar. Vielleicht waren sie tatsächlich nichts weiter als normale, jedoch leuchtende Steine. Aber möglicherweise waren sie auch weitaus mehr, wie sein Vetter vermutete. Und wenn es tatsächlich Hexerei war, warum konnten sie sich diese nicht zunutze machen?

»Du willst ihn untersuchen?« Grimmbart war die Unsicherheit seines Vetters nicht verborgen geblieben.

»Du magst mich für einfältig halten, Grimm, aber es könnte doch sein, dass der Stein viel mehr ist, als man ihm ansieht. Er könnte in der Tat magisch sein oder gar eine Waffe.«

Grimmbart hielt einen Augenblick inne, als dachte er über die Worte seines Vetters nach. Schließlich stieß er wieder dieses tiefe, hämische Gelächter aus.

»Sei kein Dummkopf. Nimm den Stein und verkauf ihn. Und wenn du zurückkehrst, schenke ich dir einen, damit du ihn untersuchen kannst. Und nun geh!«

Ein kurzes Lächeln huschte hinter Boks rotem Bart hervor. Er griff den Stein und ließ ihn in einen Beutel an seinem Gürtel gleiten.

Ohne sich zu verabschieden, machte der Zwerg auf dem Absatz kehrt und verließ die dunkle Kammer.

***

Jukon spürte, dass er älter wurde und die Kraft allmählich seinen Körper verließ. Der gewundene Gang um den Stalagmiten herum und hinauf zum Eingang ins Ratshaus schien ihm bei jedem Aufstieg länger und länger zu werden.

Ermattet erreichte er den Durchgang zur Ratsstube. Es war ein runder Raum, kunstvoll im Inneren des Stalagmiten angelegt. In seiner Mitte befand sich ein hoher, flacher Stein, der als Tisch diente. Um ihn herum waren im Kreis dicke Wolldecken ausgelegt, auf denen bereits Groling und Rallek sitzend auf Jukon warteten.

»Du lässt dir Zeit«, begrüßte ihn Groling.

»Ihr werdet auch nicht jünger«, entgegnete Jukon.

»Ich traue diesen Zwergen nicht.« Rallek verzichtete auf eine Begrüßungsfloskel und kam sofort zur Sache.

»Warum nicht?« Jukon setzte sich auf eine Decke, faltete seine Hände und legte sie auf die Tischkante.

Rallek stand auf und ging durch den Raum. Die Hände knetete er nervös hinter seinem Rücken. »Sicher geben sie sich freundlich. Aber sie sind uns überlegen und könnten uns kurzerhand bezwingen und wie Nutztiere halten. Sie führen etwas im Schilde. Das glaube ich fest.«

»Hörst du dich überhaupt reden, Rallek?« Jukons Gesicht verzerrte sich. Zorn erfüllte seine sonst so sanftmütige Stimme. »Nur weil jemand uns gegenüber freundlich ist, bedeutet es nicht, er wolle uns hinterrücks niederringen. Ich gebe zu, die Zwerge sind uns körperlich und sicher auch kämpferisch überlegen. Und dessen sind sie sich sicher bewusst. Aber wenn sie diese Stärke ausspielen wollten, hätten sie es nicht schon längst getan? Würden sie uns nicht wie Erdkäfer gefangenhalten? Das Zwergenvolk ist nicht falsch, das glaube ich aufrichtig. Ich spüre Ehre und Mut in ihnen. Sie sind neugierig auf uns, sehen uns nicht als Bedrohung und streben ein gemeinsames Leben mit uns an. Jeder kann von dem anderen profitieren. Seht ihr das denn nicht?«

»Was ist mit der Oberwelt, die uns Grimmbart zeigen will?«, wandte Groling ein.

»Es braucht seine Zeit. Grimmbart sagte, es sei ein gefährlicher Weg und es müssten Vorkehrungen getroffen werden, damit wir sicher an die Oberwelt gelangen können.« Jukon erhob sich. Er spürte, wie seine Hände zitterten, und es gefiel ihm nicht, sich vor seinen Ratsbrüdern erklären zu müssen. In den vergangenen Jahren waren sie immer einer

Meinung gewesen, nie zuvor hatte einer der drei eine andere Ansicht vertreten. Doch jetzt schien es ihm, als hätte man ihn ins Abseits gestellt und prangere ihn an, etwas Unrechtes getan zu haben. »Was ist nur los mit euch? Warum seid ihr derart feindselig? Bislang hat kein Zwerg seine Waffe gegen uns erhoben. Sie sind unsere Freunde. Warum seid ihr so blind?«

»Sei nicht töricht, Jukon!« Jetzt stand auch Groling auf. »Du bist geblendet. Die vielen Dinge, die Grimmbart dir erzählt hat, täuschen deinen Verstand. Woher sollen wir wissen, ob es diese Oberwelt überhaupt gibt. Wie nannte er diese Dinge? Bäume? Flüsse, gefüllt mit Wasser gleich dem unseres Quells? Berge und Städte? Ja, er hat sie uns beschrieben, aber sie klingen weitaus großartiger, als dass sie Wirklichkeit sind. Er macht uns Versprechungen, die er nicht halten kann. Er will uns locken, uns gefügig machen, damit wir seinem Willen gehorchen. Die Zwerge sind falsch! Glaube mir.«

»Nein, das tue ich nicht.« Jukon schüttelte den Kopf. »Warum sollte er das tun? Wozu Dinge erfinden, die es nicht gibt, um uns seinen Willen aufzuzwingen? Er könnte es viel einfacher haben, wenn ihm daran gelegen wäre, uns zu unterdrücken. Und was kann er von uns schon verlangen? Wir haben nichts, was auch nur ansatzweise den Dingen seiner Welt gleich käme.«

»Die glimmenden Steine«, sagte Rallek.

»Was meinst du damit?«, fragte Jukon überrascht.

»Er will die glimmenden Steine«, erklärte Groling. »Hast du nicht bemerkt, wie versessen er auf sie war? Wie er vor dem einen stand und ihn fasziniert anstarrte, als hätte er so etwas nie zuvor gesehen? Dabei musste er sie schon gesehen haben, als die Zwerge in Chupa Waia eindrangen. An jedem verdammten Tunnel und jeder Knotenhalle befindet sich ein Glimmstein. Warum sollte er also tun, als hätte er so einen zum ersten Mal bei uns in der Oni Thal gesehen?«

»Jetzt hört aber auf!« Wütend schlug Jukon mit der Faust auf den Tisch und drehte sich frustriert um. Seine Ratsbrüder erschraken. So kannten sie ihren Freund nicht. Er war immer ruhig und stets Herr der Lage.

Bis jetzt.

Sie sagten nichts und starrten betreten auf den Ältesten, der ihnen den Rücken zuwandte. Keiner vermochte die Stille zu durchdringen.

Groling und Rallek sahen einander an, als hofften sie, einer wüsste die Worte, die dem anderen fehlten, um Jukon wieder zu besänftigen. Ihre Blicke wirkten jedoch hilflos und keiner fand einen Weg, ihren Ratsbruder zur Vernunft zu bringen.

»Dann soll er sie haben«, durchbrach Jukon das betretende Schweigen. Langsam drehte er sich um und sah die anderen mit klarem Blick an. »Wenn er die glimmenden Steine haben will, so soll er sie bekommen. Wir haben genug davon.«

»Du bist besessen von der Oberwelt«, schlussfolgerte Groling.

»Ist das so verkehrt?«, fragte Jukon. »Ist es nicht unsere Aufgabe, das Volk der Gnome zu etwas Höherem zu führen? Was ist, wenn all die Erzählungen Grimmbarts wahr sind? Wenn es diese Oberwelt wirklich gibt? Möchtest du sie nicht sehen? Möchtest du nicht entdecken, was das Leben für uns noch bereithält?«

»Wir waren Gräber, Jukon«, sagte Rallek mit sanfter Stimme. »Wir sind zufrieden mit dem, was wir haben. Ich verstehe deinen Drang, schließlich warst du Erkunder. Es ist verständlich, wenn du nach mehr Wissen und neuen Dingen strebst. Aber wir sollten mit Bedacht vorgehen. Tu mir den Gefallen und traue den Zwergen nicht um jeden Preis. Lass uns auf der Hut sein.«

Jukon senkte den Blick. Er ließ die Worte Ralleks auf sich wirken und spürte, dass ihm nicht daran gelegen war, seine Träume zu zerstören.

»Wie ihr wünscht!« Jukon nickte. »Aber wenn es diese Oberwelt wirklich gibt, werden wir sie besuchen.«

»Ja, das werden wir«, sagte Rallek.

Die beiden Ratsbrüder sahen Groling erwartungsvoll an und hofften auf eine Reaktion seinerseits, der Einstimmigkeit willen.

Doch dieser zögerte. Fest presste er die Lippen aufeinander. Er versuchte, seinen inneren Kampf nicht äußerlich zu zeigen, und bemühte sich offensichtlich, zu einer schnellen Entscheidung zu kommen.

»Gut«, sagte er schließlich. Und ohne seine Ratsbrüder weiter zu beachten, verließ er schnellen Schrittes das Ratshaus.

GLIMMENDE STEINE

Die Tage kamen und gingen. An der Oberwelt vollzog die Natur den Wandel vom Frühling zum Sommer, doch tief unter der Erde spürte niemand etwas von dieser Veränderung.

Grimmbart hatte die Beziehungen zu den Gnomen vertieft. Inzwischen hatten sich auch diese daran gewöhnt, dass immer wieder Zwerge in ihrer kleinen Welt auftauchten, und allmählich war fast so etwas wie eine Freundschaft entstanden.

Doch obwohl die Gnome immer wieder fragten, ob sie die Oberwelt oder lediglich die Zwergenmine besuchen dürften, musste Grimmbart sie ihrer eigenen Sicherheit wegen vertrösten. Er war noch nicht bereit, den Gnomen mehr zu geben. Er fand es nicht richtig, ihnen Zutritt zu einer Welt zu verschaffen, die augenscheinlich ihre gesamte Vorstellungskraft übertraf. Mit dieser Entscheidung gewann er große Zustimmung unter seinem Volk, da kein Zwerg es bereitwillig duldete, in seinem Reich Fremde herumschnüffeln zu sehen.

Gedankenversunken hockte Grimmbart auf einem steinernen Thron in der Königshalle seiner Mine. Seine Fingerkuppen klopften nervös auf der mit Bären- und Eberfiguren verzierten Armlehne, als ihn jemand aufschreckte. Der Zwerg, der vor ihm aufgetaucht war, trug seinen hellen Bart und die Haare wirr zerzaust und seine Augen zuckten immer nervös von einem Winkel des großen Raumes zum nächsten. Sein Name war Hurik und er war die rechte Hand des Clanfürsten.

»Grimmbart!« Hurik zappelte unruhig und schnappte nach Luft. Er schien eine weite Strecke gelaufen zu sein.

»Was ist?«, fragte Grimmbart grummelnd. Er mochte es nicht, wenn ihn jemand beim Nachdenken störte.

»Bok ist zurück! Euer Vetter ist wieder da!«

Grimmbart sprang auf. Er griff nach dem großen Ziegenkopfhammer, der seitlich an seinem Thron lehnte, und folgte Hurik, der bereits den Rückweg angetreten hatte.

Die Mine des Tiefenfelsclans war gewaltig. Tiefe Schluchten hatten den Berg regelrecht ausgehöhlt, unzählige Brücken und hölzerne Treppen verbanden die zerklüfteten Felsformationen miteinander. Überall leuchteten Fackeln und Feuerschalen an den Wänden. Gänge und Stollen waren tief in den Berg getrieben worden und bildeten ein wahres Labyrinth zwergischer Handwerkskunst. Sie alle führten, über Umwege, zum Herz des Berges: der großen Schmiede.

Dort befand sich das heiße, flüssige Gestein, welches die Öfen anfeuerte und den Zwergen das Trennen von Erz und Stein, sowie das Schmieden ihrer Waffen und Rüstungen ermöglichte.

Grimmbart war nicht der rechtmäßige König der Mine. Vor wenigen Jahren hatte er die Abwesenheit des Eisenbrecherclans genutzt und die Mine eingenommen. Seitdem verschanzte er sich vor dem Zorn König Dharain Eisenbrecher tief unten im Berg, obwohl er lange Zeit nichts von ihm zu befürchten gehabt hatte.

Früher einmal waren die Zwerge uneins gewesen, jeder hatte dem anderen Hab und Gut missbilligt. Kriege und Scharmützel hatten die Anzahl des einst stolzen Zwergenvolks verringert und nur wenige Clans hatten sich behaupten können. Erst die Bedrohung durch einen gemeinsamen Feind, dem Adepten von Ghur, welcher die südlichen Lande mit Tod und Verderben übersät hatte, hatte Einigung unter das Zwergenvolk gebracht. Unter Großkönig Antarr war das Tribunal der Zwerge gegründet worden, dessen Aufgabe es war, die Belange der einzelnen Clans auf friedliche Weise zu lösen.

Grimmbart hielt dieses Tribunal für ein Zeichen der Schwäche und hatte seine Haltung mit der Einnahme der Eisenbrechermine unterstrichen. Dharain Eisenbrecher musste seinen Wunsch, die Mine zurückzufordern, erst vor dem Tribunal darlegen. Die Zeit verstrich und Grimmbart hatte seither jede friedliche Lösung abgelehnt. Doch nun hatte das Tribunal dem Clan Eisenbrecher Recht zugesprochen und ihnen erlaubt, die Mine mit Gewalt zurück zu erobern. Seitdem befand sich Grimmbart in steter Aufwertung seiner Truppen, suchte Verbündete und Mitstreiter, da sein Clan dem der Eisenbrecher zahlenmäßig weit unterlegen war.

Grimmbart hoffte, dass Bok mit guten Neuigkeiten, die seine Kriegskasse füllen konnten, zurückkehrte.

Nicht unweit des Haupttores trafen die Zwerge aufeinander.

»Was hast du erreicht, Bok?« Grimmbart packte die Schultern seines Vetters. Die Zeit drängte.

»Begrüßt man so einen Verwandten?« Bok erwiderte den Griff.

Die beiden sahen sich einen Moment reglos an, schlugen wuchtig ihre Stirnen gegeneinander und begannen laut zu lachen. Anschließend umarmten sie sich wie alte Freunde.

»Nun sprich, Bok. Was gibt es auf den Märkten des Westvolks?«

»Wie kann ein so mürrischer Tendar nur so neugierig sein?«

»Ich warte schon seit Tagen auf deine Rückkehr. Was hat dich aufgehalten?«

Die beiden Männer schritten nebeneinander tiefer in die Mine hinein. Hurik und die Begleiter Boks folgten ihnen.

»Es brechen schwere Zeiten an. In den Wäldern hausen die Orks. Sie haben die Berge verlassen und suchen nach neuem Schutz«, erzählte Bok.

»Das ist doch gut. Zu lange haben sie uns in unserer Mine gestört. Zu oft mussten unsere Brüder sterben, wenn sie in unsere Höhlen eindrangen wie die Heuschrecken über den Feldern. Wenn die Eisenbrecher kommen, müssen sie zuerst an den Orks vorbei. Das verschafft uns einen Vorteil.«

»Aber du vergisst, dass das Westvolk ihnen schutzlos ausgeliefert ist. Sie wissen nicht einmal von der Existenz dieser Kreaturen.«

»Was kümmert mich das Westvolk? Sie breiten sich aus wie Fliegen über totem Fleisch. Es stört mich nicht, wenn sie dorthin zurückkehren, woher sie einst gekommen sind.«

»Kein Westvolk, keine Märkte«, erwiderte Bok.

Grimmbart lachte und schlug dem Zwerg kräftig auf die Schulter. »Mein Vetter wie immer findest du einen Grund, nutzlosen Wesen einen Sinn zum Leben zu gewähren. Aber ob wir uns um diese grunzenden Orks später kümmern, hängt ganz davon ab, was du auf den Märkten erreicht hast.«

»Mein guter Grimm. Immer wieder schnell bei der eigentlichen Sache. Nun gut, genug der Warterei.«

Bok griff unter seinen Mantel und zog einen ledernen Beutel hervor. Er war so groß wie Grimmbarts Kopf und sorgfältig mit einer hellen Kordel verschnürt. Bok warf ihn seinem Vetter zu. Grimmbart fing ihn auf und löste geschickt den Knoten. Seine Mundwinkel verzogen sich, als er in den Beutel sah.

»Es ist weniger, als ich dachte«, sagte er. »Vielleicht bringen andere Farben mehr.«

»Warte, Vetter.« Bok hielt Grimmbart zurück. »Meine Männer haben zwanzig weitere.«

»Zwanzig weitere Beutel?«

Bok nickte.

Grimmbart starrte ihn an, als konnte er nicht glauben, was er soeben gehört hatte. Seine Lippen formten einen Satz, doch kein Ton drang hervor.

Zwanzig weitere.

Bei diesem Gewinn würden sich die Kriegskassen rasch füllen. Niemand vermochte sich dem Willen Grimmbarts zu beugen und jeder würde vor seiner schier grenzenlosen Macht erzittern.

»Wir brauchen mehr Steine. Viel mehr Steine!«

»Denkst du, die Gnome geben dir noch welche?«

»Ganz bestimmt, Bok. Ihre Anführer sind ganz versessen auf die Oberwelt.«

»Du könntest sie jederzeit an die Oberfläche bringen. Warum zögerst du, Grimm?«

»Du bist ein Dummkopf, Bok!« Grimmbart lachte. »Sieh es als Anreiz. Sie werden mir ausreichend Steine geben, damit wir genug in unsere Kriegskasse bekommen. Und das alles nur, damit ich sie an einen Ort bringe, von dem sie noch nie zuvor gehört haben! Ich könnte ihnen alles Mögliche zeigen!«

»Aber du wirst sie hinbringen?« Boks Stimme wurde forscher.

Grimmbart sah seinen Vetter an. Es schien ihm wirklich ernst zu sein und anscheinend lag ihm etwas an diesen winzigen Kreaturen.

»Sei nicht albern!« Der Clanfürst lächelte seinem Vetter entwaffnend an. »Es ist eine Frage der Ehre, zu seinem Wort zu stehen. Für was hältst du mich?«

Bok blickte ertappt. »Aber was ist, wenn sie dir keine Steine mehr geben?«, fragte der Einäugige vorsichtig.

Grimmbarts Augen bekamen plötzlich einen Glanz, den Bok bei seinem Vetter wohl nie zuvor gesehen hatte. »Das werden sie, mein lieber Bok. Das werden sie!«

***

Das kühle Wasser des Heiligen Quells war erfrischend. Groling tauchte die Hände in den Graben und benetzte sein Gesicht. Es war eine Wohltat, als er spürte, wie die Hitze von seiner Haut wich. Er verabscheute es, sich zu streiten. Groling war es gewohnt, dass die Gnome ihm gehorchten und taten, was er verlangte. Der Rat war bei diesen Entscheidungen immer einer Meinung gewesen und jetzt stand ein offener Konflikt bevor. Groling hatte zwar auf Willen seiner Ratsbrüder nachgegeben, aber das hieß noch lange nicht, dass er auch mit dieser Entscheidung einverstanden war.

Der Älteste hob den Kopf und ließ sich schwerfällig auf dem Rand des Grabens nieder. Er war nicht bereit, den Zwergen alles zu geben, was die Gnome besaßen, nur dem Gedanken folgend, eine neue Welt zu entdecken. Jukon war dabei, sich Grimmbart zu unterwerfen, und das musste Groling irgendwie verhindern. Die Gnome durften sich nicht den Willen der Zwerge aufzwingen lassen. Es musste eine andere Möglichkeit geben, um Grimmbart ebenbürtig gegenüberzustehen.

Lauter Tumult innerhalb der Oni Thal ließ Groling aufsehen. Durch den Haupttunnel betraten Grimmbart und einige seiner Zwerge die erste Halle.

Groling erhob sich. Jetzt würde sich zeigen, ob Grimmbart Wort hielt und die Gnome in die neue Welt oder ins Verderben führen würde.

***

»Du kommst spät, Pelwick«, rügte Fada ihren Sohn. Sie saß bereits mit Zulias am Fuße der Schlafkammern und verteilte das Essen. Pelwick setzte sich zu ihnen auf den Boden und nahm sich ein Chitinschälchen von dem großen Stein, der als Tisch zwischen ihnen stand.

»Verzeih, Mutter«, antwortete der junge Gnom. »Ich war mit Peya unterwegs. Wir wollten eigentlich graben, aber überall waren diese Zwerge.«

»Ja, diese Zwerge ...« Zulias holte mit den Fingerspitzen ein wenig Käferbrei aus seiner Schale und steckte es sich in den Mund.

»Aber diese Zwerge sind doch nett«, meinte Fada. »Ich habe bisher nichts von irgendwelchem Ärger gehört. Und wir bekamen interessante Speisen von ihnen.«

»Besonders lecker sind die aber nicht!« Zulias unterstrich seine Aussage, indem er das Gesicht verzog.

»Aber ich mag die Zwerge nicht«, sagte Pelwick. »Sie sind so grob und machen sich über alles lustig. Und in ihrer Gegenwart fühle ich mich nicht wohl.«

»Stimmt! Angsteinflößend sind sie wirklich.« Erneut schob Zulias sich etwas Käferbrei zwischen die Lippen.

»Sie sind eben anders«, stellte Fada fest. »Was meint ihr? Wann werden sie uns an die Oberwelt führen?«

»Wenn es die wirklich gibt«, gab Pelwick zurück.

»Ja, warum denn nicht? Man kann sich solche Dinge doch nicht ausdenken. Ich kann mir kaum alles merken, wovon sie geredet haben: Wiesen, Wälder, Flüsse und Seen. Tiere, die schwimmen und fliegen.« Fada verfiel in regelrechte Schwärmerei.

»Und warum zeigen sie es uns nicht? Warum lassen sie uns nicht dahin oder bringen wenigstens einen Wald hierher, damit wir ihn sehen können?«, fragte Pelwick.

»Sie haben sicher ihre Gründe«, sagte Fada. »Und nun iss, Junge.«

Pelwick tat, was seine Mutter verlangte, und die Familie schwieg beim Essen. Der junge Gnom würde seine Meinung über die Zwerge keineswegs ändern. Auch die vielen Gespräche mit Peya brachten ihn nur immer wieder zu der Erkenntnis, dass etwas mit diesem Volk nicht stimmte.

Er würde es schon herausfinden. So viel stand für ihn fest.

***

Groling folgte Grimmbart in sicherem Abstand. Er spürte kein Bedürfnis, dem Zwerg zu begegnen und das ganze Gerede von der Oberwelt mit anzuhören. Den beiden anderen Ältesten war offensichtlich sehr daran gelegen, mit den Zwergen Geschäfte zu machen, und so sollten sie sich auch um den Clanfürsten kümmern, fand Groling.

Am Fuße des Ratshauses traten Jukon und Rallek Grimmbart und seinem Gefolge entgegen. Sie begrüßten sich freundlich.

Groling ging hinter einem größeren Fels in Deckung, nah genug, um das Gespräch zu belauschen. Er fühlte sich dabei unwohl, wie jemand, der unentdeckt etwas Unrechtes plante. Sicherlich würde der ein oder andere Gnom sehen, wie er sich hinter dem Stein verbarg. Aber Groling wusste, dass kein Gnom es wagen würde, ihn darauf anzusprechen oder sein Tun infrage zu stellen. Ihm gefiel dieses Gefühl der Macht, tun zu können, was ihm beliebte. Bisher hatte er diese Stellung in der Gesellschaft der Gnome nicht ausgenutzt und es hatte auch keinen Grund gegeben. Doch nun waren die Zwerge gekommen und untergruben den Einfluss der Ältesten bei dem eigenen Volk.

Groling verstand nicht, warum Jukon und Rallek dies so bedingungslos hinnahmen. Eine Freundschaft bestand aus Geben und Nehmen, aber die Zwerge gaben nur leere Versprechungen.

»Mir gefallen diese Glimmsteine«, hörte Groling Grimmbart sagen. »Mit ihrer Hilfe kommen wir schneller mit den Vorbereitungen voran. Wenn ihr noch mehr von ihnen hättet, könnten wir euch schon bald an die Oberwelt führen.«

»Das freut uns zu hören«, antwortete Jukon. »Wir haben noch einige, die wir nicht benötigen. Ich überlasse sie euch gern.«

Groling spürte Zorn in sich aufsteigen. Jukon gab dem widerlichen Zwerg, was er haben wollte, und stellte nichts infrage. Er war nicht einmal daran interessiert zu erfahren, um was für wichtige Vorbereitungen es sich überhaupt handelte. Was musste erst erledigt werden, damit die Gnome durch die Mine der Zwerge den Weg an die Oberwelt gehen konnten?

Groling verstand es nicht. Die Zwerge waren zwar etwas größer und stämmiger als die Gnome, aber nichts unterschied die Völker so sehr, dass die Zwerge einen Weg gehen konnten, der für die Gnome versperrt gewesen wäre.

Rasend vor Wut presste Groling die Lippen aufeinander. Wenn er an Jukons Statt gewesen wäre, würde er nicht so mit sich umspringen lassen. Er würde die Zwerge dazu bringen, die Gnome respektvoll und ebenbürtig zu behandeln.

Von seinem Versteck aus sah er, wie zwei Gnome viele Glimmsteine in Chitinschalen zu den Zwergen trugen. Dort wurden sie in Säcke gefüllt und von den Begleitern Grimmbarts aus der Oni Thal geschafft.

»Schon bald wird für die Gnome ein neues Zeitalter anbrechen!« Mit diesen Worten verabschiedete sich Grimmbart und folgte seinen Männern.

Groling war sich sicher, dass die Worte Grimmbarts der Wahrheit entsprachen. Allerdings in anderer Form, als es sich die Gnome erhofften.

Einen Moment blieb der Älteste hinter seiner Deckung und beobachtete, wie seine Ratsbrüder zurück in den Stalagmiten gingen. Anschließend erhob er sich und schickte sich an, den Zwergen zu folgen.

Ihm war eine Idee gekommen, welche die Stellung der Gnome doch noch verbessern konnte.

***

Pelwick schlenderte zu den Schlafkammern Peyas und ihrer Mutter hinüber. Zu seiner Enttäuschung war seine Freundin nicht dort. Die Sache mit den Zwergen beschäftigte ihn und er brauchte dringend jemanden, mit dem er darüber reden konnte. Mit seinen Eltern konnte er es nicht. Am Ende würden sie ihm verbieten, irgendwelche Nachforschungen anzustellen, dabei war genau das sein Plan.

Er wollte wieder in die Zwergenmine gehen, um herauszufinden, ob es überhaupt einen Weg aus dem großen Stein heraus gab. Doch dazu brauchte er Peya. Zu zweit wäre es um einiges einfacher und – vor allem – sicherer.

Enttäuscht ging er weiter, hinüber zu den Werkstätten, um sich ein neues Paar Grabkrallen zu holen. Vielleicht würde er Peya in irgendeinem Gang finden, und wenn nicht, konnte er seinen Frust an einem unfertigen Tunnel auslassen.

»Na, mein Junge. Was kann ich für dich tun?«, fragte Ruggon, der Schmied.

Verwundert blickte Pelwick auf. Ihm war entgangen, die Schmiede bereits erreicht zu haben.

»Ähm«, antwortete er verlegen. »Ich brauche neue Grabkrallen. Ich habe meine verloren.«

»Verloren? Wie kann man die nur verlieren?«

»Ich weiß es nicht. Auf einmal waren sie weg.«

»Na ja, wahrscheinlich hat sie einer dieser Zwerge mitgenommen.« Die Stimme des Schmieds wurde zu einem Flüstern. »Weißt du, ich traue denen ja nicht. Überall lungern sie herum und suchen bestimmt nach Dingen, die sie gebrauchen können. Die haben sie mit Sicherheit mitgenommen.«

Ruggon las vom Boden hinter sich ein neues Paar Grabkrallen auf und reichte sie dem jungen Gnom.

»Pass aber diesmal besser auf sie auf«, sagte er.

Pelwick nahm die Krallen an sich, befestigte sie an dem Seil an seinem Hosenbund und bedankte sich bei Ruggon.

Anschließend ging er weiter in Richtung des Heiligen Quells, als er auf einmal stehen blieb. Ihm bot sich ein Bild, wie er es nie zuvor gesehen hatte: Er sah Groling, wie er durch die Oni Thal auf einen Haupttunnel zu lief.

Im Grunde war es nichts Ungewöhnliches, einen der Ältesten herumgehen zu sehen, aber dies war irgendwie sonderbar. Es war diese Art, wie Groling sich bewegte und immer wieder umschaute, ob ihm nicht jemand folgte.

Pelwick wartete, bis der Älteste den Tunnel erreicht hatte, und folgte ihm in sicherem Abstand. Was auch immer der Älteste im Schilde führte, Pelwick würde es herausfinden.

Groling sah oft zurück, doch sein Verfolger war geschickt genug, sich nicht erwischen zu lassen. Pelwick hielt sich dicht an der Wand und nutzte kleine Felsvorsprünge, hinter denen er sich verstecken konnte.

Groling ging an mehreren Seitengängen vorbei, spähte kurz hinein und ging weiter. Im Scheitelpunkt einer Kurve schien er plötzlich etwas zu entdecken und ging schneller. Pelwick beeilte sich ebenfalls. Dabei musste er öfter auf seine Deckung verzichten und hätte schnell von dem Ältesten entdeckt werden können, wenn sich dieser umgedreht hätte.

Doch er tat es nicht.

Er lief den Haupttunnel fast bis zum Ende und blieb vor dem letzten Seitengang stehen. Instinktiv huschte Pelwick hinter eine Felsspalte. Keinen Atemzug zu früh, da sich Groling noch einmal vergewisserte, allein zu sein, und ging in den Gang.

Erleichtert atmete Pelwick aus und nahm wieder die Verfolgung auf. Geduckt pirschte er sich an den letzten Seitengang heran und sah vorsichtig hinein. Der Älteste hatte bereits das Ende des Gangs erreicht und ging in die dahinterliegende Knotenhalle.

Pelwick zitterte vor Aufregung. Er wartete einen kurzen Augenblick, bis er Groling nicht mehr sehen konnte, und ging ebenfalls in den Seitengang.

Es war ein normaler Verbindungsgang, groß genug, um darin fast aufrecht gehen zu können. Selbst die Zwerge konnten diese Gänge nutzen, um von ihrer Mine in die Oni Thal zu gelangen.

Diese Erkenntnis traf Pelwick wie ein Schlag. Diesen Weg waren die Zwerge gegangen und Groling verfolgte sie.

Nur warum?

War der Älteste sich der Aufrichtigkeit der Zwerge ebenso unsicher wie er selbst? Hatte er den gleichen Plan? Es deutete alles daraufhin, dass Groling auf dem Weg zur Zwergenmine war.

Pelwick hatte das Gefühl, in Groling so etwas wie einen Verbündeten gefunden zu haben, und bräuchte ihn überhaupt nicht weiter zu verfolgen. Sie könnten gemeinsam die Nachforschungen betreiben und herausfinden, was sich jenseits der Zwergenmine befand.

Pelwick lief schneller. Mit einem kleinen Sprung landete er in der Knotenhalle.

Hinter ihm leuchtete ein grüner Glimmstein und rechter Hand ein roter. Dieser markierte einen Erkundertunnel. Pelwick wandte sich nach links und nahm den Tunnel, welcher blau beleuchtet war. Dies schien der einzig mögliche Weg zu sein, den Groling gegangen sein konnte.

Der Gang war ein wenig enger als der zuvor. Die Arbeiten in diesem Bereich Chupa Waias schienen noch nicht abgeschlossen zu sein und obwohl Pelwick wusste, dass sich das Leben der Gnome zu verändern begann, nahm er sich vor, hier bei nächster Gelegenheit ein wenig Hand anzulegen.

Der junge Gnom kam nur leicht gebückt voran, was ihm am schnellen Vorankommen hinderte. Die Zwerge mussten sich hier regelrecht hindurch gequält haben.

Einige Schritte voraus sah er ein weiteres grünes Licht. Das Ende des Tunnels.

Leise Stimmen drangen an sein Ohr. Er ging vorsichtig näher, damit er verstehen konnte, was gesprochen wurde.

Die eine Stimme klang tief und finster, die andere war ihm vertrauter.

»Ich denke schon, Euch helfen zu können«, hörte der junge Gnom Groling sagen.

»Wenn dem so ist, folgt uns in die Mine«, erklang Grimmbarts Stimme.

Pelwick hörte Schritte, die allmählich verklangen. Er kroch wieder schneller, sah den Ausgang und die dahinterliegende Kana Thal.

Sie war verlassen.

Kein Zwerg stand hier und bewachte den Zugang zur Mine, obwohl dies in der letzten Zeit immer so gewesen war. Pelwick fand das eigenartig, kletterte dennoch eilig in die Knotenhalle. Er riskierte einen schnellen Blick in den Seitengang und sah am Ende des Tunnels einen Zwerg stehen, der Wache schob. Zu weit entfernt, um bemerken zu können, was hinter seinem Rücken geschah.

Pelwick wandte sich dem Durchbruch zur Mine zu. Von dem ehemals engen Erkundergang war nicht mehr viel übrig. Mit viel Gewalt hatten die Zwerge einen großen Durchgang geschaffen. Schutt und Geröll lag achtlos herum.

Pelwick spähte hinein. Die ihm bereits bekannte Kammer war nicht weit entfernt. Der junge Gnom sah und hörte nichts aus dieser Richtung und ging hindurch.

Abermals betrat er ungebeten die Vorratskammer der Zwerge, die im Gegensatz zum früheren Besuch nahezu leer war. Die Kisten und Fässer waren von den Zwergen fortgeschafft worden. Auch die Regale hatten sie ausgeräumt. Pelwick vermutete, dass den Zwergen nicht daran gelegen war, ihr Hab und Gut mit den Gnomen zu teilen.

Der junge Gnom schlich mit dem Rücken an der Wand zu dem hölzernen Rechteck hinüber. Die Tür stand offen und Pelwick konnte einen schnellen Blick erhaschen. Er sah Grimmbart und ein paar Zwerge, die zusammen mit Groling beinahe das Ende des Gangs erreicht hatten.

Pelwick schlich ihnen nach. Mehr denn je wollte er jetzt herausfinden, was hier gespielt wurde.

***

»Das ist atemberaubend!« Groling war von den Ausmaßen der Mine überwältigt. Er empfand schon Chupa Waia und insbesondere die Oni Thal als sehr groß, doch was sich hier seinen Augen bot, war schier gigantisch. Nicht einmal in seinen kühnsten Träumen hatte er mit so etwas gerechnet.

»Ich danke Euch, Freund«, gab Grimmbart zurück. Er führte seinen Gast den Steg hinunter zur Brücke. Hurik und die anderen drei Zwerge folgten ihnen.

»Seit vielen Generationen gehört diese Mine den Tendar. Wir nennen sie *Mûn Dhanbar*, die Mine Dhanbars. Er war der erste König, der seine Spitzhacke in den Fels schlug«, erklärte der Clanfürst. »Seither haben wir Tendar sie mit unserem Schweiß und unserem Blut zu dem geformt, was sie heute ist. Sie gilt als größte Mine des Tendarreichs.«

»Es gibt noch mehr?« Groling konnte seine Bewunderung kaum in Worte fassen. Verschwunden waren die Zweifel und die Abneigung gegen die Zwerge. In diesem Augenblick gab es für ihn nichts anderes als diese beeindruckende, unterirdische Welt.

»Natürlich!« Grimmbart lachte. »Es gibt viele Minen. In vielen Gebirgen. Und es gibt viele Tendar. Sehr viele Tendar!«

Der Clanfürst war bereits ein gutes Stück auf die Brücke gegangen, während Groling zögerte, ihm zu folgen. Unsicher sah er sich das Geflecht aus Holz und Seil an.

»Hält es mich?« Seine Frage belustigte Grimmbart und seine Zwerge.

»Ich stehe doch auch drauf, Herr Gnom«, versicherte Grimmbart die Haltbarkeit der Brücke. »Kommt ruhig, einen anderen Weg gibt es nicht hinüber.«

Groling war noch unsicher. Er sah abwechselnd auf die Brücke und zu Grimmbart. Der Älteste streckte seinen rechten Fuß wie jemand vor, der die Wassertemperatur eines Sees testen wollte. Es folgten der zweite Fuß und die Hände, mit denen er krampfhaft die Halteseile umklammerte. Schritt für Schritt ging er auf den Clanfürsten zu, der in der Mitte der Brücke auf ihn wartete.

»Ist doch gar nicht so schwer«, sagte Grimmbart, als Groling ihn erreichte. »Und jetzt genießt den Ausblick.«

Der Älteste sah zur Seite und konnte die gesamte Schlucht überblicken, die kein Ende zu nehmen schien. Er hob den Blick, sah hoch über sich weitere Brücken und meinte sogar, die Höhlendecke erkennen zu können. Aus der Ferne drang das leise Schlagen von Metall auf Stein an seine Ohren, welches aus den Tiefen der Mine hervor drang und in der Schlucht als Echo um ein Vielfaches verstärkt wurde.

Abermals war Groling überwältigt. In seinen Gedanken schmiedete er bereits Pläne, wie er Chupa Waia verändern wollte, und nahm sich die Zwergenmine zum Vorbild.

»Worüber wolltet Ihr nun mit mir reden?«, fragte Grimmbart.

Groling hatte Mühe, seine Augen von der Mine abzuwenden. Er war versucht, jede Einzelheit genauestens aufzusaugen, damit er nichts von der faszinierenden Schönheit vergessen würde.

»Es geht um die Steine«, antwortete er. »Es geht um die Glimmsteine.«

»Was ist mit denen?« Grimmbarts Blick fiel auf die Säcke, die von zwei seiner Männer getragen wurden.

»Ihr könnt noch mehr haben.« Groling versuchte, das Gespräch in eine Richtung zu bewegen, die ihn in eine günstige Stellung brachte.

»Ich verstehe Euch nicht, Gnom.« Der Clanfürst schien überrascht. »Ich habe gefragt und welche bekommen. Es ist alles zu meiner Zufriedenheit. Ich habe Euch nur mit in die Mine genommen, da Ihr mir sagtet, mich über einen Verrat aufklären zu müssen. Nun, worin besteht der Verrat und wer ist der Verräter?«

Groling spürte, wie die Wärme in ihm aufstieg. Der Clanführer war nicht zu unterschätzen und der Gnom erkannte, jetzt besonders vorsichtig handeln zu müssen, wollte er sein Ziel erreichen.

»Es ist so: Jukon traut Euch nicht.« Kaum hatte der Älteste den Satz ausgesprochen, ärgerte er sich bereits darüber. Er war nicht besonders geschickt darin, Worte sorgfältig auszuwählen, um seinem Gegenüber die wahren Absichten zu verschleiern.

»Warum nicht?«, fragte Grimmbart. Er blieb ganz ruhig und war sich seiner Überlegenheit sehr wohl bewusst. Das verunsicherte Groling umso mehr.

»Die Steine, die er Euch gab, waren die letzten. Mehr wird er Euch nicht geben«, sagte der Älteste.

»Und Ihr könnt das ändern?«, fragte der Zwerg.

»Ja«, gab Groling zu. »Wenn wir den Rat zerschlagen und ich Anführer der Gnome bin, kann ich Euch so viele Glimmsteine beschaffen, wie Ihr haben wollt. Wir können gemeinsam den großen Stein beherrschen. Zusammen können wir mehr erreichen, als je zuvor.«

Die Augen des Gnoms hatten einen sonderbaren Glanz angenommen. Er war davon überzeugt, dass der Zwerg seinen Vorschlag willkommen heißen und ihm dabei helfen würde, die Gnome zu großer Macht zu führen.

Grimmbart hingegen ließ die Worte auf sich wirken und verzog das Gesicht. »Ihr wollt den Rat stürzen?«

Groling zögerte. Die Antwort, die ihm auf der Zunge lag, konnte alles für ihn bedeuten. Alles oder auch nichts. Aber es war an der Zeit, etwas zu verändern. »Ja«, sagte er beinahe flüsternd.

Reglos starrte Grimmbart ihn an. Groling erhoffte sich eine Reaktion, eine Aussage des Clanfürsten, die ihm bei seiner Aufgabe unterstützte. Ein einfacher Satz, der ihm half, das Volk der Gnome zu führen.

Und Grimmbart reagierte.

Schneller als Groling es verhindern konnte, packte ihn der Clanführer am Hals und hob den schmächtigen Körper des Gnoms mit Leichtigkeit über die hölzernen Planken der Brücke. Die Augen des Zwergs waren zu Schlitzen verengt und sein Blick war finster und voller Verachtung.

»Du willst dein eigenes Volk verraten?« Die Stimme Grimmbarts war noch dunkler als zuvor.

Zum ersten Mal spürte Groling die Kraft, die von diesem Zwerg ausging. Er schnappte nach Luft, mit den Händen versuchte er, den Griff des Zwerges zu lockern, doch dieser war von eiserner Härte.

»Du willst Jukon töten? Jemanden, der dir vertraut und mir Gastfreundschaft schenkte?« Grimmbarts Lippen bebten unter seinem Bart. »Du bist es nicht wert, an seiner Seite zu leben.«

Groling würgte. Ihm wurde schwindelig und in seinem Kopf schienen kleine Blitze zu explodieren. Das Gesicht des Clanfürsten verschwamm vor seinen Augen. Der Älteste zappelte, versuchte mit den Füßen nach seinem Peiniger zu treten, doch er traf sein Ziel nicht. Mühelos schwenkte Grimmbart den strampelnden Körper des Ältesten über den Abgrund.

»Ich hasse Verräter!« Ruckartig öffnete Grimmbart seine Hand und ließ Groling fallen.

Die Schreie des Gnoms verklangen in der Finsternis.

***

Pelwick hielt sich hinter einem größeren Stein am Anfang der Brücke versteckt. Gebannt verfolgte er die Unterredung zwischen Groling und Grimmbart. Er konnte nicht alles verstehen, was gesagt wurde, aber anhand der Gesprächsfetzen war er in der Lage, den Sachverhalt einigermaßen nachzustellen.

Groling wollte Jukon stürzen.

Pelwick war schockiert. Natürlich gab es hin und wieder Unstimmigkeiten in den Reihen der Gnome, aber niemals hatte einer versucht, die Hand gegen einen anderen zu erheben. Pelwick musste Jukon warnen.

Er war gerade im Begriff, den Weg wieder zurück zu gehen, als er sah, wie Grimmbart den Ältesten packte und ihn wie Unrat in die Schlucht warf. Pelwick blieb stehen, starrte auf die Brücke, auf welcher sich das Ereignis vor seinen geistigen Augen wieder und wieder abspielte.

Grimmbart hat Groling getötet!

Mit weit aufgerissenen Augen stand Pelwick unbeweglich auf dem Steg, unfähig, etwas zu unternehmen. Es hatte ihn zwar immer getroffen, wenn ein Gnom beim Graben eines Tunnels verschüttet worden war, vor allem, wenn man einander gekannt hatte. Doch den Tod mit eigenen Augen mitzuerleben, war etwas vollkommen anderes.

»Da ist noch einer!«, hörte er eine Stimme sagen. Sie klang unwirklich, als käme sie aus einer weit entfernten Höhle. Pelwick verstand nicht einmal, dass er mit dieser Aussage gemeint war.

»Schnappt ihn«, hörte er Grimmbart rufen.

Erst als die Zwerge sich in Bewegung setzten und in seine Richtung liefen, erkannte er die Gefahr. Sofort fiel die Starre von ihm ab.

Wenn sie dich kriegen, bist du der Nächste, hämmerte es in seinem Kopf.

Pelwick rannte los. Seine Füße flogen förmlich über den Steg, der hinauf zum Tunnel führte. Die Zwerge folgten ihm. Obwohl sie stämmiger waren und behäbiger wirkten, verkürzten sie den Abstand rasch. Der Gnom keuchte. Wieder einmal befand er sich auf der Flucht vor diesen garstigen Gestalten. Nur dieses Mal hatte Pelwick wirkliche Todesangst.

Der rettende Tunnel war zum Greifen nah. Der Gnom hoffte inständig, dass ihm jetzt kein Zwerg entgegen kommen und seine Flucht dadurch vorzeitig beenden würde. Schon hörte er deutlich das Keuchen der Verfolger in seinem Rücken.

Ohne den Lauf zu verlangsamen, stürmte Pelwick um die Ecke und rannte in den Tunnel hinein. Die Enge des Ganges verschaffte ihm ein wenig Luft, da die Zwerge hier weniger Platz hatten und langsamer vorankamen. Pelwick vergrößerte den Abstand zu seinen Verfolgern sogar ein klein wenig.

Der junge Gnom erreichte die Vorratskammer, klammerte sich mit einer Hand an ein Regal und riss es hinter sich zu Boden. Er verzichtete darauf, sich umzusehen, ob das Hindernis die Zwerge aufhielt, sondern sprang kurzerhand in den Durchbruch, der ihm Sicherheit verschaffen sollte.

Wütende Schreie drangen an Pelwicks Ohren. Die Zwerge schienen sich ihrer sicheren Beute entrissen. Ein kurzes Lächeln huschte über die Lippen des Gnoms, während er stolpernd in die Knotenhalle lief.

Am Ende des ihm gegenüberliegenden Tunnels hatte der Zwergenwächter den Tumult gehört, drehte sich um und starrte Pelwick ins Gesicht.

»Na warte!«, schrie der Zwerg und kletterte in den Tunnel.

Pelwick rappelte sich auf und entschied sich für den Gang, den er schon auf dem Hinweg genommen hatte. Er sprang in den engen Schacht und lief, so schnell er nur konnte. Seine Brust schmerzte und er hatte Sorgen, diese hohe Geschwindigkeit länger durchzuhalten. Aber die Stimmen hinter ihm wurden lauter. Die Zwerge waren bereits in der Knotenhalle und setzten ihm weiter nach. Pelwick blieb keine Möglichkeit, sich ein wenig auszuruhen, er musste weiterlaufen, wenn er nicht in die Fänge seiner Häscher geraten wollte.

Der junge Gnom erreichte das Ende des Ganges, kletterte heraus und stürmte rechts herum den Haupttunnel hinunter, geradewegs in Richtung der Oni Thal, in der er sich Schutz in der Gemeinschaft erhoffte.

Pelwick schwitzte. Seine dünne Wollkleidung klebte an seinem Körper, die Grabkrallen schlugen bei jeder Bewegung schmerzhaft gegen seinen Oberschenkel, aber er biss die Zähne zusammen.

Ihm blieb auch keine andere Wahl.

Er lief in die lange Biegung. Erleichtert sah er den Eingang zur Oni Thal und die vielen Gnome, die sich darin befanden. Wenn er es schaffen würde, sich unter sie zu mischen, wäre er gerettet. Er strengte sich noch einmal an, versuchte nicht nachzulassen, auch wenn er am Rande der Erschöpfung stand.

Schließlich erreichte er am Ende seiner Kräfte die Oni Thal.

In diesem Augenblick packte etwas hart seinen rechten Arm und hielt ihn eisern fest. Pelwick wurde herumgeschleudert und sah in das Gesicht eines ihm unbekannten Zwergs.

»Wohin so schnell?«, fragte dieser.

Verdammt, sie haben dich!

Pelwicks Gedanken rotierten. Er konnte dem Griff des Zwergs nichts entgegensetzen. Aus den Augenwinkeln sah er seine Verfolger näher kommen.

Es gab keinen Ausweg mehr.

»Lass mich«, keuchte der Gnom, doch der Zwerg dachte nicht daran.

»Vor was läufst du weg?«, fragte er stattdessen.

»Vor uns!« Grimmbart war jetzt bei ihnen.

Der letzte Schimmer Hoffnung erstarb in Pelwicks Augen. Es war zu spät. Er war gescheitert – so kurz vor dem Ziel.

Seine Augen füllten sich mit Tränen. Er dachte an das Schicksal Grolings und wusste, dass ihm kein besseres bevorstand.

»Was ist hier los?« Jukon und einige Gnome versammelten sich am Zugang zum Haupttunnel und kreisten Pelwick und die Zwerge ein.

»Er ist in unserer Mine gewesen«, erklärte Grimmbart. »Es ist zu gefährlich dort. Ihr solltet besser aufpassen!«

»Ist das wahr?« Jukon sah Pelwick ernst an.

Der junge Gnom war unsicher, was er antworten sollte. Der heimtückische Mord an Groling musste gerächt werden, aber wenn er jetzt davon erzählte, konnte er das Leben aller Gnome in Gefahr bringen. Vielleicht war es besser, wenn er erst einmal schwieg und die Sache später aufklären würde.

Pelwick nickte.

»Es war noch einer mit ihm dort.« Grimmbart senkte den Blick. »Er ist abgestürzt. Ich glaube, es war einer von Euch Ältesten.«

Die Nachricht traf die Gnome vollkommen unvorbereitet. Ein Raunen ging durch ihre Reihen. Jukon war entsetzt und musste sich an Ralleks Schulter abstützen.

»Es tut mir sehr Leid«, sagte der Clanführer. »Die Vorbereitungen, Euch sicher durch die Mine zu führen, sind noch nicht abgeschlossen.

Ich muss noch einmal nachdrücklich darauf hinweisen, die Mine nicht zu betreten. Zu Eurer eigenen Sicherheit.«

Lügner, dachte Pelwick und hätte Grimmbart am liebsten das Wort ins Gesicht geschrien. Aber er riss sich zusammen. Im Augenblick war er in Sicherheit und nur das zählte. Unbedachtes Handeln würde Groling auch nicht wieder lebendig machen.

»Es wird nicht wieder vorkommen.« Jukon hatte sich mittlerweile gefangen und wandte sich Pelwick zu. »Du meldest dich bei Poluk und wirst ihm beim Ausmisten der Käferställe helfen. Das wird deiner Abenteuerlust hoffentlich ein wenig Einhalt gebieten.«

Pelwick nickte. Die Strafe gefiel ihm keineswegs, aber es hätte auch anders ausgehen können.

Der Zwerg ließ seinen Arm los. Pelwick drängte sich zwischen den Gnomen hindurch und ging in Richtung des Heiligen Quells.

Grimmbart sah ihm zornig nach.

***

Im Thronsaal war es totenstill.

Grimmbart saß nachdenklich auf dem steinernen Thron und starrte auf einen unsichtbaren Punkt innerhalb des dunklen Raums. Lediglich eine Fackel in der Nähe des Eingangs spendete ein wenig Licht. Die beiden Wächter davor verrichteten stumm ihre Aufgabe und wagten nicht, ihren König auch nur anzusehen. Niemand wagte es, wenn sich Grimmbart in dieser Verfassung befand.

Schatten der Vergangenheit glitten durch die Gedanken des Clanfürsten, manifestierten sich zu einer Gestalt, welche unter Grimmbarts Axthieben Worte in einer Sprache ausgespien hatte, die niemand je zuvor gehört hatte. Als Grimmbart die Axt ein letztes Mal aus dem toten Fleisch gezogen hatte, waren die Worte verstummt und eine kraftlose Hand hatte den machtvollen Hammer frei gegeben. Zum ersten Mal hatte die Gier im Wesen des Zwergs Oberhand gewonnen. Noch bevor einer seiner Mitstreiter hatte reagieren können, hatte er den Hammer ergriffen und ihn hoch über seinen Kopf gereckt.

Als Zeichen des Sieges. Als Zeichen des Triumphs.

In diesem Augenblick hatte er die Stärke gespürt, welche durch seinen ausgelaugten Körper geströmt war und ihm zu neuer Kraft verholfen hatte. Grimmbart hatte einen Sieg errungen, vielleicht den wichtigsten seines Lebens.

Die anderen Zwergenclans hatten ihre geballte Angriffskraft den überlebenden Heerscharen entgegen gerichtet, die von dem Ableben ihres Meisters, dem Adepten von Ghur, noch nichts geahnt hatten. Nur Grimmbart hatte regungslos in den Kadavern jener gestanden, die er und seine Mannen gerichtet hatten. Sein Blick war von der Schlacht abgeschweift, hinüber zu den Bergen und der Mine des Clans Eisenbrecher, die nun schutzlos vor ihm gelegen war.

»Grimm!«

Boks Stimme riss den Clanfürsten aus seiner Erinnerung. Er blickte auf und sah seinen Vetter mit zwei großen, prall gefüllten Leinensäcken in der Hand den Thronsaal betreten. Kurz hinter dem Eingang ließ er die Säcke fallen und stapfte auf den Thron zu.

»Es wird weniger!«

Boks vorhandenes Auge war zu einem Schlitz verengt und die Stirn wies wulstige Falten auf, die an tiefe Schluchten erinnerten. Grimmbart fand diese unterwürfige Abwehrmimik seines Vetters lächerlich und sah sie als Zeichen der Schwäche. Aber er war sein Vetter und stand somit unter seinem Schutz. Auch wenn er schlechte Nachrichten überbrachte.

»Was wird weniger, Bok?« Der Clanfürst beugte sich vor und starrte sein Gegenüber an. Obwohl er die Antwort auf seine Frage kannte, stellte sie dennoch.

»Die Goldmünzen!« Bok riss überrascht das Auge auf.

Grimmbart mochte diese Momente, in denen er seinen Vetter verwirren konnte. Er war auch der Einzige, dem es erlaubt war, den Clanfürsten bei seiner Ruhe zu stören, und dafür belohnte sich Grimmbart mit kleinen Späßen. Trotzdem war der Clanfürst nicht besonders erfreut über diese Nachricht. »Wie viel?«

»Weniger als ein Drittel je Stein.«

Grimmbarts Hände krallten sich um die steinernen Armlehnen des Throns. Seine Kieferknochen jenseits des Bartes arbeiteten. Bok glitt sicherheitshalber einen Schritt zurück, doch Grimmbarts Haltung entspannte sich wieder.

»Dann brauchen wir mehr Steine«, sagte er.

»Mehr Steine werden den Preis nicht nach oben treiben«, erklärte Bok. »Wir sollten jetzt versuchen, Verbündete zu finden, bevor der Clan Eisenbrecher vor unseren Toren steht und zurückfordert, was sein Eigen ist!«

»Ich habe keine Angst!« Grimmbart stellte sich bedrohlich vor Bok.

Der einäugige Zwerg erschrak erneut vor seinem Vetter, doch diesmal war der Zorn des Clanfürsten keine Spielerei.

»Wir haben den Clan Eisenbrecher schon einmal bezwungen«, fuhr Grimmbart fort. »Haben wir uns die Mine nicht ohne einen Hauch von Gegenwehr genommen? Haben wir ihre erbärmlichen Versuche nicht schon öfter zurückgeschlagen? Also sag mir, Bok Einauge, wovor soll ich mich fürchten?«

»Es waren andere Zeiten, Vetter«, antwortete Bok mit zitternder Stimme. »Die Eisenbrecher waren nach dem Untergang des Adepten von Ghur geschwächt, ihre Mine unbewacht. Sie hatten niemals die Gelegenheit, uns mit der Macht anzugreifen, die ihnen heute zur Verfügung steht. Der Clan Eisenbrecher ist wieder erstarkt. Sie haben gute Krieger in ihren Reihen und ihnen ist die Unterstützung des Tribunals gewiss.«

Bok kannte seinen Vetter. Er musste Zeit zum Nachdenken haben und wenn man ihn vorerst nicht mit weiteren Fragen und Ausflüchten drangsalierte, würde er sich wieder beruhigen.

Bok nutzte die Zeit und sah sich in dem viereckigen Raum um. Im Grunde kannte er jeden Winkel des Thronraums, oder der Königshalle, wie Grimmbart sie gern nannte, doch hin und wieder entdeckte er Kleinigkeiten, die seit seinem letzten Besuch verändert worden waren. Die hölzernen Tische und Bänke, welche zu beiden Seiten des Throns an den Längswänden standen, wiesen neue Spuren festlicher Gelage auf. An den Wänden hingen große Wandteppiche, Geschenke einiger Könige des Westvolks, denen Grimmbart begegnet war. Die Motive auf ihnen, Geschichten vergangener Zeiten, interessierten ihn nicht. Zwerge machten sich nichts aus den Sagen anderer Kulturen. Dafür glorifizierten sie umso mehr ihre eigenen in Trinkliedern, die von Generation zu Generation überliefert wurden. Einige Zwergenclans nutzten sogar Bücher, um ihre Geschichten niederzuschreiben, doch diese Handhabung war Bok viel zu sehr dem des Westvolks ähnlich.

Grimmbarts Zorn legte sich tatsächlich. Er setzte sich wieder auf den Thron und lehnte sich zurück. »Was schlägst du vor?«, fragte er mit ruhigerer Stimme.

»Es ist noch nicht zu spät, sich vor dem Tribunal zu entschuldigen und den Eisenbrechern ihr Eigentum zurückgeben.«

»Das ist nicht dein Ernst!«

»Es ist nur ein Vorschlag, Grimm.«

»So etwas wird niemals geschehen! Ich gebe nichts bereitwillig ab, was mein ist! Niemals!«

Bok blickte betreten zu Boden. Die letzte Möglichkeit auf eine friedliche Lösung war hinfort. Er hatte zwar nicht damit gerechnet, seinen Vetter überzeugen zu können, aber es insgeheim gehofft.

Der Krieg war nun unausweichlich.

»Dann müssen wir jetzt Verbündete finden, Söldner anheuern und unsere Stämme vereinen«, erkannte der Einäugige.

»Später«, konterte Grimmbart. »Zuerst brauchen wir mehr Gold. Von dem, was sich in unseren Kriegskassen befindet, können wir niemanden bezahlen. Wir brauchen mehr!«

»Woher willst du so viel Gold nehmen?«, fragte Bok.

»Diese Steine werden uns helfen!« Grimmbart grinste. »Suche andere Märkte des Westvolks auf, gehe von mir aus in den Norden, nur bring mir mehr Gold.«

»Werden die Gnome dir noch Steine geben?«

»Das lass mal meine Sorge sein.«

Grimmbart stand auf und ging zu seinem Vetter, dem er versöhnlich den Arm um die Schulter legte.

Doch Bok wich zurück. »Du wirst ihnen nichts antun?«

Grimmbart lachte. »Wo denkst du hin? Ich werde ihnen nur einen kleinen Anreiz geben.«

DIE OBERWELT

Der hintere Teil der großen Höhle stank bestialisch. In einem viel zu kleinen, eher als notdürftig zu bezeichnenden Graben quoll der Käfermist bereits großflächig heraus. In der Vergangenheit war der Mist öfter von den Gnomen weggetragen und als Dünger in die abgelegenen Tunnelhöhlen gebracht worden, in denen sie Pilze züchteten. Doch seit die Zwerge in Chupa Waia allgegenwärtig waren, war keiner mehr bereit gewesen, diese Aufgabe zu übernehmen.

Pelwick hatte sich mittlerweile an den Gestank gewöhnt und sich vorgenommen, den Graben zu erweitern, da er ebenfalls keine Lust verspürte, den Zwergen zu begegnen. Während seiner Arbeit versuchte er, den sieben großen Käfern so gut es möglich war aus dem Weg zu gehen. Zwar waren die Tiere mit starken Seilen an die Höhlenwände gebunden worden, aber ein einfacher Tritt von ihnen konnte einem schon gehörige Schmerzen zufügen.

»Pelwick?« Peya war an das Gatter getreten, welches die Käferfarm von der Oni Thal trennte. Der junge Gnom sah zu ihr hinüber. Ihr Blick verriet Sorge und Mitleid.

Pelwick zog seine Grabkrallen aus und legte sie dort auf den Boden, wo er noch nicht vom Dreck der Käfer besudelt worden war. Er wischte seine Hände an der Kleidung ab und ging vorsichtig an den gnomhohen Käfern vorbei. Jede ruckartige Bewegung und jedes plötzliche Geräusch konnte die Tiere verunsichern und sie würden an ihren Seilen zerren und versuchen, diese zu zerreißen.

»Hallo«, begrüßte er seine Freundin mit gespielter Fröhlichkeit, als er das Gatter erreichte.

»Wie geht es dir? Ich mache mir Sorgen. Deine Strafe ist schon längst abgegolten. Warum bist du noch immer hier?«

Peyas trauriger Blick verfehlte die Wirkung bei dem jungen Gnom keineswegs. Am liebsten hätte er die Käferfarm verlassen und wäre mit seiner Freundin wieder durch die Tunnel geklettert.

»Ich kann hier nicht raus«, antwortete Pelwick. »Nur hier bin ich vor den Zwergen sicher.«

Die Gnomin war über die Geschehnisse in der Zwergenmine im Bilde. Pelwick hatte ihr gleich, nachdem er in die Käferfarm verbannt worden war, von seiner Beobachtung erzählt.

»Warum sagt du Jukon und Rallek nicht, was du gesehen hast?«, fragte Peya.

»Ich kann nicht. Das Leben aller Gnome ist in Gefahr, wenn ich es ihnen erzähle. Sie würde Grimmbart deswegen zur Rechenschaft ziehen und ich habe gesehen, wozu er fähig ist. Ich verstecke mich lieber hier, wo kein Zwerg mir über den Weg läuft. An den Geruch habe ich mich schon gewöhnt und ich vergrößere den Mistgraben dort hinten.« Pelwick wies mit einer Hand in eine Ecke der Höhle, wo man deutliche Grabungsspuren sehen konnte.

»Bist du sicher?« Peya rümpfte die Nase.

»Ja.« Pelwick nickte. »Es ist besser so. Und versprich mir, niemandem davon zu erzählen.«

»Natürlich nicht. Grab aber bitte nicht zu tief, sonst gelangst du in die Wurmhöhle.«

Pelwick blickte auf seinen Graben, zog gedanklich eine Linie durch den Fels und erkannte, dass seine Freundin Recht hatte.

»Oh, stimmt!«

Peya kicherte. Sie streckte eine Hand durch das Gatter, wo Pelwick sie ergriff. Es war schön, seine Freundin zu berühren. Er vermisste sie in der letzten Zeit sehr und ihm war bewusst, dass er mehr für sie empfand als einfache Freundschaft. Aber etwas hinderte ihn daran, ihr seine Liebe zu gestehen. Innerlich hoffte er, sie würde selbst darauf kommen und den ersten Schritt machen, aber Pelwick ahnte auch, dass es wahrscheinlich nicht dazu kommen würde. Vielleicht empfand sie ebenso, doch das würde er nur herausfinden, wenn er einen Weg finden würde, es ihr zu sagen.

»Bis später.« Peya lächelte, ließ seine Hand los und ging.

Pelwick blickte ihr noch nach, bis er sie nicht mehr sehen konnte.

»Bis später«, sagte er leise.

Der junge Gnom senkte den Kopf und schlenderte an seine Grabstelle zurück. Seine Gedanken drehten sich um Peya, die Gnome und die Zwerge.

Er wusste, dass er sich nicht ewig verstecken konnte.

***

Die Augen der Ältesten weiteten sich unter den Eindrücken, die auf sie hereinstürzten. Grimmbart hatte Jukon und Rallek geholt und sie eingeladen, einen ersten Blick auf die Oberwelt zu werfen. Jukon war sofort Feuer und Flamme für diesen Vorschlag gewesen und nun standen sie am Zugang zur Zwergenmine. Die Größe der Höhle, die vielen Gänge, Brücken und Lichter waren überwältigend. Sprachlos versuchten sie, jede Kleinigkeit in sich aufzusaugen.

»Vergeudet nicht Eure gesamte Begeisterung«, sagte Grimmbart. »Dies ist nur meine Mine. Aber es ist noch ein langer Weg bis zur Oberwelt.«

Jukon nickte stumm.

Sie folgten Grimmbart, Bok, Hurik und einem vierten Zwerg namens Wolgar den schmalen Steg hinunter zur ersten Brücke. Erst als Grimmbart sie betrat, äußerten die Gnome ihre Bedenken.

»Keine Sorge, die Brücke bricht nicht«, antwortete der Clanführer. »Ich stehe doch selbst darauf.«

Die Gnome nahmen ihren ganzen Mut zusammen und gingen weiter. Zuerst zögernd, aber schließlich festen Schrittes.

»Wo ist Groling?«, fragte Rallek, nachdem sie die Hälfte der Brücke hinter sich gelassen hatten. »Ich meine, wo ist er gestorben?«

»Genau hier!« Grimmbarts Antwort traf die Gnome wie ein Schlag. Der Mut, welchen sie mühsam angesammelt hatten, verflog rasch. Ängstlich klammerten sie sich an die Halteseile.

»Ich habe noch versucht, ihm zu helfen«, erklärte der Clanführer weiter, »aber er hielt sich nicht fest und verlor das Gleichgewicht. Er ist in die Tiefe gestürzt.«

Vorsichtig sahen die Ältesten hinunter, doch sie sahen nichts in der Tiefe. Es gab kein Anzeichen dafür, dass die Schlucht einen Boden besaß.

»Der Arme«, sagte Rallek erschrocken.

»Also hört auf meinen Rat. Geht in der Mitte und haltet Euch gut fest. Diese Brücke ist sicher im Gegensatz zu dem, was Euch noch erwartet.« Grimmbart ging weiter.

Jukon und Rallek sahen sich mit gemischten Gefühlen an, während der Clanfürst die Brücke überquerte. Schließlich folgten sie ihm langsam und waren heilfroh, als sie wieder festen, steinigen Boden unter ihren nackten Füßen spürten.

»Gehen wir nun diese Tunnel weiter?« Rallek deutete auf den Gang, der vor ihnen in den Fels gegraben worden war.

Grimmbart schüttelte den Kopf. »Wir müssen weiter nach oben.«

Hurik holte ein langes Seil hervor und knotete es den Gnomen, den Zwergen und sich gekonnt um den Bauch. »Zu eurer Sicherheit«, erklärte er dabei. »Es wird ein steiler Aufstieg und man kann leicht abstürzen.«

Aufgeregt stießen Jukon und Rallek die Luft aus. Auch wenn sie sich sehr den Besuch der Oberwelt wünschten, war der Weg dorthin weitaus anstrengender, als sie es sich vorgestellt hatten. Dabei standen sie erst am Anfang.

»Ich gehe vor«, sagte Grimmbart. »Bok folgt mir. Anschließend die Gnome und zum Schluss Hurik und Wolgar.«

Der Clanführer griff neben der Brücke an den Fels, umklammerte ein kaum sichtbares Stück Eisen, welches tief im Stein steckte, und zog sich daran hoch. Darüber befanden sich weitere Eisen in losen Abständen, die seinen Aufstieg erleichterten.

»Da sollen wir hoch?« Jukon sah entsetzt, wie Bok seinem Vetter folgte.

»Willst du an die Oberwelt oder nicht?«, herrschte ihn Hurik an und schob den kleinen Gnom an den Rand des Plateaus.

Jukon blickte nach unten und in ihm stieg ein mulmiges Gefühl auf. Er zögerte, spürte den Ruck am Seil, als Bok ein gutes Stück geklettert war, und wurde von Hurik kurzerhand zum ersten Steigeisen hoch gehoben. Der Älteste griff danach, suchte zappelnd mit den Füßen Halt, bis er ihn gefunden hatte, und verharrte in dieser Pose.

»Weiter«, hörte er Hurik hinter sich knurren und spürte wieder den Ruck von Boks Seil, der ihn zum Weiterklettern zwang.

Die Gnome wagten nicht, nach unten zu blicken. Stetig kletterten sie, mehr gezwungen als gewollt, an den schmalen Eisenstäben hinauf. Jedes Steigeisen knirschte unheilvoll und bei jedem Stück, welches die Ältesten zurücklegten, stieg die Angst in ihnen. Schweiß lief in ihre Augen. Sie vermochten nicht zu sagen, ob es von der Anstrengung oder der Furcht vor dem Absturz kam.

»Ist es noch weit?«, fragte Rallek.

»Ein bisschen noch«, antwortete Bok. »Wir sind noch nicht besonders hoch!«

Rallek veranlasste die Aussage des Zwergs zurück zu blicken. Weit unter sich erkannte er das schmale Plateau, von dem aus sich die Brücke wie eine dünne Linie über die breite Schlucht spannte. Ihm war, als würde der Abgrund immer tiefer werden, sich weiter von ihm entfernen, je länger er hinsah. Schwindel erfasste ihn. Die Brücke begann sich zu drehen, die Schlucht verwandelte sich in einen Strudel, welcher sein gieriges Maul aufriss, um ihn zu verschlingen.

»Geh weiter!«

Huriks Stimme drang aus weiter Ferne an seine Ohren. Rallek fühlte sich plötzlich allein, hilflos dem gierigen Maul ausgesetzt. Er spürte einen Ruck an seiner Brust, der ihn höher zerrte. Er versuchte, ihm Folge zu leisten, ließ mit einer Hand das Steigeisen los und griff nach oben. Seiner Hand folgte ein Fuß und er trat ins Leere.

Ein Ruck ging durch seinen Körper. Mit einem Mal war er wieder bei klarem Verstand. Er versuchte verzweifelt, mit den Händen Halt zu finden, doch seine Finger rutschten über den Stein.

Rallek fiel.

Ein Schrei fuhr sich seinen Lippen, während er stürzte. Das Seil um seiner Brust lockerte sich für einen kurzen Augenblick, bevor es wieder straff wurde und schmerzhaft an seinem Körper riss.

Jukon, der sich oberhalb Ralleks befand, spürte den ruckartigen Zug am Leib. Sein Körper wurde zurückgezogen, die Beine rutschten von den Eisenstangen und nur mit den Händen konnte er sich noch festklammern.

»Bok!« Huriks Ruf ließ den Zwerg schnell reagieren. Sein Arm schnellte hinab und er packte das Seil, um Jukons Absturz zu verhindern.

Rallek hing auf Huriks Höhe einer Fliege gleich, die auf das Zuschnappen eines Fisches wartete, unfähig, sich aus der misslichen Lage zu befreien. Hurik musste sich weit strecken, um den Gnom packen zu können. Erst im zweiten Anlauf gelang es ihm und er zog den Hilflosen zu sich herüber.

»Greif nach den Stangen«, forderte ihn Hurik auf.

Von dem Erlebten noch völlig verwirrt, versuchte Rallek, der Aufforderung zu folgen. Er tastete mit den Händen über den rauen Fels, bis er eines der Steigeisen packen konnte. Zitternd brachte Rallek sich wieder in eine sichere Lage.

»Alles in Ordnung da unten?«, rief Grimmbart.

»Ja«, antwortete Hurik und gab Rallek einen Stoß. »Und jetzt sei etwas vorsichtiger«, herrschte er ihn an.

Die Gruppe setzte sich wieder in Bewegung. Rallek vermied es, erneut hinunter zu schauen. Der Schreck steckte ihm noch immer tief in den Knochen und insgeheim wünschte er sich, an dieser Reise nicht teilgenommen zu haben.

Einige Zeit später erreichten sie ein Hochplateau. Die Gnome kletterten erschöpft hinauf und ließen sich auf den Rücken fallen. Gierig sogen sie die Luft in ihre Lungen und dankten dem Heiligen Quell, dass sie noch am Leben waren.

Die Zwerge lösten das Seil von ihren Körpern und Hurik warf es sich wieder über die Schulter.

»Verschnauft ruhig«, sagte Grimmbart. Er setzte sich neben Jukon und sah die Gnome belustigt an. »Mit dem Klettern habt Ihr es nicht so, oder?«

Es dauerte einen Moment, bis Jukon wieder genügend Kraft fand zu antworten. »Für uns gab es nie einen Grund zu klettern.«

»Seht Ihr«, meinte Grimmbart, »deshalb müssen wir viel vorbereiten, bevor wir Euer gesamtes Volk an die Oberwelt bringen können. Wir müssen einen leichteren Weg erschaffen. So ist es einfach zu gefährlich.«

Bok stellte sich vor die Gnome und warf beiden einen halben Laib Brot zu.

Die Gnome bedankten sich, richteten sich auf und nahmen einen großen Bissen der für sie fremdartigen Speise.

»Essen beruhigt«, meinte der einäugige Zwerg.

Und er behielt Recht. Jukon spürte, wie Erschöpfung und Anspannung langsam von ihm abfielen. Sein Blick schweifte über das Plateau, auf dem sie saßen. Der Ausblick war überwältigend. Es schien, als würde er in der Mitte einer gewaltigen Höhle schweben. Überall konnte er Lichter sehen und Tunnel, die tief in den Berg hineinführten. Über sich entdeckte Jukon unzählige Stalaktiten, die zum Greifen nah oberhalb ihre Köpfe von der Decke ragten und doch weit entfernt waren.

»Lasst uns weiter«, meinte Grimmbart. Er stand auf und zeigte über das Plateau, welches wie eine steinerne Brücke weit in die Höhle hineinragte.

Die Gnome waren einverstanden. Sie erhoben sich und folgten den Zwergen den Weg weiter, der sie zur Oberwelt führen sollte. Jukon und Rallek wünschten sich inständig, dass ihnen keine weiteren Zwischenfälle widerfuhren.

***

Peya sah oft bei Pelwick vorbei, versorgte ihn mit Essen und versuchte, ihn bei Laune zu halten. Der junge Gnom freute sich über ihre Besuche. Er konnte nicht einmal sagen, wie lange er schon in der Käferhöhle gearbeitet hatte. In letzter Zeit pendelte er lediglich zwischen seiner Schlafkammer, dem Heiligen Quell und dem Käferstall hin und her, bemüht, jedem Zwerg auszuweichen.

Poluk ließ ihn gewähren. Der Käferhirte war froh, sich einmal weniger um die Tiere kümmern zu müssen, und schaute nur hin und wieder nach seinem Schützling. Pelwick machte dies nichts aus. Er genoss die Abgeschiedenheit und vor allem die Ruhe vor den Fremdlingen.

Der junge Gnom befand sich auf dem Weg zum Heiligen Quell, um sich ein wenig Wasser zu holen, als Peya seinen Weg kreuzte.

»Hast du es schon gehört?«, fragte sie ihn mit ihrer überschwänglich fröhlichen Art.

»Was meinst du?«

»Grimmbart hat Jukon und Rallek mit zur Oberwelt genommen!«

»Wann?« Pelwick war sofort begeistert und ärgerte sich sogleich, dass er nicht mitgenommen worden war. Aber bei dem, was er sich in der Vergangenheit geleistet hatte, war es durchaus verständlich. Doch kaum war die erste Begeisterung verflogen, kehrte die Erinnerung an den Tod Grolings zurück und sein Interesse wich der Sorge um die beiden Ältesten.

»Es ist schon ein wenig her«, sagte Peya. »Sie sind aber noch nicht zurück.«

»Du musst mir unbedingt sagen, wenn sie wieder da sind. Ich hoffe, sie kehren zurück.«

Peya erschrak. »Meinst du, die Zwerge tun ihnen etwas an?«

»Ich weiß es nicht.« Pelwick senkte den Blick.

»Vielleicht war Grolings Tod nur ein Unfall und deine Sinne haben dir einen Streich gespielt.«

»Jetzt fang du nicht auch noch an! Ich weiß, was ich gesehen habe!«

»Ich meinte ja nur ...« Peya berührte Pelwicks Arm und ihre Augen nahmen wieder diesen mitleidigen Ausdruck an.

»Du glaubst mir auch nicht!« Pelwick konnte seine Enttäuschung nicht verbergen. Wütend warf er die Chitinschale in seiner Hand zu Boden, riss sich aus Peyas Griff und eilte zurück zu Käferhöhle.

Die Gnomin sah ihrem Freund nach. Auch wenn Pelwick versuchte, wie immer zu wirken, hatte ihn etwas verändert, was er nicht verbergen konnte.

Peya rügte sich dafür, Zweifel an seiner Aussage zu haben, während Tränen über ihre Wangen liefen.

***

Die Ältesten waren froh, eine längere Zeit festen Boden unter ihren nackten Füßen zu spüren. Das Plateau zog sich weit in die Höhle hinein und endete schließlich an einer hohen Felswand, die nahtlos in die Höhlendecke überging.

»Und nun?« Rallek betrachtete das schier unüberwindbare Hindernis.

»Es gibt einen schmalen Pfad.« Grimmbart deutete auf die linke Seite des Felsens, an der sich ein schmaler Vorsprung entlang zog. »Dort müssen wir weiter.«

Die Gruppe ging dichter an den Rand des Plateaus. Jetzt konnten sie deutlich den schmalen Pfad sehen, welcher sich eng an der Felswand befand. Der scheinbar einzige Weg, um an der tiefen Schlucht entlangzukommen.

Jukon und Rallek brachen innerlich zusammen. Der Pfad war sehr schmal. Man konnte bestenfalls mit dem Rücken an der Wand gehen, um überhaupt voranzukommen.

»Es ist nicht schlimmer als die Kletterei vorhin.« Hurik war die Reaktion der Gnome nicht verborgen geblieben. Mit einem Grinsen hob er das Seil von seiner Schulter und schlang es wieder um die Körper seiner Begleiter.

Grimmbart ging erneut als Erster, gefolgt von Bok, den Gnomen, Hurik und Wolgar. Sie pressten ihren Rücken gegen die raue Felswand, klammerten ihre Hände an kleine Felsspalten und schoben sich langsam seitwärts den Vorsprung entlang.

Die Schlucht, über der sie sich befanden, war bei weitem nicht so breit wie die andere, aber wenigstens genauso tief. Die Gnome vermieden es diesmal noch stärker, einen Blick hinunter zu riskieren.

Auf einmal begann Grimmbart ein Lied zu singen und seine zwergischen Gefährten stimmten mit ein:

»Hunderte Feinde in großer Schar,
o kommet ihr Brüder, der Tag ist nah!
Wo Axt und Schwert ehrvoll bricht,
sehen wir dem Tode ins Gesicht!

Dem Tendarblute Eid geschworen,
nur Sieg und Ruhm es uns verspricht!
Nie eine Schlacht geben wir verloren,
sehen wir dem Tode ins Gesicht!

Treuer Stand, trotz tiefer Wunden,
der Feind fällt ohne Gegenwehr.
Trotz Wut und Trauer der vielen Stunden,
sehen wir den Tode nimmer mehr!«

Der Gesang der Zwerge hob die Stimmung der beiden Gnome keineswegs. Die Strophen von Kampf und Tod brachten Jukon und Rallek vielmehr dazu, sich noch sehnlicher in die Gemütlichkeit der Oni Thal zurück zu wünschen. Der Duft der köstlichen Speisen und die Wärme der prasselnden Feuer fehlten ihnen bereits jetzt, obwohl sie noch nicht allzu lange fort waren.

Die Körper der Gnome schmerzten. Die Anstrengungen, welchen sie in letzter Zeit ausgesetzt waren, forderten ihren Tribut. Sie hatten Schwierigkeiten, weiterhin aufmerksam auf ihre Schritte zu achten und sich gleichzeitig eng an den Felsen zu pressen. Jukon hatte weitaus größere Probleme als sein etwas jüngerer Ratsbruder. Er zitterte bereits am gesamten Leib und konnte nicht sagen, wie lange er diese Strapazen noch aushalten konnte. Wenn nicht bald ein Ende der Reise in Sicht war, würde er aufgeben müssen.

Jemand griff nach seinem Arm und zog ihn zur Seite. Es war Bok. Der einäugige Zwerg half dem Gnom auf ein weiteres Plateau. Sie hatten den schmalen Pfad verlassen. Jukon schloss erleichtert die Augen.

»Jetzt ist es nicht mehr weit«, sagte Grimmbart.

Den Zwergen schienen diese Anstrengungen nichts auszumachen. Jukon erkannte keine Anzeichen von Erschöpfung in ihren Gesichtern. Es war, als würden sie dabei großen Spaß empfinden.

»Ein Moment noch«, stöhnte Rallek und sackte neben Jukon auf den Boden.

Die Zwerge lachten.

»Es ist nicht weit her mit Euch Gnomen«, sagte Wulgar. »Es scheint, als könntet Ihr nie wieder zurückkehren.«

Ängstlich sahen die Gnome zu dem massigen Zwerg mit den kunstvoll geflochtenen, schwarzen Haaren auf. Seine kleinen, runden Augen blitzten dabei sonderbar auf und hinter dem zerrupften Bart grinste der zahnlose Mund.

»Hör auf, Wulgar!« Grimmbart baute sich vor dem Zwerg auf. »Mach ihnen keine Angst. Sie werden wieder sicher in ihr Heim zurückkehren. Und du bist dafür verantwortlich. Ist das klar?«

Wulgar nickte eifrig.

»Nun kommt«, sagte der Clanfürst zu den Gnomen. »Das Schlimmste haben wir hinter uns. Wir müssen nur noch den Weg dort hinauf.«

Jukon und Rallek folgten Grimmbarts Fingerzeig. Ein breiter Weg aus Geröll und festem Stein führte steil in die Höhe. Das Ende war von Stalaktiten verdeckt, so dass sie nicht erkennen konnten, was sie dort erwartete.

Kraftlos kamen die beiden Ältesten auf die Beine. Grimmbart und Bok gingen voraus. Mit Händen und Füßen kletterten sie den Geröllpfad hinauf. Hin und wieder rutschten ein paar kleinere Steine hinab, doch der Aufstieg war eine Wohltat im Vergleich zu den vorangegangenen Anstrengungen.

Jukon sah zurück. Dicht hinter ihm kletterte Rallek.

»Sieh nur«, sagte Jukon zu ihm. »Es ist unglaublich, wie hoch wir sind.«

Der Anblick war tatsächlich überwältigend. Die Gruppe befand sich fast unter der Decke und konnte fast die gesamte Höhle überblicken. Sie sahen das Plateau, den hohen Felsen mit dem Vorsprung und die vielen Schluchten, die sich wie tiefe Wunden in das Gestein schnitten. Und überall strahlten diese kleinen Lichter.

»Es ist wunderschön«, fand auch Rallek.

»Weiter!«

Hurik scheuchte die Gnome voran und sie folgten rasch seiner Anweisung.

Stetig kletterte die Gruppe weiter hinauf. Schließlich wurde der Weg flacher, beschrieb eine weite Rechtskurve. Die Umgebung erhellte sich. Die Gnome mussten ihre Augen schützen, da das Leuchten allmählich unerträglich für sie wurde. Die Steine, welche Jukon berührte, fühlten sich feucht an und waren von einem grünlichen, weichen Zeug überzogen. Angewidert zog er seine Hand zurück.

»Das ist Moos«, erklärte Hurik. »Das ist nur eine Pflanze. Die tut euch nichts.«

Die Gnome vermieden es dennoch, dieses Moos zu berühren.

Je weiter sie vorwärts kamen, umso heller wurde das Licht, welches sie umgab. Die Gnome schlossen die Augen nun vollständig. Das grelle Leuchten fügte ihnen mittlerweile starke Schmerzen zu.

»Wartet«, rief Bok, der es bemerkt hatte. »Wir müssen ihnen die Zeit geben, sich an das Licht zu gewöhnen.«

Die Zwerge waren einverstanden und legten eine kurze Pause ein. Grimmbart gab den Gnomen Ratschläge, wie sie ihre Augen dazu bringen konnten, sich an die Helligkeit zu gewöhnen, doch es half nur wenig. Alles schien in ein weißes Leuchten getaucht zu sein, welches jegliche Konturen der Umgebung verschwinden ließ.

»Was ist das?«, fragte Jukon.

»Das ist das Licht der Sonne«, erklärte Grimmbart. »Es erhellt den Tag und sorgt für Leben an der Oberwelt. Es ist nicht schädlich, nur ungewohnt für Euch. Bisher kanntet Ihr nur Feuer oder das Leuchten der Glimmsteine. Das Licht der Sonne am Tage ist um ein Vielfaches heller!«

»Aber es brennt so«, keuchte Rallek.

»Nur für den Augenblick. Ihr werdet Euch daran gewöhnen.« Grimmbart gab dem Ältesten einen freundschaftlichen Klaps auf die Schulter. »Ihr werdet schon sehen. Aber lasst uns einen Moment warten. Die Sonne geht bald unter, die Helligkeit wird schwinden und es wird für Euch einfacher sein, etwas zu sehen.«

Die Gruppe wartete. Hurik und Wolgar erzählten sich Geschichten von irgendwelchen Kreaturen, die sie besiegt hatten. Bok war weitergegangen, um die Umgebung auszukundschaften.

Und tatsächlich ließ langsam die Helligkeit nach und gleichermaßen erhöhte sich die Fähigkeit der Gnome, wieder Umrisse erkennen zu können.

Etwas später kehrte Bok zurück.

»Die Sonne ist fast untergegangen«, verkündete er. »Draußen ist alles ruhig. Keine Wölfe oder Orks zu sehen.«

»Was sind Wölfe und Orks?«, fragte Jukon.

»Tiere«, erklärte Grimmbart. »Gefährliche Tiere. Nichts, was Euch im Augenblick zu interessieren hat. Und jetzt kommt! Die Oberwelt wartet auf Euch!« Der Clanfürst stand auf.

Jukon und Rallek folgten ihm. Sie spürten die kühle Luft, die von außerhalb in die Höhle strömte. Sie fröstelten. Nach wenigen Schritten sahen sie den Ausgang und blickten zum ersten Mal hinaus auf die Oberwelt.

***

Wie auf einen stummen Befehl hin liefen die Gnome in der Oni Thal auf ein gemeinsames Ziel zu. Pelwick bemerkte dies und ließ seine Grabkrallen fallen. Er lief zum Gatter hinüber, legte seine Hände um die Stäbe, sah hinaus und hörte aufgeregte Stimmen. Ein wildes Durcheinander bot sich seinen Augen. Neugierig öffnete er den Verschlag und ging hinaus in die erste Halle.

»Was ist da los?«, fragte er den ersten Gnom, der an ihm vorüber eilte. Dieser zuckte lediglich mit den Schultern und lief weiter.

Der Pulk der Gnome bewegte sich vom Haupttunnel weg in Richtung des Heiligen Quells. Irgendetwas befand sich in ihrem Zentrum, was Pelwick nicht erkennen konnte.

»Hier steckst du!« Peya tauchte plötzlich neben ihm auf, packte seine Hand und zog ihn mit sich.

Pelwick ließ es geschehen. Sobald sich Peya etwas in den Kopf gesetzt hatte, war es schwer, sie daran zu hindern. Pelwick war zwar immer noch ein wenig gekränkt, doch im Augenblick war die Neugierde stärker als die Enttäuschung. Gemeinsam liefen sie zum Ratshaus hinüber.

Dieses Ziel hatten auch die anderen Gnome. Peya rannte den Spiralweg zum Ratshaus hinauf, bis sie sich in einer Höhe befanden, von der aus sie in die Mitte der Versammlung blicken konnten.

Dort befanden sich Jukon und Rallek!

Sie waren zurückgekehrt!

Pelwick traute seinen Augen kaum. Er hatte in der Vergangenheit immer wieder darüber nachgedacht, was Grimmbart mit den Ältesten plante. Aber dass er sie zurückkehren lassen würde, war nicht Teil seiner Überlegungen gewesen. Insgeheim ärgerte er sich sogar ein klein wenig über die Rückkehr der Ältesten, da es sein Bild von den Zwergen erschütterte.

Pelwick erschrak über seine eigenen Gedanken. Selbstverständlich wünschte er niemandem etwas Schlimmes, aber er hatte gehofft, man würde die Schlechtigkeit der Zwerge erkennen.

Aber sind sie wirklich schlecht?

Der junge Gnom ertappte sich dabei, daran zu zweifeln. War Groling tatsächlich nur gestürzt? Hatte Grimmbart nur versucht, ihn zu retten? Pelwicks Gedanken verfingen sich in einem wirren Spiel. Er wusste mit einem Mal nicht mehr, was er wirklich gesehen und was er sich eingebildet hatte.

»Sie kommen hoch.« Peyas Stimme klang, als wäre sie weit von ihm entfernt und stünde nicht neben ihm. Erst als das Gnomenmädchen ihn anstupste, verflogen seine gedanklichen Wirrspiele.

Jukon und Rallek kamen den Spiralweg hinauf. Der Gnomenpulk blieb am Fuße des Ratshauses zurück und wartete begierig auf einen Bericht der Ältesten. Einige Schritte unterhalb der Stelle, an welcher sich Peya und Pelwick befanden, blieben Jukon und Rallek stehen. Sie beachteten die beiden jungen Gnome nicht, sondern wandten sich dem Volk zu.

»Meine Freunde«, begann Jukon voller Freude. Sein Antlitz wirkte sehr glücklich und befreit. Die Schwermütigkeit der letzten Zeit war wie weggewischt. »Rallek und ich hatten die Ehre, etwas sehen zu dürfen, was unsere kühnsten Vorstellungen übertraf. Es war ein langer und harter Weg«, sagte er, »aber es gibt sie wirklich! Wir waren an der Oberwelt!«

Die Menge unterbrach Jukons Erzählung. Sie jubelten und redeten, klatschten und freuten sich über das Gehörte. Nur mit Mühe schaffte es der Älteste, das Volk wieder zur Ruhe zu bewegen. Vor allem die

Aussicht, mehr von der Oberwelt zu erfahren, sorgte schlussendlich für ihre Aufmerksamkeit.

»Es gibt wunderbare Dinge dort.« Jukons Augen leuchteten, während er berichtete. »Es gibt Tiere, die über einem weichen, grünen Boden schweben. Andere wohnen in unendlich langen Gräben, in denen Wasser wie aus dem Heiligen Quell fließt, und man hat das Gefühl, als würde jemand seinen kühlen Atem über die Oberwelt pusten. Und da ist diese gelbe, leuchtende Scheibe, die einem die Augen verbrennt. Aber habt keine Angst: Wartet man eine Weile, so verschwindet sie und man kann wieder sehen. Es ist wundervoll!«

Das Gnomenvolk johlte erneut. Sie schwärmten untereinander von dem Gehörten, träumten davon, selbst dort zu sein, und niemand zweifelte die Worte des Ältesten an.

»Wann können wir sie sehen?«, wollte Olsmund wissen und viele Stimmen schlossen sich seiner Frage an.

»Bald«, sagte der Älteste. »Aber die Zwerge müssen noch einiges vorbereiten, damit der Weg für uns sicher ist.«

»Können wir ihnen nicht helfen?«, fragte ein anderer.

»Das geht leider nicht. Die Zwerge möchten verhindern, dass uns etwas widerfährt. Das Schicksal des armen Grolings hat sie dazu bewogen, uns daran zu erinnern, in ihre Mine zu gehen. Sie werden uns holen, wenn alles bereit ist.«

Die Gnome waren nicht mehr zu beruhigen. Jukons Erklärung ließ sie Freude und Verärgerung zugleich empfinden. Einige sahen es nicht ein, untätig zu warten, andere konnten den Tag des Aufstiegs nicht früh genug herbeisehnen.

»Komm«, sagte Peya und zog Pelwick mit sich, »es wird mir zu unruhig.«

Die beiden Gnome schoben sich an den Ältesten vorbei, umliefen die durcheinander redende Menge und gingen zum Heiligen Quell hinüber. Am Rand des Grabens ließen sie sich nieder.

»Was hältst du davon?« Peyas Augen strahlten.

»Es klingt gut«, antwortete Pelwick.

»Nur gut?« Peyas Stimme klang empört. »Stell dir so etwas nur mal vor: schwebende Tiere, weicher Boden. Man könnte sich überall zum Schlafen betten und bräuchte keine Decken mehr.«

Pelwick genoss die Freude, welche seine Freundin ausstrahlte. Ihm gefiel ihre Unbeschwertheit. Seine Gedanken hingegen waren nicht so freundlich. Natürlich klangen die Berichte der Ältesten fantastisch und über alle Maße verlockend. Er wäre ein Lügner gewesen, wenn er behauptet hätte, es reizte ihn nicht, diese Oberwelt zu erforschen, aber er machte sich Sorgen. Obwohl die Zwerge anscheinend kein Interesse daran gehabt hatten, Jukon und Rallek zu töten, traute er ihnen weiterhin nicht. Das ungute Gefühl in seinem Inneren blieb. Grimmbart führte etwas im Schilde, dessen war er sich sicher.

»Pelwick?« Peya stupste ihrem Freund in die Seite.

»Ja, natürlich.« Der junge Gnom hatte keinen Schimmer, was Peya von ihm wollte, und antwortete gerade heraus.

»Du hast mir gar nicht zugehört«, erkannte die Gnomin.

»Stimmt. Entschuldige.«

»Denk doch nicht so viel nach. Damit kommst du nicht weiter. Lass die Dinge einfach auf dich zukommen und wenn es soweit ist, kannst du immer noch abwägen, was richtig oder falsch ist.«

»Du hast ja Recht. Ich hätte auch Lust, die Oberwelt zu sehen. Ob es da auch Würmer gibt?«

»Das glaube ich nicht. Höchstens schwebende.«

Pelwick und Peya begannen zu lachen. Sie ersponnen weitere sonderbare Dinge, welche an der Oberwelt leben mochten. Die sorgenvollen Gedanken waren vergessen.

Wenigstens für den Moment.

***

Die Ältesten zogen sich in ihr Ratshaus zurück, als die Versammlung sich allmählich auflöste. Von den Anstrengungen der Reise ließen sich Jukon und Rallek erschöpft auf die Sitzdecken sinken. Sie hatten die Eindrücke der Oberwelt noch nicht wirklich verarbeitet und einige der ungewöhnlichen Dinge dort überhaupt nicht begriffen.

»Es war so viel Neues«, sagte Jukon. »Ich weiß nicht, womit ich anfangen soll, wenn wir wieder dort sind.«

»Ja, es war beeindruckend. Aber ist es das, was für unser Volk das Beste ist?«, fragte Rallek besorgt.

»Was meinst du damit?« Jukon richtete sich auf.

»Wir Gnome leben seit jeher in Chupa Waia und wir sollen auch erforschen und entdecken. Aber der Weg führt durch die Zwergenmine. Es ist ein langer Weg. Und was ist, wenn wir irgendwann nicht wieder zurück können?«

Ralleks erkannte die Enttäuschung in Jukons Blick und er verstand auch dessen Beweggründe, unbedingt diese Oberwelt erforschen zu wollen, so lange ihm noch die Zeit dazu bleiben würde. Aber sie trugen nicht nur die Verantwortung für sich selbst, sondern mussten sich auch Gedanken um das gesamte Volk machen. Rallek hoffte, dass Jukon dies nicht außer Acht ließ.

»Warum sollten wir nicht wieder zurück?«, fragte Jukon.

»Ich mache mir nur Sorgen, alter Freund. Was wäre, wenn wir uns mit den Zwergen streiten? Wir könnten ihre Mine nicht weiter als Zugang benutzen.«

»Weshalb sollten wir uns mit ihnen streiten?«

»Jukon, verstehe doch. Ich mache mir Sorgen. Wir Gnome gehören nicht ans Licht. Unsere Welt ist hier unten.«

»Ich verstehe«, sagte Jukon. »Es war niemals dein Bestreben, unser Volk weiterzuführen.« Wutschnaubend erhob er sich und blickte seinen Ratsbruder zornig an. »Du willst nie etwas riskieren, niemals etwas Neues versuchen. Es war schon damals mit dem verbotenen Tunnel so. Warum verweigerst du dich so hartnäckig allem, was dir fremd ist?«

»Ich habe den Tunnel verschließen lassen, um unser Volk zu schützen!« Rallek versuchte mit sanfter Tonlage, die Wellen zu glätten.

»Zu schützen? Pah! Wir hätten damals unsere Welt bereits erweitern können, aber du warst es, der es verhindert hat. Das lasse ich kein zweites Mal zu!«

»Jukon, beruhige dich. Wir können eine Lösung finden, die für alle die beste ist.«

»Nein, Rallek! Zu oft habe ich deinen Rat als wichtig erachtet. Jetzt ist es an der Zeit zu tun, was ich will! Und du kommst mir nicht in die Quere!« Nach diesen Worten verließ Jukon die Ratsstube.

Rallek sah ihm noch so lange erschrocken nach, bis der Ratsbruder aus seinem Blickfeld verschwunden war. Er erkannte seinen alten Freund nicht mehr wieder. Es war, als wäre Jukon von der Oberwelt regelrecht besessen, als gäbe es nichts anderes mehr, was einen Wert im Leben besaß. Rallek musste Jukon wieder zur Vernunft bringen. Er wusste nur noch nicht wie.

ZORN

Das laute Lachen und Singen schien beinahe jeden Winkel der Mûn Dhanbar auszufüllen. Hinzu gesellte sich der köstliche Duft gebratenen Wildbrets, welcher scheinbar durch jeden Tunnel kroch, um weitere Zwerge anzulocken, damit sie an dem geselligen Fests in Grimmbarts Thronsaal teilnehmen konnten.

Es gab keinen besonderen Grund für diese Feierlichkeit, man kam zusammen des Trinkens Willen. Die Tische beidseitig zum Thron waren angehäuft mit leckeren Speisen und kühlem Bier. Von der ursprünglichen Sorgfalt, mit der aufgetischt worden war, gab es nichts mehr zu sehen. Das Fleisch lag verteilt auf Tischen und Bänken, ein jeder der Zwerge nahm, was er wollte, und warf den Rest achtlos umher. Krüge wurden gestemmt, angestoßen und ihr Inhalt überschwappend in gierige Mäuler geschüttet.

Vor Grimmbarts Thron war ein Quertisch aufgestellt worden, so dass die Tafel die Form von einem großen, eckigen U aufwies. An seiner Seite saßen seine engsten Vertrauten: Bok, Hurik und Wolgar. Sie erzählten sich alte, ruhmreiche Geschichten, lachten über die Missgeschicke anderer und bewarfen die übrigen Zwerge mit den Knochen des Verspeisten. Jeder Treffer wurde mit lautstarkem Gejohle beglückwünscht.

»Es ist ein schöner Tag zum Leben!« Bok hob seinen Krug und nahm einen langen Zug heißen Mets. Der Honigwein zählte neben einem kräftigen Bier zu den bevorzugten Getränken der Zwerge. Man hielt nicht viel von Wasser und Milch.

»Hört hört«, rief Wolgar und genehmigte sich ebenfalls einen Schluck.

Grimmbart wischte sich mit dem Handrücken die Schaumkrone vom Bart, die sein Bier dort hinterlassen hatte.

»Es war eine großartige Idee«, sagte er. »Die Gnome waren begeistert von der Oberwelt. Habt ihr sie auf dem Rückweg beobachtet? Sie konnten von nichts anderem reden.«

Die Zwerge lachten.

»Habt ihr ihre Augen gesehen?«, fragte Hurik. »Sie sahen aus, als wären sie in einem schönen Traum gefangen!«

»Hoffentlich befreien sie sich nie wieder daraus«, grölte Wolgar.

»Das wird nicht passieren«, bemerkte Grimmbart. »Wir haben sie da, wo wir sie haben wollen. Sie werden sich die Möglichkeit, an die Oberwelt zurückzukehren, nicht mehr nehmen lassen und jetzt noch eifriger nach den Glimmsteinen schürfen.«

»Wollen wir es hoffen.« Hurik bekam für diese Aussage einen kräftigen Schlag von Grimmbart, der ihn regelrecht von seinem Platz fegte. Auch diese Einlage wurde mit lautstarkem Gelächter begleitet.

»Aber mal ehrlich«, Bok beugte sich weit zu seinem Vetter herüber, »meinst du, die Gnome geben dir jetzt alle ihre Steine?«

»Sicher!« Grimmbart stieß beim Sprechen auf und gab dem Wort einen sonderbaren Klang, welcher die Zwerge zu erneutem Gejohle veranlasste. Fortan versuchte jeder, unter dem Gelächter der anderen, dieses Geräusch nachzuahmen.

Auf einmal wurde Grimmbarts Blick jedoch ernst. Aus schmalen Schlitzen starrte er seinen Vetter an, packte mit einer Hand dessen Kragen und zog ihn dicht an sich heran. »Gehen wir ernten«, sagte er mit entschlossener Stimme.

Die Zwerge sprangen auf, stimmten ein Lied an und verließen torkelnd und johlend den Thronsaal, nicht ohne sich etwas für unterwegs mitzunehmen.

Bok blieb noch einen Moment zurück und blickte den anderen hinterher. Schließlich ging er ihnen mit zwiespältigen Gefühlen nach.

***

Peyas Hinweis erwies sich als richtig. Pelwick hatte tatsächlich viel zu weit in Richtung der Wurmhöhle gegraben und wäre sogar beinahe hindurch gebrochen. Undenkbar wären die Auswirkungen, wenn die Würmer in die Käferställe gekrochen wären. Da der junge Gnom den Mistgraben nun nicht tiefer anlegen konnte, begann er ihn in die Breite zu ziehen. Pelwick hatte durch seine Arbeiten die Käferhöhle etwas sauberer bekommen, trotzdem wurde es allerhöchste Zeit, dass der Käfermist wieder zu den Pilzfarmen gebracht wurde.

Fada und Zulias, seine Eltern, besuchten ihn ständig und versuchten, ihren Sohn zum Mitkommen zu überreden, aber dem jungen Gnom brachte die Arbeit Spaß. Er hatte die Möglichkeit, etwas zu erschaffen, was seinen Geist forderte. Wenn er mit dem Graben fertig war, wollte er die Pilze umsiedeln, damit der Käfermist auf geradem Wege in die entsprechenden Höhlen abfließen konnte und nicht erst die Käferställe verdreckte. Er wusste zwar noch nicht genau, wie er das anstellen wollte, aber ihm würde sicherlich etwas einfallen.

Der Dreck, der ihn umgab, störte ihn schon seit langem nicht mehr. Auch an den Geruch hatte er sich gewöhnt und bemerkte ihn immer nur dann, wenn Peya ihm sagte, wie sehr er doch stinken würde und er sich dringend waschen müsse.

Pelwick lächelte, als er an seine Freundin dachte. Peya kam immer vorbei, wenn sie sich auf den Weg zu irgendeinem Tunnel machte, an welchem sie ein wenig graben wollte. Pelwick hatte sich fest vorgenommen, wieder mit seiner Freundin durch die Tunnel zu ziehen, wenn der Mistgraben erst einmal fertig war. Er freute sich bereits darauf und vermisste ihre zauberhaften Augen und die kleinen Grübchen, die sich immer bildeten, wenn sie lachte.

Pelwick zog die Grabkrallen aus, wischte sich die dreckigen Hände an der Hose ab und ging hinüber zum Gatter. Die großen Käfer hatten sich ebenso an ihn gewöhnt wie er sich an sie. Im Grunde waren es ganz umgängliche Tiere, die stoisch an ihrem Platz standen, Wurzelholz fraßen und sich ansonsten nicht weiter bemerkbar machten. Solange man sie in Ruhe ließ. Pelwick hatte nichts anderes vor.

Lassen sie mich in Ruhe, lasse ich sie in Ruhe, war sein Sinnspruch.

Der junge Gnom lehnte sich an die Höhlenwand und starrte durch das Gatter hinaus auf das Treiben in der ersten Halle. Jedes Mal gab es dasselbe zu sehen: Zwerge, die herum schlenderten und nach Neuem suchten, Olsmund, der bemüht war, Peyas Mutter Nusa den Hof zu machen, und Gnome, die zur Arbeit gingen, aßen oder schliefen.

Aber Pelwick mochte diese kleinen Pausen, in denen er den anderen bei ihren Taten zusehen konnte. Insgeheim hoffte er natürlich, Peya zu entdecken, doch im Moment schien sie sich außerhalb der Oni Thal aufzuhalten. Er sah seine Mutter Fada, die eine Schale frischen Wassers hinüber zu den Schlafkammern trug. Sie sah in seine Richtung und winkte ihm eifrig zu. Pelwick lächelte und winkte zurück.

Er sah Jukon das Ratshaus verlassen und langsam den Spiralweg hinabgehen.

Beim Heiligen Quell. Ist der alt geworden, dachte Pelwick und sah besorgt zu, wie sich der alte Gnom an den Wassergraben setzte. Jede Bewegung des Ältesten schien von Schmerzen begleitet zu werden, und seine Haut, welche noch bleicher schien, zeigte einige Falten mehr.

Plötzlich zuckte Pelwick zusammen. Er hatte einige Gestalten erspäht, die durch den Haupttunnel kamen. Es waren Grimmbart und seine Zwerge. Jedes Mal, wenn er einen Zwerg sah, beschlich den jungen Gnom ein ungutes Gefühl. Es war zwar mittlerweile lange her, aber trotzdem fürchtete er die Anwesenheit dieser bärtigen Krieger noch immer. Und dieser Einmarsch, wobei über zwanzig Zwerge Grimmbart begleiteten, verhieß nichts Gutes.

Grimmbart ging entschlossen auf den Heiligen Quell zu, an dessen Fuße er Jukon bereits erspäht hatte. Die Bewegungen des Zwerges wirkten einschüchternd und in seinem Gesicht war die Freundlichkeit der letzten Zeit einem anderen Ausdruck gewichen: Zorn.

Bedrohlich baute er sich vor dem Ältesten auf.

»Jukon!« Grimmbart grinste hämisch. »Wir brauchen mehr Steine, damit ihr rasch an die Oberwelt könnt.«

Der Älteste blickte auf. Seine Augen blitzten freudig, als er den Zwerg sah, welcher ihm den Zugang zu einer neuen Welt ermöglicht hatte. »Grimmbart. Sei gegrüßt. Setze dich zu mir.«

»Ich will nicht sitzen, Gnom. Ich brauche mehr von deinen Glimmsteinen.«

»Es tut mir leid, der Vorrat ist aufgebraucht. Wir haben noch keine neuen gefunden«, antwortete Jukon.

Grimmbart war von der Absage des Gnoms ein wenig überrascht. Er hatte nicht damit gerechnet, mit leeren Händen in die Mine zurückkehren zu müssen.

Grimmbart sah sich um, blickte seine Männer an, die erwartungsvoll darauf warteten, dass er sich holte, was sie brauchten. Er durfte sie nicht enttäuschen. Sie würden sich lustig über ihn machen und seine Stellung an der Spitze der Tiefenfelszwerge würde einen schweren Schlag erleiden.

Wütend wandte der Clanführer sich wieder an den Gnom. »Treib keine Spielchen mit mir«, knurrte er. »Ich habe dir die Oberwelt gezeigt und du gibst mir dafür die Steine!«

»Ich würde sie dir geben, aber wir haben keine«, wiederholte der Gnom verängstigt.

»Dann grab nach ihnen!« Grimmbarts Wut stieg bei jedem Atemzug. Die Worte Grolings kamen dem Clanfürsten in den Sinn. Sollte dieser verräterische Gnom am Ende doch die Wahrheit gesagt haben? Verweigerte Jukon ihm tatsächlich, was er dringend benötigte?

Grimmbart ballte die Hände zu Fäusten. Wutschnaubend starrte er den kleinen Gnom an, der zitternd vor ihm hockte. Blitzschnell packte der Zwerg zu. Seine Hand krallte sich um das Kinn des Ältesten und er hob den kleinen Mann mit Leichtigkeit hoch. Der Gnom hing in seinem Griff wie ein wehrloses Vieh, welches zur Schlachtbank gebracht werden sollte.

Jukon durchflutete ein heftiger Schmerz. Der Griff des Zwergs war so fest, dass er befürchtete, ihm würde der Kiefer gebrochen. Der Älteste war unfähig, sich zu wehren. Kraftlos hing er in des Zwergen Pranke.

Grimmbart hob ihn dicht vor sein Gesicht und starrte ihn mit kalten Augen an. »Wir hatten eine Abmachung«, knurrte der Zwerg.

Jukon vermochte nichts zu sagen. Seine Kehle war wie zugeschnürt und der Druck an seinem Kinn wurde stärker. Ihm wurde schwindelig. Mit Blut vermischter Speichel rann in einer schmalen Linie an seinem Mundwinkel herab. Die Schmerzen wurden immer heftiger. Er wollte schreien, doch der einzige Ton, den er hervorbrachte, war ein heiseres Gurgeln. Jukon zuckte unkontrolliert, aber den Schmerz spürte er bereits nicht mehr. Seine Arme und Beine wurden schlaff.

Jukon, der Älteste, war tot!

Ohne jede Gefühlsregung warf Grimmbart den Leichnam gegen den Stalagmiten des Heiligen Quells, an dem er hinunter in den Graben rutschte.

***

Die Gnome waren schockiert. Reglos standen sie an ihren Plätzen, von wo aus sie das grauenhafte Schauspiel beobachtet hatten. Es war alles viel zu schnell gegangen, als dass einer von ihnen reagieren und Jukon noch hätte helfen können.

Auch Pelwick stand entsetzt am Gatter. Er konnte nicht fassen, was er soeben gesehen hatte.

Grimmbart hatte Jukon kaltblütig ermordet.

Sofort kehrten die schrecklichen Bilder von Grolings Tod in sein Gedächtnis zurück. Jeder Gedanke an einen Unfall löste sich in Haltlosigkeit auf.

Er hatte es wieder getan! Grimmbart war ein Mörder!

Der Schockzustand in der Oni Thal hielt nur kurz an. Von einem Lidschlag zum nächsten flohen die Gnome. Sie liefen in wildem Durcheinander vor den Angreifern davon, versuchten irgendwo ein Versteck zu finden, in dem sie sicher waren. Die vom Bier und Met übereifrigen Zwerge setzten ihnen nach. Jene, die nicht schnell genug entkommen konnten, wurden geschnappt, wahllos durch die Oni Thal geschleudert oder mit einem einzigen Waffenhieb gerichtet.

Dabei gerieten die bärtigen Krieger in einen regelrechten Blutrausch. Sie machten keinen Unterschied, ob sich ihnen jemand in den Weg stellte oder vor ihnen zu fliehen versuchte. Männer und Frauen wurden gleichermaßen niedergemetzelt.

Pelwick stand immer noch wie angewurzelt am Gatter und starrte auf das Schlachtfeld, welches sich in der Nähe des Heiligen Quells abspielte. Die Schreie der Gnome mischten sich mit dem zornigen Kriegsgeschrei der Zwerge.

Um die zwanzig Wachmänner hatten sich gesammelt, nahmen ihren Mut zusammen und stürzten sich mit Grabkrallen bewaffnet auf die heimtückischen Mörder.

Die Gnome waren schnell, wendig und beherrschten den Umgang mit den spitzen Grabkrallen, aber im Gegensatz zu den Zwergen waren sie wenig kampferfahren. Die ersten Schläge verfehlten die bärtigen Widersacher. Äxte und Hämmer wurden zielgenau geschwungen, warfen die Gnome zurück.

Grimmbart stand wie ein Fels inmitten der Brandung aus angreifenden Gnomenwachen. Sein Hammer zerschlug Köpfe und Leiber. Sein unbewaffneter Arm packte einen Gegner nach dem anderen und schmiss ihn weit durch die erste Halle. Kaum ein Gnom schaffte es, die Grabkralle in das Fleisch eines Zwergs zu schlagen. Die Waffen hatten den eisernen Rüstungen wenig entgegenzusetzen und der größte Erfolg bestand aus leichten Kratzwunden.

Die Anzahl der kämpfenden Gnome nahm schnell ab. Die Zwerge gingen zum Gegenangriff über. Hurik packte einen Gnom am Hals, welcher versuchte, mit den Grabkrallen den Körper des Zwergs zu treffen. Doch die Reichweite seiner Arme war zu gering. Immer wieder schlug der Gnom ins Leere, bis Hurik ihn hämisch lachend zu Wolgar warf, der den Gnom noch im Flug mit seiner Axt richtete.

Die Zwerge wurden immer wilder. Kein Gnom, der ihren Weg kreuzte oder Waffen trug, wurde verschont. Gnadenlos verrichteten die todbringenden Waffen der Zwerge ihr Werk.

Pelwick wich zurück. Er hatte es nicht gewagt, den Käferstall zu verlassen. Es war alles zu schnell gegangen, als dass er überhaupt hätte eingreifen können, selbst wenn er den Mut dazu gehabt hätte. Die Kampfkraft der Zwerge hatte ihn erstarren lassen. Zur Unfähigkeit verdammt, sah er sein Volk untergehen. Die Oni Thal, einst Schauplatz geselliger Gnomenfeste, glich einem Schlachtplatz.

Die Zwerge verschonten auch den Heiligen Quell nicht. Sie töteten nicht nur das Volk, sie nahmen ihnen auch das Einzige, was ihnen heilig war. Mit wilden Hammerschlägen zerstörten sie die Wandungen des Grabens und das Wasser des Heiligen Quells floss in kleinen Rinnsalen durch die erste Halle, wo es sich mit dem Blut der Getöteten mischte.

»Hört sofort auf!«

Die Stimme hallte durch die Oni Thal und verfehlte die beabsichtigte Wirkung nicht. Die Zwerge hielten inne, sahen sich um zu dem einen, der dort am Anfang des ersten Tunnels stand.

Es war Bok. Der einäugige Zwerg war zu spät gekommen. Mit Entsetzen sah er, was er hätte verhindern müssen.

Wütend stapfte Grimmbart auf seinen Vetter zu. Nur eine Handbreit entfernt blieb er vor ihm stehen. »Tu das nie wieder«, knirschte der Clanfürst, ging an Bok vorbei und verließ die Oni Thal.

Der Kampfeslärm war vorüber und zurück blieb das Wimmern und die Tränen jener, welche ihre Liebsten betrauerten und das Grauen verarbeiten mussten, was sie so überraschend heimgesucht hatte.

Bestürzt betrachtete der einäugige Zwerg den Schaden, für den sich sein Volk verantwortlich gemacht hatte. Es gab nichts, was diesen Frevel je würde wieder gut machen können. Er wandte sich ab und eilte seinem Vetter entschlossen hinterher.

Die zurückgebliebenen Zwerge trieben die Überlebenden in der Nähe des entweihten Quells zusammen.

Es sind so wenige ...

Pelwick zählte nicht einmal dreißig Gnome. Er erkannte seine Eltern und war glücklich, dass sie nicht Teil des Massakers geworden waren. Nur Peya konnte er nicht sehen. Pelwick hoffte inständig, seine Freundin würde sich noch außerhalb der Oni Thal in irgendeinem Tunnel aufhalten.

Die Gedanken des jungen Gnoms schwankten hin und her. Auf der einen Seite wollte er am liebsten vorstürmen und seine Eltern aus den Fängen der Mörder befreien, doch auf der anderen Seite war ihm bewusst, sie nicht einmal lebend erreichen zu können.

Schritt für Schritt ging Pelwick tiefer in die Käferhöhle. Er musste sich verstecken. Vielleicht war er die einzige Hoffnung, die seine Eltern und die anderen Gnome hatten. Sofern die Zwerge sie nicht alle töteten.

Aber hätten sie es nicht schon am ersten Tag getan, wenn dies ihr Bestreben gewesen wäre?

Pelwick hoffte von ganzem Herzen, die Zwerge würden sie am Leben lassen. Ihm blieb im Augenblick nichts anderes übrig, als abzuwarten.

Unbemerkt kletterte er in den Mistgraben am Ende der Höhle hinein und blieb so vor dem Zorn der Zwerge verborgen.

***

Noch bevor Grimmbart das Ende des ersten Tunnels erreicht hatte, legte sich ihm die Hand seines Vetters auf die Schulter. Wütend wirbelte der Clanfürst herum und schlug mit geballter Faust nach Bok, der den Schlag gekonnt mit der Hand abfing. Der einäugige Zwerg war von seiner plötzlichen Courage selbst überrascht. Er sah seinem Vetter mit einer Entschlossenheit in die Augen, die nichts von seiner Furcht vor dem mächtigen Clanfürsten erahnen ließ. Wenn er gekonnt hätte, hätte er Grimmbart gewähren lassen und sich weit aus der Gnomenhöhle zurückgezogen. Aber es ging nicht. Bok musste dem unehrenhaften Treiben seines Volkes Einhalt gebieten, bevor es zu spät war.

»Lass es gut sein, Vetter«, sagte er beschwichtigend. »Bier und Met haben deine Sinne vernebelt. Wie viele dieser Steine werden dir tote

Gnome geben können? Jetzt hast du nicht nur die Eisenbrecher gegen dich, sondern auch dieses kleine Volk! Willst du einen Krieg an mehreren Fronten?«

Grimmbart schnaubte. Seine Kieferknochen zermalmten die Worte, die er wohl am liebsten seinem Vetter ins Gesicht geschrien hätte. Der eindringliche Blick seines Gegenüber ließ den Zorn jedoch langsam verebben. Er riss seinen Arm aus der Umklammerung und senkte den Blick.

»Vielleicht hast du Recht, Bok«, sagte der Clanfürst. »Vielleicht habe ich mich hinreißen lassen, aber sie haben mich provoziert. Ich muss meinem Clan gegenüber Stärke beweisen und kann die Willkür niederer Kreaturen nicht dulden. Es tut mir Leid, Bok! Ich werde uns die Steine beschaffen.«

Grimmbart schob sich an seinem Vetter vorbei und ging in die Oni Thal zurück. Bok sah ihm nach, wollte ihm im ersten Moment folgen, aber ließ seinen Clanfürsten schließlich wortlos gehen.

***

Grimmbart stand vor den zitternden Gnomen, die zusammengepfercht und auf dem Boden sitzend von den Zwergen bewacht wurden. Ängstliches Wimmern war der vorherrschende Laut innerhalb dieser Höhle, die über lange Zeit von Fröhlichkeit und Gelächter ausgefüllt gewesen war.

Überwiegend waren es Frauen, Kinder und ältere Männer, welche die grauenvolle Schlacht überlebt hatten. Unter ihnen war auch Rallek, der verbliebene Älteste des Gnomenrats. Die Ereignisse der vergangenen Zeit hatten ihm schwer zugesetzt. Kreidebleich hockte er auf dem Boden und stierte auf einen unsichtbaren Punkt irgendwo vor sich.

»Jetzt hast du hier wohl das alleinige Sagen, alter Gnom«, sprach ihn Grimmbart an, aber Rallek hörte ihn nicht. Erst als ihn ein Zwerg mit dem Axtgriff anstieß, blickte er auf.

»Es hätte nicht soweit kommen müssen«, fuhr der Clanfürst fort. »Ich wollte nur eure Steine, nichts weiter! Warum, bei Vorrak, habt ihr sie mir nicht gegeben? Niemand darf sich mir widersetzen! Wir hatten eine Vereinbarung: Ihr gebt mir die Steine und ich bringe euch an die

Oberwelt. Ich hätte euch alle an die Oberwelt gebracht! Ja, das hätte ich! Warum habt ihr euer Wort gebrochen? Und jetzt sag mir: Wo sind die Steine?«

»Wir haben keine mehr.« Ralleks Stimme klang schwach. Er hatte kaum noch die Kraft, dem Blick des Clanfürsten standzuhalten.

»Du lügst!« Für einen kurzen Moment flackerte in Grimmbarts Augen wieder der Zorn auf, verflüchtigte sich jedoch kurz darauf wieder. »Was ist mit den Steinen, die eure Gänge markieren?«

»Wir brauchen sie«, protestierte Olsmund, der das Gespräch mit angehört hatte. »Auf diese Weise orientieren wir uns. Ohne die Glimmsteine könnte es ewig dauern, bis wir den richtigen Weg gefunden haben.«

»Das ist nicht mein Problem!« Grimmbart sah über die verbliebenen Gnome hinweg. Es waren nur wenige übrig geblieben, höchstens fünfzig Gnome von einem Volk, welches einmal über zweihundert gezählt hatte. Grimmbart aber wusste schon, wie er die Überlebenden für seine Zwecke einsetzen wollte.

»Ich gebe euch eine Möglichkeit weiterzuleben«, sagte er zu ihnen. »Ihr sammelt jeden Glimmstein ein, der an euren verdammten Gängen hängt, und darüber hinaus werdet ihr gezielt nach ihnen graben. Alles andere, was gefunden wird, geht ebenfalls an mich. Wenn ihr euch weigert, werdet ihr es bereuen. Euer Ältester wird immer hier unter Bewachung bleiben und wenn auch nur einer von euch eine Dummheit begeht, wird er es büßen! Habt ihr das verstanden?«

Die Gnome sahen betreten zu Boden. Die Angst vor den Zwergen lähmte sie. Niemand traute sich aufzublicken, aus Furcht, dafür bestraft zu werden.

»Du wirst für ihren Gehorsam Sorge tragen«, wandte Grimmbart sich wieder an Rallek.

Dieser nickte stumm.

Der Willen der Gnome war gebrochen. Niemand glaubte im Augenblick daran, jemals wieder das alte Leben weiterführen zu können. Sie waren der Willkür der Zwerge ausgesetzt und mussten sich beugen. So lange, bis Grimmbart hatte, was er wollte. Was anschließend aus ihnen werden würde, wusste nur der Clanfürst allein.

»Hurik, Wolgar!« Der Clanfürst rief seine Getreuen zusammen. »Ihr seid mir verantwortlich. Sorgt dafür, dass ich die Steine bekomme!«

Grimmbart wandte sich ab und schritt durch die Oni Thal auf den Haupttunnel zu. Er brauchte keine Bestätigung seiner Männer, um zu wissen, dass sie ihn nicht enttäuschen würden.

Mit dem Fuß stieß er gegen den Leichnam eines toten Gnoms. »Und räumt hier auf«, schrie er, bevor er die erste Halle verließ.

TRAUER UND HOFFNUNG

Seit jenem verhängnisvollen Tag schien die Dunkelheit in Chupa Waia noch schwärzer geworden zu sein. Und es lag nicht daran, dass sämtliche Glimmsteine, welche die Gänge markiert hatten, entfernt worden waren.

Die Freude hatte die Welt der Gnome verlassen.

Von Beginn an wurden sie in Gruppen eingeteilt, die unter der Knechtschaft einiger Zwergenwächter in den felsigen Wänden Chupa Waias nach Glimmsteinen graben mussten. Sie wurden geschlagen und gequält, vorangetrieben, schneller und tiefer zu schürfen, damit der Clanfürst bekam, wonach er verlangte.

Den Gnomen wurde nicht einmal der Wunsch gewährt, sich von den Toten zu verabschieden. Die Zwerge hatten die Leichen fortgeschafft und keiner der Überlebenden wusste wohin.

Keine ihrer Bitten nach Schlaf und Nahrung fand bei ihren Peinigern Gehör. Erst wenn ihr mühseliger Einsatz beendet war und sie von einer anderen Gruppe abgelöst wurden, wurde ihnen ein wenig Schlaf und etwas zu essen gegönnt.

Die Kinder und die alten Gnome blieben, ebenso wie Rallek, unter Bewachung in der Oni Thal zurück. Zu schwach, um beim Graben hilfreich zu sein, dienten sie als Blutpfand. Kein Gnom sollte einen Gedanken an Flucht verschwenden!

Auch Peya hatten die Zwerge gefunden und gefangen genommen. Nur Pelwick blieb weiterhin vor ihnen verborgen.

Tief in der Käferhöhle hielt er sich versteckt, geschützt durch die Exkremente und deren Gestank. Aus diesem Grund waren die Zwerge bislang der Höhle ferngeblieben. Hin und wieder warf zwar jemand einen Blick durch das Gatter, betrat die Stallungen jedoch nicht, da die Zwerge für die Käfer noch keine Verwendung fanden, und zog mit zugehaltener Nase wieder von dannen.

Pelwick beobachtete die Zwerge. In der Oni Thal befanden sich immer einige, aber selten mehr als fünf. Die Gnome, welche nicht in den Knotenhallen oder Gängen waren, wurden in der Wollwurmfarm gefangen gehalten. Seit dieser Entdeckung versuchte Pelwick, in günstigen Momenten einen Durchbruch von seinem Mistgraben zur Wurmhöhle zu schaffen. Vielleicht fand er auf diese Weise eine Möglichkeit, Peya und seine Eltern wiederzusehen, ohne von den Zwergen entdeckt zu werden.

Pelwick hatte seit einer gefühlten Ewigkeit nichts mehr gegessen und seine einzige Nahrungsquelle war Käfermilch, die seinem Magen auf Dauer nicht gut bekam. Er versuchte sich mit der Arbeit an dem Durchbruch abzulenken, doch diese war sehr schwierig und zeitaufwendig, da er so leise wie möglich arbeiten musste. Er fand auch keine Gelegenheit, die Käferstallung zu verlassen, um sich irgendeine andere Nahrung zu beschaffen oder wenigstens seine Grabkrallen zu schärfen. Es gab nicht einen Augenblick, in welchem die Oni Thal frei von Zwergen war.

Mit knurrendem Magen verfolgte er eisern seinen Plan. Mit jedem Hieb in das Gestein spürte er den Schmerz in seinen Muskeln und die Müdigkeit in seinen Knochen.

Nicht aufgeben, trieb sich der junge Gnom voran. Er hoffte nur, dass die Zwerge von alledem nichts mitbekämen.

Der Fels am Rande des Mistgrabens war glücklicherweise nicht sehr hart und so feierte Pelwick, trotz stumpfer Grabkrallen, kleinere Erfolge. Er freute sich bereits darüber, wenn es ihm gelang, in wenigen Stunden einen faustgroßen Stein herauszuschlagen. Jeder Erfolg beflügelte ihn weiterzumachen und war er auch noch so klein.

Pelwick wagte es nicht, sich in der Höhle frei zu bewegen. Er kroch jedes Mal dicht an den großen Käfern vorbei zwischen seiner Grabstelle und dem Gatter hin und her, schlug einige Male in den Fels und spähte wieder in die Oni Thal hinaus, um sicher zu sein, nicht entdeckt zu werden.

Der junge Gnom war am Ende seiner Kraft. Seine Hose war an den Knien bereits durchgescheuert, seine Beine und Hände waren blutig von dem rauen Fels.

Aber Pelwick machte weiter. So lange Hoffnung bestand, hielt er an ihr fest.

***

Peya, ihre Mutter Nusa und zwei weitere Gnome namens Hadumod und Lereti wurden von Hurik durch die Tunnel gescheucht. Als sie eine Kana Thal erreichten, befahl ihnen der Zwerg stehen zu bleiben. In dieser Knotenhalle befanden sich nur zwei Gänge. Der eine, durch den sie gekommen waren und ein weiterer, der wieder hinaus führte. Selbst für die Gnome war es ein ungewohntes Gefühl, in einer vollkommen dunklen Kana Thal zu stehen. Kein sanftes Leuchten zeigte ihnen, in welche Richtung die Gänge führten.

»Und jetzt grabt dort an der Wand«, befahl Hurik, nachdem ihm die zwei Steine ausgehändigt worden waren.

»Warum tut ihr das?« Peya konnte noch immer nicht fassen, was geschehen war. Sie hatte das Gemetzel zwar nicht miterlebt, aber die Spuren in der Oni Thal waren deutlich sichtbar. Nie zuvor hatte sie eine derartige Boshaftigkeit erlebt. Selbst die unheimlichen Geschichten um den verbotenen Tunnel waren harmlos im Gegensatz zu dem, was sich im Augenblick abspielte.

Hurik lachte dreckig. »Tu, was ich sage. Der Rest hat dich nicht zu interessieren.«

Kraftlos schlug die Gnomin die Grabkralle in die Wand der Kana Thal. Die anderen Gnome taten es ihr gleich, jedoch mit ein wenig mehr Begeisterung. Keiner von ihnen wagte es, dem Willen des Zwergs Widerstand zu leisten.

»Werdet ihr uns gehen lassen, wenn ihr habt, was ihr sucht?«, fragte Nusa leise.

»Hoffnung ist doch etwas Wundervolles, nicht wahr?« Hurik ließ die Klinge seiner Axt über das raue Gestein kratzen. Das Geräusch jagte den Gnomen einen eiskalten Schauer über den Rücken. Sofort waren die Bilder von ihren toten Gefährten wieder allgegenwärtig.

Lereti drehte sich plötzlich um und rannte los. Schnell war sie an dem Zwerg vorbei und versuchte, in den Tunnel Richtung Oni Thal zu entwischen.

Doch Hurik war wachsam. Sein Standort war günstig und eine schnelle Bewegung reichte aus, um der Gnomin den Zugang zu versperren. Hart krachte Huriks Faust gegen den Kopf der Fliehenden. Lereti wurde zur Seite geschleudert, geriet ins Taumeln und prallte gegen den nackten Fels. Benommen sank sie zu Boden.

Hurik wirbelte herum. In seiner Hand drehte er herausfordernd seine tödliche Waffe.

»Noch jemand?« Sein Blick war von Kampfeslust erfüllt. »Verdammt! Wo ist die Kleine?«

Peya war weg. Der Ort, an dem sie noch vor Sekunden gestanden hatte, war verlassen.

Hurik tobte. Wild schlug er mit der Axt gegen die Wand. Funken sprühten auf. Nusa und Hadumod verkrochen sich in eine Ecke und hofften, in ihrer geduckten Haltung dem Zorn des Zwergs zu entgehen.

Es dauerte eine Weile, bis Hurik sich wieder beruhigt hatte. Er ließ die Axt sinken, ging entschlossen auf die beiden Gnome zu und blieb plötzlich stehen.

»Moment«, knirschte er. Langsam drehte er den Kopf und starrte in den zweiten Tunnel hinein. Er war viel zu eng für ihn, um hinein kriechen zu können, aber für einen Gnom reichte es alle mal.

»Komm da raus, du Wicht!« Hurik konnte Peya tief im Tunnel erkennen. Sie kauerte am Ende des unfertigen Gangs und starrte den Zwerg verzweifelt an.

»Hol mich doch, wenn du kannst«, rief sie ihm zu.

Hurik schnaubte. Das dumme Gnomenmädchen hatte ihn an der Nase herumgeführt. Der Zwerg streckte einen Arm in den Gang, aber es reichte nicht einmal, um Peyas Fußspitzen zu berühren.

»Verdammt!«, schrie Hurik. »Komm da sofort raus, oder ...«

»Oder was?«, fragte Peya. »Willst du den Tunnel vergrößern, damit du mit deinem fetten Bauch herein passt? Ich habe mich durch gegraben, bevor du überhaupt damit beginnst!«

Wutentbrannt starrte der Zwerg in den Tunnel. Grimmbart würde ihn bestrafen, wenn er davon erführe. Hurik konnte kaum noch klar denken. Der Zorn in ihm wuchs zur Raserei. Er nahm seine Axt und schlug wie wahnsinnig auf den Tunnelzugang. Kleinere Steine wurden regelrecht aus dem Fels gesprengt. Funken sprühten bei jedem Treffer auf.

Peya wich weiter zurück, bis sie das Ende des Tunnels im Rücken spürte. Das Gebrüll des Zwergs machte ihr Angst. Bei jedem Schlag zuckte sie zusammen, obwohl sie wusste, dass er auf diese Weise nicht zu ihr vordringen konnte.

Plötzlich hörte Hurik auf.

Die Axt hielt er gesenkt, ihre Schneide berührte den Boden der Halle. Sein Atem ging stoßweise und die Haare klebten an seiner schweißnassen Stirn. Seine Augen blickten starr ins Leere.

Lereti war inzwischen wieder zu sich gekommen. Sie kauerte zusammen mit den anderen beiden in einer Ecke der Halle und beobachteten zitternd den Zwerg. Die Zeit verstrich, ohne dass irgendjemand wagte, etwas zu sagen oder zu unternehmen.

Abrupt hob Hurik den Kopf. Von einem Atemzug zum nächsten war er aus Peyas Blickfeld verschwunden. Noch bevor sie darüber nachdenken konnte, was der Zwerg vorhatte, tauchte er wieder auf. Mit einer Hand hob er einen Gnom hoch.

Peya erschrak. Es war ihre Mutter.

»Komm raus«, schrie Hurik, »oder ich bringe sie um!«

***

Kraftvoll wurden Hämmer auf glühenden Stahl geschlagen. Funken stoben auf und wurden von der flirrenden Luft der Schmiedeöfen in die Höhe getragen. Das Geräusch, welches Hammer und Amboss verursachten, war in letzter Zeit allgegenwärtig in der Mine der Tiefenfelszwerge. Sie rüsteten sich für den Krieg.

Grimmbart war begeistert. Er schritt voller Zuversicht durch die Reihen seiner Handwerker, prüfte Axt und Schild und zweifelte keinen Moment an der Überlegenheit seiner Zwerge. Sollten die Eisenbrecher nur kommen. Er würde den feindlichen Clan an den Felsen seines Gebirges zerschmettern.

»Ich habe gute Neuigkeiten«, rief Bok, der seinen Vetter in der Schmiede gesucht hatte. »Die grauen Tendar aus den Sumpflandgrotten haben uns ihre Unterstützung zugesichert.«

»Das ist gut, mein lieber Bok.« Grimmbart lächelte siegessicher. »Ich hoffe, sie waren nicht zu teuer!«

»Sie waren mit weniger zufrieden, als ich gedacht hatte. Clanfürst Nagrak hat mit diesen Eisenbrechern noch eine Rechnung offen. Er freut sich, diese endlich begleiten zu dürfen.«

»Das wird ja immer besser. Ein Verbündeter, welcher mit dem Herzen in den Krieg zieht, ist weitaus mehr wert als einer, der nur mit dem Geldbeutel kämpft.« Grimmbart lachte.

»Die Eisenbrecher sind allerdings auf dem Vormarsch. Wir müssen sie nur lange genug hinhalten, bis die grauen Tendar hier sind. Es gibt noch einige Söldner an der Westküste. Abtrünnige des Westvolks, die für Gold ...«

»Lass mich mit dem Westvolk in Ruhe!« Grimmbart wurde erneut zornig. »Sie haben keine Ehre! Sie nehmen unser Gold und halten ihre Abmachungen nicht!«

»Das mag schon sein, Grimm. Aber der Clan Eisenbrecher hat viele Verbündete in den Reihen der Tendar. Es wird nicht leicht sein, sie zurückzuschlagen.«

»Diese Mine gehört uns! Die Eisenbrecher sind aus ihr geflohen wie ängstliche Hasen. Was gibt ihnen das Recht, sie jetzt noch zurückzufordern?«

Grimmbart ging wütend auf und ab. Er zog eine fast fertige Axt aus einem hölzernen Fass, prüfte die Schärfe und nachdem er sich geritzt hatte, warf er sie achtlos von sich. »Ich hasse die Eisenbrecher!«

»Ich verstehe deinen Unmut, lieber Vetter. Aber wir können es nicht ändern. Der Clan Eisenbrecher hatte schon vor geraumer Zeit den Antrag auf Rückerhalt der Mine vor dem Tribunal gestellt ...«

»Verdammt, das weiß ich!« Grimmbart presste fest die Lippen zusammen. Seine Augen glühten beinahe vor blankem Hass. Bok hatte Recht und das machte seine Stimmung nicht besser. Aber Grimmbart gab nicht klein bei. Er sah es nicht ein, diese Mine für irgendwen zu räumen und schon gar nicht freiwillig.

Grimmbart gefielen die Veränderungen in den Reihen der Zwerge ohnehin nicht. Seit jeher nahm man sich, was man wollte, ohne Rücksicht auf die Bedürfnisse eines anderen. Es bedurfte nie eines Rates oder gar eines Gerichts, um solcherlei Dinge zu klären. Es war der Untergang des Zwergenvolks, wie er es kannte.

Man hatte sich zu viel von der Ordnung des Westvolks abgeschaut, sich zu sehr in ihre Art des Umgangs verguckt und wollte nun mit aller Macht ähnlich zivilisiert wie diese schwächlichen, hochgewachsenen Fremdlinge sein.

So waren die Zwerge nicht. Und so würden sie niemals sein.

»Was schlägst du vor, Bok?«, fragte Grimmbart.

»Wir sollten so viel Hilfe holen, wie wir kriegen können. Die Eisenbrecher sind stark. Viel stärker noch, als je zuvor. Lass die Söldner kommen.«

Der Clanfürst dachte über die Worte seines Vetters nach. Dieser Krieg war eine Sache der Zwerge, noch nie zuvor hatte man fremde Rassen in ihre Konflikte einbezogen. Wenigstens war es früher so gewesen.

Wenn sich schon die Welt der Zwerge um ihn herum ändern sollte, konnte auch er seinen Beitrag dazu leisten!

»Einverstanden, Bok!« Grimmbarts Entschluss stand fest. »Hol die Söldner!«

***

Steinbrocken für Steinbrocken löste sich aus dem Fels. Das Loch hatte bereits eine beachtliche Größe angenommen. Pelwick war zufrieden. Immer abwechselnd schlug er mit den Grabkrallen in den Fels. Wieder und wieder.

Dabei musste er behutsam vorgehen, da sein Werkzeug schon reichlich in Mitleidenschaft gezogen war. Das Metall war stumpf, wies starke Kerben auf und einer der Zinken war leicht verbogen. Der junge Gnom hoffte inständig, es würde noch halten, bis er zur anderen Seite hin durchbrach.

Zu seinem Leidwesen waren nach wie vor einige Zwerge stets in der Oni Thal anwesend. Sie hielten sich zwar selten in seiner unmittelbaren Nähe auf, aber er hatte dennoch keine Möglichkeit, an neues Grabwerkzeug zu gelangen.

Inmitten seiner Gedanken stieß seine rechte Kralle durch den Stein. Pelwick hätte vor Freude laut aufschreien können, doch er unterdrückte dieses Verlangen und grub nun eifriger. Rasch konnte er das Loch so weit vergrößern, damit er hindurch gucken konnte.

Sein Graben war nicht unbemerkt geblieben. Auf der anderen Seite hörte Pelwick Stimmen. Er konnte Schritte hören und plötzlich erschien ein Gesicht vor dem kleinen Loch.

Es gehörte Peya.

Pelwicks Herzschlag machte einen Sprung. Sie lebte! Obwohl er die Hoffnung niemals aufgegeben hatte, seine Freundin jemals wiederzusehen, hatte er nicht gedacht, dass es so bald geschehen würde.

»Peya«, flüsterte er. »Peya!«

»Pelwick?« Ihr erging es wohl ähnlich. Sie lachte, während Tränen an ihren schmutzigen Wangen herab liefen. Sie steckte durch die Öffnung eine Hand, die Pelwick schnell ergriff.

»Ich dachte, ich hätte dich verloren!« Die Gnomin konnte kaum sprechen.

»Nein«, sagte Pelwick. »Ich bin da. Wie geht es dir?«

»Es geht«, antwortete Peya. »Die Zwerge lassen uns graben. Sie wollen die Glimmsteine.«

»Was ist mit deinem Gesicht?« Erst jetzt hatte Pelwick ihre geschwollene und verfärbte Wange gesehen.

»Das geschieht, wenn man sich ihnen widersetzt ...«

»Wer ist das?«, fragte eine Stimme aus dem Hintergrund.

»Es ist Pelwick.« Peya wandte sich an die Gnome, die mit ihr in der Wurmhöhle gefangen waren.

»Pelwick! Junge!« Jemand drängte sich vor das kleine Loch. Es war Fada. »Geht es dir gut?«, fragte sie überglücklich. »Hast du genug zu essen?«

»Mama, bitte!« Pelwick freute sich, seine Mutter wohlbehalten wiederzusehen, doch diese Art ihrer Sorge hielt er im Augenblick für unangebracht.

»Ist Papa auch da?«, fragte er stattdessen.

Widerwillig gab Fada den Durchbruch frei und Zulias Gesicht erschien. Freudig darüber, seinen Sohn zu sehen, steckte er seine Hand durch das Loch, um ihn zu berühren.

»Alles wird gut«, sagte Zulias.

Pelwick nickte. Er wusste, dass sein Vater dies nur sagte, damit man durchhielt. Hoffnung war alles, was ihnen geblieben war.

»Holst du nochmal Peya? Ich muss was mit ihr besprechen.«

Zulias war mit dem Wunsch seines Sohnes einverstanden. Aber anstelle seiner Freundin erschien ein anderer Gnom vor der Öffnung. Es war Olsmund. Er griff durch das Loch und packte Pelwicks Handgelenk.

»Hol uns hier raus, Junge«, sagte Olsmund. Sein stechender Blick bereitete Pelwick Unbehagen. Er versuchte zurückzuweichen und den Griff zu lösen, doch Olsmund war zu kräftig.

»Hol uns hier raus«, wiederholte der Erkunder. »Mach das Loch größer, damit wir entkommen können!«

Pelwick war unfähig, auf die Befehle Olsmunds zu reagieren. Innerhalb der Wurmhöhle tat sich etwas. Zulias und Peya bedrängten Olsmund, Pelwick loszulassen.

»Wir müssen diese Möglichkeit ergreifen«, wehrte sich dieser. »Lasst mich!«

»Da kommt jemand«, rief Nusa.

Ruckartig ließ Olsmund Pelwick los. Der junge Gnom fiel zurück und landete im Käferdreck. Instinktiv rollte er sich zur Seite und presste sich mit dem Rücken gegen die Wand.

Die Gnome in der Wurmhöhle stellten sich so, dass der kleine Durchbruch nicht zu sehen war.

Keinen Augenblick zu spät!

Das Gatter zur Wurmhöhle wurde geöffnet. Ein Zwerg erschien im Durchgang.

»Was ist hier los?«, fauchte der Bärtige.

Die Gnome drängten sich weiter zurück an die Höhlenwand, um den größtmöglichen Abstand zu bilden. Niemand wagte es, dem Zwerg zu antworten, der die Gefangenen niederträchtig anfunkelte. Er setzte einen Fuß in die Höhle und zog ihn sofort angewidert zurück, als er die Massen an Würmern auf dem Boden erblickte. Den Gnomen fiel ein Stein vom Herzen.

»Und jetzt Ruhe!« Der Zwerg schloss das Gatter wieder und verschwand aus ihrem Blickfeld.

Kurz darauf tauchte die Gnomin wieder vor dem Loch auf. Ihr Gesicht sah zwar geschunden und dreckig aus, aber nichts davon hatte ihre Anmut zerstören können.

»Pelwick?«, fragte Peya in die Dunkelheit.

Ihr Freund zeigte sich und nahm wieder ihre Hand.

»Es ist so schön, dich zu sehen«, sagte sie lächelnd.

»Ja, es geht mir ebenso«, antwortete Pelwick.

»Die Zwerge haben so viele getötet. Ich hatte schon gedacht, du wärst auch tot. Wo warst du?«

»Ich habe alles gesehen, Peya. Ich war hier im Käferstall und konnte nichts tun. Es war so schrecklich. Sag, hast du deine Grabkrallen dabei?«

»Nein.« Peya schüttelte den Kopf. »Wir müssen sie in der Oni Thal lassen, wenn wir eingesperrt werden. Wir bekommen sie nur zum Graben.«

»Verdammt!«

»Was hast du vor?« Pelwicks Fluchen erweckte die Neugier der Gnomin. »Wir können nicht gegen die Zwerge kämpfen. Sie sind viel zu stark!«

»Ich will nicht gegen sie kämpfen«, sagte Pelwick. »Aber Olsmund hat mich auf eine Idee gebracht ...«

***

Der Met schmeckte vorzüglich. Ebenso das Wildbret und der frische Brotlaib. Hurik und Wolgar sahen keineswegs ein, auf die Annehmlichkeiten eines üppigen Zwergenmahls zu verzichten, während sie die Verantwortung für die Oni Thal trugen. Schlemmend lehnten sie an dem mächtigen Stalagmiten, welcher einst als Ratshaus für die Gnome gedient hatte. Den drei anderen Zwergen, die sich ebenfalls in der ersten Halle aufhielten, verboten sie, an dem Gelage teilzuhaben. Sie standen schmollend einige Fuß entfernt und sahen ihren Anführern beim Essen und Trinken zu. Hurik und Wolgar nahmen dies belustigt zur Kenntnis.

»Vielleicht hätten wir ihnen etwas abgeben sollen«, überlegte Wolgar schmatzend.

Hurik lachte und wischte sich mit dem Handrücken den Bierschaum vom Bart. »Die können essen, was wir übrig lassen.«

»Wir lassen nur ihnen nur nichts übrig!« Wolgar griff nach einer Wildschweinkeule.

Die beiden lachten wieder. Hurik warf einen Knochen nach den anderen Zwergen und grölte jedes Mal, wenn er einen Treffer erzielte.

Zwei weitere Zwerge führten indes einige Gnome in die Oni Thal. Sie brachten die Gefangenen an dem Gelage vorbei und warfen mürrische Blicke zu den beiden Anführern. Es passte ihnen ebenso wenig wie den anderen, dass Hurik und Wolgar nichts taten, außer sich den Bauch vollzuschlagen und ihnen die gesamte Arbeit zu überlassen.

Namri, ein noch recht junger Zwerg, öffnete das Gatter zur Wurmhöhle und scheuchte die Gnome hinein. Anschließend zeigte er auf Peya, Nusa und fünf weitere Gnome. »Ihr seid dran. Rauskommen!«

»Warte!« Tomlin, der andere Zwerg, schlug das Gatter zu, bevor die Gnome hindurchgehen konnten. »Erst einmal wird hier etwas geklärt!«

Tomlin ging auf Hurik und Wolgar zu. Namri folgte ihm unsicher. Er hatte keine Ahnung, was Tomlin vorhatte, befürchtete jedoch, es wäre nichts Gutes.

Breitbeinig baute sich Tomlin vor Hurik und Wolgar auf. »Ihr fresst zu viel«, schnaubte der Zwerg. Sein roter Bart erzitterte bei jedem Wort, welches er förmlich ausspie.

Hurik und Wolgar sahen wenig beeindruckt auf.

»Wir essen, bis wir satt sind!« Hurik riss mit den Zähnen etwas Fleisch aus einer Flanke.

Tomlin schlug sie ihm aus der Hand. »Jetzt sind wir dran«, knurrte der Zwerg.

Hurik erhob sich langsam. »Versuch doch, dir welches zu nehmen.« Seinen Blick hielt er starr auf den angriffslustigen Zwerg gerichtet.

Es bedurfte keiner zweiten Aufforderung. Tomlin schritt an Hurik vorbei und griff nach den reichlich gefüllten Tellern, die auf dem Boden standen. Noch bevor seine Finger das üppige Mahl berührten, trat Hurik ihm die Beine weg. Tomlin ruderte mit den Armen, konnte den Sturz nicht mehr abfangen und stürzte mit dem Gesicht in den sorgfältig geöffneten Brustkorb des gebratenen Wildschweins.

Wolgar und Hurik grölten vor Lachen und warfen noch einige Essensreste auf den Zwerg, der sich mühsam aufrappelte.

Die lachenden Anführer bemerkten dabei nicht, wie Tomlin dem Wildschwein eine Keule ausriss. Kraftvoll schlug er sie Hurik ins Gesicht. Der Zwerg ging zu Boden und im nächsten Augenblick überschlugen sich die Ereignisse.

Wolgar hechtete Tomlin in den Rücken und brachte ihn wieder zu Fall. Dieser schaffte es noch, sich im Fallen auf den Rücken zu drehen, und bekam sofort zwei schmerzhafte Faustschläge von dem zahnlosen Zwerg ins Gesicht. Nun gab es auch für Namri und die anderen drei Zwerge kein Halten mehr. Mit lautem Gebrüll stürzten sie sich ins Getümmel.

Hurik rappelte sich auf. Er packte Namri am Kragen und schleuderte ihn mit unvorstellbarer Kraft gegen den Stalagmiten. Sofort sprangen zwei andere Zwerge Hurik in den Nacken. Er sank in die Knie, packte einen von ihnen am Hals und schleuderte ihn von sich.

Wolgar ließ indes von Tomlin ab und eilte seinem Freund zu Hilfe, aber er kam nicht weit. Der Schlag mit einer Wildschweinkeule in die Kniekehlen ließ ihn zusammensacken. Hurik stand wieder auf, stürmte vorwärts und rammte den Zwerg, der sich auf seinem Rücken festgekrallt hatte, mit voller Wucht gegen den Stalagmiten. Dem Zwerg wurde die Luft aus der Lunge gepresst, er verdrehte die Augen und rutschte von Huriks Rücken. Dieser beachtete ihn nicht weiter und lief zu Wolgar hinüber, der von Tomlin attackiert wurde.

Keiner der Zwerge achtete mehr auf die Wurmhöhle, aus der die Gnome den von Pelwick gegrabenen Durchbruch in die Käferfarm nutzten. Erst als kreischende, ihnen unbekannte, Laute an ihre Ohren drangen, sahen sie auf.

Riesige, sechsbeinige Kreaturen stürmten auf sie zu, alles niedertrampelnd, was sich im Wege befand.

»Lauft!«

Hurik vergaß augenblicklich die Schlägerei und das schmackhafte Essen. Er rannte vor den Erdkäfern in Richtung Haupttunnel davon. Die anderen Zwerge folgten ihm, so schnell sie konnten, aber die Käfer kamen immer näher. Bald schon erreichten sie die am Boden liegenden Speisen.

Namri stolperte, versuchte den Sturz zu verhindern, was ihm jedoch misslang. Er hörte das laute Trampeln der tobenden Wesen näher kommen. Verzweifelt drehte er sich auf den Rücken, sah die Käfer dicht vor sich auftauchen und wusste, dass er es nicht mehr schaffen würde. Aus seiner Kehle entlud sich ein gellender Schrei, als die Tiere ihn niedertrampelten.

Die anderen Zwerge kümmerten sich nicht um die Todesschreie ihres Bruders, sondern dachten einzig an ihre Flucht.

Währenddessen huschten die Gnome unbemerkt aus der Käferhöhle und flohen durch einen der Seitentunnel aus der Oni Thal.

***

Das Haupttor der Mine erzitterte unter den heftigen Stößen des Rammbocks. Kleinere Steine brachen aus der Innenseite des Torbogens und erschwerten es den Zwergen, das hölzerne Portal von innen gegen die anstürmende Gewalt zu schützen.

»Holt Balken!« Ogmon, Grimmbarts oberster Kriegsmeister, scheuchte seine Krieger durch die Eingangshalle.

Sie mussten, so lange es möglich war, das Eindringen der Feinde in die Mine verhindern, während die Armbrustschützen an den Schießscharten der oberen Ebene die Angreifer abzuwehren versuchten. Die Luft in der Halle war durch den Staub getrübt, das Atmen fiel den Zwergen schwer, doch sie verteidigten unablässig ihr Heim.

Das Portal ächzte unter der Gewalt des nächsten Rammstoßes. Ein größerer Brocken löste sich aus der Hallendecke und begrub einen Zwerg unter sich.

»Mehr Männer!«, schrie Ogmon. »Wir brauchen mehr Männer!«

Sein ehemals schwarzer Bart war grau vom Staub. Der Schweiß rann ihm über die Stirn und zog schmale Bahnen über das dreckige Gesicht. Sein Blick irrte unentwegt über die Krieger und suchte nach Stellen, an denen es der Verbesserung bedurfte.

Einige Zwerge hasteten eilig in die Eingangshalle. Sie trugen mächtige Balken aus starkem Holz. Gemeinsam rammten sie es gegen das Portal, steckten sie schräge in die im Boden vorgesehenen Vertiefungen und schlugen sie mit Hämmern fest.

»Gut so«, rief der Kriegsmeister. »Das wird sie einige Zeit aufhalten! Mehr Armbrustschützen in die obere Ebene!«

Grimmbart erschien in diesem Augenblick vor Ogmon. Der Clanfürst hatte seinen dunklen Plattenpanzer angelegt, den er immer in der Schlacht zu tragen beliebte. Seinen Kopf schützte er mit einem dunklen Helm, dessen Stirnseite wie ein Bärenschädel aussah. Den großen Hammer trug er in seiner rechten Hand, währen sein anderer Arm von einem runden Schild geschützt wurde.

»Wie ist der Stand?«, fragte Grimmbart seinen Kriegsmeister.

»Die Eisenbrecher sind hier. Sie haben unsere erste Verteidigungslinie durchbrochen und versuchen nun, mit einem Rammbock einzudringen. Unsere Armbrustschützen sind auf der oberen Ebene, das Tor hält. Ich denke, sie werden es nicht schaffen, die Mine zu stürmen.«

»Sehr gut. Wann kommen die grauen Tendar?«

»Ich weiß es nicht, aber ich hoffe auf ihr baldiges Erscheinen, sonst ...« Ogmon wischte sich den Schweiß aus den Augen.

»Wo sind die Söldner?«

»Wir haben nichts von ihnen gehört!«

»Ich wusste es!« Grimmbart stieß Ogmon wütend mit dem Schild. »Das Westvolk besitzt keine Ehre!«

»Wir werden auch ohne Unterstützung siegreich sein«, versicherte der Kriegsmeister.

»Gut!« Zufrieden wandte sich Grimmbart ab.

Niemand wagte es, den Clanfürsten zu enttäuschen, und das Wort seines Kriegsmeisters galt somit als Versprechen. Darüber hinaus war es Grimmbart wichtig, über jeden Augenblick der Schlacht informiert zu sein.

Er schritt die Eingangshalle in Richtung der Treppen zur oberen Ebene hinunter, als Bok ihm entgegen kam.

»Grimm! Die Gnome sind weg!«

»Was?« Grimmbart konnte nicht glauben, was er hörte. Wütend starrte er seinen Vetter an.

»Sie sind geflohen«, erklärte Bok. »Sie haben die Käfer befreit und die Wachen abgelenkt.«

»Wie, verdammt nochmal, sind sie zu den Käfern gelangt?«

»Durch einen Durchbruch in den Höhlen. Irgendjemand muss ihn gegraben haben!«

Ansatzlos schlug Grimmbart seinem Vetter mit dem Schild ins Gesicht. Bok wurde zu Boden geschleudert und hielt sich mit der rechten Hand die verletzte Wange. Blut lief zwischen seinen Fingern hindurch.

»Du bringst Hurik und Wolgar, diese nichtsnutzigen Fresssäcke, zu mir. Wir gehen Gnome jagen!« Grimmbarts Gesicht war durch den blanken Hass verzerrt.

»Die Gnome können nicht weit kommen. Wir finden sie schon!« Bok erhob sich und versuchte, seinen Vetter zurückzuhalten, aber es gelang ihm nicht.

Drohend hielt ihm Grimmbart den Hammer vor das Gesicht. »Die Gnome machen mich vor meinen Leuten zur Witzfigur. Was für ein König wäre ich, wenn ich so etwas zuließe?«

»Aber was ist mit dem Krieg?«, fragte Bok kleinlaut.

»Wir werden siegreich sein. Ogmon ist bei weitem fähiger als alle anderen. Und jetzt los!«

Grimmbart verließ die Eingangshalle und Bok folgte ihm.

Ogmon sah ihnen einen Moment nach und wandte sich wieder seiner Aufgabe zu. »Gut so, Männer«, schrie er.

Die Stöße des Rammbocks hatten nachgelassen. Das Tor hielt stand.

Ein Armbrustschütze kam die Treppe herunter geeilt und hielt geradewegs auf den Kriegsmeister zu. »Sie rücken mit Katapulten an«, berichtete er atemlos.

Ogmons Gesicht nahm einen entsetzten Ausdruck an. »Agromm, steh uns bei«, sagte er leise in einem hoffnungslosen Ton.

DIE FLIEHENDEN UND DIE JÄGER

Unbehelligt erreichten die Gnome eine nahegelegene, unfertige Kammer, die einmal eine Knotenhalle hatte werden sollen. Sie hielten sich, geschützt durch einen Tunnel, durch den die Zwerge nicht hindurch kommen würden, versteckt. Die Wände der Kammer waren noch sehr grob behauen und der Boden übersät von Schutt und Steinen.

»Danke!« Peya löste die Arme von Pelwick und gab den anderen Gnomen, darunter auch seinen Eltern, Gelegenheit, sich bei ihm für die Befreiung zu bedanken.

»Gut gemacht, Junge«, sagte Olsmund. »Wie geht es jetzt weiter?«

»Ich weiß es noch nicht«, meinte Pelwick. »Ich hatte nur erst einmal alles daran gesetzt, euch da herauszuholen.«

»Wirklich gut«, wiederholte Olsmund. »Genau das war mein Plan! Jetzt müssen wir überlegen, wie wir weiter vorgehen wollen.«

»Siebenunddreißig«, sagte Rallek. Er hatte die Gnome gezählt, denen mit ihm die Flucht gelungen war. »Es fehlen noch einige. Wir waren weit über vierzig.«

»Es sind sicherlich noch welche in den Tunneln und graben«, bemerkte Olsmund.

»Wir müssen auch sie retten«, meinte Nusa.

Alle begannen durcheinander zu sprechen und wogen die Vor- und Nachteile einer Rettung der Vermissten ab.

»Wie sollen wir das anstellen?«, fragte Pelwick. »Unter uns sind neun Kinder. Wir können nicht alle durch die Gänge laufen und nach verstreuten Gnomen suchen, die wahrscheinlich noch von Zwergen bewacht werden. Wir haben nicht einmal Waffen.«

»Pelwick hat Recht«, sagte Olsmund. »Wir können sie nicht alle finden, ohne uns selbst zu verraten. Die Zwerge suchen bestimmt schon nach uns.«

»Aber da draußen sind noch Freunde und Verwandte von uns. Wir können sie doch nicht im Stich lassen«, sagte Mulwyn, die ihren kleinen Sohn fest an sich drückte.

»Es wäre klug, wenn wir uns erst einmal darüber einig werden, wie es überhaupt weitergehen soll«, riss Rallek das Wort an sich. »Ich finde, wir bleiben hier in dieser Kammer. Wir gründen hier unser neues Heim und suchen regelmäßig nach unseren Vermissten.«

Einige Gnome stimmten seinem Vorschlag zu.

»Wir brauchen Wasser«, sagte einer.

»Und Grabkrallen für die Tunnel«, meinte ein anderer.

Angeregt unterhielt man sich über den Ausbau dieser Kammer zu einer neuen Heimat, plante bereits, an welcher Wand Schlafkammern angelegt werden sollten und wohin die Wollwurmfarm sollte. Man wog sich in Sicherheit.

»Wie einfältig seid ihr eigentlich?« Olsmund stand auf und starrte die Gnome ungläubig an. »Wir sind gerade geflohen. Die Zwerge wissen es sicherlich schon und es wird nicht lange dauern, bis sie uns haben. Was meint ihr, wie lange sie der enge Tunnel abhalten wird? Die Zwerge sind selbst gute Gräber, vielleicht sogar bessere als wir. Diese Kammer ist keineswegs eine neue Heimat. Sie ist eine Falle. Für den Augenblick scheinen wir hier sicher, aber wenn man uns findet, gibt es keinen Weg mehr hier heraus. Solange wir uns in Chupa Waia befinden, sind wir auf der Flucht. Wir müssen hier raus!«

Nachdenklich blickten die Gnome zu Olsmund auf. Seine Schilderung war nachvollziehbar, aber kaum einer wollte es wahrhaben. Ein Leben auf der Flucht war für sie undenkbar. Sie hatten ihr gesamtes Dasein um einen zentralen Punkt herum gebildet, um eine Heimat, in die sie jederzeit zurückkehren konnten. All dies aufzugeben war keine Möglichkeit, mit der sie sich leichtfertig anfreunden konnten.

»Was schlägst du vor?«, fragte Pelwick.

»Wir sollten versuchen, an die Oberwelt zu gelangen«, antwortete Olsmund.

»Unmöglich«, sagte Rallek. »Der Weg ist schwierig. Wir haben Frauen und Kinder dabei. Doch das Schlimmste ist, der Weg führt mitten durch die Zwergenmine. Du kannst ihnen nicht entfliehen, wenn du ihnen geradewegs in die Arme läufst.«

Olsmund erkannte die Wahrheit in Ralleks Worten. Der Weg durch die Zwergenmine war zu gefährlich. Einige von ihnen würden es vielleicht schaffen, aber niemals alle. Und wenn die Zwerge sie in der Mine erst einmal fänden, wären sie im Nachtteil. Hier, in Chupa Waia, kannten sich die Gnome aus, aber in Grimmbarts Mine war es anders.

Olsmund suchte verzweifelt nach einer Lösung. Er fühlte sich für das Leben der Gnome verantwortlich und wollte sie ein für allemal aus den Fängen der Zwerge befreien. In dieser Kammer zu warten war ebenso töricht wie der Weg durch die Mine.

»Vielleicht suchen die Zwerge überhaupt nicht nach uns«, meinte die kleine Mira. Ihre Augen strahlten trotz der schlimmen Lage eine unbeschwerte Leichtigkeit aus.

»Das wäre sehr schön«, antwortete Peya.

»Die geben keine Ruhe, bis sie uns gefunden haben!« Pelwicks Stimme klang hoffnungslos, wofür er einen leichten Stoß von seiner Freundin erhielt, die ihm zudem einen bösen Blick zuwarf.

»Ich bin der Letzte der Ältesten«, sagte Rallek. »Und ich sage: Wir bleiben hier. Die Zwerge kennen sich in unseren Tunneln nicht aus und zur Not versperren wir den Zugang mit Steinen, damit sie uns nicht sehen.«

»Das ist Wahnsinn!« Olsmund konnte nicht glauben, was er hörte. »Wir haben hier weder zu essen noch zu trinken. Wie lange wollt ihr in diesem Loch überleben?«

»Die Entscheidung ist gefallen«, wiederholte der Älteste.

»Ihr Narren!« Olsmund sah jedem einzelnen Gnom ins Gesicht, erblickte jedoch nur Trauer und Verzweiflung. Das Vertrauen in die Meinung eines Ältesten war nach wie vor unerschütterlich. Enttäuscht drehte er sich um und rutschte schwerfällig an einer Wand auf den Boden. Für ihn stand fest, dass ab jetzt das Warten begann.

Das Warten auf den Tod.

***

Voll des Zorns stand Grimmbart in der Oni Thal und sah sich um. Die Speisen, welche Hurik und Wolgar hergebracht hatten, lagen verstreut und zertrampelt in der großen Halle. In der Nähe des Heiligen Quells, dessen Wasserläufe weiterhin ungebändigt über den felsigen Boden rannen, lag Namris Leichnam. Die Käfer, mittlerweile in irgendeinem Seitenarm des Haupttunnels verschwunden, hatten ihn furchtbar zugerichtet.

Der Clanfürst ging neben dem Toten in die Knie und murmelte die letzten Worte, die einen Zwergenkrieger in die Nachwelt begleiten sollten. Er hatte Namri kaum gekannt, hatte aber mit dessen Vater Dangar in einigen kleineren Scharmützeln gegen Orks und andere Zwerge gekämpft. Grimmbart las eine Axt auf und steckte sie dem Toten in die Hand. Mit der rechten Hand strich er über Namris Gesicht und schloss ihm die Augen.

Anschließend erhob er sich wieder und sah zum Haupttunnel hinüber, wo Bok mit Wolgar und Hurik erschien. Man konnte ihnen die Angst ansehen, als sie dem Clanführer gegenübertraten.

Einige Augenblicke sah Grimmbart die beiden nur an, musterte sie mit einem kalten, abschätzenden Blick. Hurik und Wolgar wollten etwas zu ihrer Verteidigung vorbringen, unterließen es jedoch. Kein Wort hätte Grimmbarts Meinung über sie in diesem Moment ändern können. So blieben sie ehrfurchtsvoll und zu Boden blickend in einer unterwürfigen Haltung.

»Hurik, alter Freund«, sagte Grimmbart schließlich. »Kannst du mir sagen, was hier geschehen ist?«

Der angesprochene Zwerg schluckte. Er suchte verzweifelt nach einer Erklärung für die Ereignisse, die ihm nicht den Zorn seines Clanfürsten bescheren würde. Doch wie er es auch drehte und wendete, ihm viel nichts ein.

»Ich höre!« Das Gesicht Grimmbarts nahm einen gelangweilten Ausdruck an.

Hurik wusste, dass er nun zu antworten hatte. »Es war die Schuld der anderen«, sagte er kaum hörbar.

»Welcher anderen?«, fragte Grimmbart.

»Tomlin und die anderen. Sie haben uns gereizt, uns verspottet. Sie brauchten eine Lektion und die haben wir ihnen gegeben!«

»Und dabei habt ihr die Gnome unbewacht gelassen?«, fragte der Clanführer weiter.

»Es ist nicht unsere Schuld«, mischte sich Wolgar ein. Er hatte den Satz kaum beendet, als ihn Grimmbarts ansatzloser Schildhieb zu Boden schickte. Aus der breiten Nase des zahnlosen Zwergs lief Blut.

»Dich habe ich nicht gefragt«, polterte Grimmbart zornig.

»Es kam zur Schlägerei«, antwortete Hurik schnell. »Verdammt, sie haben angefangen. Und ehe wir uns versahen, kamen die verfluchten Käfer. Wir waren zu überrascht, als ihnen entgegen zu treten. Die Gnome haben wir nicht einmal gesehen!«

Grimmbart ließ das Gehörte auf sich wirken. Entweder waren Hurik und Wolgar außergewöhnlich dumm, was er keinesfalls abstreiten konnte, oder diese verdammten Gnome außergewöhnlich gerissen.

Bok trat an seinen Vetter heran. In seiner Hand hielt er das Stück eines dicken Seils. »An diesen Dingern waren die Käfer angebunden«, sagte Bok. »Jemand hat sie durchgeschlagen. Man sieht es deutlich.«

Außergewöhnlich gerissen, schoss es Grimmbart durch den Kopf.

»Ich sollte euch für euer Versagen auf der Stelle töten«, sagte der Clanfürst zu Hurik und Wolgar. »Doch ich brauche jeden Mann. Es gibt nur vier Ausgänge aus dieser Halle. Findet die verfluchten Gnome und bringt sie mir!«

Die beiden Zwerge folgten dem Befehl sofort. Sie hatten es besonders eilig, zwischen sich und Grimmbart genug Abstand zu bringen. Gemeinsam rannten sie in den südlichen Hallenausgang.

»Du willst die Gnome töten?«, fragte Bok ungläubig.

»Ja«, antwortete Grimmbart. »Der Krieg hat begonnen, ich brauche die Steine nicht mehr und somit auch nicht die Gnome. Sie haben sich mir widersetzt und werden es mit ihrem Leben büßen!«

Der Clanfürst grinste seinen Vetter an, hob den mächtigen Hammer und lief dem nördlichen Ausgang entgegen.

Bok sah ihm noch einen Moment nach. Es gefiel ihm nicht, jetzt auf die Jagd nach den Gnomen zu gehen, während über ihnen der Krieg tobte. Die Verteidigung der Mine sollte obersten Vorrang haben. Seinetwegen konnten die Gnome fliehen, wohin sie wollten. Aber Bok wusste auch, dass man sich seinem König nicht widersetzte.

Zögernd lief er Grimmbart nach.

***

»Wir können nicht hierbleiben«, flüsterte Pelwick seiner Freundin zu.

Peya nickte stumm. Er erkannte in ihren Augen diesen seltsamen Glanz, der immer auftrat, wenn sie nicht weiterwusste. Dies war zwar nur höchst selten der Fall, aber Pelwick hatte einige dieser Momente erlebt.

»Olsmund hat Recht«, sprach der junge Gnom weiter. »Wir sitzen in der Falle. Wenn nicht alle weitergehen wollen, müssen wir uns eben trennen!«

»Was meinst du damit?« In Peyas Blick zeigte sich Verständnislosigkeit.

»Ich werde ganz sicher nicht hierbleiben, bis uns die Zwerge finden. Du hast gesehen, was sie mit den anderen gemacht haben und wir haben nicht den Hauch einer Möglichkeit, gegen sie zu bestehen. Sie werden uns finden, Peya. Ganz sicher. Und es ist mir egal, was Rallek oder die anderen entscheiden. Wenn keiner mitkommt, gehe ich allein.«

»Aber wo willst du denn hin?«

»Der Weg durch die Mine ist nicht der einzige aus Chupa Waia heraus. Es gibt noch einen anderen.«

»Welchen?«

»Durch den verbotenen Tunnel!«

Peya wurde kreidebleich. Sämtliches Leben schien mit einem Mal aus ihrem Körper zu weichen. Entsetzt starrte sie ihren Freund an und ihre Lippen formten Worte, die sie nicht aussprach.

»Da kannst du nicht hin«, sagte sie, als der erste Schreck verflogen war.

Pelwick rückte ganz dicht an sie heran. Er strich ihr mit der Hand beruhigend über die Wange und lächelte sie aufmunternd an. »Die Geschichten sind uralt. Keiner weiß, ob sich dahinter immer noch wilde Kreaturen aufhalten. Und wenn schon. Die Zwerge sind auf der Hut, sie suchen nach uns. Die Kreaturen nicht – wenn es sie überhaupt gibt.«

»Pelwick, ich weiß nicht. Ich habe Angst vor diesem Tunnel.«

»Vor den Zwergen etwa nicht? Ich habe bisher nichts gesehen, was grausamer als diese Monster ist. Selbst Erdkäfer töten nicht mit dieser Hingabe. Wenn der verbotene Tunnel mich so weit es möglich ist von den Zwergen entfernt, so ist es der richtige Weg!«

»Du hast doch keine Ahnung, wo er hinführt!«

»Er wird schon irgendwo hinführen. Es muss dahinter etwas geben, was uns die Möglichkeit gibt, den Zwergen zu entfliehen. Und wenn dort wirklich blutrünstige Kreaturen hausen, so könnten wir diesen Umstand sogar nutzen, um die Verfolger abzuwehren.«

»Wenn uns die Kreaturen nicht zuerst fressen.«

»Es kommt auf einen Versuch an. Ich bleibe auf keinen Fall hier und warte auf den Tod. Ich gehe jetzt, egal ob du mitkommst oder nicht!«

»Es ist dir ernst damit«, schlussfolgerte Peya.

Pelwick hoffte inständig, sie würde ihn begleiten. Er war sich nicht einmal sicher, ob er selbst gehen würde, wenn sie zurückbliebe. Er sah, wie sie sich mit der Entscheidung schwer tat und sich ihre Augen langsam mit Tränen füllten, bis sie vereinzelt über ihre Wangen rannen. Der junge Gnom nahm ihre Hand und drückte sie fest. Obwohl sie, wie er, Gräber war, fühlte sich ihre Haut weich und zart an. Pelwick bewegte seinen Kopf dichter an Peya heran, er formte seine Lippen zu einem Kuss und schloss die Augen.

»Was habt ihr vor?« Olsmund unterbrach den Versuch eines Kusses.

Peya und Pelwick sahen zu ihm auf.

»Wir gehen weg«, sagte die Gnomin.

Pelwicks Herz machte einen Sprung.

»Wohin?« Olsmund sprach sehr laut und die anderen Gnome konnten nicht anders, als der Unterhaltung zu folgen. Langsam traten sie dichter heran.

»Wir versuchen, vor den Zwergen zu fliehen«, sagte Pelwick mit fester Stimme.

»Wohin?« Rallek drängte sich zwischen einigen Gnomen hindurch.

»Wir nehmen den verbotenen Tunnel!« Peyas Blick verriet Entschlossenheit.

»Gute Idee«, freute sich Olsmund.

»Das dürft ihr nicht! Wir haben beschlossen, hier zu bleiben!« Rallek keifte hysterisch. Von allen Möglichkeiten war diese die absurdeste. Der Weg durch die Zwergenmine kam schon einem Selbstmord gleich, doch der verbotene Tunnel war weitaus schlimmer. Rallek wusste genau, was sich dahinter verbarg und wollte es um keinen Preis ein zweites Mal sehen.

»Wir gehen«, konterte Pelwick. »Und ihr könnt uns nicht zwingen hierzubleiben. Wer mit uns gehen will, kann dies tun. Allen anderen wünsche ich ein langes Leben!«

Die Blicke aller Anwesenden lasteten auf ihm. Sie warteten auf ein Zeichen, eine weitere Erklärung, die Pelwicks Entscheidung entwirrte und ihnen zeigte, was er wirklich vorhatte. Den verbotenen Tunnel zu betreten, schien ihnen eher als übler Scherz.

»Der Einfall ist hervorragend!« Olsmund stellte sich dicht zu Pelwick und Peya. »Es ist der beste Weg, um den Zwergen zu entgehen!«

»Aber, Junge ...«, mischte sich Fada ein.

»Nein, Mutter!« Pelwicks sah sie entschlossen an. »Die Entscheidung ist gefallen. Wir verschwinden von hier!«

»Ich gehe mit dir, mein Sohn!« Zur Überraschung aller ging Zulias einige Schritte vor und stellte sich zu seinem Sohn.

Der ungläubige Blick Fadas haftete auf ihrem Mann. Er streckte die Hand nach ihr aus, ergriff sie und zog sie zu sich. Unter Tränen ließ sie es geschehen und sank in die Arme ihres Mannes.

»Ich komme ebenfalls mit«, sagte Nusa.

Peya lächelte, umarmte ihre Mutter und gab ihr einen Kuss auf die Wange.

»Scheint so, als würdet ihr noch einen Kämpfer brauchen!« Hadumod ging grinsend zu ihnen hinüber und zwei weitere Gnome, Efren und Solti, folgten seinem Beispiel.

»Und wer kümmert sich um die Käfer?«, fragte Poluk, während er sich der Gruppe anschloss. »Das heißt, wenn wir welche finden.«

»Das könnt ihr nicht machen«, tobte Rallek. »Nur hier sind wir sicher! In dem Tunnel findet ihr nichts, außer den Tod!«

»Wenn das unser Weg ist, werden wir ihn gehen«, antwortete Olsmund. »Nur wenn wir bleiben, gibt es nicht einmal einen Weg.«

»Ihr Narren«, sagte Rallek.

Kurz darauf entfernten sich Sana, Mulwyn, Brita und die alte Kuri von ihm mit ihren Kindern und gingen ebenfalls zu den Fliehenden hinüber.

»Du kannst noch immer mitkommen«, forderte Zulias den Ältesten auf.

»Ich werde euch nicht in den Tod folgen«, antwortete dieser. »Unser neues Leben beginnt hier, seht ihr das denn nicht?«

Inzwischen hatten sich fünfzehn Gnome um Pelwick versammelt, der Rest hielt zum Ältesten. Betretenes Schweigen erfüllte die Kammer, es schien alles gesagt.

»Dann los«, sagte Olsmund und kroch in den engen Tunnel. Als er keinen Zwerg am anderen Ende ausmachen konnte, ließ er die anderen nachkommen.

Einer nach dem anderen folgte ihm durch den Tunnel und zurück blieb ein verbitterter Rallek mit fast zwei Dutzend seiner treuen Gnome.

»Lebt wohl«, flüsterte er zum Abschied, nachdem der Letzte im Tunnel verschwunden war.

***

Wie Spürhunde durchstreiften Hurik und Wolgar das südliche Tunnelgewirr Chupa Waias. Sie ließen keinen Seitengang und keinen noch so unbedeutenden Schacht auf ihrer Suche nach den Gnomen aus.

»Verflucht«, knurrte Wolgar. »So weit können die doch gar nicht gekommen sein!«

Hurik antwortete ihm nicht. Er befasste sich einzig mit seiner Aufgabe. Würde er Grimmbart ein weiteres Mal enttäuschen, wäre er schneller tot, als er sich entschuldigen konnte.

Die dunklen Gänge waren etwas zu eng für einen Zwerg, schlecht bearbeitet und an einigen Stellen, besonders in Kopfhöhe, traten gefährliche Kanten hervor. Hurik ärgerte sich darüber, dass sie keine Fackeln mitgenommen hatten. Sie waren es zwar gewöhnt, in vollkommener Finsternis sehen zu können, aber es reichte bei weitem nicht aus, um jedes Hindernis und jedes Loch im Boden rechtzeitig zu bemerken. Die häufige Zeit an der Oberwelt hatte die Fähigkeit der Zwerge, im Dunkeln sehen zu können, stark beeinträchtigt.

Jeder Gang und jede Knotenhalle ähnelten einander. Die beiden Zwerge hatten große Mühe sich zurechtzufinden. Das Geflecht aus Tunneln und Höhlen glich einem einzigartigen Labyrinth, welches nur dem Zweck diente, ungebetene Gäste für immer gefangen zu halten. Und genauso kam sich Hurik vor: wie ein Gefangener.

Aber ein Zwerg hatte keine Angst. Niemals. Hurik wäre zwar mit Sicherheit nicht der Erste gewesen, dem es anders ergangen war. Zugegeben hätte er es aber ums Verrecken nicht! Doch er spürte ein gewisses Unbehagen. Nicht so ausgeprägt, als wenn er dem Zorn Grimmbarts ausgesetzt gewesen wäre, aber dennoch vorhanden. Es lag nicht an den Gnomen. Diese winzigen Kreaturen waren keine Gefahr für einen gestandenen Krieger. Sie waren eher wie lästige Fliegen, die man vertreiben und töten konnte, wie es einem gefiel. Nein, dieses unbehagliche Gefühl entsprang aus der vollkommenen Finsternis. In diesem Labyrinth gab es so viele Winkel, so viele Tunnel und niemand wusste genau, welche Abscheulichkeiten sich tief unter der Erde noch verbargen.

Hätten wir nur die Glimmsteine nicht herausgerissen, dachte der Zwerg.

»Hurik, hier!«

Der leise Ruf Wolgars ließ ihn innehalten. Er drehte sich um und sah seinen Zwergenbruder vor einem kleinen Loch in der Wand einer Knotenhalle stehen. Wenige Schritte brachten Hurik zu ihm.

»Was hast du?«, fragte er.

»Hinter diesem Tunnel ist etwas. Ich kann es riechen!«

»Du kannst es riechen?«, fragte Hurik ungläubig. »Du hast seit Jahren nichts anderes als Met gerochen. Deine Nase ist doch schon ganz betäubt von dem Zeug!«

»Nein, Hurik. Ich bin mir sicher! Dahinter sind Gnome.«

»Durch den Tunnel könnte ein Gnom passen, aber für uns ist er viel zu eng.«

Wolgar entblößte grinsend seinen zahnlosen Mund und hob seinen Hammer hoch. »Lass uns nachsehen«, sagte er und schlug zu.

***

Rallek saß in einer Ecke der Kammer und dachte nach. Er versuchte, vor seinem Gewissen die Entscheidung zu rechtfertigen, hiergeblieben zu sein. Pelwick und Olsmund hatten Recht: Sie hatten weder zu essen, noch zu trinken. Auch Werkzeuge besaßen sie nicht, um nach irgendwas Brauchbarem zu suchen. Aber hätte er als letzter verbliebener Ältester, dessen Aufgabe es war, das Volk der Gnome zu führen, zugeben sollen, dass er zu schwach war und nicht mehr die Kraft hatte weiter zu fliehen? Er bereute es sogar, dass nicht alle Gnome mit den anderen gegangen waren. So waren immer noch welche bei ihm, die seinen Rat wollten, denen er Trost in diesen harten Zeiten spenden musste. Dabei konnte er sich nicht einmal selbst helfen.

Rallek wusste aber auch von den Gefahren, in die sich die anderen Gnome begaben. Er selbst war dabei gewesen, als die Erkunder den verbotenen Tunnel durchbrochen hatten und der Schrecken schon einmal über Chupa Waia hereingebrochen war. Nur schwerlich hatten sie es damals geschafft, die Angreifer zurückzutreiben und den Tunnel zu versperren. Noch einmal wollte er dieses Grauen nicht erleben. Die Zwerge erschienen in seinen Augen weitaus weniger gefährlich. Verzweifelt vergrub Rallek sein Gesicht in den Händen.

»Seid doch mal leise«, sagte Rhasa. Die Heilerin war dabei, einige Schürfwunden bei einem Gnom zu versorgen, als sie ein Geräusch hörte.

Man folgte ihrer Aufforderung.

Es war nur ein leises Flüstern, welches an ihre Ohren drang. Besorgt sahen die Gnome einander an. Es waren zwei Stimmen, die miteinander sprachen, doch sie konnten nicht verstehen, was sie sagten.

Rallek stand auf. Er ging langsam an der am Boden knienden Rhasa vorbei und zu dem engen Ausgang hinüber.

In diesem Augenblick erschütterte ein lauter Knall die kleine Kammer. Wuchtig wurde irgendwo etwas gegen eine Wand geschlagen. Die Kammer erzitterte unter den heftigen Stößen. Staub rieselte bei jedem erneuten Schlag von der Decke.

Die Gnome drängten sich in die hintersten Ecken und starrten zusammengekauert und einander umarmend auf den Tunnelausgang. Die nackte Furcht stand in ihren Augen.

»Was ist das?«, flüsterte Rhasa.

Rallek traute sich, in den Tunnel zu sehen, und wich erschrocken zurück.

»Sie kommen«, sagte er mit bebender Stimme.

***

»Wir müssen aufpassen, wenn wir in die Nähe der Oni Thal kommen.«

Olsmund sagte dies mehr zu sich selbst. Er und die anderen Gnome waren bereits einige Knotenhallen von der Kammer entfernt. Auch ohne die Glimmsteine wusste Olsmund ziemlich genau, wo sie sich befanden. Er kannte diesen Bereich Chupa Waias sehr gut, da er hier lange Zeit beim Anlegen der Pilzfarmen geholfen hatte. Olsmund versuchte, einen Weg zu wählen, der sie vorwiegend durch enge Ersttunnel führte. Je dichter sie allerdings an die Zugänge zur Oni Thal kamen, umso größer wurde die Gefahr, von den Zwergen entdeckt zu werden.

Die Gnome mussten hintereinander gehen und kamen nur langsam voran. Vor allem die vier Kinder waren nicht so schnell in den schmalen Gängen und in jeder Knotenhalle mussten sie eine kurze Rast einlegen.

»Wir sind jetzt nah an der ersten Halle«, sagte Pelwick zu Olsmund. »Ich werde nachsehen, ob dort Zwerge sind. Wenn nicht, könnten wir durch die Oni Thal abkürzen, einige Vorräte und Grabkrallen aufnehmen.«

»Aber sei vorsichtig«, ermahnte ihn Olsmund. »Wir gehen durch den rechten Tunnel weiter. Wir treffen uns in der nächsten Kana Thal und entscheiden dort, wie wir weitergehen. Beeil dich!«

»Keine Sorge«, antwortete Pelwick.

Er hatte keineswegs vor, sich in unnötige Gefahr zu begeben, aber dennoch war dieser Moment wie ein kleiner Abschied. Er blickte in die Augen seiner Freundin, welche einen wehmütigen Glanz ausstrahlten, in denen er Traurigkeit und Dankbarkeit las. Er war froh, sie bei sich zu wissen. Sanft streichelte Pelwick ihr über das schmutzige Gesicht.

»Ich bin gleich zurück«, flüsterte er.

Noch bevor er reagieren konnte, berührten ihre Lippen die seinen. Ein angenehmes, wohliges Gefühl erfüllte ihn. Ein Gefühl, das ihm bislang unbekannt gewesen war, er es aber dennoch nicht mehr missen wollte.

»Pass auf dich auf«, sagte sie, nachdem sie sich voneinander lösten.

Pelwick nickte. Seine Stimme versagte. Ihm war, als würde ein inneres Feuer von ihm Besitz ergreifen, und die Umgebung um ihn herum verschwamm in einem matten Nebel. Er hatte nur noch Augen für Peya.

Seine Peya.

Nur langsam drang die Erinnerung an seine Aufgabe zu ihm durch. Er spürte, wie er am gesamten Körper zitterte. Pelwick stand auf, brachte ein gequältes Lächeln zustande und ging zu dem schmalen Tunnel hinüber, der sich hinter ihm befand. Er sah noch einmal zurück und blickte seiner Liebe nach, als sie von Olsmund in den anderen Tunnel geführt wurde. Erst als er sie nicht mehr sehen konnte, ging er weiter.

Pelwick hatte Schwierigkeiten, sich zu konzentrieren. Immer wieder tauchte das Bild seiner Freundin und der Kuss vor seinen Augen auf. Seine Beine liefen wie von selbst und er bemerkte nicht, wie weit er schon vorgedrungen war. Wie selbstverständlich kletterte er aus dem Gang heraus und hüpfte in die nächste Kana Thal. Es führten nur zwei Tunnel weiter. Er ging zum linken.

Ein Abenteuer!

Lange Zeit hatte er es sich gewünscht und nun war er inmitten eines Abenteuers gefangen. Es wäre schön gewesen, wenn er es mit einem einzigen Wort hätte beenden können und alles wieder so war gewesen wäre wie früher. Ein Wunsch, der niemals wahr werden würde.

Pelwick achtete nicht auf Geräusche oder andere Dinge, die ihm seltsam vorkommen konnten. Er war ein Gefangener seiner Sehnsüchte und wünschte sich nur so schnell wie möglich zurück in die Arme seiner Freundin.

Er legte die Hände an den rauen Rand des Tunnels, zog sich hoch – und starrte in das Gesicht eines Zwergs!

***

Ogmons Befehle hallten durch die Eingangshalle wie ein Donnergrollen. Die Krieger holten weitere Stützbalken, um das Tor zu festigen. Die Stöße des Rammbocks waren seit geraumer Zeit nicht mehr spürbar gewesen und Ogmon wusste, was es zu bedeuten hatte.

Kaum hatte er diesen Gedanken beendet, als die Mine unter einem starken Beben erzitterte. Armbrustschützen wurden von ihren Stellungen geschleudert, als der große Felsblock dort in die Außenwand des Berges einschlug. Ein todbringender Regen aus zertrümmerten Steinbrocken fiel auf die fliehenden Zwerge hernieder. Einige wurden bei dem Versuch, Deckung zu finden, zu Fall gebracht und unter tonnenschwerem Geröll begraben.

Vom Fuße der Treppe konnte Ogmon das Loch erkennen, welches der Felsblock in die Schießscharten gerissen hatte. Er brüllte seine Befehle und andere Krieger kletterten über ihre gefallenen Brüder, um den Beschuss auf die Angreifer wieder aufzunehmen.

Der Kriegsmeister trieb die Zwerge zur Eile.

Ein nächster Einschlag ließ die Mine beben, doch der Treffer war weiter oben im Berg niedergegangen. Ogmon lief die Treppe hinauf. Dicht neben einem Armbrustschützen blieb er stehen und spähte hinaus auf die steinige Ebene.

Dem Kriegsmeister stockte der Atem.

Er hatte in seiner Vergangenheit schon viele Schlachten geschlagen, doch was sich jetzt seinen Augen bot, übertraf seine schlimmsten Ahnungen. Es war, als würde er auf einem gigantischen Ameisenhügel stehen und hinunter blicken. Abertausende dunkle Leiber drängten den Hügel hinauf, um den Eindringling zu überwältigen und ihn ein für alle Mal auszulöschen.

Ogmon hatte noch nie zuvor so viele Krieger gesehen.

Wohin er auch blickte, sah er in silbrige Rüstungen gehüllte und von dunklem Leder bedeckte Zwerge, die sich in breiter Front der Mine näherten. Die schwarz-weißen Banner des Clan Eisenbrecher wehten stolz an vielen Stellungen in der dunklen Woge aus gefährlichen Kriegern. Einige Feuer brannten und schickten tief schwarzen Rauch in den Himmel, wo er allmählich zerfaserte und als trüber Nebel über dem Schlachtfeld schwebte. Doch all dies erschreckte Ogmon nicht so sehr wie die drei großen Katapulte, welche abwechselnd ihre todbringende Fracht auf den Berg warfen.

Wieder erzitterte die Mine.

Der Kriegsmeister sah einige tote Zwerge zwischen der Mine und den Angreifern liegen. Sie hatten ihre Frontlinie ein wenig zurückgezogen und befanden sich nun außerhalb der Reichweite von den Armbrustschützen.

»Hört auf zu schießen!«, schrie Ogmon. »Spart eure Bolzen, bis sie näher rücken!«

Die Armbrustschützen gehorchten seinem Befehl.

Ein erneuter Einschlag ließ kleinere Steine und Staub nieder rieseln. Ogmon wandte sich ab. Er hetzte die Treppe hinunter in die Eingangshalle. Das Tor war massiv verstärkt worden. In zwei Reihen stützen Balken das mächtige Portal. Kein Rammbock der Welt würde es je durchbrechen können, dessen war sich der Kriegsmeister sicher. Aber er befürchtete etwas weitaus Schlimmeres!

»Geht an die Seitenwände!« Ogmon ging auf das Tor zu, scheuchte seine Krieger zu den Seiten, wo sie hinter Schutzmauern Stellung bezogen. Anschließend drehte er sich um und lief zurück. Sein Ziel war die andere Treppe, die hinauf zu den Schießscharten auf der Westseite der Mine führte. Doch es blieb bei seinem Vorhaben.

Mit einem gewaltigen Getöse zerbarst das Tor durch den Einschlag eines Felsbrockens. Die Stützbalken wurden, tödlichen Geschossen gleich, durch die Halle geschleudert, begleitet von einem Hagel aus Steinen und Holzsplittern.

Ogmon spürte einen schweren Schlag im Rücken und wurde einfach hinfort gefegt. Leblos schlug er gegen eine Schutzmauer der Eingangshalle. Die anderen Zwerge hatten mehr Glück. Die meisten von ihnen waren rechtzeitig in Deckung gegangen und wurden nur leicht oder gar nicht von dem Schutthagel getroffen.

Als sich der Staubnebel langsam lichtete, schwoll das Kriegsgeschrei der angreifenden Zwerge an. In Keilformation strömten sie auf den Eingang der Mine zu. Über ihnen senkte sich der Bolzenregen der Armbrustschützen und streckte einige auf ihrem Weg nieder, doch der gewaltigen Macht des Angriffs tat dies keinen Abbruch.

Wild schreiend stürmten die Eisenbrecher in Grimmbarts Mine.

***

Grimmbart war vollkommen überrascht. Er hatte gerade erst den zweiten Gang betreten, als das Gesicht eines Gnoms am Ende des Tunnels auftauchte. Sekundenlang trafen sich ihre Blicke. Keiner von ihnen war fähig, etwas zu unternehmen, bis Grimmbart bemerkte, wie sich der Ausdruck im Gesicht des Gnoms von Überraschung zu Angst verwandelte.

»Bok! Ich habe sie!«, schrie der Clanfürst.

In diesem Augenblick löste sich die Starre aus Pelwicks Körper und der junge Gnom verschwand aus dem Blickfeld des Zwergs.

Grimmbart fluchte und versuchte sich, so schnell es ihm möglich war, durch den engen Tunnel zu kämpfen. Mit eingeknickten Knien und dem Körper weit vorgebeugt, während sein Rücken über die raue Decke kratzte, lief er voran. Seinen großen Hammer hielt er kampfbereit vor der Brust.

Grimmbart knurrte. Diese verfluchten Gnomengänge waren einfach zu eng, um eine schnelle Verfolgung zu gewährleisten. Dort, wo die Gnome bequem laufen konnten, kamen die Zwerge nur in gebückter Haltung voran.

Am Ende des Tunnels sprang Grimmbart heraus. Sein mit Ringen verzierter Bart schleuderte wie eine Peitsche vor seinem Gesicht, als er herumwirbelte, damit er dem versteckten Gegner sofort gegenüberstehen konnte. Doch in der Knotenhalle befand sich niemand.

Aus den Augenwinkeln bemerkte der Clanfürst einen zweiten Tunnel, etwas versteckt hinter einem Felsvorsprung. Er hastete hinüber und sah den verhassten Gnom ein gutes Stück von ihm entfernt fliehen. Grimmbart ärgerte sich erneut über die Schnelligkeit der Gnome. Eine Armbrust wäre in diesem Augenblick wesentlich nützlicher gewesen als sein unhandlicher Hammer. In diesem unterirdischen Tunnelgewirr waren die Gnome im Vorteil.

»Bok!« Grimmbarts rief erneut nach Verstärkung.

***

Bok stand inmitten einer anderen Knotenhalle und versuchte herauszufinden, aus welcher Richtung er den Ruf seines Vetters gehört hatte. Der einäugige Zwerg ärgerte sich, dass Grimmbart die Gnome allem Anschein nach gefunden hatte. Er hatte bis jetzt gehofft, es würde jede Spur von den Winzlingen fehlen und sein Vetter würde sich endlich dem Krieg widmen. Aber Bok kannte seinen Vetter. Grimmbart würde erst Ruhe geben, wenn die Beute erlegt war.

Bok machte sich Sorgen wegen der Schlacht, die hoch über ihren Köpfen tobte. Die Krieger brauchten ihren König, der ihnen die Kraft und den Einsatz gab, im Krieg zu bestehen. Je länger Grimmbart hier unten verweilte, desto weniger Zeit blieb den Tiefenfelszwergen, die Angreifer zurück zu schlagen. Die Jagd nach den Gnomen sollte nach Möglichkeit schnell beendet sein.

Bok griff an seinen Gürtel und löste mit einer flinken Bewegung das Kriegshorn. Er nahm es hoch, hörte einen weiteren Ruf seines Vetters und blies kraftvoll hinein. Sie brauchten jetzt schnell jede Hilfe, die sie kriegen konnten.

***

Die Hammerschläge hallten in den Ohren der Gnome wie ein Trommelklang, der ihnen das drohende Ende ankündigte. Zitternd saßen sie wie Gefangene in der kleinen Kammer an der hintersten Wand und umarmten einander. Eltern versuchten, die Blicke ihrer Kinder von dem abzuwenden, was schon bald zu ihnen vordringen würde. Mit angstgeweiteten Augen starrten sie auf den kleinen Zugangstunnel, aus dem die Schläge zu hören waren.

Laut und bedrohlich.

Jeder erneute Hammerschlag traf die Gnome wie ein Grabkrallenhieb und sie zuckten unwillkürlich zusammen. Es gab kein Entrinnen, keinen anderen Ausweg aus dem sich unaufhaltsam nähernden Tod. Jeder Schlag konnte der letzte sein.

Die Kinder weinten. Ihre Eltern versuchten, ihnen Trost zu spenden und Hoffnung zuzusprechen, obwohl sie selbst genau wussten, dass es keine gab.

»Es tut mir leid«, wimmerte Rallek. »Ich hatte nicht gedacht, dass sie uns hier finden würden.«

Er sprach diese Entschuldigung mehr zu sich selbst als zu den anderen und versuchte, eine Rechtfertigung zu finden, warum er Olsmund und Pelwick nicht gefolgt war.

Aber er fand keine.

Er allein trug die Verantwortung. Er allein hatte sie in diese Todesfalle geführt und jetzt würde er dafür Bestrafung erlangen. Rallek war nunmehr ein Schatten seiner selbst. Kraftlos und zitternd kauerte er in einer Ecke, flüsterte Gebete an den Heiligen Quell, welcher von den Zwergen entweiht worden war. Er flehte um Gnade, um Befreiung aus diesem Albtraum, doch er wusste auch, dass die Gnome die Entweihung des Quells nicht verhindert hatten. So wie die Gnome den Heiligen Quell nicht beschützt hatten, würde sie nun auch der Quell nicht beschützen.

Es war hoffnungslos.

Was hätten wir Gnome tun können? Wir sind keine Krieger ...

Die Hammerschläge wurden lauter. Bald schon würden die Zwerge über sie herfallen und sie ihren Zorn spüren lassen. Tränen liefen dem

Ältesten über das Gesicht. Er wollte nicht sterben. Nicht jetzt und nicht auf diese Weise.

Ein Kind schrie. Seine Mutter drückte es an sich, versuchte, es zu besänftigen, obwohl sie für sich selbst keinen Trost mehr fand.

Die Gnome waren verloren.

***

»Ich spüre sie!« Wolgar schlug den Hammer kräftiger gegen das Gestein, löste Brocken heraus und vergrößerte den Tunnel Stück für Stück. »Ich spüre sie!«

Hurik hielt sich zurück. Fest umklammerte er die Axt in seinen Händen, bereit zuzuschlagen, sobald ihm der erste Gnom ins Sichtfeld geraten würde. Dabei sah er sich immer wieder hektisch um, blickte in jeden Seitengang, ob sich dort etwas bewegte.

Wolgar arbeitete weiter. Der Schweiß lag ihm als dreckiger Film auf dem Körper. Jeder Muskel in seinen kräftigen Armen vollzog ein beeindruckendes Schauspiel, wenn er mit dem Hammer das Gestein zertrümmerte.

»Ich spüre sie«, wiederholte er immer wieder. In seinen Augen leuchtete die blanke Gier. Es war die Gier nach Rache, die ihn beflügelte. Er war fest entschlossen, es den verdammten Gnomen heimzuzahlen. Aber nicht schnell, sondern langsam und blutig. Er würde sie bestrafen, sie quälen, bis sie ihn um Erlösung anflehten. Je mehr Wolgar darüber nachdachte, umso größer wurde sein Verlangen, diesen Tunnel endlich zu durchbrechen. Seine Schläge wurden schneller und kräftiger. Schon bald würde er bei ihnen sein.

Wolgar hatte sich derart in seine Aufgabe verbissen, dass er den Ton, der durch die vielen Gänge hallte, gar nicht vernahm. Erst Huriks fester Händedruck auf seiner Schulter ließ ihn die Arbeit einstellen.

»Hast du das auch gehört?«, fragte Hurik.

»Was gehört?« Wolgar war ungehalten. Er wähnte sich seinem Ziel so nah.

In diesem Moment erklang es wieder. Es war das Kriegshorn eines Zwergs.

»Das ist Bok«, schlussfolgerte Hurik.

»Und wenn schon!«

»Sie haben die Gnome gefunden und brauchen unsere Hilfe!«

Wolgar antwortete seinem Zwergenbruder nicht. Er hob den Hammer und trieb ihn wieder gegen den Fels. Hurik packte Wolgars und zog ihn zurück.

»Verdammt, Wolgar«, schimpfte der Zwerg. »Wenn wir dem Ruf nicht folgen, wird Grimmbart uns umbringen. Wir können uns keinen weiteren Ungehorsam erlauben!«

Wolgar schnaubte verächtlich. Es gefiel ihm keineswegs, kurz vor dem Ziel gestoppt zu werden. Verkrampft hielt er der Hammer in seinen Händen und es hatte fast den Anschein, als würde er ihn am liebsten gegen Hurik einsetzen.

Aber er ließ ihn sinken.

»Na schön«, beruhigte sich Wolgar.

Hurik tätschelte das Gesicht seines Zwergenbruders, grinste ihn an und kletterte in einen anderen Tunnel der Knotenhalle.

Wolgar sah noch einmal zurück. Sein Werk wäre beinahe vollbracht gewesen. »Ich komme wieder«, versprach er und folgte Hurik.

***

Pelwick rannte durch die Tunnel. Die Begegnung mit Grimmbart hatte ihn vollkommen unerwartet getroffen. Es war dem jungen Gnom egal, wohin er lief, es war nur wichtig, dem Zwerg zu entkommen und ihn nicht in die Nähe von Peya und der anderen zu führen. Immer wieder drehte er sich um, hörte Grimmbart hinter sich brüllen, konnte ihn aber nicht mehr sehen. Mit ziemlicher Sicherheit war der Zwerg nicht in der Lage, die Tunnel so schnell zu durchlaufen wie er selbst. Allerdings glaubte Pelwick nicht daran, ihn schon abgehängt zu haben.

Doch wohin soll ich gehen?

Pelwick musste zu den anderen Gnomen gelangen, bevor er sich in den Tunneln verirrte. Seitdem die Glimmsteine entfernt worden waren, hatte er Schwierigkeiten, sich zurechtzufinden. Schnell könnte er den Zwergen geradewegs in die Arme laufen. Noch einmal würden sie ihn mit Sicherheit nicht entkommen lassen.

Pelwick sprang in eine Knotenhalle hinein und sah sich um. Drei weitere Gänge führten aus der Kana Thal heraus.

Verdammt!

Pelwick hatte keine Ahnung, wo er sich befand.

Sein Atem ging stoßweise, er spürte bereits einen leichten Schmerz unter der Brust. Er lehnte sich gegen eine Wand und sog gierig die Luft ein. Dabei behielt er ständig den Tunnel, aus dem er gekommen war, im Blick. Kein Verfolger war zu sehen.

Verdammt! Welcher Weg?

Der Laut eines Horns erklang innerhalb Chupa Waias. Es war keines der Hörner wie Gnome sie benutzten. Es musste sich dabei um ein Zwergenhorn handeln.

Sie sind mir auf den Fersen!

Pelwick blieb keine Zeit, sich lange Gedanken um den richtigen Weg zu machen. Er musste sich entscheiden.

Der Gnom lief los und nahm den ersten Tunnel zur Linken. In seinen Gedanken versuchte er, den Weg nachzulaufen, den er genommen hatte, und hoffte, der gewählte möge ihn in die gewünschte Richtung bringen.

Pelwick rannte so schnell er konnte, huschte durch die Tunnel wie noch nie zuvor in seinem Leben. Es störte ihn nicht, wenn er sich die Knie an rauem Gestein aufschürfte, es gab für ihn nur noch ein Ziel: entkommen!

Der Gnom sprang aus dem nächsten Tunnel, blickte sich eilig in der Knotenhalle um, sah mehrere Gänge, entschied sich für einen und kletterte hinein.

Auf einmal verharrte er in seiner Bewegung. Er hatte etwas gehört, ein Rufen, und es klang, als hätte jemand seinen Namen genannt. Pelwick drehte sich um. Er spähte hinaus und erkannte im gegenüberliegenden Tunnel eine Gestalt, die rasch näher kam.

Im ersten Augenblick wollte Pelwick wieder zur Flucht ansetzen, doch er bemerkte, dass die Gestalt wesentlich kleiner als ein Zwerg war. Als die Person näher kam, erkannte er Olsmund und ihm folgten die anderen Gnome.

Pelwicks Herzschlag machte vor Freude einen Sprung. Er lief ihnen sofort entgegen und in der Knotenhalle zwischen den Tunneln trafen sie einander. Peya drängte sich an Olsmund vorbei, sprang aus dem Tunnel und Pelwick regelrecht in die Arme. Der junge Gnom drückte sie an sich und hätte sie am liebsten nie wieder losgelassen, wenn der Augenblick nicht dermaßen ungünstig wäre.

»Was war das für ein Horn?«, fragte Olsmund besorgt.

»Es sind die Zwerge. Sie folgen uns. Wir müssen uns beeilen!«

Pelwicks Erklärung erschreckte die anderen Gnome. Fada und Zulias umarmten einander ängstlich, andere hielten sich an der Hand und Hadumod presste verärgert die Lippen aufeinander. Einige sprachen von Hoffnungslosigkeit und dem nahenden Tode.

»Hört auf«, ermahnte sie Olsmund. »Wenn wir alle zusammenbleiben und engere Tunnel nehmen, können wir die Zwerge abschütteln. Also reißt euch zusammen. Niemand ist verloren, solange die Zwerge uns nicht haben!«

Erneut ertönte der unheimliche Klang eines zwergischen Kriegshorns.

»Lasst uns weiter!« Pelwick nahm den Ruf des Horns als Zeichen. Er stieg wieder in den Tunnel und lief los.

Die anderen folgten ihm. Der junge Gnom führte sie durch einige Gänge, versuchte immer wieder Haken zu schlagen, um keinen geraden Weg zu gehen. Er hoffte, die Zwerge dadurch besser abzuschütteln.

»Pelwick«, sagte Peya. »Nicht so schnell. Die Kinder brauchen eine Pause.«

»In der nächsten Kana Thal machen wir eine Rast«, entschied Olsmund.

Es passte dem Erkunder zwar nicht, aber er sah ein, dass die Kinder die hohe Geschwindigkeit nicht ewig durchhalten konnten. Die Zwerge hatten sie jetzt längere Zeit nicht mehr gehört, geschweige gesehen, und so schien eine kurze Pause durchaus möglich.

»Achtet auf die drei Tunnel«, sagte Olsmund, als sie die Knotenhalle erreichten. »Sobald ihr einen Zwerg seht, müssen wir so schnell wie möglich weiter!«

»Welchen Weg willst du gehen?«, fragte Pelwick.

»Ich weiß es nicht genau, Junge«, antwortete Olsmund. »Du kennst dich in dieser Gegend besser aus. Was meinst du?«

Pelwick sah sich um. »Den Linken dort«, entschied er. »Es ist ein Ersttunnel, hinter dem wir erst einmal sicher sind. Von dort aus werden wir den verbotenen Tunnel aufsuchen.«

»Und wenn die Zwerge aus allen Tunneln kommen, sitzen wir in der Falle«, bemerkte Hadumod leise.

»Niemandem ist geholfen, wenn du alle mit deiner Angst wahnsinnig machst!« Pelwick stellte sich energisch vor den Gnom, der an seiner Statt Erkunder geworden war.

»Du hast hier gar nichts zu sagen«, blaffte dieser zurück.

»Hört sofort auf«, ging Olsmund dazwischen. »Die Zwerge werden nicht aus allen Richtungen kommen. Dazu müssten sie wissen, wo wir sind, und genug Zeit haben, sich unbemerkt aufzuteilen. Die Zwerge kennen sich in unseren Gängen nicht aus, daher glaube ich nicht daran. Wenn sie uns finden, dann kommen sie nur von einer Seite. Aber das müssen wir schnell bemerken.«

Olsmund schickte Hadumod zu einem Tunnel und Pelwick zu einem anderen. Auf diese Weise konnten sich die beiden nicht weiter ankeifen.

Die drei Gnome starrten angestrengt in ihre jeweiligen Tunnel. Keine Bewegung, und wäre sie noch so klein gewesen, sollte ihnen entgehen.

Zulias stellte sich zu seinem Sohn an den Tunnel. Beruhigend legte er Pelwick die Hand auf die Schulter.

»Du und Hadumod«, sagte Zulias. »Ihr werdet wohl niemals Freunde, oder?«

Pelwick zuckte mit den Schultern. »Ich weiß nicht, Vater. Es tut mir Leid.«

Zulias lächelte seinen Sohn an, klopfte ihm aufmunternd auf den Rücken und ging zurück zu seiner Frau.

Mulwyn, Sana und Brita kümmerten sich um die Kinder, die anderen Gnome sich um die Älteren wie Kuri und Poluk. Die Verfassung, trotz der Strapazen, war erstaunlich gut. Sie waren voller Zuversicht, dass Olsmund und Pelwick sie retten würden.

Pelwick selbst war von der Sache noch nicht so überzeugt. Nachdenklich starrte er in den engen, dunklen Tunnel. Es war der, welchen er zur weiteren Flucht eingeplant hatte, und hoffte, dass sich am anderen Ende kein Zwerg zeigen würde. Pelwick war sich nicht einmal sicher, ob dieser Weg auch wirklich in Richtung des verbotenen Tunnels führte, aber er konnte in Anwesenheit der Gnome, welche ihm vertrauten, diese Zweifel nicht vorbringen.

»Wir werden es schaffen.« Peyas sanfte Stimme drang an sein Ohr. Sie hatte sich leise von hinten genähert und legte ihm eine Hand auf die Schulter.

Ihre Nähe beruhigte ihn, gab ihm Kraft, auch den weiteren Weg durchzustehen. Es war ein schönes Gefühl, wenn es jemanden gab, der an einen glaubte.

»Das hoffe ich sehr«, antwortete Pelwick.

»Ich glaube schon. Wann warst du das letzte Mal beim verbotenen Tunnel?«, fragte die Gnomin.

»Ewig nicht.« Pelwick begann zu flüstern, damit Hadumod von seinen Worten nichts mitbekam. »Ich habe mich nie wirklich getraut, in seine Nähe zu kommen. Eigentlich weiß ich nicht einmal, wie er versperrt wurde.«

»Ich glaube, er wurde verschüttet. Ich war einmal dort, habe aber nur viele Steinbrocken gesehen. Es wird sicherlich nicht einfach, den Weg freizulegen.«

»Das befürchte ich auch.« Pelwick blickte zu den Grabkrallen hinunter, die an seinem Gürtel hingen. Sie waren stumpf und schartig. Mit ihnen zu graben, war ohnehin schon schwierig genug, und wenn Pelwick daran dachte, dass seine Grabkrallen die einzigen waren, die sie dabei hatten, so glaubte er nicht wirklich daran, den verbotenen Tunnel freilegen zu können. Doch Pelwick wischte den Gedanken beiseite. Erst einmal mussten sie den Tunnel erreichen und anschließend würden sie weitersehen.

»Lauft!« Hadumods Schrei rüttelte die Gnome auf. Von einem Moment zum anderen sprangen sie auf, drängten panisch schreiend dem engen Tunnel entgegen, den Pelwick auserkoren hatte.

»Ich übernehme die Führung«, schrie Olsmund und kletterte in die Öffnung. Er nahm die Kinder entgegen und begann zu laufen, als die ersten Erwachsenen hinterher kletterten.

Peya blickte sorgenvoll in Pelwicks Gesicht, als sie von hinten gepackt und in den Tunnel gesteckt wurde.

»Wir haben keine Zeit«, sagte Zulias, als er auch Pelwick packen wollte, der aber zurückwich. Mit angstgeweiteten Augen wies er auf den Tunnel auf der anderen Seite der Kana Thal. Dort kam ein Zwerg langsam näher. Er war nicht besonders schnell, aber grinste sie siegessicher an.

»Ich bringe euch um«, rief der Zwerg. »Ich bringe euch alle um!«

Die verbliebenen Gnome schrien noch panischer. Efren und Solti stürmten vor, nahmen keine Rücksicht mehr auf die anderen und kletterten durch die Öffnung. Zulias versuchte, für Ordnung zu sorgen, half den Älteren beim Einstieg in den Tunnel.

Pelwick nahm seinen Mut zusammen und sich ein Beispiel an seinem Vater. »Rein mit euch«, keuchte der junge Gnom. »Schneller!«

Der Zwerg kam näher. Pelwick erkannte ihn. Es war dieser Hurik, ein grobschlächtiger und jähzorniger Zwerg. Er würde mit Sicherheit keine Gnade zeigen, ganz im Gegenteil, er würde reine Freude dabei empfinden, sie zu quälen.

Die Zeit drängte.

Als der Zwerg schon fast bei ihnen war, gingen Hadumod die Nerven durch. Er schubste Kuri und Poluk zur Seite und hechtete in den rettenden Gang. Pelwick hätte ihm am liebsten daran gehindert, hatte jedoch genug damit zu tun, Kuri am Sturz zu hindern. Gemeinsam mit seinem Vater half er ihr und Poluk in den Tunnel. Somit waren Pelwick und Zulias die letzten Gnome, die sich noch in der Kana Thal aufhielten und Hurik hatte die Knotenhalle beinahe erreicht.

»Vater! Schnell!« Pelwick spürte die Angst, drängte Zulias zur Eile. Sobald sie in dem engen Tunnel waren, würde sie der größere Zwerg nicht mehr auf diesem Weg verfolgen können.

»Rein mit dir, Junge«, forderte Zulias.

Pelwick sah seinen Vater verwirrt an, doch dieser packte seinen Sohn am Arm und schob ihn vor die Öffnung.

»Ich war ewig nicht in den Tunneln«, erklärte Zulias. »Und Olsmund kennt den Weg auch nicht. Du musst uns führen. Ich kann den Zwerg aufhalten!«

Pelwick starrte seinen Vater an. Er spürte, dass dieser keine Widerrede duldete. Aber er konnte auch den Zwerg nicht stoppen, dessen war er sich gleichermaßen bewusst.

»Ich werde euch zerfleischen!« Huriks Stimme klang nah.

Sehr nah.

»Rein mit dir!« Zulias schubste seinen Sohn förmlich in die Tunnelöffnung. Willenlos ließ er es geschehen. Zu tief saß die Verwirrung, die sein Vater in ihm auslöste, doch er durfte keine Zeit verlieren. Er lief einige Schritte vor, drehte sich um und streckte seinem Vater die Hand entgegen. Zulias ergriff sie und ließ sich von seinem Sohn in den Tunnel helfen. In diesem Augenblick wurde er von hinten gepackt.

Pelwick merkte, wie ihm die Hand seines Vaters entglitt. Er packte fester zu, nahm die zweite Hand zur Hilfe, doch er konnte Zulias nicht halten. Mit unvorstellbarer Kraft wurde sein Vater aus dem Tunnel gerissen.

»Nein!« Pelwicks Schrei gellte durch den engen Gang. Er sah Zulias, wie er gegen eine Wand der Kana Thal geschleudert wurde und den fürchterlichen Zwerg, der sich über ihm aufbaute. Pelwick lief zurück, umfasste die Kanten den Tunnels, um in die Knotenhalle zu springen, doch etwas packte ihn von hinten und hinderte ihn daran.

»Lass es«, hörte er Olsmund sagen. »Du kannst deinem Vater nicht helfen. Der Zwerg wird auch dich töten. Komm!«

Aber Pelwick wollte nicht. Mit aller Macht versuchte er, sich gegen Olsmunds Griff zu stemmen, doch der Erkunder war zu kräftig. Pelwick schrie. Er wand sich einem Wollwurm gleich, wurde trotzdem tiefer in den Tunnel gezogen. Seine Finger rutschten über die Steinkante, er versuchte sich festzukrallen, die Fingernägel brachen und er verlor den Halt.

Schreiend wurde Pelwick von Olsmund in den Tunnel gezerrt.

***

Die plötzliche Stille war unheimlich. Es schien, als würde ein gewaltiges Monster einatmen, um kurz darauf alles mit seinem tödlichen Odem zu vernichten. Doch der Odem kam nicht.

Die Hammerschläge hatten aufgehört. Die Gnome wagten zunächst nicht, einen einzigen Laut hervorzubringen, sondern blieben zitternd und einander umarmend auf dem Boden der Kammer hocken. Erst nach geraumer Zeit begannen sie einander verwunderte Blicke zuzuwerfen.

Rallek stützte sich auf dem rauen Felsboden ab, um sich zu erheben, doch Rhasa hielt seinen Arm fest. Er las in ihren Augen Unsicherheit, erkannte in ihnen die Bitte, lieber nicht aufzustehen. Rallek ging in die Hocke, berührte ihre zitternde Hand und lächelte ihr aufmunternd zu. Sie ließ ihn gehen.

Es war kein weiter Weg von seinem Platz hinüber zu dem engen Tunnel, aus dem vor kurzem noch die nervenaufreibenden Hammerschläge zu hören gewesen waren, und doch kam es dem Ältesten wie eine Ewigkeit vor. Zögernd bewegte er sich auf die schmale, beinahe runde Öffnung zu, die ihm wie das aufgerissene Maul eines Monsters vorkam, welches sich jeden Augenblick auf ihn stürzen konnte. Aber nichts Dergleichen geschah. Das Loch verwandelte sich nicht, sondern blieb der rau behauene Eingang zu dem Tunnel.

Vorsichtig streckte Rallek den Arm aus, blickte sich noch einmal um und sah, wie die anderen Gnome seinen Bewegungen aus weit geöffneten Augen folgten. Keiner wagte, ein Wort zu sagen, aus Furcht, sich zu verraten. Die Gefahr durch die Zwerge war keineswegs gebannt und schien nach wie vor allgegenwärtig. Niemand war der Meinung, die bärtigen Krieger hätten sich zurückgezogen und die Jagd aufgegeben.

Auch Rallek rechnete damit, jeden Moment einen dieser Unholde aus dem Loch hervorschnellen zu sehen, der ihn packen und töten würde.

Der Älteste sah wieder nach vorn. Seine Fingerspitzen berührten schon fast die Kante des Tunneleingangs. Er hielt die Luft an. Nur noch ein kleines Stück.

Jeden Moment mussten die Zwerge seine Hand vor dem Tunnel sehen können. Sie würden herausspringen und sich auf ihn stürzen oder einfach nur mit einem Axthieb seinen Arm abtrennen. Rallek rechnete jedenfalls fest damit.

Schließlich spürte er unter seinen Fingerkuppen den kalten, rauen Stein des Tunnels. Kein Aufschrei, kein Hämmern, kein wütender Zwerg, der sich auf ihn stürzte. Alles verharrte in dieser drückenden Stille.

Der Älteste atmete tief ein und nahm all seinen Mut zusammen. Mit einem beherzten Schritt stand er vor der Tunnelöffnung und starrte hinein.

Nichts!

Ruhig und verlassen lag der Gang vor ihm. Der von ihm aus gesehen hintere Teil des Tunnels war stark beschädigt. Das Gestein war grob herausgeschlagen worden, um den Durchgang zu vergrößern, aber davon abgesehen gab es keine weitere Spur der Verfolger. Rallek atmete erleichtert aus.

Er wandte sich wieder den Gnomen zu, die damit begannen, das offensichtliche Verschwinden der Zwerge zu besprechen. Mit dem ausgestreckten Zeigefinger über seinen Lippen hielt sie Rallek zur Ruhe an.

Er atmete noch einmal tief ein, nahm seinen ganzen Mut zusammen, erklomm die Kante des Eingangs und krabbelte in den Tunnel. Kleinere Steine lagen im Gang, der Boden war dreckig von Schutt und Staub. Er erreichte die Knotenhalle. Die Zwerge hatten stark gewütet. Gesteinsbrocken lagen überall in der Kana Thal, der Tunnelzugang war mit roher Gewalt um ein gutes Stück vergrößert worden, doch von den Zwergen war nichts mehr zu sehen. Irgendetwas hatte sie offensichtlich vertrieben.

Der Älteste stand allein in der Knotenhalle, umgeben von einer Ruhe wie nach einem entsetzlichen Sturm, und dachte nach. Seine Finger glitten über die großen Löcher, welche die Zwerge in die Wände geschlagen hatten, und konnte sich nicht erklären, warum die Zwerge so kurz vor ihrem Ziel ihre Jagd aufgegeben hatten. Die Gnome hatten in der Falle gesessen, in einem Loch gefangen, ohne Ausweg oder den Hauch einer Hoffnung. Man hätte nur hingehen müssen und sie einen nach dem anderen fangen können.

Warum haben die Zwerge es nicht getan?

Rallek fand darauf keine Antwort, aber es bewies ihm, dass sie nicht in der Kammer bleiben konnten. Sie mussten weiterziehen und sich vor den Zwergen woanders verstecken.

Kurzentschlossen ging Rallek zurück in den Tunnel. Er wusste nicht, wie viel Zeit ihnen blieb, bis die Zwerge zurückkehren würden. Aber bis dahin mussten die Gnome verschwunden sein.

***

Pelwick stieß Olsmund von sich. Sie hatten den Ersttunnel verlassen und die dahinter liegende Knotenhalle erreicht. Der junge Gnom lehnte sich gegen eine Wand und vergrub weinend das Gesicht in seinem Arm. Es hätte nicht soweit kommen müssen. Er wäre in der Lage gewesen, seinem Vater zu helfen, jedenfalls hätte er es versucht.

Und jetzt war er tot!

Pelwick spürte Wut in sich. Wut auf sich selbst, weil er seinem Vater erlaubt hatte, als Letzter zu gehen. Und Wut auf Olsmund, weil er ihn daran gehindert hatte, seinem Vater zu helfen. Pelwick fühlte sich der Ohnmacht nahe. Am liebsten hätte er seinen ganzen Schmerz und die gesamte Wut herausgeschrien, doch sein Hals schien zugeschnürt, unfähig, auch nur einen einzigen Laut hervorzubringen. Und es kamen die Erinnerungen: unwirkliche Bilder aus der Vergangenheit, die seinen Vater zeigten und Dinge, die sie gemeinsam erlebt hatten. Doch jedes Mal, wenn er sich an einen schönen Moment erinnerte, tauchte die dunkle Gestalt eines Zwerges auf und machte den Augenblick gewaltsam zunichte.

Es ist sinnlos!

Pelwick verfluchte innerlich, Olsmunds Plan zur Flucht ausgeführt zu haben. Wären sie Gefangene geblieben, hätte sein Vater noch gelebt und sie wären jetzt nicht in dieser aussichtslosen Lage. Sie konnten ihrem Schicksal nicht entkommen. Die Zwerge würden sie finden und mit dem Tode bestrafen.

Niemand kann entkommen.

»Wir müssen weiter«, hörte er eine Stimme hinter sich sagen. Sie gehörte Hadumod.

Pelwick wirbelte herum und stürzte sich auf den Gnom. Zwei schnelle Faustschläge schickten Hadumod zu Boden und sofort war Pelwick über ihm und schlug weiter zu. Er konnte nicht aufhören, hatte einen Schuldigen gefunden, der jetzt büßen musste. Wie von Sinnen schlug Pelwick auf den Gnom ein.

Olsmund und Efren erfassten die Lage. Sie packten Pelwick an den Armen und zogen ihn von seinem Opfer herunter. Hadumod blutete aus der Nase, stöhnte auf, als der Gegner von seinem Körper gezogen wurde. Mulwyn und Brita waren schnell bei ihm, versorgten seine Wunden und halfen ihm hoch.

»Lasst mich!« Pelwick riss sich los.

Im ersten Moment wollte er sich wieder auf Hadumod stürzen, doch Olsmund stellte sich ihm in den Weg. Mit drohendem Blick hielt er den jungen Gnom von einem erneuten Angriff ab.

Zitternd vor Wut ging Pelwick in eine Ecke, lehnte sich an die Wand und ließ seiner Trauer freien Lauf.

Es ist so ungerecht!

Einige Zeit ließen die Gnome Pelwick gewähren. Nusa kümmerte sich um Fada, die weinend auf ihrem Schoß lag. Hadumod hatte sich mittlerweile erholt und die übrigen Gnome starrten fassungslos ins Leere.

Olsmund ließ den Gnomen einen Moment, die letzten Ereignisse zu verarbeiten. Doch ihm brannte die Zeit unter den Nägeln. Den verbotenen Tunnel zu erreichen, war nun wichtiger denn je zuvor.

»Wir müssen weiter«, sagte er nach einer Pause, die viel zu kurz gewesen war.

Die ersten Gnome erhoben sich, auch Fada stand, gestützt von Nusa, auf.

Peya ging mit gesenktem Haupt zu ihrem Freund hinüber. Zärtlich legte sie ihm die Hand auf den Rücken. »Komm, Pelwick«, flüsterte sie. »Wir müssen weiter.«

»Geht ohne mich«, antwortete der junge Gnom.

»Niemals. Wir müssen den verbotenen Tunnel erreichen, bevor die Zwerge uns finden.«

»Was bringt das noch?«, herrschte Pelwick sie plötzlich an.

Peya verlor die Geduld. Sie packte ihren Freund an der Schulter und riss ihn herum. »Du kannst nicht aufgeben!« Eindringlich starrte sie ihm ins Gesicht. »Wir werden es schaffen! Wenn wir den verbotenen Tunnel erreichen, können wir entkommen. Aber dazu brauchen wir dich! Du kennst den Weg!«

»Wozu soll das alles noch gut sein?« Pelwicks Blick war von Wut und Enttäuschung erfüllt. »Wir hätten niemals fliehen sollen. Sie werden uns finden. Es hat keinen Zweck mehr!«

Olsmund näherte sich, wollte etwas sagen, doch Peya wies ihn zurück.

»Dein Vater ist tot«, sagte sie. »Er ist gestorben, weil er dich retten wollte. Weil er uns alle retten wollte, aber das kannst du nicht mehr rückgängig machen. Du kannst nur noch dafür sorgen, dass sein Tod nicht vergebens war. Rette uns vor den Zwergen. Wir brauchen dich! Deine Mutter braucht dich!«

Peya hatte Recht, dessen war sich Pelwick bewusst. Doch es war so schwer, nach vorn zu schauen. Es schien ihm beinahe unmöglich, einfach weiterzumachen, als hätte es den gemeinen Mord an seinem Vater nicht gegeben, so zu tun, als wäre nichts geschehen.

Aber musste er es überhaupt?

War es nicht vielmehr ein neuer Abschnitt, den er gehen musste? Eine weitere Herausforderung?

Pelwick blickte an Peyas Kopf vorbei und sah seine Mutter, an Nusas Schulter gelehnt, weinen. Es schmerzte ihn, sie so zu sehen, und in diesem Moment wurde ihm bewusst, dass es an ihm lag, diese Trauer nicht zu ihrem Schicksal werden zu lassen.

Er schob Peya zur Seite und ging zu seiner Mutter hinüber. Pelwick nahm sie in seinen Arm. Er drückte sie an sich und presste ihr Gesicht an seine Brust. Gemeinsam gingen Mutter und Sohn in die Hocke. Der junge Gnom bemerkte, wie seine Mutter zitterte, wie ihr Körper unter den Tränen bebte. Sie brauchte ihn nun mehr denn je.

Peya war sichtlich berührt. Einen Moment sah sie Pelwick und Fada zu und eine Träne rann über ihre Wange. Sie ließ den beiden etwas Zeit, wischte sich mit dem Handrücken über das Gesicht, wandte sich an den Erkunder, der unbeweglich in der Nähe eines weiteren Tunnelzugangs stand und aufpasste.

»Olsmund«, sagte sie. »Ich glaube, wir können nun weiter. Ich komme gleich mit Pelwick und Fada nach.«

Olsmund nickte und machte sich an seine Aufgabe. Er winkte die Gnome zu einem Zugang und führte sie hinein.

Peya wartete noch, bis die letzten Gnome in den Tunnel gestiegen waren, und hockte sich zu Pelwick und seiner Mutter. »Es wird Zeit. Wir müssen weiter.«

Pelwick nickte. Der Schmerz und die Wut waren noch immer präsent, aber er konnte sie jetzt kontrollieren. Er half seiner Mutter auf die Beine und führte sie zu dem Zugang, den ihnen Peya wies.

Als seine Mutter den Tunnel betrat, hielt er seine Freundin davon ab, ebenfalls hineinzugehen. »Danke«, sagte er leise.

Peya lächelte und streichelte sein von der Trauer gezeichnetes Gesicht. Anschließend ging sie in den Tunnel. Und Pelwick folgte ihr.

DER VERBOTENE TUNNEL

Die Zwerge ließen sich nicht erneut blicken. Olsmund hatte die Gnome in eine Kana Thal nahe des Haupttunnels geführt, wo sie nun überlegten, wie weiter vorzugehen war.

Pelwick und dessen Mutter waren von dem Verlust Zulias‘ noch immer sehr mitgenommen und keiner der Anwesenden konnte es ihnen verdenken. Sie sprachen ihnen Trost und aufmunternde Worte zu. Peya und Nusa kümmerten sich um die beiden und versuchten, ihren Mut zu heben.

Hadumod hielt sich weit von Pelwick entfernt und warf ihm immer wieder wütende Blicke zu, die aber keine Beachtung fanden.

Olsmund hingegen bereiteten andere Dinge weitaus größere Sorgen. Er schien es ihm, als wären sie in eine Sackgasse geraten. Er stand an einem Tunnelzugang und stierte gedankenversunken in die Ferne.

»Was beschäftigt dich?« Poluk hatte sich genähert und sah über Olsmund Schulter in den leeren Zugang hinein.

»Das ist Wahnsinn«, antwortete dieser knapp.

»Für mich ist das ein Tunnel!« Poluks Versuch, die Laune zu heben, misslang.

»Ja«, antwortete Olsmund, ohne sich umzudrehen. »Und er führt in die falsche Richtung!«

»Wie meinst du das?«

»Wenn wir hier weitergehen, kommen wir zum Haupttunnel.«

»Und?«

Poluks Unwissenheit, ob gespielt oder nicht, machte Olsmund rasend. Aufgebracht wirbelte er herum, packte Poluk am Kragen seines Hemdes und fixierte ihn mit durchbohrendem Blick. »Bist du so einfältig, Käfermann, oder tust du nur so?«

»Du tust mir weh«, stammelte Poluk erschrocken.

Olsmund ließ ihn los und der alte Käferhirte massierte sich den geschundenen Hals.

»Was ist hier los?« Peya war der kurze Wutausbruch des Erkunders nicht entgangen. Rasch war sie bei den beiden Streitenden.

»Schon gut«, knurrte Olsmund und wandte sich ab.

»Es bringt uns nicht weiter, wenn wir uns gegenseitig den Schädel einschlagen«, sagte die Gnomin. »Dafür werden schon die Zwerge sorgen, wenn wir uns nicht zusammenreißen.«

»Ja, sehr richtig!« Der Erkunder sah der Gnomin in die Augen. »Wenn wir den Haupttunnel überqueren, kommen wir doch genau zum Zugang der Zwergenmine. Wir laufen dem Tod geradewegs in die Arme!«

»Es gibt aber im Augenblick keinen anderen Weg, der uns zum verbotenen Tunnel führen könnte. Wir können nicht einfach umdrehen und von der anderen Seite kommen. Der Weg ist viel zu weit und die Gefahr ist dort wesentlich größer, einem Zwerg zu begegnen«, rechtfertigte sich Peya.

»Du hast Recht, Olsmund.« Pelwick hatte sich leise genähert und die Unterhaltung belauscht. Verwunderte Blicke trafen ihn, als er neben den Streitenden auftauchte. »Sicherlich ist dieser Weg gefährlich, aber sich jetzt innerhalb Chupa Waias aufzuhalten, ist ohnehin ein selbstmörderisches Unterfangen. Wir müssen alles daran setzen, unsere Heimat zu verlassen, wenn wir den Zwergen nicht in die Hände fallen wollen. Der Weg zurück ist zu lang, uns bleibt nur diese Möglichkeit. Wir können den verbotenen Tunnel erreichen, denn die Zwerge werden uns nicht so dicht vor ihrer Mine erwarten.«

»Warum gehen wir nicht gleich durch die Mine?«, fragte Olsmund spöttisch.

»Dicht vorbei ist nicht mitten durch«, antwortete Pelwick. »In der Mine wimmelt es von Zwergen. Dort unentdeckt durchzukommen, ist unmöglich. Wir nehmen den Weg durch den Tunnel.«

Olsmund musterte den jungen Gnom. Er hatte Mut, keine Frage, und das obwohl er weniger als halb so alt war wie er selbst. Aber konnte man seinem Urteil vertrauen? Wäre er in der Lage, den Gnomen ein Führer zu sein und sie heil aus den Fängen der Zwerge zu retten?

»Bist du dir sicher?«, fragte Olsmund. »Bist du dir sicher, uns heil zu dem verbotenen Tunnel zu führen?«

Die Frage überraschte Pelwick. Nach einer Antwort suchend blickte er zu seiner Freundin, doch auch sie sah ihn gebannt an und wartete auf eine Entscheidung seinerseits.

Pelwick war mit der Antwort überfordert. Er hatte die Gnome aus der Wurmhöhle und somit aus der Gefangenschaft befreit. Sie vertrauten ihm, waren ihm für die Flucht dankbar und hofften, dass er sie ein weiteres Mal retten würde.

Aber konnte er es?

Er hatte keine Ahnung, was sich jenseits des verbotenen Tunnels verbarg. Er wusste nicht, was die Gnome Unheilvolles hinter den vielen Steinen verschlossen hatten und wovor sich die Älteren unter ihnen derart fürchteten.

Pelwick wusste auch nicht, wohin sie der Weg schlussendlich führen und ob sie die Reise überhaupt überleben würden.

Vor wenigen Augenblicken hätte er noch aufgegeben. Aber jetzt würde er es versuchen. Er würde alles geben, damit seine Mutter und die Gnome nicht erneut in die Hände der bestialischen Zwerge gerieten.

Olsmund sah Pelwick erwartungsvoll an und dieser antwortete: »Ja, ich bin mir sicher!«

***

Die Zwerge drangen unaufhaltsam in Mûn Dhanbar ein. Die Eingangshalle der Mine wurde, einer Flutwelle gleich, von den Kriegern der Eisenbrecher überrannt. Die Bogenschützen der Tiefenfelszwerge hatten dem wütenden Ansturm nichts entgegenzusetzen. Sie verließen ihre Stellungen und rannten die Treppen in die Halle hinab, um ihren Feinden im Nahkampf zu begegnen, doch es fehlte die Ordnung. Durch Ogmons Tod waren sie jeglicher taktischen Möglichkeiten beraubt, den Feinden zu begegnen. Anstatt an den Balkonen der Eingangshalle das Feuer zu eröffnen, ließen sie ihre Armbrüste liegen, rissen Axt und Hammer hervor und folgten ihrem kriegerischen Instinkt, so dicht wie möglich am Blute zu stehen. Wild schwangen sie ihre Waffen und brandeten um sich schlagend in die Flanken der hereinstürmenden Zwerge.

Blanke Schneiden aus Metall blitzten im Schein der Fackeln auf, trafen ihre Ziele und verschleierten den Glanz mit dem dunklen Blut ihrer Opfer. Mehr Zwerge bahnten sich durch das zerstörte Portal einen Weg in die große Halle, die immer wieder durch die Einschläge vom Katapultbeschuss erzitterte. Schilde zerbarsten unter der zerstörerischen Wucht der Hammerschläge und wo Axt und Hammer keine Wirkung zeigten, halfen herabstürzende Steinbrocken nach. Die erste Welle der Angreifer konnte noch von den Tiefenfelszwergen abgewehrt werden, aber immer mehr Feinde erstürmten das Schlachtfeld.

Kriegshörner erschallten, die Zwerge Grimmbarts zogen sich langsam zurück. Sie mussten die Eingangshalle aufgeben und jenseits des zweiten Bollwerks, bestehend aus vielen schmalen Durchgängen, die kaum breiter als zwei Zwerge waren, Stellung beziehen. An diesem Bollwerk schafften sie es, den Vormarsch der Eisenbrecher aufzuhalten und sie sogar einige Fuß zurückzudrängen. Jeder feindliche Zwerg, der versuchte, die Durchgänge zu durchqueren, wurde von Armbrustschützen zu Fall gebracht. An den Wänden zwischen den Durchlässen standen die Nahkämpfer und schlugen aus guter Deckung heraus auf die Eindringlinge ein.

Schon bald versperrten gerichtete Leiber den Zugang und die Eisenbrecher hatten große Schwierigkeiten, einen Weg an den Mauern vorbei zu finden.

Das Bollwerk hielt.

Kaum ein gegnerischer Zwerg wagte sich vor und die Angriffe verebbten allmählich. Die Tiefenfelszwerge hatten die Eisenbrecher zurückgeschlagen. Lautes Siegesgeschrei brandete auf und die Überlebenden feierten ihren Sieg und widmeten ihn denen, welche ehrenvoll in den Tod gegangen waren.

Dann kam die Stille.

Vereinzelt hörte man die Verwundeten, die, teilweise übel zugerichtet, zwischen Zwergen lagen, die weniger Glück gehabt hatten. Das eben noch so überlegen klingende Kriegsgeschrei der Eisenbrecher war verklungen.

Erst langsam lösten sich die Tiefenfelszwerge aus ihrem Freudentaumel und schickten sich an, durch die Durchgänge zu blicken, um sich an den fliehenden Feinden zu ergötzen.

Aber was sich stattdessen ihren Augen bot, ließ sie alle Gedanken an einen Sieg vergessen.

***

Grimmbart war außer sich. Er hatte diesen Gnom fast gehabt, hätte nur die Hand ausstrecken müssen, um ihn zu packen. Aber diese verfluchten Tunnel waren der reinste Irrgarten. Lange Zeit war er umher gelaufen, hatte jedes Mal versucht, einen vermeintlich günstigen Weg zu nehmen, und doch war er diesem Wicht nicht wieder begegnet. Nicht einmal hören konnte er die verdammten Gnome.

Schließlich gelangte Grimmbart in einen breiteren Gang, folgte diesem und stand erneut in der großen Halle, in welcher die Gnome einst gelebt hatten.

Grimmbart stapfte wütend, den Schild auf dem Rücken, über den rauen Felsboden, trat Schalen und Grabkrallen beiseite, welche die Gnome hatten zurücklassen müssen. Seinen großen Hammer setzte er ein, um auch die letzten Bauten der Gnome zu zertrümmern. Jeder Schlag wurde von einem wütenden Schrei begleitet.

Irgendwann hielt er inne. Er riss sich den Helm vom Kopf und warf ihn achtlos weg. Die schweißnassen Haare klebten an seinem vor Zorn verzerrten Gesicht. Den Hammerkopf auf dem Boden ruhend, stützte er seine Hände auf dem Knauf und starrte mit irrem Blick auf einen entfernten Punkt innerhalb der Oni Thal. Kaum sichtbar hob sich bei jedem Atemzug sein Brustkorb jenseits der schweren Rüstung.

Bok kam der Vergleich zu einem Denkmal, als er seinen Vetter so inmitten der Oni Thal stehen sah. Zögernd näherte er sich ihm von hinten. Grimmbart war in einer derartigen Verfassung unberechenbar. Er unterschied in solchen Augenblicken nicht mehr zwischen Freund und Feind, dessen war sich Bok bewusst.

Ihn trennten nur noch wenige Schritte von seinem Vetter und er überlegte, ob es überhaupt klug wäre, ihn anzusprechen.

»Was gibt es, Bok?« Grimmbart hatte die Anwesenheit des Vetters gespürt, zeigte jedoch keine weitere Regung.

»Es tut mir leid«, begann Bok, »aber ich fürchte, es hat wenig Sinn weiter zu suchen. Wir sollten ...«

»Habe ich dich nach deiner Meinung gefragt?«, unterbrach ihn Grimmbart.

»Nein, nein. Aber die Gnome laufen uns doch nicht weg. Wir sollten nach oben gehen und unsere Krieger in der Schlacht begleiten.«

Grimmbart antwortete nicht und Bok beließ es dabei. Er hatte seinen Vorschlag angebracht und mehr stand ihm nicht zu. Er musste die Entscheidung seines Clanfürsten hinnehmen, ob sie ihm gefiel oder nicht, obwohl er fürchtete, das krankhafte Verlangen Grimmbarts, die Gnome auszurotten, konnte zu einer Gefahr für die gesamten Tiefenfelszwerge werden. Es hätte überhaupt nicht so weit kommen dürfen. Das Töten und Gefangennehmen der Gnome erschien ihm in seinen Augen nicht nur sinnlos, es war für das Volk der Zwerge auch über alle Maßen unehrenhaft. Aber er konnte es nicht mehr ändern.

Lautes Gegröle kam aus der Richtung eines Seitentunnels und zog Boks Aufmerksamkeit an. Der einäugige Zwerg sah, wie Hurik und Wolgar, der etwas über seiner Schulter trug, die Oni Thal betraten.

»Die verdammten Tunnel«, sagte Hurik. »Zum Glück haben die Gnome ein paar breitere Gänge gebaut, die wenigstens in diese Halle führen.«

»Gut, dass du hier bist, Grimmbart«, meinte Wolgar fröhlich. »Schau, was wir gefunden haben!«

Wolgar warf das Bündel von seiner Schulter auf den Boden, direkt vor Grimmbarts Füße. Es war Zulias, der beim Aufprall schmerzvoll aufstöhnte.

Sofort entspannte sich Grimmbarts Haltung. Er ging in die Knie und betrachtete den gefangenen Gnom aus nächster Nähe. Er schien größtenteils unversehrt, hatte einige kleinere Blessuren, die von Schlägen herrühren mochten.

»Gut«, sagte der Clanfürst. »Wirklich gut. Habt ihr noch mehr von ihnen erwischt?«

»Nein«, log Wolgar. »Dieser ist der Einzige. Die anderen konnten durch einen engen Gang entkommen.«

»Was machen wir mit ihm?«, fragte Bok.

Grimmbart richtete sich auf und zog die Stirn in Falten. Er hätte dem Gnom mit einem einzigen Schlag den Schädel einschlagen können, aber ihm kam etwas anderes in den Sinn. Dieser Gnom konnte sich als noch viel mehr entpuppen als ein einfaches Opfer seines Zorns.

»Bringt ihn zu der Wasserquelle«, befahl er Hurik und Wolgar.

Die Zwerge gehorchten. Sie packten den geschundenen Körper Zulias' an den Armen und schleiften ihn zum Heiligen Quell.

Grimmbart ging voraus und in einigem Abstand folgte Bok. Es gefiel ihm ganz und gar nicht, dass Hurik und Wolgar aufgetaucht waren und zudem noch einen Gefangenen mit sich führten. Er hatte gehofft, Grimmbart davon überzeugen zu können, sich um den Krieg zu kümmern, doch jetzt war das alles zunichte gemacht.

Grimmbart lehnte den Hammer gegen den Stalagnat des Heiligen Quells und füllte seine Handflächen mit dem kühlen Nass, welches er dem Gnom ins Gesicht spritzte.

Stöhnend kam Zulias zu sich und erschrak, als er die Zwerge sah.

»Schön dich zu sehen, Gnom«, begrüßte ihn Grimmbart.

Zulias schwieg. Er hatte schon mit dem Leben abgeschlossen gehabt, als Hurik ihn erwischt hatte. In diesem Augenblick vor dem Clanfürsten zu liegen, konnte mit Sicherheit nichts Besseres als den Tod bedeuten.

»Wo sind die anderen Gnome«, fragte Grimmbart. »Wo verstecken sie sich? Wo wollen sie hin?«

Zulias vermied es, dem Zwerg in die Augen zu sehen. Darauf lief es also hinaus. Die anderen waren entkommen und er sollte sie nun verraten. Doch welches Schicksal hatte er zu erwarten? Zulias' Meinung nach hatte er lediglich die Wahl zwischen einem schnellen und einem langsamen Tod.

Der Faustschlag Grimmbarts, der ihn an der rechten Wange traf, riss seinen Kopf zur Seite und trieb ihm die Tränen in die Augen. Das schmerzhafte Stöhnen, welches seinen Mund entwich, störte ihn bereits. Er wollte sich den Zwergen gegenüber keine Blöße geben.

Zulias spürte die starken Griffe von Wolgar und Hurik an seinen Handgelenken. Sie würden ihm keine Möglichkeit geben, aus dieser Lage zu entrinnen. Lediglich der einäugige Zwerg stand unbeteiligt ein wenig abseits.

»Bist du stumm?« Grimmbart ärgerte die Sturheit des Gnoms. Niemand sollte es wagen ihm, Grimmbart, Golraks Sohn, die Stirn zu bieten. Vor allem nicht, wenn es so ein unwürdiges Wesen wie ein Gnom war. Der Clanführer wartete noch einen Augenblick, ob der Gefangene sich noch zu einer Aussage hinreißen ließ, doch dieser sagte nichts. Mit zusammengepressten Lippen starrte er halb kniend, halb hängend seinen Peiniger an.

»Wie du meinst«, sagte Grimmbart lächelnd. »Du bist wohl ein ganz harter Wicht. Aber ich werde schon irgendeinen Ton aus dir herausbekommen.«

Der Clanführer tätschelte Zulias' Wange und wandte sich Hurik und Wolgar zu.

»Legt seine Hand auf den Stein dort.« Grimmbart wies auf einen größeren Brocken, der aus der Grabenwandung des Heiligen Quells gebrochen war.

Die beiden Zwerge gehorchten. Sie hoben den Gnom mit einer beinahe spöttischen Leichtigkeit hoch und trugen ihn zu dem besagten Stein.

Zulias kam ein schrecklicher Gedanke. Obwohl er keine Möglichkeit hatte, sich dem Griff der Zwerge zu entziehen, begann der Gnom, wie wild zu strampeln. Er bog sich unter den starken Händen der Zwerge, die sich wie Eisenfesseln um seine Gelenke schlossen, und versuchte alles, damit sich der Griff lockerte. Aber er tat es nicht.

Zulias sackte in sich zusammen, Tränen rannen über seine Wangen, er keuchte verzweifelt, bäumte sich noch einmal auf, doch es gab kein Entrinnen.

Wolgar packte den Gnom schließlich am Körper, quetschte seinen rechten Arm fest an den Leib und Hurik riss Zulias‘ linke Hand vor und spannte seinen Arm über den Steinbrocken.

Grimmbart trat dicht an den Gnom heran. In seinen Augen blitzte ein grausiges Leuchten und in der Hand wog er den Hammer voller Vorfreude.

»Also nochmal«, sagte der Zwerg kühl. »Wo stecken die Gnome?«

Zulias wandte den Kopf ab. Er konnte es diesem Tyrannen nicht sagen. Sein Leben war ohnehin verwirkt, sie würden ihn töten. So oder so. Das Einzige, wozu er jetzt noch fähig war, war das Leben der anderen zu schützen.

Wolgar legte seine große Pranke um das Kinn des Gnoms und drehte dessen Gesicht in Grimmbarts Richtung. Der Clanführer sah die Tränen und die Verzweiflung im Antlitz seines Opfers. Und es gefiel ihm.

»Na schön, du hast es nicht anders gewollt«, grollte der Zwerg und hob den mächtigen Hammer.

»Grim!« Bok war dicht an seinen Vetter herangetreten. »Vielleicht weiß er es überhaupt nicht. Wir könnten ihn als Geisel nehmen.«

»Verdirb mir nicht den ganzen Spaß«, antwortete der Clanfürst.

Bok überlegte, wie er seinen Vetter davon abhalten konnte, seine Zeit weiterhin ihr unten zu vergeuden und sich stattdessen um die Schlacht zu kümmern, doch ihm fiel nichts Geeignetes ein. Ratlos drehte er den Kopf zur Seite.

Grimmbarts Waffenarm rauschte hinab.

***

»Los, vorwärts!« Pelwick scheuchte die Gnome über den Haupttunnel in einen gegenüberliegenden Gang. Das Glück war ihnen hold, da sich kein Zwerg in der Nähe aufzuhalten schien.

Olsmund lief als Erster, gefolgt von den Frauen und ihren Kindern. Fada hatte sich inzwischen einigermaßen gefangen und die Unterstützung Nusas half ihr dabei, die Flucht fortzusetzen.

Peya überquerte als Letzte den breiten Quertunnel, als ein markerschütternder Schrei durch die Dunkelheit gellte. Die junge Gnomin erschrak und auch Pelwick zuckte zusammen. Er sah den Haupttunnel hinunter in Richtung der Oni Thal und setzte sich in Bewegung.

Peya lief ihm nach und zupfte an seinem zerschlissenen Hemd. »Lass es«, forderte sie. »Was immer es war, wir können nicht helfen!«

»Ich will nur kurz gucken, was es war«, entgegnete Pelwick und ging schneller.

Seine Freundin folgte ihm. Sie sah es als ihre Pflicht an, bei ihm zu bleiben und ihm zu helfen, wenn es soweit war. Vor allem, um ihn vor Dummheiten zu schützen.

Sie erreichten die Biegung und konnten in gerader Linie in die Oni Thal hineinsehen. Die Gestalten in der Nähe des Heiligen Quells fielen ihnen sofort auf. Vier von ihnen waren Zwerge, aber ein fünfter, kleinerer, krümmte sich auf dem Boden vor ihnen. Er hielt sich den linken Arm, der selbst aus der Entfernung grotesk verformt aussah.

Pelwick hielt den Atem an. Die Zwerge waren zu weit entfernt, als dass er erkennen konnte, wer genau sie waren, aber sie hatten einen Gnom gefangen und schienen ihn grausam zu quälen.

In einem kurzen Anfall von Wut wollte Pelwick vorstürmen, den Gnom retten und die Zwerge für ihre Abscheulichkeiten bestrafen, doch Peya hielt ihn zurück.

»Es hat keinen Zweck«, sagte sie. »Du kannst ihn nicht retten. Sie werden auch dich töten. Komm, lass uns zurück und den verbotenen Tunnel aufsuchen.«

Pelwick focht einen inneren Kampf aus. Es quälte ihn, tatenlos zuzusehen, doch noch schlimmer war der Umstand, dass Peya Recht hatte. Die Zwerge würden ihn in der Luft zerreißen und müssten sich wahrscheinlich nicht einmal sonderlich dafür anstrengen.

»Na schön, gehen wir«, gab er sich geschlagen.

Er folgte Peya wieder in den Haupttunnel zurück. Bevor er in den Seitengang stieg, sah er noch einmal in die Oni Thal. »Leb wohl, armer Kerl«, flüsterte Pelwick hilflos.

***

Zulias wand sich vor Schmerzen. Es war ein Gefühl, als würden hunderttausende Flammenteufel seinen Arm verbrennen, dabei giftige Lanzen tragen und immer wieder auf ihn einstechen. Sein Arm sah aus, als würde er nicht mehr zu ihm gehören, aber der Schmerz in ihm war allgegenwärtig.

Zulias befand sich am Rande der Ohnmacht. Er kniete vor den Zwergen, wimmerte und versuchte, den Arm in eine Haltung zu bringen, welche den Schmerz erträglicher machte.

Und die Zwerge lachten.

Es war ein niederträchtiges, triumphierendes Gelächter, welches auf Zulias herabstürzte und ihm zeigte, dass dies noch lange nicht das Ende war.

»Und nun, Gnom? Erinnerst du dich jetzt, wo die anderen hin sind?« Grimmbart genoss die Pein seines Gefangenen. Es schien, als bräuchte er sie, um sich stark und mächtig zu fühlen.

Zulias starrte ihn aus glasigen Augen an. Er konnte dem Zwerg nicht antworten, auch nicht, wenn er es gewollt hätte. Der Schmerz war zu seinem einzigen Empfinden geworden, in welchem alles andere verblasste. Zulias hörte nicht einmal die Worte, die Grimmbart zu ihm sagte.

»Ich glaube, da hinten laufen welche«, sagte Hurik plötzlich. Er deutete mit dem Arm in Richtung des Haupttunnels.

Grimmbart blickte ihn die Richtung, konnte aber nichts sehen.

»Komm, Bok!« Das Wort Huriks genügte dem Clanführer. Er lief los und sein Vetter folgte ihm widerwillig.

»Was ist mit dem da?«, rief ihm Hurik nach.

»Lasst ihn verrecken«, antwortete Grimmbart, ohne sich umzudrehen.

Hurik und Wolgar liefen ihrem Clanfürsten nach und ließen den zitternden Körper des verletzten Gnoms zurück.

***

Die Fliehenden waren ein gutes Stück weit gekommen, bevor Pelwick und Peya sie eingeholt hatten. Sie umliefen bewusst den Bereich weiträumig, welcher zur Zwergenmine führte. Sie gelangten unentdeckt in einen größeren Raum, der einst eine Kana Thal gewesen war und jetzt nur noch einen einzigen Zugang besaß. Der andere Tunnel war von großen Felsbrocken versperrt worden.

»Der verbotene Tunnel«, flüsterte Pelwick ehrfurchtsvoll. Er konnte nicht vermeiden, dass ihm ein kalter Schauer über den Rücken lief.

»Wie kommen wir da durch?«, fragte Poluk.

»Wenn wir Gnome die Steine da hingeschafft haben, werden wir sie auch wieder wegbekommen«, sagte Olsmund. »Ich schlage vor, wir klettern so weit wie möglich nach oben und versuchen dort, einen kleinen Durchgang zu schaffen, damit wir grade so hindurchpassen.«

»Ja, das ist eine gute Idee«, pflichtete ihm Pelwick bei. »Wir müssen nur hoffen, nicht entdeckt zu werden.«

»Dann fangen wir doch am besten gleich an!« Peya hatte den Satz noch nicht einmal beendet und begann schon, die großen, kantigen Felsbrocken hinaufzuklettern.

Olsmund und Pelwick folgten ihr und auch Efren, Solti, Poluk und Hadumod beteiligten sich bei der bevorstehenden Aufgabe. Die Frauen blieben unten bei ihren Kindern und türmten die Steine vor dem Zugang als Schutz wieder auf.

Zunächst begannen die Gnome kleinere Steine abzuräumen, doch nach und nach wurden die Brocken größer und es wurde immer schwieriger, sie abzutragen.

»Kommt mal hier rüber«, rief Olsmund. »Wenn wir diesen Großen wegbewegen, sollten wir ein gutes Stück vorankommen.«

Efren und Solti eilten ihm zu Hilfe. Gemeinsam schafften sie es erst mit dem dritten Versuch, den großen Stein ein wenig zu bewegen. Schließlich stürzte der Brocken den aufgeschichteten Steinberg hinunter und riss einige kleinere Felsen mit. Die drei Gnome sahen in das Loch, welches sie geschaffen hatten.

»Das sieht gut aus«, frohlockte Olsmund. Er kletterte in die entstandene Öffnung und sah sich um. »Hier sind noch zwei, drei größere, danach sollten wir durchkommen.«

Efren rief die anderen Helfer zu sich. Gemeinsam unterstützten sie Olsmund bei dem Versuch, den Durchgang freizulegen.

Nusa und Fada beteiligten sich nicht an der Arbeit und hockten neben dem Eingangstunnel. Sie passten auf, dass sich kein Zwerg näherte.

»Wenn Zulias gleich kommt«, sagte Fada, »wird er eine große Hilfe sein. Er war früher ein ausgezeichneter Gräber.«

Nusa streichelte über Fadas weiße Haare.

»Er wird nicht kommen«, flüsterte sie voller Mitgefühl.

»Sag sowas nicht! Zulias hat uns noch nie im Stich gelassen.«

»Das glaube ich dir. Aber Zulias ist tot. Er wird nicht kommen.«

»Er ist nicht tot«, empörte sich Fada. »Ich spüre es genau. Er wird uns finden und uns helfen.«

Nusa kämpfte mit den Tränen. Es schmerzte sie, Fada so zu sehen. Wie sie sich an eine verlorene Hoffnung klammerte und auf etwas wartete, was niemals kommen würde. Auch wenn sie Recht hatte und Zulias noch nicht tot war, so gab es keine Möglichkeit für ihn, den Zwergen lebend zu entkommen. Dessen war sie sich sicher und sie konnte Fada nicht in dem Glauben lassen, dass ihr Mann zurückkommen würde.

Aber eine verlorene Hoffnung würde sie umbringen.

Sie hatte es selbst durchgemacht und wusste, wie schwer es war, den Tod eines Geliebten anzunehmen. Tagelang hatte sie gehofft, war sogar überzeugt davon gewesen, man würde ihren verschütteten Mann lebend bergen. Aber sie hatten ihn nicht einmal tot bergen können. Und so hatte sie sich an den Gedanken geklammert, ihr Mann hätte den Einsturz des Tunnels damals überlebt und befand sich in irgendeiner Höhle, aus der er nicht zu ihr gelangen konnte. Immer wieder hatte sie die Ältesten dazu gedrängt, die Suche nicht einzustellen. Sie hatte andere Erkunder und Gräber angefleht weiterzusuchen, doch nichts von alledem hatte den gewünschten Erfolg gebracht.

Ihr Mann war verschwunden geblieben.

Irgendwann, als Peya älter geworden war und ihre Mutter mehr und mehr gebraucht hatte, hatte Nusa erkannt, dass es keine Rückkehr mehr geben würde. Sie hatte aufgrund der sinnlosen Suche ihre Tochter vernachlässigt und sie so beinahe verloren. Erst im letzten Moment konnte sie loslassen und die Beziehung zu Peya retten. Und Peya war es auch, die ihr den Sinn gab, das Leben gab.

Fada musste jetzt an Pelwick denken. Auch wenn er schon beinahe erwachsen und selbstständig war, so brauchte er seine Mutter.

»Er kommt nicht zurück«, flüsterte Nusa. Sie nahm Fada in den Arm und drückte sie fest an sich. Sie würde ihr helfen, den Weg durchzustehen.

»Wir sind durch!« Peyas Stimme schreckte Nusa auf. Im selben Moment verspürte sie Erleichterung und Angst zugleich.

***

Grimmbart und Bok standen vor dem Vorratsraum, der in die Mine führte, und überlegten, welchen Weg die Gnome genommen hatten.

»Es wäre bezeichnend für die Gnome, wenn sie durch unsere Mine fliehen«, bemerkte Bok. »Dort würden wir sie niemals suchen!«

»Du willst mich schon die ganze Zeit zurück in die Mine führen, Bok. So töricht sind selbst die Gnome nicht. Wir gehen zurück!« Grimmbart machte auf dem Absatz kehrt und wäre beinahe mit Hurik und Wolgar zusammen gestoßen.

»Was ist mit dem Gnom«, fragte der Clanführer unbeherrscht.

»Der ist tot!« Wolgar zeigte grinsend seinen zahnlosen Mund.

»Hat er noch was gesagt?«

»Nein, nichts«, antwortete Hurik dem Clanführer.

»Auch gut. Lasst uns weitersuchen!« Grimmbart schob seinen kräftigen Körper an den beiden Zwergen vorbei, die ihm sofort folgten.

Bok hingegen kam sich, auf Höhe des Vorratsraum stehend, verlassen vor. Er hatte Grimmbart auf diesen Weg zurück in die Mine bringen wollen, doch auch dieser Versuch war fehlgeschlagen. Er erkannte seinen Vetter kaum wieder. Er hatte sich schon über viele Jahre hinweg verändert, aber in den letzten Wochen war es enorm geworden.

Alles hatte begonnen, als Grimmbart den Adepten von Ghur niedergerungen und ihm den Hammer entrissen hatte. Der Adept war ein dunkler Zauberer gewesen, der vor fast zwanzig Jahren im Süden eine Armee aus unheimlichen Wesen befehligt hatte. Er das Land geschändet und alle Kreaturen getötet, die sich ihm in den Weg gestellt hatten, bis er das Graufelsgebirge erreicht hatte. Es hatte ein fürchterlicher Krieg gegen das Reich der Zwerge begonnen, viele Clans und Sippen waren damals untergegangen, bis Grimmbart es geschafft hatte, den

Adepten zu töten. Die Armee aus Untoten war zerfallen und hatte das südliche Land mit Staub bedeckt.

Grimmbart hatte sich die Waffe des Zauberers genommen, den mächtigen Hammer, und nannte ihn seither sein Eigen.

An diesem Tag hatte die Veränderung begonnen. Grimmbart wurde von Jahr zu Jahr zorniger, gieriger und launiger. Werte, die ihm vormals wichtig erschienen waren, gerieten in Vergessenheit. Er wurde kriegstreibend, holte sich alles, wonach es ihm gelüstete, mit roher Gewalt. Ob es an dem Hammer lag, der vielleicht böse Mächte in sich hielt, oder Grimmbart im Alleingang einen mächtigen Feind besiegt hatte, woran andere gescheitert waren, vermochte Bok nicht zu sagen.

Der Höhepunkt dieser Veränderung fand sich jedoch jetzt in der fanatischen Ausrottung eines friedlichen Volkes. Bok begriff die Taten seines Vetters nicht und doch war er ihm zur Treue verpflichtet.

Er atmete tief ein und lief den anderen nach.

Grimmbart hatte indes einige weitere Tunnel durchquert und befand sich in einer Knotenhalle, aus der drei weitere Gänge hinausführten. Hurik und Wolgar waren bei ihm.

»Ich hasse diese Tunnel!« Kraftvoll schlug Grimmbart seinen Hammer gegen eine Hallenwand. Zornig starrte er seine Begleiter an. »Und was wollt ihr hier?«, schrie er sie an. »Geht und findet diese Gnome! Teilt euch auf!«

Hurik und Wolgar sagten nichts. Wie aufgescheuchte Hühner stoben sie auseinander und jeder nahm einen anderen Tunnel.

Grimmbart kletterte in den letzten. Seine Wut stieg ins Unermessliche. Er verspürte Angst und das gefiel ihm überhaupt nicht. Es war keine Angst, die man im Angesicht eines überlegenen Gegners empfand, sondern die Furcht davor, die Gnome könnten ihm entkommen. Diese Möglichkeit brachte ihn an den Rand des Wahnsinns. Alles, was er bislang gefordert hatte, war ihm gegeben worden. Ob bereitwillig oder nicht. Aber dieser Haufen winziger Gnome, nicht mehr als lästige Insekten in seinen Augen, widersetzte sich ihm.

Doch wie können die Gnome entkommen?

Sie kannten die Oberwelt nicht und der einzige Weg heraus ging durch seine Mine. Entweder gab es hier unten ein gutes Versteck oder die Gnome liefen einfach nur im Kreis vor ihm davon. Auf Dauer konnten sie ihm nicht entwischen.

Auf einmal blieb Grimmbart stehen. Ein Geräusch war an seine Ohren gedrungen. Es war der Laut eines Kriegshorns.

Ein Kriegshorn der Tiefenfelszwerge.

Die Gnome sind gefunden!

FREMDE

Jenseits des Steinhügels erstreckte sich ein langer Tunnel, den Erkunder einst gegraben hatten. Er war zwar nicht ganz so eng wie andere Ersttunnel, ermöglichte es den erwachsenen Gnomen trotzdem nicht, darin aufrecht zu gehen. Er schlängelte sich einem ungewissen Ziel entgegen, welchem die Flüchtenden mit einer gewissen Beunruhigung begegneten. Die alten Geschichten über den verbotenen Tunnel waren tief im Gedächtnis der Gnome verankert, obwohl selbst die Ältesten ihrer Gruppe damals noch kleine Kinder gewesen waren.

Jukon, Groling und Rallek waren selbst noch junge Gräber gewesen, als der Tunnel gegraben wurde, doch von ihnen befand sich keiner bei denen, welche dem verbotenen Pfad nun folgten. Jukon und Groling waren tot, Rallek zurückgeblieben. Die Flüchtenden hätten sich in dieser Lage gewünscht, einen von ihnen dabei zu haben, damit sie von ihrer Erfahrung und Weisheit hätten Nutzen ziehen können. Stattdessen folgten sie einem jungen, unerfahrenen Gräber, der sich in den Tunneln Chupa Waias kaum besser auskannte als sie selbst. Aber sie vertrauten ihm dennoch. Ohne ihn wären sie nicht so weit gekommen. Im Gegenteil: Sie würden nach wie vor dem Willen der Zwerge gehorchen, für sie graben, und wären ihren Launen und ihrem Zorn machtlos ausgesetzt. Ihre jetzige Lage barg zwar unbekannte Gefahren und der Ausgang ihrer Flucht war ungewiss, aber es war der Schimmer Hoffnung auf ein besseres Leben, der sie weiter trieb. Auch wenn das Leben nie wieder so werden würde, wie es einmal gewesen war.

Die Gnome näherten sich dem Ende des Tunnels. Sie gingen bewusst langsam, da sie jeden Augenblick einen Bereich betreten würden, in dem sie noch nie zuvor gewesen waren. In ihren Herzen fochten Furcht und Neugierde einen ständigen Kampf aus.

Pelwick kannte dieses Gefühl. Er hatte es schon beim ersten Betreten von Grimmbarts Mine erlebt und obwohl sein Verstand ihm ständig zu verstehen gegeben hatte umzukehren, war der Drang, das Unerkannte zu erforschen, stets siegreich geblieben. Nur in diesem Fall gab es keine andere Wahl. Für die Gnome gab es kein Zurück!

Pelwick stockte der Atem. Er hatte das Ende des Tunnels betreten und sah in eine unbekannte Welt, die da vor ihm lag. Ein kleiner Schubser Olsmunds veranlasste ihn, aus dem Tunnel zu springen, damit die anderen Gnome nachrücken konnten. Sie halfen einander, den hüfthohen Absatz in die fremdartige Höhle hinab zu überwinden.

Und dann teilten sie gemeinsam den Anblick, der sich ihnen bot: Sie standen am Ende einer gewaltigen, unterirdischen Halle, deren Ende in der Ferne nicht auszumachen war. Zu beiden Seiten, und doch mehrere hundert Fuß entfernt, befanden sich gewaltige Wände, die treppenartig in die Höhe führten. An ihnen befanden sich unzählige Leitern und Stege, steinerne Häuser und Balkone waren im Fels erschaffen worden und überall gab es kleinere Höhlen und Tunnel. Pelwick kam sofort der Vergleich zu Grimmbarts Mine, allerdings gab es hier keine Anzeichen von Leben. Kein Licht schien irgendwo, alles war unheimlich still.

Ein schrecklicher Gedanke entstand in seinem Kopf und nahm beängstigende Formen an. *Ist dies vielleicht auch Grimmbarts Mine? Vielleicht ein anderer Zugang?*

Peya schien die Gedanken ihres Freundes zu ahnen. Sie trat zu ihm und nahm seine Hand. »Warst du schon einmal hier?« Peya fragte ihn leise, damit die anderen dem Gespräch nicht lauschen konnten.

»Ich weiß es nicht«, gab Pelwick zu. »Aber Grimmbarts Mine sah irgendwie ähnlich aus. Aber irgendwie mehr wie eine Höhle. Das hier ist mehr wie ein gewaltiger Raum mit glatten Wänden!«

»Du meinst doch nicht etwa ...«

»Nein. Das heißt: Ich hoffe nicht. Aber wir haben keine andere Wahl, als es zu versuchen, oder?«

Pelwick sah Peya unschlüssig an.

Die Gnomin fühlte sich sichtlich unwohl bei dem Gedanken, vielleicht den Zwergen in die Arme gelaufen zu sein. Andererseits wurden sie in Chupa Waia gejagt und wären dort früher oder später erwischt worden. Die Möglichkeiten, die sich ihnen boten, waren demnach erschreckend bescheiden.

»Wir sollten deine Ahnung besser für uns behalten«, sagte sie schließlich. »Jetzt umzukehren, macht wirklich keinen Sinn.«

»Wo lang wollen wir gehen?« Olsmund hatte sich zu den beiden gesellt und betrachtete mit wachsender Begeisterung die fremdartigen Bauten.

Peya und Pelwick sahen sich um. Die Wege waren wahrlich vielzählig. Erst jetzt spürten sie die Wärme innerhalb der Halle. Sie war überall, an ihren Füßen, in ihren Gesichtern. Der Vergleich mit den kleinen Schmiedeöfen der Werkstätten Chupa Waias drängte sich auf.

»Nach oben«, sagte Peya. »Wir sollten hinauf gehen, wenn wir zur Oberwelt wollen.«

Olsmund nickte.

Gemeinsam gingen die drei zu den anderen Gnomen hinüber, erklärten ihnen den Weg, den sie gehen wollten, und marschierten zusammen über den steinigen Boden auf eine naheliegende Leiter zu, die sie eine Felsterrasse höher bringen sollte.

»Wo sind wir hier?«, fragte Poluk neugierig.

»Ich weiß es nicht«, antwortete Olsmund. »Aber es ist fantastisch!«

»Aber hier lebt doch jemand. Jemand muss das noch gebaut haben«, erwähnte Fada von weiter hinten.

»Dann wollen wir mal hoffen, dass niemand zu Hause ist«, sagte Olsmund. Der Erkunder fühlte sich sichtlich wohl. Fremdartige Bauten und Höhlen zu entdecken und dabei herauszufinden, was es damit auf sich hatte, hatte seit jeher zu seinem Leben gehört.

Entschlossen griff er nach dem festen Holz der Leiter und kletterte hinauf. Olsmund hatte keine Probleme, das für ihn fremdartige, Holzkonstrukt zu meistern. Beinahe spielerisch erreichte er die erste Terrasse. Viele der anderen Gnome zögerten zunächst, aber schließlich kletterten auch sie hinauf.

Pelwick und Peya sahen sich ständig um, als rechneten sie damit, jeden Augenblick in einen Hinterhalt zu geraten. Aber nichts Dergleichen geschah. Es schien, als wäre dieser Ort bereits vor vielen Jahren verlassen worden.

Die steinernen Terrassen schienen sich endlos fortzusetzen und das Besteigen wurde immer anstrengender. Jede Terrasse bot das gleiche Bild: Zahlreiche Brücken spannten sich von einer Seite der Höhle zur nächsten, Leitern überbrückten die Höhenunterschiede und überall befanden sich diese Tunnel und sonderbaren Gebäude, die sich wie selbstverständlich in den Fels einfügten.

»Die Kinder können nicht mehr weiter«, rief Brita.

Olsmund drehte sich um und sah die erschöpften Gnome, die ihnen seit Anbeginn der Flucht, ohne sich zu beklagen, gefolgt waren. Obwohl der Erkunder gern weitergegangen wäre, gab er nach.

»Nun gut.« Olsmund suchte nach einem geeigneten Ort, bevor er weitersprach. »Wir rasten dort drüben in dieser gemauerten Höhle.«

Er wies mit dem Finger auf eines der Gebäude, welches ausreichend groß erschien. Die Gnome dankten ihm und freuten sich auf ein wenig Ruhe und Erholung. Gemeinsam schritten sie auf die gewählte Unterkunft zu.

Sie besaß zwei große Öffnungen, durch die man in das Haus hineinsehen konnte. Zwischen ihnen befand sich ein Vorbau, der den Bereich vor der hölzernen Tür überdachte. Kunstvoll geschwungene Säulen trugen diese Überdachung und auch in die Wand des Gebäudes waren für die Gnome unleserliche Zeichen gemeißelt. Diese bestanden vorwiegend aus dünnen, geraden Linien, welche sich in unterschiedlichen Neigungen trafen oder sogar kreuzten.

»Wer hat das alles hier geschaffen?« Olsmund war fasziniert von der Fremdartigkeit, die sich seinen Augen bot.

Einige andere Gnome waren ebenso angetan und starrten das Gebäude an, ohne dem Erkunder eine Antwort geben zu können. Peya ging zur Tür hinüber. Sie war aus festem Holz, glatt gehobelt und schien sogar in der Dunkelheit zu glänzen. Auch in ihr waren Zeichen geritzt, allerdings nur fünf auf einer geraden Linie. Der metallische Kopf einer fremdartigen Kreatur war in der Mitte der Tür befestigt, aus dessen Maul ein Ring ragte.

Peya streckte zögernd die Hand nach dem Ring aus, atmete tief ein und umfasste ihn mit den Fingern. »Ob hier auch wirklich niemand wohnt?« Die Gnomin wagte es nicht, die Tür einfach so zu öffnen.

Pelwick und Olsmund traten zu ihr.

»Durch diese Löcher hier kann man nicht viel erkennen«, sagte der Erkunder. »Aber wenn hier noch jemand wohnen würde, hätte er sich doch sicherlich schon gezeigt.«

»Olsmund hat Recht. Lass uns hinein gehen«, forderte Pelwick.

»Und wenn wir hier draußen rasten?«, fragte Poluk.

»Nein«, sagte Pelwick. »Es ist sicherer, wenn wir uns vor neugierigen Blicken verstecken können. Grimmbart hat sicher noch nicht aufgegeben und wenn er diesen Zugang findet, muss er uns ja nicht gleich sehen. Also, Peya, mach die Tür auf!«

Und Peya gehorchte.

Knarrend öffnete sich die Tür und gab den Zugang zum Gebäude frei. Pelwick schob sich an seiner Freundin vorbei und trat ein. Auch er hatte dieses ungewisse, mulmige Gefühl, versuchte, es sich trotzdem nicht anmerken zu lassen. Wenn man ihn gefragt hätte, wäre er auch lieber an einem ganz anderen Ort gewesen, doch das Schicksal hatte anders entschieden.

So leise wie möglich ging er in den Raum hinter der Tür. Er war großzügig angelegt und von einer Deckenhöhe, bei der sich vier Gnome hätten übereinanderstellen müssen, um sie zu erreichen.

In einer hinteren Ecke sah Pelwick einen gemauerten Bereich, der ihn an die Feuerstellen der Küchen der Oni Thal erinnerten. Metallische Dinge, in der Form den Chitinschalen ähnlich, lagen dort wahllos auf dem Boden herum. Einige wenige von ihnen hingen an den Wänden.

Pelwick schritt das Zimmer ab. Peya und Olsmund folgten ihm, und auch die anderen Gnome betraten das eigenartige Gebäude.

Hölzerne Bänke und Tische lagen umgekippt an einer Wand des einfachen, viereckigen Raums. Es gab keine Nische, keine Winkel, in denen etwas versteckt oder verborgen hätte sein können. Das Gebäude war schlichtweg verlassen.

»Wo sind sie alle hin?«, fragte Sana ehrfürchtig, während sie ihre Tochter Mira fest an sich drückte. »Es scheint, als hätten sie alles stehen und liegen gelassen und wären vor irgendetwas geflohen.«

»Nicht geflohen«, sagte Olsmund. »Gefangen!«

»Wie kommst du darauf?« Peya sah den Erkunder mit großen Augen an. Es passte nicht in ihre Vorstellung, dass jemand zu so etwas

Schrecklichem fähig war, auch wenn sie in letzter Vergangenheit eines anderen belehrt worden war.

»Wenn du einfach davonläufst«, antwortete Olsmund, »würdest du vorher alles umwerfen und achtlos liegenlassen? Nein, kleines Mädchen, hier hat etwas anderes stattgefunden. Hier wurde gekämpft und getötet!«

»Aber wo sind dann die Toten?« Das schreckliche Bild aus der Oni Thal kehrte in Pelwicks Gedächtnis zurück.

Diese ganze sonderbare Halle, die Grimmbarts Mine glich, steckte voller Fragen, deren Antworten womöglich nie gefunden werden würden.

Pelwick schwieg über seinen Vergleich zu Grimmbarts Mine und es wunderte ihn, warum sich hier niemand befand. Eine Mine sollte belebt sein, auch wenn er bei seinem ersten Besuch erst spät einen Zwerg gesehen hatte. Sie hatte allerdings keineswegs so tot gewirkt wie diese Halle hier.

Pelwick drängte die Fragen zurück. Er hatte jetzt andere Aufgaben und wenn es das Schicksal wollte, würde er die Antworten noch finden.

»Ich habe keine Ahnung«, flüsterte Olsmund. »Aber jetzt sucht euch einen Platz zum Ausruhen. Wir müssen bald weiter, aber vorerst bleiben wir hier. Allerdings sollten zwei Wache halten, falls sich etwas tut oder die Zwerge den Zugang finden.«

Olsmunds Vorschlag fand regen Anklang. Die Gnome freuten sich auf ein wenig Ruhe und Erholung. Sie suchten geeignete Stellen auf dem glatten Steinboden, wo sie sich niederließen.

Die Kinder beklagten sich, waren durstig und hungrig, doch niemand hatte etwas bei sich, was ihre Not hätte lindern können. Die Mütter trösteten sie, sangen sie in den Schlaf und versuchten, ihnen den Hunger vergessen zu machen.

Es ist schon traurig, dachte Peya, als sie die Gnome in ihren zerschlissenen und dreckigen Kleidern zusammengepfercht auf dem Boden sitzen und liegen sah. Niemand konnte sagen, wie lange ihre Reise noch andauern oder ob sie jemals endete würde. Sie hatten keinen Ort mehr, zu dem sie zurückkehren konnten, keine Nahrung und keine Aussicht darauf, dass sich daran etwas ändern würde. Und doch hielten sie tapfer zusammen.

Peya und Pelwick hatten sich für die erste Wache entschieden und sollten später von Olsmund und Poluk abgelöst werden. Sie stellten eine Bank unter eine der Fensteröffnungen, nahmen Platz und sahen in die Halle hinunter. Sie erwarteten nicht, jemanden zu sehen, waren aber dennoch auf der Hut.

Allmählich verstummten die Lieder der Mütter und lediglich das sanfte Atmen der schlafenden Gnome erfüllte den Raum. Für eine kurze Dauer waren die Sorgen und Ängste vergessen. Alles erschien mit einem Mal so friedlich.

»Werden wir es schaffen, Pelwick?«, fragte Peya.

»Ich hoffe es. Wo auch immer die Bewohner sind, welche diese Gebäude und Brücken bauten, sie müssen irgendwohin gegangen sein. Es muss einen Ausgang geben, dessen bin ich mir sicher.«

»Ich finde es hier unheimlich. Es wirkt, als hätte etwas Böses diesen Ort geschändet.«

»Du denkst an die Zwerge?«

»Ja, vielleicht.« Peya senkte traurig den Kopf. »Es war so schrecklich. Die Zwerge haben so viele getötet! Einfach nur so. Ich kann das alles noch nicht richtig begreifen, verstehst du?«

Pelwick legte einen Arm um seine Freundin und drückte sie an sich. Mit dem Daumen wischte er ihr die Tränen aus dem Gesicht.

»Nicht weinen«, sagte er. »Es wird alles gut. Das verspreche ich dir.«

»Vielleicht waren die Zwerge auch hier. Was ist, wenn hier auch ein Volk lebte, unserem ähnlich, und von den Zwergen ebenso gejagt und getötet wurde? Könnte das der Grund für diese verlassene Höhle sein? Wenn jetzt jemand Chupa Waia besuchte, würde er nicht den gleichen Eindruck dort gewinnen wie wir hier?«

Peyas Worte machten Pelwick nachdenklich. Es hätte sich tatsächlich so abgespielt haben können, wie sie es erzählt hatte. Sie konnten von einer Todesfalle in die nächste geraten sein. Pelwick erschauderte bei dem Gedanken. Er drehte den Kopf und sah zu seiner Mutter, die ruhig neben Nusa an einer Wand lag und schlief. Es war ein schönes Gefühl, sie so zu sehen: friedlich und ohne Trauer. Pelwick dachte an seinen Vater und daran, dass er ihm nicht hatte helfen können. Doch nun musste er seine Mutter schützen und sie aus dieser Todesfalle herausbringen. Das war er seinem Vater schuldig.

***

Bok, Hurik und Wolgar standen vor einem sorgfältig aufgeschütteten Berg aus großen Steinen, als Grimmbart die Höhle betrat.

»Warum habt ihr gerufen?« Grimmbarts Zorn steigerte sich, nachdem er keinen Gnom entdecken konnte.

»Dieser Steinhaufen«, sagte Hurik.

»Was ist damit?«, fragte der Clanfürst ungeduldig.

»Oben ist er ein wenig freigelegt worden. Man kann einen kleinen Durchgang erkennen«, erklärte Wolgar.

»Wie klein?«, fragte Grimmbart weiter.

»Groß genug, damit ein Gnom hindurch passen könnte.« Hurik grinste.

»Da sind sie durch«, stand für Grimmbart fest. »Macht den Durchgang größer! Jetzt kriegen wir sie!«

***

Das ruhige, gleichmäßige Atmen bewies Pelwick, dass Peya in seinen Armen eingeschlafen war. Die aufreibende Flucht schien ihr sehr zugesetzt zu haben und Pelwick ließ sie schlafen. Sie hatte es verdient. Sein Mund formte ein sanftes Lächeln. Ihre Nähe bedeutete ihm alles, sie gab ihm die Stärke und Ausdauer, der Herausforderung offen zu begegnen. Er hatte ihr noch nicht gesagt, was er für sie empfand, aber jetzt war er sich sicher, dass sie es wusste. Dieser Moment gab ihm Hoffnung, die düstere Zeit, in der sie sich befanden, zu überstehen.

Zufrieden sah er wieder durch die Öffnung hinaus in die gewaltige Halle und erstarrte.

Hat sich da was bewegt?

Angestrengt fixierte Pelwick die Stelle, durch welche sie diese fremdartige Welt betreten hatten. Für einen kurzen Augenblick dachte er an eine Sinnestäuschung, schob es der Müdigkeit zu, die auch ihm zusetzte, doch er irrte sich. Deutlich sah er, wie vier bewaffnete Gestalten aus dem engen Zugangstunnel kletterten und sich suchend umsahen. Pelwick erkannte die Vier und ein eiskalter Schauer lief seinen Rücken hinunter, sein Magen krampfte sich zusammen und von einem Lidschlag zum nächsten wallte eine Hitzewelle durch seinen Körper.

Unfähig, sich zu rühren, ließ er die Angst von sich Besitz ergreifen. Tief im Inneren hatte Pelwick gewusst, dass sie kommen würden und die Jagd noch nicht vorüber war, aber er hatte etwas anderes gehofft.

»Was gibt es da draußen?« Olsmund hatte sich leise genähert.

Es war Zeit für die Wachablösung. Der Erkunder legte eine Hand auf Pelwicks Schulter, sah hinaus und zuckte zurück.

»Verdammt! Die Zwerge! Hast du sie denn nicht gesehen, Junge?« Olsmund lief zurück und begann leise, die schlafenden Gnome zu wecken. Er wies sie dabei an, sich so lautlos wie möglich zu verhalten.

Olsmunds Auftauchen riss Pelwick aus seiner Starre. Er rüttelte Peya wach und deutete ihr mit dem Zeigefinger an leise zu sein. Peya verstand, sah hinaus und entdeckte die Zwerge ebenfalls.

»Wir werden lautlos weitergehen«, sagte Olsmund, als sich die Gnome um ihn versammelt hatten.

»Warum warten wir nicht hier, bis sie wieder weg sind?«, fragte Nusa.

»Sie können uns hier oben wahrscheinlich schwer ausmachen, aber wenn sie uns finden, sitzen wir in der Falle. Wir müssen versuchen, unbemerkt zu entkommen«, erklärte Pelwick.

»Sehr richtig, Junge«, sagte Olsmund.

Gemeinsam mit Pelwick und Peya führte er die Gnome aus dem Gebäude heraus. Einige von ihnen bekamen große Angst, als sie die Zwerge weit unter sich ausschwärmen sahen, rissen sich jedoch zusammen. Dicht an die Wand gedrängt schlichen die Gnome in die Richtung, aus der sie vorhin gekommen waren.

»Wir nehmen den Aufstieg dort drüben«, sagte Pelwick und zeigte auf die Leiter wenige Schritte von ihnen entfernt.

Olsmund nickte zustimmend. Er sah hinunter und bemerkte, wie die Zwerge sich in verschiedene Richtungen aufteilten. Offensichtlich hatten Grimmbart und seine Männer die Gnome noch nicht entdeckt.

Peya kletterte die Leiter als Erste hinauf. Pelwick und Olsmund blieben vorerst unten, bis alle oben waren.

»Gut, Junge«, sagte der Erkunder. »Rauf mit dir!«

Pelwick folgte der Aufforderung. Gleich hinter ihm kletterte Olsmund hinterher. Oben angekommen scheuchten sie die Flüchtenden über die breite Steinterrasse zur Wand hinüber, die sie vor den Blicken der Zwerge vorerst schützte. Dicht an die Wand gepresst atmeten sie erst einmal aus.

Pelwick sah sich um. Es gab keine weitere Aufstiegsmöglichkeit. Ängstliche Augen sahen ihn flehend an und er wollte sie nicht enttäuschen, aber hier oben schienen sie in der Falle zu sitzen.

»Hier drüben!« Peya war bereits ein wenig vorgegangen und deutete auf einen Punkt, der hinter einem Felsvorsprung verborgen lag. Pelwick ging zu ihr hinüber und sah den Gang, der tief in den Fels hineinführte.

»Einverstanden«, sagte der junge Gnom. »Wir haben keine andere Wahl.«

Pelwick gab Olsmund ein Zeichen. Er kam mit den anderen zu ihnen und folgte Peya in den Tunnel. Pelwick wartete, bis alle drin waren, ging noch einmal bis an den Rand der Terrasse vor und suchte nach den Zwergen.

Sie waren nicht mehr zu sehen.

Innerlich aufgewühlt betrat der junge Gnom ebenfalls den Gang. Ihm blieb nur zu hoffen, dass sie die Zwerge endgültig abgehängt hatten.

***

Die Einschläge erschütterten die Mine immer heftiger. Das Mauerwerk des Bollwerks wurde bei jedem Treffer schwer beschädigt. Es war nur eine Frage der Zeit, bis es einstürzen und den Kriegern der Eisenbrecher freien Zugang ermöglichen würde. Die Luft in der Halle jenseits des Bollwerks bestand aus einem einzigen, undurchdringbaren Staubnebel.

Eifrig wurden die drei Steinschleudern, die an übergroße Armbrüste erinnerten, von den Eisenbrechern mit großen Geröllbrocken beladen und schleuderten ihre zerstörerische Kraft der letzten Schutzlinie entgegen.

Viele der Tiefenfelszwerge verließen ihre Posten, rannten selbstmörderisch den Feinden entgegen oder flohen durch die zahlreichen Ausgänge tiefer in die Mine hinein.

Ein weiterer heftiger Einschlag folgte. Große Felsquader stürzten in die Tiefe, das Mauerwerk brach endgültig in sich zusammen. Noch bevor der letzte Stein gefallen war, stürmten die ersten Eisenbrecher über das eingestürzte Bollwerk hinweg und griffen brüllend an. Die verbliebenen Tiefenfelszwerge wurden förmlich überrannt, die letzte Gegenwehr brach.

Grimmbarts Mine war gefallen!

***

Die vier Zwerge tief unter dem Grauberg merkten von alledem nichts. Die Jagd war das Einzige, was Grimmbart interessierte, und er verlangte von seinen drei Begleitern nicht weniger, als ebenso zu denken. Alles andere um ihn herum schien zur Unwichtigkeit verkommen zu sein. Der Hass, der ihn erfüllte, war stärker als jedes andere Gefühl.

Er musste diese Gnome töten!

Mit dem Hammer in der Hand verließ er den engen Tunnel und betrat die gewaltige Halle, die entfernt seiner Mine glich. Hurik und Wolgar folgten ihm dicht auf und etwas später kam auch Bok hervorgekrochen.

»Was ist das hier?« Hurik war von der Entdeckung ebenso überwältigt wie die anderen.

»Eine Mine«, sagte Bok ehrfurchtsvoll. »Eine sehr alte Mine. Seht euch den Aufbau an, diese Häuser! So etwas errichtet heute kein Zwerg mehr. Das muss Mûn Ravar sein! Es ist fantastisch!«

»Mûn Ravar ist ein Märchen«, knurrte Grimmbart. »Eine alte Geschichte für Kinder, die sie zum Graben ermutigen soll!«

»Eine Mine?«, fragte Wolgar ungläubig. »Dann sollten wir vorsichtig sein. Man weiß nicht, wie die hiesigen Tendar uns gesonnen sind.«

»Hier gibt es keine Tendar«, erklärte Grimmbart. »Ansonsten wären die Gnome schon tot. Und das sind sie nicht, ich kann ihre Angst spüren! Sie sind hier irgendwo und verstecken sich wie feiges Getier. Wir teilen uns auf! Hurik geht links hinauf, Wolgar rechts. Bok und ich gehen geradeaus.«

Grimmbart schritt voran, bevor er seine Befehle überhaupt beendet hatte. Hurik und Wolgar liefen rasch in die ihnen angewiesenen Richtungen.

Bok blieb noch einen Moment stehen. Ihm gefiel die ganze Sache nach wie vor nicht. Grimmbart folgte nicht nur seinem eigenen Zorn, er vernachlässigte sogar jegliche Vorsicht und schien dem Verstand vollkommen entsagt zu haben.

Mit einem unwohlen Gefühl folgte der einäugige Zwerg seinem Vetter. Der Zwerg spürte, dass diese Jagd kein gutes Ende nehmen würde.

***

Der Gang war kunstvoll angelegt worden. Die Wände und selbst der Fußboden waren nahezu eben, kaum ein Vorsprung war zu sehen. Vollkommen gerade, ohne Winkel oder Kurven, führte der Tunnel tief in den Fels hinein. Die Gnome konnten aufrecht darin gehen und hatten über dem Kopf noch ausreichend Platz.

Als Peya das Ende des Gangs erreicht hatte, blieb sie unvermittelt stehen. Ein hölzernes, unsicher wirkendes Gebilde fügte sich an den Tunnelausgang und führte über eine breite Schlucht. Es gab keine andere Möglichkeit, als dieses Gebilde zu betreten. Nirgends war ein Vorsprung oder ein Absatz erkennbar, den man stattdessen hätte nutzen können. Das hölzerne Gebilde spannte sich zu einem schmalen Felsen hinüber, von welchem zwei weitere Gebilde weiterführten. In der Ferne konnte Peya die Wände einer großen Höhle sehen. Sie senkte den Blick und sah hinunter in die Tiefe, wo sie keinen richtigen Boden erkennen konnte. Das Einzige, was sie dort sah, war eine unerklärliche Masse, die sich ständig bewegte.

»Was ist los?«, fragte Olsmund.

»Da ist so etwas wie ein Weg in der Luft. Er scheint mir nicht sicher«, antwortete Peya.

»Was machen wir jetzt?« Olsmund war verwirrt. »Zurück können wir nicht.«

»Wartet!« Pelwick hatte das Gespräch mitangehört und drängelte sich an den Gnomen vorbei, bis er vorn bei Peya stand.

»Ich kenne das«, sagte er schließlich. »Ich habe so etwas in Grimmbarts Mine benutzt. Sie nennen es Brücken. Es ist nahezu ungefährlich, wir dürfen nur nicht nach unten sehen. Folgt mir einfach und haltet euch an den Seilen gut fest.«

Pelwick ging vor. Er setzte einen Fuß nach dem anderen auf die schmalen Holzbretter der Brücke. Peya beobachtete ihn zweifelnd. Erst als ihr Freund ein gutes Stück vorausgegangen war und offensichtlich nichts geschah, ging sie hinterher. Die Bretter trugen ihr Gewicht tatsächlich, obwohl sie nicht damit gerechnet hatte. Sie wandte sich den restlichen Gnomen zu, die noch im Tunnel standen und gab ihnen das Zeichen, ihr zu folgen. Vorsichtig taten sie es.

Pelwick hatte bereits den Felsen erreicht. Er war nicht besonders breit, konnte höchstens zehn Gnomen gleichzeitig Platz bieten.

Pelwick schaute die beiden Brücken entlang. Eine, etwas kürzere, führte zu einem kurzen Tunnel. Dieser verlief durch einen ähnlichen Felsen wie der, auf welchem er stand. Die andere Brücke verlor sich irgendwo in einer nebligen Dunkelheit. Noch ehe Peya bei ihm war, hatte er sich für die kurze Brücke entschieden und ging weiter.

Plötzlich schrie Solti auf. Pelwick wirbelte herum, auch Peya und Olsmund blickten augenblicklich zu dem Schreienden. Dieser packte sich an die Brust, taumelte zur Seite und riss Sana mit sich, die sich im letzten Augenblick an den Halteseilen festklammern konnte. Die Brücke wankte gefährlich. Panisch schrien die Gnome auf.

Olsmund versuchte hin zu laufen, um Hilfe zu leisten, doch die Brücke war zu schmal und er kam nicht schnell voran. Sana rutschte weg, ihre Beine baumelten in der Luft und sie drohte abzustürzen. Peya war zuerst bei ihr, ging auf die Knie und packte ihre linke Hand. Mit aller Kraft versuchte sie, die Gnomin hochzuziehen, doch sie war zu schwer.

Mira, Sanas Tochter, schrie!

Pelwick kam Peya zur Hilfe. Gemeinsam schafften sie es, Sana zu retten. Mira stürmte auf ihre Mutter zu, warf sich in ihre Arme und tränkte ihre Kleider mit Freudentränen.

Dicht neben Olsmunds Gesicht wischte etwas vorbei. Erschrocken wich er zurück und blickte in die Richtung, aus der das Ding gekommen zu sein schien. Wieder flog etwas auf ihn zu und verfehlte ihn nur um Haaresbreite.

»Weg«, schrie Olsmund. »Wir müssen hier weg!«

Peya half Sana hoch und lief mit ihr und Mira zum rettenden Tunnel hinüber. Pelwick aber sah Solti reglos auf den Brettern liegen. Er versuchte, sich an den panisch schreienden und fliehenden Gnomen vorbei zu drängen, was bei der schwankenden Brücke schwierig war.

Als er Solti erreicht hatte, packte er ihn an den Schultern und drehte ihn auf den Rücken. Entsetzt prallte Pelwick zurück.

Solti war tot!

In seiner Brust steckte ein länglicher, hölzerner Stock. Eine tückische Waffe, die Pelwick noch nie zuvor gesehen hatte. Durch die Berührung rutschte Soltis Körper zur Seite, glitt zwischen den Halteseilen hindurch und stürzte in die Tiefe.

»Lauft!« Olsmund scheuchte die Gnome unermüdlich voran.

Wieder flogen die Geschosse auf die Gnome zu. Pelwick hatte sich von dem Schock erholt, rappelte sich auf und hetzte den Gnomen hinterher.

»Wir müssen in den kleinen Tunnel dort«, schrie Olsmund. Er hatte alle Hände voll zu tun, die schreienden Gnome von der Brücke zu scheuchen.

Peya, Mira und Solti hatten den rettenden Tunnel bereits erreicht und liefen tief hinein.

Olsmund blieb stehen. Er drehte sich um, schob hinter ihm laufende Gnome an sich vorbei und trieb weiter zu Eile. Immer mehr Geschosse jagten auf die Fliehenden zu, trafen das Holz der Brücke, prallten am Gestein des Felsens ab oder verloren sich irgendwo in der Weite der Höhle.

Auf einmal sackte Olsmund in die Knie.

»Olsmund!« rief Pelwick. Deutlich sah er den hölzernen Stab, der Olsmund in der Wade steckte. Der junge Gnom beugte sich zu dem Erkunder und versuchte ihm aufzuhelfen.

»Es ist nichts, Junge«, sagte der Erkunder. »Geh und rette die anderen. Ich komme schon zurecht!«

»Nicht noch einmal!« Pelwick packte den älteren Gnom unter den Achseln und zog ihn hoch. »Stütz dich an mir ab!«

Schritt für Schritt zog Pelwick Olsmund von der Brücke. Der Pfeilhagel wurde heftiger. Vier Pfeile zur gleichen Zeit flogen auf die Gnome hernieder, von denen jetzt nur noch Pelwick und Olsmund als Ziele sichtbar waren. Es schien beinahe, als würden die Verursacher des Angriffs verzweifelt versuchen, wenigstens die letzten zwei Gnome niederzustrecken.

»Ein kleines Stück noch«, keuchte Pelwick. Die lockigen Haare klebten ihm feucht an der Stirn. Sein Atem ging stoßweise. Olsmund war schwerer, als er gedacht hatte.

Dicht neben Pelwicks Kopf traf ein Pfeil die Höhlenwand, prallte ab und flog in den Tunnel hinein, wo er schlitternd vor den Füßen der Gnome liegen blieb. Als Pelwick und Olsmund ebenfalls im Tunnel verschwanden, verebbte der Angriff allmählich.

»Was war das?«, fragte Peya entsetzt. Sie krabbelte an den Gnomen vorbei, die sich mit dem Rücken gegen die Tunnelwand lehnten und hastig die Luft in sich einsogen. Als sie Olsmunds Wunde sah, wurde sie bleich. »Ich wünschte, Rhasa wäre hier«, sagte sie leise.

»Wir können nicht lange hier bleiben«, meinte Pelwick.

»Zuerst muss das Ding aus seinem Bein!« Nusa hatte sich Olsmunds Verwundung angesehen. »Ich habe so etwas Ähnliches schon gemacht. Im Grunde ist es auch nichts anderes, als einen Erdkäferstachel zu entfernen.«

Sie wies Olsmund an, sich auf den Boden zu legen, und tastete sein Bein ab.

»Waren es die Zwerge?«, fragte Poluk verängstigt.

Pelwick atmete tief aus, bevor er dem Käferhirten eine Antwort geben konnte. »Möglich«, sagte er. »Ich verstehe nur nicht, wie sie uns so schnell finden konnten.«

»Diese Höhle ist doch nicht so unbewohnt, wie wir anfangs glaubten«, meinte Brita.

Die Gnome schwiegen. Niemand mochte auf diese Erkenntnis näher eingehen.

Olsmund schrie leicht auf, als Nusa ihm mit einem geschickten Handgriff den Pfeil aus der Wunde zog. Sie riss ein Stück Stoff von seiner Hose und umwickelte damit sein Bein, um die Blutung einzudämmen.

»Das sollte genügen«, sagte sie. Sicherheitshalber prüfte sie noch einmal den richtigen Sitz der Bandage und lächelte zufrieden. Sie strich dem Gnom sanft über die Wange, was ihn den Schmerz beinahe vergessen ließ.

»Wir müssen weiter«, drängte Pelwick. »Wer uns auch immer angegriffen hat, er wird uns weiter verfolgen. Kannst du gehen, Olsmund?«

»Ich werde es wenigstens versuchen.« Der Erkunder verzog das Gesicht unter Schmerzen, als er sich von Nusa und Peya auf die Beine helfen ließ.

»Es ist besser, du stützt dich an mir ab«, bot Poluk seine Hilfe an.

Olsmund nickte dankend.

»Dann weiter!« Pelwick lief bereits tiefer in den Tunnel hinein. Er war nicht sehr lang und endete wiederum an einer Hängebrücke. Abrupt blieb der junge Gnom stehen und suchte die umliegenden Wände nach Anzeichen eines Hinterhalts ab. Nachdem er keine sichtbaren

Gefahren ausmachen konnte, lief er auf die wackelige Holzkonstruktion, die unter seinen Füßen in sanfte Schwingungen geriet.

»Kommt«, forderte er die anderen auf.

Die Gnome beeilten sich. An das Schaukeln der Brücke hatten sie sich schon fast gewöhnt und es fürchtete sie weniger, als die Aussicht von mordenden Gestalten verfolgt zu werden.

Olsmund und Poluk gingen, so gut es möglich war, nebeneinander. Peya befand sich am Ende der Gruppe und sah sich immer wieder um. Zum Glück wiederholten sich die Angriffe nicht.

Ohne erneuten Zwischenfall erreichten die Gnome einen weiteren Tunnel am Ende der Brücke. Olsmund konnte jetzt bequem neben Poluk gehen, um sich beim Vorankommen helfen zu lassen. Pelwick lief weiter in den Tunnel hinein, der in einer leichten Biegung schräg in die Höhe führte. Anscheinend gab es erst einmal keine weitere Brücke, die sie zu überqueren hatten.

»Pelwick«, rief Peya. »Olsmund braucht eine kurze Rast!«

Der junge Gnom hielt an. Sie nutzten diese Möglichkeit, um sich ein wenig von dem anstrengenden Lauf zu erholen. Pelwick ging nach hinten, kniete sich zu Olsmund, der sich an die Tunnelwand gesetzt hatte.

»Schaffst du es?«, fragte der junge Gnom besorgt.

Olsmund nickte. »Ich brauche nur einen kurzen Augenblick«, sagte er und lächelte gequält.

Pelwick klopfte ihm aufmunternd auf die Schulter, ging zu seiner Mutter und strich ihr über das Haar. Es trieb ihm ungewollt die Tränen in die Augen, als er sie so sitzen sah. Fada war tapfer, versuchte, so gut es ging, der Lage Herr zu werden, aber Pelwick erkannte, dass sie eigentlich nicht mehr die Kraft hatte lange durchzuhalten. Die Flucht, die Trauer und die ständige Angst vor den Gefahren ließen ihren Mut ständig weiter sinken. Lange würde es auch Nusa nicht mehr schaffen, Fada weiter aufzurichten und voran zu treiben. Es war nur eine Frage der Zeit, bis sie aufgeben würde.

Durch Olsmunds Behinderung war es jetzt an ihm, die Gnome in die Freiheit zu führen und ihnen den Mut zum Weitermachen vorzuleben.

Pelwick presste die Lippen aufeinander. Er wünschte sich sehr, dieser Alptraum würde bald ein Ende finden.

***

Wolgar hastete die Leitern hinauf. Rasch überwand er Terrasse um Terrasse. In seinem Innersten war der Jagdtrieb geweckt worden und er betrachtete die Gnome als ein Wild, welches erlegt werden musste. Er hatte keinerlei moralische Bedenken, keine Gefühle, welche er für die Flüchtenden empfand. Für ihn zählten nur die Aufgabe und die Zufriedenstellung seines Clanfürsten, dem er bedingungslos gehorchen wollte. Was Grimmbart verlangte, war Gesetz. Und er hatte nicht vor, ihn noch einmal zu enttäuschen.

Ein breites Grinsen huschte über seinen zahnlosen Mund, wenn er daran dachte, die Gnome vor den anderen zu erwischen. Im Grunde war es nichts anderes als ein Spiel, welches der Bessere gewinnen würde. Und dieser war, seiner Meinung nach, zweifelsohne er selbst.

Wolgars Nackenhaare richteten sich auf. Es war ein Hinweis darauf, dass er sich auf dem richtigen Weg befand und sich etwas in der Nähe verborgen hielt. Dieses Gefühl hatte er in den letzten Jahren immer weiterentwickelt und es hatte ihn einige Male vor einem hinterhältigen Tod bewahrt.

Er erklomm die oberste Terrasse und schnüffelte wie ein Fährten witternder Wolf umher. Wolgars Nase war ebenfalls ein Instrument, auf das er sich beim Aufspüren verlassen konnte. Man sagte ihm sogar nach, er könnte Angst riechen.

Schleichend folgte er einer Fährte, die nur für ihn vorhanden schien. Sie führte an einen nahen Tunnel heran. Schnüffelnd und lauschend verharrte er vor dem Zugang und versuchte, die verschiedenen Eindrücke zu unterscheiden. Die Gnome waren vor kurzem hier gewesen, dessen war er sich sicher.

Sein Blick flog abwechselnd von dem Tunnel zu einer Brücke hinüber, die sich am Ende der Terrasse zur anderen Seite der Höhle spannte.

Wolgars Augen waren nicht mehr die besten. Der ständige Wechsel zwischen der unterirdischen Finsternis und der Oberwelt hatten seine Sehkraft im Dunkel verschlechtert. Ohne einen Lichtschein kam er sich beinahe blind vor.

Der Zwerg rückte vom Tunneleingang ab. Wie ein Raubtier pirschte er sich in Richtung Hängebrücke, aber der gewünschte Geruch verringerte sich.

Es blieb nur der Tunnel!

Auf einmal hörte er die Geräusche: Schreie und Rufe, kaum vernehmbar, aber für ihn klar und deutlich, als würden sie in seiner Nähe entstanden sein. Sie kamen aus dem Tunnel.

Der Zwerg packte seine Waffe noch fester und im Laufschritt lief Wolgar in den Tunnel. Er war den Gnomen jetzt dicht auf den Fersen. Noch einmal würden sie seinem Hammer nicht entgehen, schwor er sich.

***

»Wir sollten weiter«, drängte Pelwick. Er verspürte Unbehagen, innerhalb eines Tunnels zu hocken, in dem jeden Augenblick ein Zwerg oder etwas anderes hereinstürmen konnte. Er glaubte nicht daran, dass es die Zwerge gewesen waren, die sie auf der Brücke angegriffen hatten. Er teilte vielmehr Britas Ansichten. Allem Anschein war diese Höhle nach wie vor von jemandem bewohnt, der keine Eindringlinge duldete.

»Wir werden es nicht schaffen«, jammerte Mulwyn. Ihr weißes Haar war vom Dreck und Schweiß dunkler geworden.

»Wir schaffen es!« Pelwick wollte es glauben und hielt daran fest. »Es wird einen Weg geben, der uns retten wird!«

»Bislang hat dein Weg Olsmund verletzt und Solti getötet! Wie viele willst du noch ins Verderben stürzen?«

Hadumod trat dicht an Pelwick heran. Sie taxierten einander. Pelwick musste all seine Wut zügeln, um nicht sofort wieder auf Hadumod loszugehen.

»Hör auf«, drängte sich Peya zwischen die beiden. »Es bringt uns nicht weiter, wenn wir uns gegenseitig die Köpfe einschlagen! Welchen Vorschlag zur Rettung hast du, Hadumod ‚Großmaul'?«

Niederträchtig sah Hadumod auf die kleine Gnomin herab. Peya trat einen Schritt auf ihn zu. Hadumod wich zurück. Seine Hand ballte sich zur Faust und öffnete sich langsam wieder.

»Macht wie ihr meint«, gab er nach und ging zur Seite.

»Wir sollten weiter«, entschied Olsmund.

»Wirst du es schaffen, Olsmund?«, fragte Nusa.

»Ja, es wird schon gehen«, antwortete der Erkunder. »Zur Not habe ich ja meinen Träger.« Er grinste Poluk an und ließ sich von ihm hoch helfen.

»Also los!« Pelwick sah ein letztes Mal zu Hadumod und setzte sich in Bewegung.

Peya folgte ihm. »Idiot«, flüsterte sie und lächelte Pelwick an, als er sich nach ihr umdrehte.

Sie gingen tiefer in den Tunnel hinein, hielten jedoch Augen und Ohren offen, um bei dem kleinsten Geräusch gewarnt zu sein. Pelwicks linke Hand berührte die Grabkrallen, die an seinem Hosenbund hingen. Er wollte bereit sein, falls es notwendig wurde.

Hadumod bildete den Schluss der Gruppe. Er hatte diese Aufgabe von Olsmund übernommen, seitdem der Erkunder in seiner Bewegung eingeschränkt war. Doch hauptsächlich brachte es ihn so weit wie möglich von Pelwick weg.

Hadumods Hände glitten über den kunstvoll behauenen Stein. Er fühlte sich warm an und kaum eine Unebenheit war an den Fingerkuppen zu spüren. Die Gnome hatten große Bewunderung für diese Bergmannskunst und selbst die besten Handwerker ihres Volkes waren nicht zu einer derartigen Genauigkeit in der Lage. Wer diese Gänge gegraben hatte, musste ein wahrer Meister seines Fachs sein.

Hadumod blickte mehr nach hinten als nach vorn. Jeden Augenblick rechnete er mit einem Hinterhalt, einem heimtückischen Angriff, der sie alle töten würde. Doch es blieb ruhig.

Hadumod ärgerte sich über die Anmaßung Pelwicks, den großen Führer spielen zu wollen. Er hatte ihn noch nie leiden können und konnte es noch weniger, seitdem er mit dem hübschesten Mädchen aus ganz Chupa Waia zusammen war. Hadumod war Pelwick stets überlegen gewesen. Er war etwas älter, hatte die begehrte Aufgabe eines Erkunders bekommen und war seinem Kontrahenten stets einen Schritt voraus gewesen. Nur an Peya kam er nicht heran. Wenn sich allerdings die Möglichkeit ergab, würde er es ändern.

Die Steigung des Tunnels war zwar spürbar, aber das Vorankommen keineswegs anstrengend. Die Gnome konnten in angenehmer Weise nebeneinander hergehen.

Schließlich endete der Tunnel an einem Vorsprung, von welchem sich wiederum drei Hängebrücken fächerförmig über eine breite Schlucht spannten. Der Vorsprung war groß genug, um allen Gnomen Platz zu bieten, und so wartete Pelwick, bis sie bei ihm waren.

Die Gnome sahen sich um. Die Höhle war atemberaubend groß, ihre Wände waren allerdings naturbelassen und kaum bearbeitet. Vor ihnen befand sich eine tiefe Schlucht, dessen Grund kaum sichtbar war und auch hier den Anschein hatte, er würde sich bewegen. Die drei Brücken führten zu verschiedenen Tunneln innerhalb der gegenüberliegenden Felswand. Dort befanden sich treppenartige Holzstiege, die weit in die Tiefe hinab führten.

Nicht weit über den Gnomen befand sich eine mit Stalaktiten übersäte Höhlendecke.

»Ich glaube, wir haben es fast geschafft«, sagte Poluk, während er die Decke betrachtete. Seine Stimme hallte als schwaches Echo zu ihnen zurück.

»Hoffentlich«, sagte Peya.

»Zuerst müssen wir uns für eine Brücke entscheiden«, erklärte Pelwick.

Die Gnome schauten sich unsicher die Wahlmöglichkeiten an. Jede Brücke sah den anderen ähnlich, keine war schlechter oder besser. Auch anhand der Zugänge an der gegenüberliegenden Felswand konnte man keinen Anhaltspunkt erkennen, der ihnen den Weg zur Oberwelt wies.

»Wir verlaufen uns hier«, sagte Fada niedergeschlagen. »Wir werden hier niemals herauskommen. Wenn uns die anderen nicht töten, werden wir hier verhungern!«

Pelwicks Mutter brach in Tränen aus. Nusa nahm sie sofort in ihren Arm und Pelwick kniete sich zu ihr. Zärtlich strich er ihr über das Haar.

»Pst«, sagte er sanft. »Das werde ich nicht zulassen, Mutter. Ich bringe uns hier raus. Wir werden entkommen und ein neues Leben beginnen. Das verspreche ich dir.«

»Pelwick! Hinter uns!« Der Aufschrei Peyas schreckte die Gnome auf. Panisch drängten sie den Brücken entgegen, blickten zurück, um die Gefahr dennoch zu sehen. Pelwick hatte Mühe aufzustehen und nicht von den aufgewühlten Gnomen wieder zu Boden gestoßen zu werden.

»Die Mitte«, schrie er. »Wir nehmen die Mitte!«

Die meisten Gnome gehorchten seiner Anweisung. Nur Hadumod und Efren nahmen die linke Brücke. Noch hatte keiner von ihnen die

Verfolger sehen können, lediglich ein schmatzendes Knurren war zu hören, welches aus dem Tunnel zu ihnen drang.

Pelwick versuchte, so gut er konnte, der panischen Flucht Ordnung zu verleihen.

Das Knurren wurde lauter.

»Lauft!« Pelwick blieb am Rand der Brücke. Er scheuchte Olsmund und Poluk vorbei. Der Käferhirte musste wohl seinen gesamten Mut zusammen nehmen, damit er den Erkunder weiter stützte und nicht einfach davon lief.

»Los!« Peya war die letzte Gnomin auf dem Vorsprung und Pelwick schob sie regelrecht an sich vorbei.

In diesem Augenblick schälten sich die Umrisse dreier Verfolger aus dem Tunnel.

Pelwick erschrak bis ins Mark. Was sich seinen Augen bot, hatte er noch nie zuvor gesehen, und sofort kamen ihm die alten Geschichten des verbotenen Tunnels in den Sinn. Es waren grauenhafte Gestalten, die knurrend auf ihn zu liefen. Zwar gnomenähnlich, aber noch ein wenig größer. Sie hatten dunkle, lederartige Haut, ein Maul bestückt mit schiefen, spitzen Zähnen und ihre Augen waren groß mit stechendem Blick. Auf dem knochigen Kopf thronten wenige Haarbüschel, die bei zwei von ihnen bis zu den Schultern fielen. Ihre Kleidung bestand aus einem einfachen Schutz aus Leder und in ihren Krallen bewehrten Händen trugen sie eine scharfe, gekrümmte Hiebwaffe.

Pelwick war unfähig, sich zu bewegen. Peya riss an seiner Schulter, versuchte ihren Freund mit sich auf die Brücke zu ziehen, doch er war wie versteinert.

Die Feinde griffen an!

Der erste Hieb kam in Halshöhe auf Pelwick zu. Peya schaffte es nicht, ihren Freund rechtzeitig in Sicherheit zu ziehen und änderte ihre Taktik. Mit einem beherzten Stoß schubste sie Pelwick gegen das fremde Wesen, dessen Angriff ins Leere ging. Die Wucht riss beide zu Boden.

Peya unterlief indes einen zweiten Angriff, vollführte eine Rolle und kam hinter den Gegnern wieder auf die Beine. Die beiden stehenden Angreifer knurrten wütend, wirbelten herum, um sich ihrem Opfer erneut zuzuwenden.

Pelwick hatte der Stoß wieder zur Besinnung gebracht. Erschrocken stellte er fest, dass er auf dem Bauch des ersten Angreifers lag und in dessen übelriechende Fratze starrte. Ein bösartiges Grollen drang aus dem Maul des Unholds, der versuchte, den Gnom von seinem Körper zu schütteln. Pelwick rollte sich zur Seite, fingerte dabei nach seinen Grabkrallen und schaffte es, sie von seinem Hosenbund zu lösen.

Aus den Augenwinkeln sah er, wie sein Gegner sich versuchte aufzurichten und beendete dieses Vorhaben, indem er ihm ins Gesicht trat. Das Wesen jaulte auf und fiel wieder auf den Rücken.

Die anderen zwei Feinde hatten Peya bis an den Rand des Balkons gedrängt. Sie konnte keinen Schritt mehr machen, ohne in die Tiefe zu stürzen. Die Gegner kamen mit erhobenen Waffen auf sie zu. Nur noch wenige Schritte trennten sie voneinander und in den Fratzen der Angreifer glaubte die junge Gnomin so etwas wie ein siegessicheres Grinsen zu erkennen. Peya verspürte Angst und die Möglichkeiten, aus dieser Lage heil zu entfliehen, waren mehr als gering.

Doch sie musste etwas tun. Sie hatte keine andere Wahl. Selbst wenn sie dabei sterben würde, wollte sie es den anderen so schwer wie möglich machen. Peya wartete auf den richtigen Moment. Die Wesen machten einen Schritt auf sie zu. Und noch einen.

In diesem Augenblick sprang die Gnomin vor. Die Feinde waren zu überrascht von ihrem Angriff und nicht in der Lage, sich auf den überraschenden Vorstoß einzustellen. Peya klammerte sich an den waffenfreien Arm des einen Gegners und riss ihn durch die Wucht des Aufpralls zur Seite. Das Wesen taumelte und hieb gleichzeitig mit seiner Waffe nach ihr. Die Gnomin ließ sich fallen, der Schlag verfehlte sie. Geschickt rollte sich Peya über den Boden, bekam aber einen Fußtritt von dem zweiten Angreifer in den Rücken, der sie nach vorn auf die Brücke katapultierte. Sie rutschte über das Holz, sah den Abgrund auf sich zukommen und versuchte verzweifelt, mit den Händen etwas zu packen, was ihr Halt geben konnte.

Ihre rechte Hand ergriff etwas, umklammerte es fest, während ihr Körper über die Brücke hinaus in die Tiefe zu stürzen drohte. Ein heftiger Ruck durchfuhr ihre Glieder, als der Fall abrupt gebremst wurde. Sie stöhnte vor Schmerz auf, hatte das Gefühl, ihr Arm würde ihr aus dem Rumpf gerissen, konnte sich aber an einem Seil der Brücke festhalten.

Pelwick bekam von Peyas Notlage nichts mit. Er hatte genug mit der Abwehr des anderen Wesens zu tun, das nun auf ihn zu gekrochen kam. Immer wieder verschaffte sich Pelwick mit Fußtritten Luft und versuchte, die Grabkrallen überzustreifen, während er rückwärts kroch. Das Wesen änderte seine Taktik. Er wich dem nächsten Tritt des Gnoms aus, packte dessen Fußgelenk mit einer Hand und zog ihn zu sich heran. Pelwick trat mit dem freien Fuß um sich, doch der Griff lockerte sich nicht. Der Feind stützte sich ab, hob seine Waffe hoch über den Kopf, bereit, seinem Opfer mit nur einem Schlag den Schädel zu spalten.

Und er ließ die Klinge herab sausen.

In einem letzten Versuch bekam Pelwick eine Hand in die Grabkralle und riss sie hoch. Es gab ein hässliches, kratzendes Geräusch, als die Waffe des Wesens gegen die Zinken der Kralle schlug. Der junge Gnom packte das andere Grabwerkzeug und hämmerte die Spitzen in den Oberkörper des Angreifers. Die Grabkralle durchschlug die lederne Rüstung und bohrte sich in den Körper des Feindes, der schaurig aufjaulte.

Noch bevor das Wesen überhaupt begreifen konnte, was mit ihm geschah, wurde es von hinten am Kopf hochgezogen und über den Balkon geschleudert.

Pelwick traute seinen Augen kaum. Die Gestalt, die den Angreifer von ihm gerissen hatte, war Wolgar, der Zwerg!

Der junge Gnom sah deutlich das grinsende, zahnlose Maul des Zwergs vor sich und starrte ängstlich auf den bedrohlichen Hammer in dessen Hand. Wolgar war keineswegs gekommen, um sie zu retten.

Die anderen zwei Wesen unterbrachen ihren Weg zur Brücke und stürzten sich kurzerhand auf den neuen Feind. Der Zwerg wirbelte herum, sein Hammer beschrieb einen Halbkreis und wuchtig trieb Wolgar die Waffe in den Unterleib des ersten Angreifers. Der andere wich zurück, sah seinen Gefährten sterben und starrte wütend in das bärtige Gesicht des Zwergs.

»Unholde«, knurrte Wolgar. »Euch fresse ich zum Frühstück!«

Das Wesen blieb unbeeindruckt. Es zuckte vor seinem Feind hin und her, suchte nach einem Weg, mit einem raschen Vorstoß dessen Deckung zu durchbrechen. In einem günstigen Moment preschte der

Unhold vor, doch der harte Faustschlag des Zwergs schleuderte ihn gegen die Felswand.

Pelwick wandte seine Augen von dem Schauspiel ab. Sein Blick fiel auf die Brücke und er sah Peya, wie sie verzweifelt versuchte, sich hochzuziehen, doch immer wieder scheiterte. Der junge Gnom rappelte sich hoch, warf achtlos die Grabkrallen zur Seite und sprang zu seiner Freundin. Er packte ihre freie Hand und versuchte sie hochzuziehen. In diesem Augenblick wischte etwas über Pelwicks Kopf und zertrümmerte einen Stützpfosten der Brücke. Das Seil, an welchem sich Peya festhielt, wurde schlaff.

Die junge Gnomin schrie auf. Pelwick hielt sie so fest er konnte, spürte, wie die Hand seiner Freundin langsam aus seinem Griff schwand.

»Jetzt seid ihr dran«, sagte Wolgar.

Pelwick achtete nicht auf den Zwerg. Es war ihm im Augenblick egal, er musste jetzt alles tun, um Peyas Absturz zu verhindern.

»Hilf mir, Pelwick!«, schrie die junge Gnomin panisch.

Pelwick schossen die Tränen in die Augen. Tränen der Anstrengung und der Verzweiflung. Er wünschte sich nur genug Zeit, Peya zu retten, bevor der Zwerg ihm den Hammer in den Rücken schlug. Die Brücke unter Pelwick geriet in Schwingungen. Die anderen Gnome standen am Tunnel und beobachteten entsetzt das Schauspiel. Keiner von ihnen traute sich, ihnen zu helfen.

»Hilfe!«, schrie Peya noch einmal.

Ihre Hand rutschte weiter aus Pelwicks Griff. Er hörte, wie Wolgar wütend aufschrie, kümmerte sich aber nicht weiter darum. Er bekam auch nicht mit, wie sich der verbliebene Unhold am Rücken des Zwergs festhielt und immer wieder mit seiner Waffe auf diesen einstach. Wolgar brüllte vor Schmerz, taumelte mit dem Unhold im Nacken bis zum Rand des Vorsprungs, versuchte den Feind zu packen und trat ins Leere. Noch während sie stürzten, versuchte Wolgar, den Unhold von sich zu reißen.

Pelwick wusste nur, dass er Zeit gewonnen hatte. Er versuchte, mit der anderen Hand nach seiner Freundin zu greifen, als sie ihm entglitt. Er beugte sich noch einmal vor, seine Finger tasteten nach ihr, doch er konnte sie nicht mehr berühren.

Schreiend fiel Peya in die Tiefe.

VERLOREN

Benommen starrte der junge Gnom in die Tiefe. Er konnte den Boden nicht sehen, nur eine unscheinbare, dunkle Masse, die sich wieder veränderte und bewegte. Er wusste nicht, worum es sich dabei handelte, nur dass es seine Freundin verschluckt hatte.

Noch immer hielt Pelwick seinen Arm ausgestreckt, als würde Peyas Hand sie noch ergreifen können. Aber diese Hoffnung erfüllte sich nicht.

Peya blieb verschwunden.

Jemand berührte Pelwicks Schulter, doch der junge Gnom nahm keine Notiz davon. Er war wie gelähmt, unfähig sich zu bewegen oder etwas zu sagen. Nicht einmal Tränen rannen aus seinen Augen. Es war, als befände er sich in einem endlosen Albtraum, aus dem er einfach nicht erwachen konnte. Zuerst das Gemetzel in der Oni Thal, dann sein Vater und nun auch noch Peya.

Das war zu viel für ihn. Willenlos ließ er sich hoch ziehen und über die Brücke führen. In der angrenzenden Höhle setzten ihn Olsmund und Poluk an eine Wand. Das leise Schluchzen Nusas war das einzige Geräusch, was zu hören war, und selbst das drang nicht in Pelwicks Kopf.

Olsmund schüttelte den jungen Gnom und als selbst das nicht half, schlug er ihn mit der flachen Hand ins Gesicht.

»Sie ist tot!« Diese drei Worte waren alles, was Pelwick hervorbrachte, ohne den Blick zu heben.

»Das ist nicht gesagt«, tröstete ihn Olsmund. »Wir wissen nicht, was da unten ist. Vielleicht ist dort überhaupt kein fester Grund.«

Pelwick antwortete nicht und starrte weiterhin wie benommen geradeaus.

»Wir sollten weiter«, drängte Poluk.

»Ja, wir können später nach Peya suchen«, sagte Olsmund.

Plötzlich packte Pelwick den Erkunder am Kragen. »Warum habt ihr nicht geholfen?«, schrie er. »Warum habt ihr nur zugesehen?«

»Wir sind keine Kämpfer«, flüsterte Poluk. »Wir Gnome können nicht kämpfen. Wir sollten weitergehen.«

»Wir gehen nicht ohne Peya!« Das Gesicht des jungen Gnoms wirkte auf einmal fest entschlossen, kein Anzeichen ließ mehr die Benommenheit erkennen, die ihn eben noch gefangen gehalten hatte.

Olsmund versuchte, sich aus dem Griff zu lösen, doch Pelwick hielt ihn gnadenlos fest.

»Lass ihn los«, forderte Poluk.

»Wir können jetzt nicht nach ihr suchen!« Olsmunds Stimme glich einem Röcheln. »Wir haben Frauen und Kinder dabei. Deren Schutz ist wichtiger!«

»Dann suche ich sie allein!« Pelwick ließ den Erkunder los und sprang auf die Beine.

Noch bevor jemand reagieren konnte, lief der junge Gnom aus dem Tunnel heraus und überquerte die Brücke.

»Pelwick!« Den Ruf seiner Mutter hörte er bereits nicht mehr. Er war fest entschlossen, Peya zu finden. Sein Verstand befahl ihm umzukehren, dass sie den Sturz nicht überlebt haben konnte, aber sein Herz war stärker. Er würde erst aufhören nach ihr zu suchen, wenn er sie gefunden hatte.

Lebendig oder tot!

***

Dharain Eisenbrecher durchschritt die Eingangshalle der Mine. Seiner Mine!

Keines Blickes würdigte er die gefallenen Zwerge des Gegners. Sie waren zwar ehrenvoll gestorben, doch bedurfte es keiner weiteren Zeremonie für ihre Leichname, da sie ihre Waffen gegen das falsche Banner erhoben hatten. Die eigenen Männer jedoch wurden vor die Tore von Mûn Dhanbar getragen, wo ihre Seelen auf altehrwürdige Weise Ruhe finden sollten.

Der Clanfürst der Eisenbrecher überquerte das zerstörte Bollwerk. Überreste größerer Ballisten lagen, teilweise unter Steinbrocken vergraben, im Innenraum. Zornig betrauerte er den Tod einiger seiner Krieger, die ihm zu Füßen lagen.

»Es hätte nicht soweit kommen müssen, Grimmbart«, sagte Dharain zu sich selbst.

Viele Male hatte er den Anführer der Tiefenfelszwerge um eine gütliche Einigung ersucht, aber er hatte jedes Mal Hohn und Spott geerntet. Nun waren viele einen sinnlosen Tod gestorben und die Lager der Zwerge gespalten.

»Mein Fürst!« Aus einem der Seitengänge kam ein weißhaariger Zwerg auf Dharain zu. Es war Gowin, die rechte Hand des Clanfürsten und zugleich ein guter Freund. Er hatte bereits viele Schlachten an der Seite von Thurn Eisenbrecher verbracht, dem Vater Dharains.

»Was gibt es, Gowin?«, fragte Dharain.

»Der Tiefenfelsclan hat sich weit in die Mine zurückgezogen. Die meisten von ihnen sind gefallen, aber einige verstecken sich noch irgendwo in den Tiefen.«

»Was ist mit Grimmbart?«

»Es gibt keine Spur von ihm. Der Thronsaal ist verlassen.«

»Nimm dir so viele Männer, wie du brauchst, Gowin. Versucht, die Tendar lebend zu fangen, da genug Blut vergossen wurde. Es steht ihnen frei, sich uns anzuschließen oder in die Verbannung zu gehen. Aber findet Grimmbart. Er wird sich vor dem Tribunal verantworten müssen!«

Gowin nickte und zog sich zurück.

Dharain lächelte zufrieden. Er war sich sicher, dass Gowin Grimmbart finden würde, und anschließend würde wieder Frieden unter dem Zwergenvolk herrschen.

***

Pelwick lief und blickte nicht zurück. Innerlich verurteilte er sich dafür, sein Volk zurückzulassen, doch er konnte den Gedanken, Peya lebend zu finden, nicht hinfort wischen. Olsmund und Poluk würden die Gnome weiterbringen, während er nach Peya suchte.

Jedenfalls hoffte er es.

Nachdem er im Laufschritt die Brücke überquert hatte, sammelte er seine Grabkrallen auf und suchte nach einem Weg, der ihn hinunter bringen würde. Er fand ihn, kaum sichtbar, in Form von kleinen Steigeisen, die neben dem Vorsprung im Fels steckten. Sie waren etwas zu weit entfernt, um einfach auf sie zu steigen. Anscheinend war der Vorsprung früher an dieser Stelle breiter gewesen und im Laufe der Jahre war ein Stück abgebrochen. Aber Pelwick musste es versuchen.

Er band die Krallen an seinen Hosenbund, nahm einige Schritte Anlauf, atmete noch einmal tief aus und sprang zu den Steigeisen hinüber. Im ersten Moment fürchtete Pelwick, die Entfernung falsch eingeschätzt zu haben, streckte die Hände weit vor und schaffte es gerade noch, mit beiden Händen ein Eisen zu ergreifen. Das rostige Metall ritzte seine Handflächen, der Schwung ließ ihn schaukeln und der Schmerz in seinen Schultern aufschreien. Aber er dachte nicht daran loszulassen.

Seine Füße glitten über das raue Gestein. Er suchte Halt und fand ihn nach einigen Versuchen. Der junge Gnom presste sich zitternd an die Felswand und verharrte in dieser Haltung. Er schloss die Augen und, nachdem er sich etwas beruhigt hatte, begann er mit dem Abstieg.

Steigeisen für Steigeisen kletterte er hinab. Er versuchte, so wenig wie möglich hinunter zu sehen, doch hin und wieder musste er es tun, wenn er mit dem Fuß das passende Eisen nicht fand.

Der sonderbare Grund der Schlucht rückte näher. Nach wie vor schien er sich zu bewegen, als wäre er lebendig oder übersät von sonderbarem, sich ständig räkelndem Getier. Aber aus dieser Entfernung war es noch immer nicht möglich, Genaueres zu erkennen.

Der Abstieg brachte Pelwick in die Nähe eines Tunnels, an dessen Seite die Steigeisen endeten. Der junge Gnom beugte sich hinüber, konnte innerhalb der Öffnung nichts Ungewöhnliches sehen und sprang in den dunklen Gang. Mit den Händen stützte er sich auf dem Boden ab.

Pelwick lauschte. Sanftes Rauschen drang an seine Ohren, doch es schien nicht aus dem Tunnel zu kommen, sondern aus der Schlucht hinter ihm. Der junge Gnom drehte sich um, krabbelte bis an den Felsrand und sah abermals hinab. Der Boden war zu weit entfernt, um hinunter zu springen, und es schien auch sonst keinen anderen Weg zu geben, den Boden zu erreichen.

Pelwick nagte an seiner Unterlippe. Er blickte nach oben und erkannte hoch über sich den Vorsprung und die Hängebrücke, welche sich zur gegenüberliegenden Felswand spannte. Von den anderen Gnomen war nichts mehr zu sehen. Pelwick hoffte, dass sie weitergezogen waren.

Er würde zu ihnen zurückkehren, versprach er sich. Aber erst nachdem ihn die Ungewissheit um Peyas Schicksal nicht mehr quälte. Er konnte nicht einfach weitergehen, ohne zu wissen, was mit ihr geschehen war. Er hatte es schon einmal getan und die Gedanken, die ihn immer wieder heimsuchten, wollte er nicht erneut zulassen.

Jetzt galt es einzig und allein Peya zu finden. Vielleicht war sie schwer verletzt und brauchte dringend Hilfe.

***

»Was machen wir jetzt?« Poluk stand noch immer unter Schock. Die fremden Kreaturen, der Zwerg, Peyas Absturz und nun Pelwick, der sie einfach im Stich gelassen hatte, setzten ihm hart zu. Er saß mit dem Rücken an die Tunnelwand gelehnt und blickte zu Boden. In seinen Augen stand bittere Enttäuschung. Poluks Gedanken kreisten um die Ereignisse der letzten Zeit und er war sich nicht mehr sicher, ob es eine gute Idee gewesen war, Chupa Waia zu verlassen. Er dachte an Rallek und die anderen zurück Gebliebenen. Womöglich hatten sie bereits mit dem Wiederaufbau der Oni Thal begonnen und den Graben des Heiligen Quells repariert. Poluk fragte sich, ob er seine Heimat jemals wiedersehen würde. Hoffentlich waren diese verdammten Zwerge in ihre Mine zurückgekehrt und ließen sie fortan in Ruhe.

Doch er glaubte nicht wirklich daran. Wenn die blutrünstigen, kriegerischen Zwerge vor seinem geistigen Auge Gestalt annahmen, verschwand die Hoffnung, dass Rallek und sein Gefolge überlebt hatten. Sie waren sicherlich gefunden und getötet worden.

Und ein ähnliches Schicksal stand auch ihm bevor. All seine Wünsche und Hoffnungen verschwanden plötzlich in einem zerstörerischen Strudel aus Schmerzen und Tod.

»Wir gehen weiter«, beschloss Olsmund. »Ich bin zwar nicht besonders schnell, aber hier zu bleiben ist keine gute Idee. Pelwick ist weg und wir müssen ohne ihn weiterkommen. Möge der Heilige Quell ihn beschützen und uns die Kraft geben, aus diesem Gefängnis zu entfliehen.«

Schwerfällig zog sich Olsmund auf die Beine. Er brachte ein gequältes Lächeln zustande und humpelte an den vielen Gnomen vorbei, für die er jetzt die alleinige Verantwortung übernahm. Einige von ihnen standen auf und machten sich für den Fortgang der Reise bereit.

Nusa griff nach Olsmund. Ihre Hand krallte sich in den Stoff seines Hemds. »Er wird meine Kleine finden, oder?« Ihre Augen waren gerötet. Ihre Stimme klang traurig, aber nicht hoffnungslos. »Pelwick wird sie doch finden?«

Olsmund war unfähig, etwas zu sagen. Er presste seine Lippen aufeinander und nickte langsam. Seine Geste und seine Gedanken gingen weit auseinander. Der Erkunder glaubte nicht daran, Pelwick oder Peya noch einmal wiederzusehen, doch dies konnte er unmöglich zugeben.

Nusa lächelte, ihre Finger rutschten langsam an seinem Ärmel hinunter und gaben ihn frei. Olsmund strich ihr sanft über das Haar und ging weiter. Er blickte den Tunnel zurück. Über die Gnome hinweg. Nur Poluk hockte nach wie vor auf dem Boden.

»Kommst du jetzt, Käferfreund?«, rief Olsmund ihm zu.

Poluk drehte den Kopf. Seine Augen waren leer. Am liebsten wäre er wohl zurück geblieben oder irgendwo anders hingegangen, aber es gab für ihn keinen Ort, zu dem er hätte gehen können. Kraftlos rappelte er sich hoch und schloss sich an.

Olsmund ging weiter. Er war führte die Gnome weiter, obwohl er nicht wusste, wohin sie der Weg bringen würde.

***

Der Tunnel war wie jeder andere in dieser verlassenen Mine. Hoch und breit genug, um vernünftig und schnell voranzukommen, dabei glatt behauen und jeder von ihnen wirkte wie ein kleines Kunstwerk.

Pelwick hatte für diese Art des Handwerks im Augenblick keine Bewunderung übrig. Für ihn galt es nur, so schnell wie möglich einen Weg zu finden, der ihn auf den Grund der Schlucht führte. Er lief, so schnell er konnte, nicht auf Gefahren oder nahende Feinde achtend, doch zu seinem Glück schien sich niemand in seiner Nähe aufzuhalten.

Der Tunnel beschrieb einen Bogen, von dessen Scheitelpunkt ein weiterer Tunnel abzweigte. Dieser zweite Tunnel führte schräg in die Tiefe. Pelwick nahm diese Abzweigung. Jeder Weg, der hinunter führte, war für ihn der richtige.

Das Herz des jungen Gnoms schlug schneller, je weiter er hinab gelangte. Die Aussicht, Peya bald wiederzusehen, beflügelte ihn, ängstigte ihn aber auch in gleichem Maße, da er nicht wusste, in welchem Zustand er sie aufzufinden vermochte.

Der Tunnel führte wieder hinaus ins Freie, endete aber an einem hölzernen Steg, der sich an die Felswand schmiegte. Pelwick trat hinaus. Er befand sich nun um einige Fuß tiefer, aber immer noch zu hoch, um den Grund des Bodens genau zu erkennen. Pelwick folgte dem Steg, der in leichtem Abstieg zu einem weiteren Tunnel führte. Er sah sich hin und wieder verstohlen um, befürchtete, von den Unholden oder Zwergen bemerkt zu werden, aber es blieb ruhig.

Beängstigend ruhig!

Der junge Gnom lief in den Tunnel hinein, aus welchem weitere Seitentunnel in alle möglichen Richtungen abzweigten. Pelwick nahm jene, die ihn weiter hinab führten.

Dicht vor einer neuen Abzweigung vernahm er Geräusche. Es war dieses schmatzende Knurren, welches er schon auf dem Vorsprung gehört hatte, bevor sie von den Unholden angegriffen worden waren. Wie angewurzelt blieb der junge Gnom stehen.

Er wagte kaum zu atmen und starrte auf die Abzweigung vor ihm. Jeden Augenblick mussten die Unholde auftauchen und er fand keine Möglichkeit, der nahenden Begegnung zu entgehen. Es gab keine Vorsprünge oder Nischen, hinter denen er sich verbergen konnte, und auch der Weg zurück wäre viel zu weit gewesen.

Vorsichtig fingerte der Gnom nach seinen Grabkrallen und löste sie von seinem Hosenbund. Ein lautloser Schritt brachte ihn dichter an die Tunnelwand.

Die Geräusche wurden lauter.

Pelwick streifte die Krallen über. Es gab ein leises, klirrendes Geräusch, als die Zinken aneinander stießen. Die Anspannung wuchs in ihm.

Hoffentlich haben dich die Unholde nicht gehört.

Pelwick musste den ersten Angriff wagen, wenn er das Überraschungsmoment auf seiner Seite wissen wollte. Sobald einer dieser Unholde auftauchen würde, war er bereit, sich sofort auf ihn zu stürzen und mit den Grabkrallen zu durchbohren.

Leise stieß der Gnom den Atem aus. Laut hämmerte der Puls in seinen Schläfen.

Jeden Augenblick werden sie kommen!

Kaum hatte er den Gedanken beendet, tauchte vor ihm eine Gestalt aus dem Seitengang auf. Der Gnom erkannte dieses Wesen sofort als einen der Unholde. Diese schrecklichen Fratzen würde er niemals vergessen.

Mit einem wütenden Aufschrei stürmte Pelwick vor. Der Unhold war überrascht, reagierte zu langsam und sah nur noch, wie sich die stumpfen Zinken der beiden Grabkrallen tief in seine Brust bohrten. Er kam nicht einmal mehr dazu, einen Schrei auszustoßen.

Doch er war nicht allein gewesen!

Aus den Augenwinkeln bemerkte Pelwick eine Bewegung. Rasch riss er die Grabkrallen aus dem Körper des Unholds, der tot zu Boden sackte, und wich gerade noch rechtzeitig aus, um dem Keulenschlag zu entgehen.

Zwei Unholde kamen aus dem Tunnel. Sie schwangen fürchterliche Keulen in ihren Klauenhänden und drangen wild um sich schlagend auf den Gnom ein. Pelwick wich zurück, um von den Schlägen nicht getroffen zu werden. Verzweifelt suchte er einen Weg, wie er die beiden angreifen konnte, ohne selbst in Gefahr zu geraten.

Die Unholde rückten näher. Aus unheimlichen Augen starrten sie Pelwick an und aus ihren Fratzen kamen wütende Laute. Hin und wieder traf eine ihrer Keulen die Tunnelwand und kleinere Steine rieselten aus den Löchern, welche sie hinterließen.

Pelwick beschloss, genau so einen Moment für einen Angriff abzuwarten. Als der nächste Keulenschlag die Wand traf, sprang der Gnom vor. Die Krallen hatte er weit vorgestreckt und warf sich dem linken Unhold entgegen. Aber dieser war schnell.

Zu schnell.

Pelwick schaffte es nicht, die Grabkrallen in den Körper seines Gegners zu hacken, stattdessen bekam er einen Schlag gegen den Oberkörper, welcher ihn hart gegen die Wand schleuderte. Noch bevor Pelwick sich auf die neue Lage einstellen konnte, traf ihn ein weiterer Hieb. Irgendetwas schien an seinem Kopf zu explodieren. Die Unholde vor seinen Augen verschwammen in einem dichten Nebel, stechender Schmerz lähmte seine Bewegungen und plötzlich wurde es finster.

Besiegt sackte der junge Gnom zu Boden.

***

»Wir können nicht mehr«, sagte Mulwyn. Auch ihr Sohn war am Ende seiner Kräfte. Erschöpft lag er in den Armen seiner Mutter, der es immer schwerer fiel, ihn zu tragen.

Olsmund überhörte absichtlich das Klagen und machte keine Anstalten, eine Rast einzulegen. Sein Bein schmerzte und am liebsten wäre er dem Verlangen erlegen, sich einen Moment hinzusetzen und seinem geschundenen Körper etwas Ruhe zu gönnen, doch er trieb sich eisern voran. Sein Volk musste diesen erschreckenden Ort mit all seinen bösartigen Kreaturen so schnell wie möglich verlassen.

Jeder längere Aufenthalt konnte das Ende der Flucht bedeuten. Sie hatten weder zu essen und zu trinken, die Gesichter der Gnome waren vom Leid gezeichnet und er konnte ihnen den Wunsch nach einer Rast nicht verübeln.

Seit er wieder die Führung übernommen hatte, besaß er keinen Schimmer, welcher Weg sie in die Freiheit führen würde. Die Gnome vertrauten ihm, bauten auf seine lange Erfahrung als Erkunder und Olsmund wollte sie nicht enttäuschen. Er war fest entschlossen, sie alle wohlbehalten an die Oberwelt zu bringen.

»Olsmund!« Jemand rief nach ihm. Es war Poluk.

Beim zweiten Ruf gab Olsmund schließlich auf. Gereizt drehte er sich um und sah zu den erschöpften Gnomen, die sich einige Schrittlängen hinter ihm befanden. Trotz seiner Behinderung war Olsmund durch seinen eisernen Willen ein wenig schneller als die anderen gewesen. Enttäuscht blickte er auf jene, die ihm folgten. Er konnte sich nicht länger etwas vormachen. Wenn sie nicht bald das Ziel erreichten, wäre die Reise ohnehin beendet.

»Olsmund«, wiederholte Poluk, als er dichter an den Erkunder herangetreten war. »Wir können nicht mehr. Wir haben nicht die Kraft weiter durchzuhalten. Die Kinder weinen, sie sind hungrig und durstig. Wir alle haben Hunger. Und wir können nicht mehr laufen. Lass uns einen Platz zum Rasten suchen, damit wir wieder Kräfte sammeln können.«

»Aber die Kreaturen ...«, warf Olsmund ein.

»Die Kreaturen werden uns finden. Ob wir wollen oder nicht«, unterbrach ihn Sana. »Wir sind schwach und fühlen uns ausgelaugt. In diesem Zustand sind wir leichte Beute. Aber vielleicht können wir uns hier irgendwo verstecken, uns ein neues Heim errichten und hier weiterleben.«

»Aber was ist mit der Oberwelt?«, fragte Olsmund.

»Der Oberwelt haben wir das hier alles doch zu verdanken!« Nusas Stimme schwankte zwischen Traurigkeit und Zorn. »Sie hat uns alles gekostet, was wir lieben. Unsere Oni Thal, die Ältesten, Zulias, Solti und viele andere unschuldige Gnome. Ganz zu schweigen von Pelwick und meiner Tochter. Wer weiß, ob wir sie jemals wiedersehen. Wenn sie überhaupt noch am Leben sind!«

»Wir sind hier Gefangene und in gleichem Maße Gejagte!« Olsmund wurde laut. »Wir können uns hier nicht verstecken, sie werden uns finden, weil sie hier wohnen. Und sie werden keinen von uns am Leben lassen. Diese Kreaturen sind nicht besser als die Zwerge. Ich sage: Wir gehen weiter!«

»Aber wohin?« Die Sturheit des Erkunders ärgerte Nusa. »Hast du überhaupt eine Ahnung, wo wir sind oder in welche Richtung wir müssen? Wir sind schwach, uns fehlt es an Schlaf und Nahrung. Zuallererst sollten wir dafür sorgen, uns dies zu ermöglichen!«

Olsmund gefielen die Argumente der Gnomin nicht, weil er wusste, wie sehr sie damit Recht hatte.

Doch konnten sie hierbleiben? In einer Welt, die ihnen feindlich gesonnen war?

Ratsuchend blickte der Erkunder zu Poluk. Doch er konnte von dem alten Käferhirten keine Unterstützung erwarten. Dieser war in gleichem Maße versessen auf Erholung wie die anderen seines Volkes.

»Also gut«, sagte Olsmund. »Ich habe ein Stück voraus so etwas wie eine Nische in der Tunnelwand gesehen. Bis dorthin gehen wir noch und rasten dort. Aber ich werde weitergehen und die Umgebung auskundschaften. Vielleicht kann ich einen Weg erkennen, der uns weiterhilft.«

Die Gnome waren einverstanden. Gemeinsam gingen sie weiter, bis sie die Einbuchtung in der Tunnelwand erreichten. Sie war groß genug, um ihnen allen Platz zu bieten und sie gleichzeitig vor flüchtigen Blicken zu schützen. Man musste schon den Tunnel durchqueren, wollte man sie entdecken.

Gemeinsam halfen die Gnome einander, sprachen sich Trost und Hoffnung zu, kümmerten sich um die Jüngsten und die Ältesten unter ihnen, sofern sie Hilfe brauchten.

Olsmund nutzte die Verschnaufpause ebenfalls, setzte sich auf den Steinboden und streckte sein verletztes Bein aus. Die Schmerzen waren sehr stark und der notdürftige Verband war bereits vom Blut durchtränkt. Aber Olsmund wäre nicht er selbst gewesen, wenn er sich etwas hätte anmerken lassen.

»Willst du wirklich vorausgehen und nach einem geeigneten Weg suchen?« Poluk setzte sich neben den Erkunder auf den Boden.

»Irgendjemand sollte es tun, wenn wir hier wieder hinaus wollen«, antwortete Olsmund schnippisch. »Oder willst du?«

»Ich?« Poluk begann zu stammeln und sein fahler Teint wandelte sich in ein unsicheres Rot.

Olsmund lachte. »Es ist schon gut«, sagte er. »Bleib du nur hier und kümmere dich um die anderen. Du musst sie weiterführen, sollte ich nicht zurückkehren.«

Poluks Gesichtsfarbe wurde wieder bleich.

»Mach dir doch nicht immer so viele Sorgen«, beschwichtigte Olsmund. »Bis jetzt bin ich jedes Mal zurückgekehrt.«

»Pass auf dich auf!« Der Käferhirte hatte die Stimme gesenkt, um die anderen Gnome nicht zu beunruhigen.

»Um meinet- oder deinetwillen?« Olsmund erhob sich mühsam, grinste dem verunsicherten Poluk zu und ging humpelnd, mit einer Hand an die Felswand gestützt, den Tunnel weiter. Er hörte, wie hinter ihm getuschelt wurde und er konnte sich ein Lächeln nicht verkneifen. Sicherlich fragten sie Poluk, wohin er jetzt ginge, und der Käferhirte hatte sicherlich eine Menge zu tun, um es den Gnomen zu erklären. Der gute, alte Poluk war stets überfordert und schnell zu verunsichern, aber er hatte eine gute Seele.

Olsmund erreichte eine Linksbiegung. Er sah noch einmal zu den Gnomen zurück und folgte dem Tunnel weiter. Von nun an konnte er seine Freunde nicht mehr sehen, wenn er sich umdrehte, und dieser Gedanke gefiel ihm nicht. Es gab ihm das Gefühl von einem endgültigen Abschied.

Die Schmerzen in seinem Bein wurden immer stärker. Bei jedem Schritt hätte er schreien können, doch er biss die Zähne zusammen. Seit der Flucht aus Chupa Waia war eine Hoffnung in ihm stets gewachsen und im Augenblick das Einzige, was ihm noch die Kraft verlieh weiterzumachen: die Oberwelt zu erreichen. Der Gedanke, die Gnome lebend aus diesem steinernen Gefängnis zu befreien, war alles, was ihn daran hinderte, sich hinzusetzen und auf die Dinge zu warten, die kommen würden.

Der Tunnel mündete in eine große Höhle, aus der weitere Tunnel abzweigten. Unweigerlich wurde Olsmund langsamer und sah vorsichtig in die Höhle hinein. Sie schien leer zu sein.

Der Erkunder wollte bereits weitergehen, als sein Blick an die Zimmerdecke fiel und seine Bewegungen regelrecht einfroren.

Da hockten sie!

Es waren diese unheimlichen Kreaturen, die ihnen aufgelauert und Peyas Absturz verursacht hatten. Es waren weitaus mehr, als er in kurzer Zeit hätte zählen können. Aber sie bewegten sich nicht und schienen seine Anwesenheit noch nicht bemerkt zu haben. Olsmund hatte den Eindruck, die Unholde würden schlafen.

Zuerst wollte der Gnom umkehren, aber er überlegte es sich anders. So leise wie möglich schlich er dicht an der Höhlenwand entlang. Sein Herz schlug derart laut, dass er fürchtete, es könnte ihn verraten. Olsmunds Hals war wie zugeschnürt, sein gesamter Körper zitterte und die Augen hielt er starr auf die Unholde gerichtet. Er rechnete damit, sie würden jeden Moment ihren Ruheplatz verlassen, um sich auf ihn zu stürzen.

Seine Finger ertasteten eine Kante in der Höhlenwand: ein weiterer Tunnel!

Olsmund hatte es fast geschafft. Nur noch um die Ecke und er wäre außer Reichweite. Inständig hoffte er, die Zeit würde reichen, und ging ungewollt schneller. Er bog in den Tunnel ab, wurde noch schneller und knickte weg.

Ein kurzer Aufschrei entfuhr seinen Lippen. Sofort presste er den Mund zusammen und versuchte, den Schmerz aus seiner Wade gedanklich zu verbannen.

Sein kurzer Aufschrei war jedoch nicht ungehört geblieben. Zuerst hörte Olsmund leise Geräusche, einem Rascheln gleich, welches langsam zu unverständlichen Stimmen anschwoll.

Die Unholde erwachten!

***

Hurik schritt wütend durch den Tunnel. Er, der sich eigentlich in Minen auskannte, hatte mittlerweile nicht den Hauch einer Ahnung, wo er sich befand und wohin er ging. Nachdem er die oberste Plattform der Terrassen erklommen und den ersten Tunnel betreten hatte, war er in diesem Labyrinth gefangen. Es kam ihm noch schlimmer vor als dieses einfache Tunnelgewirr der Gnome. Von jedem Gang, den er betrat, zweigten zahlreiche weitere in alle möglichen Richtungen ab. Für einige Zeit hatte er noch gehofft, den Überblick zu behalten, aber schlussendlich verwirrten ihn die ständig gleich aussehenden Tunnel. Allmählich verlor der Zwerg die Lust an dieser Jagd.

Was bringt es einem, wenn die Opfer spurlos verschwinden und man nur noch umherirrt?

Am liebsten wäre er umgekehrt, hätte die Gnome ihrem Schicksal überlassen und wäre in seine Heimat zurückgegangen. Bei dem Gedanken roch er förmlich den Duft gebratenen Fleisches und leckeren Mets, was seinen Unmut nur noch weiter anheizte.

Sobald sich eine Möglichkeit bot, würde er die Jagd beenden. Es war ihm mittlerweile egal, was Grimmbart über ihn dachte oder welche Strafe er sich überlegen würde. Hurik wollte nur noch zurück.

Nur wie?

Nach drei weiteren Tunneln hörte Hurik Stimmen. Sie waren vielzählig, aber zu leise, um sie verstehen zu können. Sofort kamen ihm die Gnome in den Sinn. Wenn er sie jetzt auffinden würde, wäre die Jagd schnell beendet, und nicht einmal Grimmbart konnte ihn dann noch hindern zurück zu gehen.

Diese Aussicht förderte seinen Jagdtrieb erneut. Die Axt hielt er fest in der rechten Hand, während er im Laufschritt durch den Tunnel eilte. Dabei versuchte er sich, so gut es ging, nach den Stimmen zu richten, doch es war nicht so leicht in diesem Labyrinth, das Ziel eindeutig auszumachen. Zwei Mal bog er falsch ab, kehrte aber wieder um, als die Stimmen leiser wurden.

Mittlerweile konnte Hurik mehr verstehen. Es waren keine ihm vertrauten Laute, keine Worte, wie sie Zwerge oder Gnome benutzten. Es waren eher kehlige Laute, die zwar entfernt an gesprochene Wörter erinnerten, aber sie dennoch nicht eindeutig als solche erkennen ließen. Der Vergleich mit Tieren kam ihm in den Sinn.

Hurik verlangsamte seine Schritte. Es waren keine Gnome, dessen war er sich nun sicher. Obwohl er keine Angst empfand, verspürte er wenig Lust, blind in einen Hinterhalt zu laufen.

Der Tunnel führte jetzt geradewegs auf eine größere Höhle zu. Es gab keine Abzweigungen mehr, die er noch hätte nehmen können. Aber er dachte ohnehin nicht daran, die Richtung noch einmal zu wechseln. Die Neugier hielt ihn gepackt und verlangte von ihm herauszufinden, wer sich in der Höhle voraus befand.

Hurik spürte, wie sein Herz schneller schlug. Die Anspannung in ihm wuchs und jede Faser seines Körpers war bereit für einen Kampf, der aus seiner Sicht unausweichlich schien. Seine Augen hatten sich inzwischen gut an die hier herrschende, vollkommene Dunkelheit gewöhnt. Auch wenn er die Annehmlichkeiten des Lichts zu schätzen wusste, waren seine Augen immer noch fähig, in der Finsternis Einzelheiten zu erkennen. Eine Fähigkeit, die viele Zwerge durch ihre vielen Aufenthalte an der Oberwelt beinahe gänzlich eingebüßt hatten.

Wenige Schritte trennten ihn noch vom Zugang zur Höhle. Er verlagerte seinen Gang von der einen Tunnelwand zur anderen, um besser in die Höhle blicken zu können, doch er konnte niemanden sehen.

Die Stimmen hörte er dennoch. Laut und deutlich waren sie, und doch schien die Höhle vor ihm verlassen.

Hurik wurde nervös. Es gefiel ihm nicht, einem Gegner gegenüberzutreten, den er nicht sehen konnte. Hurik dachte an Geister, unsichtbare Wesen, von denen er bereits in vielen Überlieferungen gehört hatte.

Feuer, fiel ihm plötzlich ein. Feuer verschreckte Geister und besaß die Macht, sie zu vertreiben oder sogar zu vernichten. Aber Feuer hatte Hurik keins. Der Zwerg dachte auf einmal wieder daran umzukehren. *Was soll ich auch gegen einen Feind ausrichten, den ich nicht sehen kann? Und was ist, wenn es sich wirklich um Geister handelt? Vielleicht sind es die Geister der Tendar, die diese Mine einmal bewohnten. Sind sie mir dann nicht freundlich gesonnen?*

Während Hurik über seine unsichtbaren Gegner nachdachte, bemerkte er nicht, dass er die Höhle bereits betreten hatte. Erst als er sich schon über zwei Schrittlängen innerhalb befand, fiel es ihm auf.

Abrupt blieb er stehen.

Die Höhle war sehr groß und viele weitere Tunnel führten in alle möglichen Richtungen von ihm ab. Hurik hörte auf einmal die Stimmen nicht mehr. Sie waren verklungen, als er die Höhle betreten hatte. Verwirrt drehte sich der Zwerg im Kreis, die Axt kampfbereit, um jedem Angreifer entschlossen entgegen zu treten. Aber er konnte niemanden sehen.

Lautstark atmete Hurik aus. Vielleicht mehr aus Erleichterung als aus Enttäuschung, keinen Gegner vorzufinden. Aber das würde ein Zwerg niemals zugeben. Trotzdem gewannen die Gedanken an eine Rückkehr wieder Oberhand in Huriks Schädel. Er war einer Spur gefolgt, die zu nichts geführt hatte.

Hatte ihm sein Gehirn einen Streich gespielt?

Nichts hielt ihn jetzt noch hier. Gerade als Hurik sich in Bewegung setzen wollte, hörte er die Stimmen erneut. Es waren jetzt keine Laute mehr, die an ein Gespräch erinnerten, sondern kreischende Töne, die einem den kalten Schauer über den Rücken jagten. Sie klangen wie grässliche Schreie und kamen aus jedem Winkel der großen Höhle. Hurik hob einer Ahnung folgend den Kopf und sah hinauf zur Decke.

Dort erblickte er sie!

Es waren unzählige Kreaturen mit lederartiger, dunkler Haut und sie klammerten sich an die Steindecke. Hurik war über deren Anzahl entsetzt. Er fürchtete, sie nicht alle besiegen zu können.

In diesem Augenblick ließen sie sich fallen.

***

»Atemberaubend!« Bok kam aus dem Schwärmen nicht mehr heraus.

Seitdem sie die ihnen unbekannte Mine betreten hatten, erzählte der einäugige Zwerg ununterbrochen Geschichten von den ersten Zwergen, den Urzwergen, welche die direkten Nachfahren der Halbgötter waren. Er war überzeugt davon, dass diese Mine von den Urzwegen errichtet worden war. Nur warum man sie verlassen hatte, konnte Bok sich nicht erklären.

Grimmbart nahm die Erzählungen seines Vetters kommentarlos hin, vor allem weil sie ihn langweilten und er die alten Überlieferungen schon dutzendfach gehört hatte. Dennoch waren ihm die kunstvollen Bauten und verzierten Felswände nicht gleichgültig. Er wäre kein Zwerg gewesen, hätte er sich an ihrer Schönheit nicht erfreut. Doch für den Augenblick beschäftigte ihn etwas anderes.

Die Halle, welche sie durchquerten, war von vielen Säulen durchzogen. Jede einzelne von ihnen berichtete in Stein gemeißelte Ereignisse aus einer längst vergangenen Welt. Dort waren Zwerge, die gegen erschreckende Kreaturen kämpften, Könige auf feurigen Thronen und Schattenkrieger, die auf geflügelten Drachen über den Himmel ritten.

Auf beiden Seiten der Halle waren Gebäude angelegt, die sorgfältig von Grimmbart durchsucht wurden. Sie waren jedoch allesamt leer und verlassen.

Bok redete sich ein, seinen Vetter von der Geschichte ihrer Vorfahren begeistern zu können, aber er wusste es besser. Es ging ihm einzig allein um die Gnome und sie zu vernichten. Bok war es leid, Grimmbart ständig an Dinge zu erinnern, die ihn ohnehin nicht interessierten. Viele Male hatte er ihn an den Krieg erinnert, der irgendwo hoch über ihren Köpfen tobte. Seine Versuche waren erfolglos geblieben. Auch diese Reise in die Vergangenheit verfehlte ihre Wirkung. Der einäugige Zwerg war verzweifelt. Diese sinnlose Jagd konnte das Ende der Tiefenfelszwerge bedeuten.

Bok trottete dem Clanfürsten nachdenklich hinterher und vermied es, ausführlich hinter Säulen und in Gebäude zu sehen. Es war ihm egal, ob die Gnome entkamen oder nicht. Eigentlich wünschte er es ihnen sogar, nur um seinen Vetter wieder zur Vernunft zu bringen, damit er sich wieder anderen Zielen zuwenden konnte.

Die zwei Zwerge näherten sich dem Ende der Halle, wo sich ein gewaltiges offenstehendes Portal befand. Es war aus dunklem Holz gefertigt, mit Gold beschlagen und zeigte Schnitzereien, die wiederum vergangene Ereignisse der Urzwerge darstellten.

Unbeeindruckt durchschritt Grimmbart den hohen Torbogen, der fast bis zur Hallendecke reichte. Der breite Gang dahinter war schlicht gehalten und besaß keinerlei Ähnlichkeit mit der imposanten Halle, als wäre er von anderen Handwerkern gefertigt worden.

»Sieh dir das an«, versuchte Bok es erneut. »Diese unterschiedlichen Arbeiten.«

Grimmbart verdrehte die Augen und ging weiter.

Bok blickte seinem Vetter frustriert nach, verharrte einen kurzen Augenblick und wirbelte herum. Er hatte ein Geräusch gehört, ein sonderbares Schmatzen. Angespannt starrte er in die Dunkelheit, konnte jedoch den Ursprung des Lautes nicht ausmachen. Verlassen lag die Halle vor ihm.

»Grimm?« Bok war kein Zwerg, der schnell ängstlich wurde, aber ein gewisses Maß an Vorsicht hatte noch nie jemandem geschadet.

»Was ist?«, knurrte Grimmbart, blieb stehen und sah zu seinem Vetter hinüber.

»Irgendjemand ist hier«, sagte der Einäugige. »Ich spüre es und ich habe dieses Geräusch gehört!«

»Die Gnome!« Die Augen des Clanfürsten blitzten auf. Den gewaltigen Hammer eisern in der Hand führend, ging er zu Bok hinüber.

»Ich weiß nicht, ob es die Gnome sind.« Bok hatte seine Stimme zu einem Flüstern gesenkt.

»Kommt hervor, ihr Würmer!« Grimmbarts kraftvoller Ruf hallte an den Wänden der Halle wider.

Aber statt einer Antwort schälten sich sechs Gestalten aus den Schatten der Häuser. Kleine, dürre Kreaturen, gehüllt in zerschlissene, mit Lederriemen verstärkte Lumpen, bewegten sich mit aus mehreren Richtungen auf die beiden Zwerge zu.

»Unholde«, erkannte Grimmbart. Hinter seinem dichten Bart zeichnete sich ein breites Grinsen ab. Ein Kampf, ganz gleich welcher Art, besaß hohes Ansehen im Leben eines Zwergs und für den Clanfürst sättigte es ein unbändiges Verlangen, welches tief in ihm rumorte. Vorerst.

Mit einem Kriegsschrei auf den Lippen stürmten die Zwerge vor. Die Gestalten stoben auseinander, konnten dennoch nicht verhindern, dass zwei von ihnen bereits dem ersten Angriff der Zwerge zum Opfer fielen. Von verschiedenen Seiten griffen die Unholde an. Dabei schwangen sie ihre Keulen eher stümperhaft denn zielsicher.

Bok hatte trotz seiner Sehbehinderung keine Mühe, dem ersten Schlag auszuweichen. Der Unhold bekam einen heftigen Kopfstoß, der ihn zu Boden warf.

Grimmbart wütete mit seinem Hammer wie ein Wilder. Die schwere Waffe zischte durch die Luft, zerschmetterte Knochen und zerquetschte die Leiber der Unholde mit Leichtigkeit.

Der Kampf dauerte nur wenige Lidschläge und die sechs Unholde lagen tot zu den Füßen der Zwerge, die dabei keinen Schaden genommen hatten.

»Unholde«, knurrte Grimmbart erneut. »Sie sind wie Ungeziefer. Nisten sich überall in den Höhlen ein, die andere verließen. Hier wird es noch viel mehr geben. Wir sollten aufpassen!«

»Wahrscheinlich sind die Gnome bereits von ihnen getötet worden«, meinte Bok. »Wir sollte zurückgehen.«

Noch bevor Grimmbart auf Boks Vorschlag eingehen konnte, drang der Klang eines Kriegshorns an ihre Ohren.

»Das ist Huriks Horn«, erkannte Bok.

Die Zwerge verloren keine Zeit. Im Laufschritt eilten sie durch das Portal und den dahinterliegenden Gang entlang.

***

Pelwick öffnete die Augen und schloss sie sofort wieder. Ein rasender Schmerz erfüllte seinen Kopf und betäubte seine Sinne. Im ersten Moment wollte er die Hände gegen die Stirn pressen, um dem Schmerz einen gewissen Einhalt zu gebieten, doch er konnte seine Arme nicht bewegen.

Der junge Gnom wartete einen Moment und öffnete die Augen erneut. Verunsichert versuchte er Einzelheiten zu erkennen, herausfinden, wo er sich befand und was mit ihm geschehen war. Er sah allerdings nichts außer einer Felswand, welche sich langsam vor seinem Blick entlang bewegte.

Allmählich kehrten die Erinnerungen an den Kampf zurück. In seinen Gedanken tauchten die Unholde auf, griffen ihn an und er war ausgewichen. Er erinnerte sich an seinen Vorstoß und dann war da nichts mehr, außer dieser Leere.

Ist dies der Tod?

Pelwick wollte es nicht glauben. In den alten Überlieferungen war der Tod stets als etwas Vollkommenes beschrieben worden. Als ein Ort, an dem man vom Wasser des Heiligen Quells durchströmt wurde und der jeden Kummer vergessen ließ. Aber das hier war anders: Er war gefangen in seinem Körper, konnte sich nicht bewegen und der Schmerz im Kopf ließ ihn beinahe wahnsinnig werden. Anstelle des klaren Wassers des Heiligen Quells sah er nacktes Gestein, das an ihm vorüber zog.

Nein, der Tod fühlt sich anders an.

Pelwick versuchte, den Kopf zu drehen. Er schien zu schweben. Sein Kopf hing schlaff herab und das Gestein, welches an ihm vorüber zog, war der Boden. Die Arme waren nach vorn gestreckt und ein gewisser Zug streckte seinen Körper.

Jemand trägt mich.

Aus den Augenwinkeln konnte er die Beine einer Gestalt erkennen, was seinen Verdacht bestätigte. Die Unholde hatten ihn gefangen und trugen ihn nun an Händen und Füßen durch die Tunnel.

Zuerst wollte Pelwick versuchen, sich loszureißen und zu fliehen. Im selben Augenblick erkannte er die Sinnlosigkeit dieser Idee. Die Unholde hätten ihn rasch wieder eingefangen und er fühlte sich kraftlos und matt. Er wäre nicht weit gekommen. Pelwick hielt es für besser, erst einmal abzuwarten, wohin sie ihn bringen würden, und dabei Kräfte zu sammeln. Er konnte vielleicht unbemerkt fliehen, wenn sie unachtsam wären. Bis es soweit war, musste er sich ruhig verhalten und durfte sich nichts anmerken lassen.

Die Unholde trugen ihn eine ganze Weile durch die verwinkelten, unterirdischen Gänge. Manchmal ging es hinauf, ein anderes Mal wieder hinunter. Pelwick hatte schon längst die Orientierung verloren, zumal er nicht einmal wusste, wie lange er überhaupt bewusstlos gewesen war. Allmählich verringerte sich der Schmerz in seinem Kopf, dafür nahm er in den Schultern und der Hüfte stetig zu. Er konnte es in dieser Lage nur noch kurze Zeit aushalten.

Die Unholde schienen seine Gedanken zu erraten und legten ihn unvermittelt ab. Ein wenig zu forsch für den Geschmack des jungen Gnoms. Als er mit dem harten Steinboden Bekanntschaft machte, biss er die Zähne zusammen und schloss die Augen. Kein Laut des

Schmerzes entfuhr seinen Lippen. Seine Arme und Beine begannen zu kribbeln, nachdem die Peiniger sie losgelassen hatten. Pelwick empfand es als Linderung, da sich dabei die Schmerzen in den Gelenken verringerten. Reglos blieb der junge Gnom liegen.

Die beiden Unholde unterhielten sich. Ihre Sprache klang abgehackt und gurgelnd, und obwohl Pelwick kein Wort von dem, was gesprochen wurde, verstand, kam sie ihm irgendwie vertraut vor. Er glaubte, ihre Stimmung erkennen zu können, und die Unholde schienen aufgebracht. Wenigstens hörte Pelwick keine weiteren von ihnen.

Hoffnung keimte in ihm auf. Wenn er noch einen Moment Zeit finden würde, Kräfte zu sammeln, konnte er sie vielleicht überrumpeln und entkommen.

Die Stimmen entfernten sich, bis sie verklangen. Einige Augenblicke später traute sich Pelwick, die Augen zu öffnen. Zunächst blieb er reglos liegen und starrte auf eine nackte Felswand. Er begann sich erst zu rühren, als er nichts weiter von seinen Entführern vernehmen konnte. Mit einem anstrengenden Kraftakt rollte er sich auf den Rücken. Die Bewegung setzte Pelwick zu. Sein Kopf schien zerplatzen zu wollen und bunte Lichter tanzten in seinem Blick. Um den Schmerz ein wenig einzudämmen, schloss er erneut die Augen.

Als er sie wieder öffnete, sah er eine Gestalt in seiner Nähe auf dem Boden liegen. Trotz seiner beeinträchtigten Wahrnehmung, über welcher ein dichter Schleier zu liegen schien, erkannte er diese Person sofort. Pelwicks Herz schien von einer unsichtbaren Hand gepackt und ruckartig zusammengepresst zu werden. Ein heißer Schauer durchflutete ihn und entfachte neue Kraft in seinem geschundenen Körper.

Pelwick rappelte sich auf, aber die Schmerzen zwangen ihn wieder hinunter. Der Gnom gönnte sich keine Verschnaufpause, wollte sich keine gönnen. Er streckte die Arme aus und zog sich Stück für Stück voran. Das Blut rauschte durch seinen Kopf, ihm wurde schwindelig und er keuchte unter der Anstrengung, die er sich zumutete.

Pelwick kroch unermüdlich weiter. Der Gedanke nahm Gewissheit an: Die Gestalt, die nahe einer Wand auf dem Boden lag, war Peya!

Pelwick Herz schlug schneller. Er hatte sie gefunden! Obwohl seine Suche nicht so verlaufen war, wie er es gehofft hatte, war er doch am Ziel. Sein Wille rang die Schmerzen nieder und er schaffte es, an sie heran zu kriechen. Pelwick packte seine Freundin an der Schulter und zuckte augenblicklich zurück.

Ihre Haut war kalt und nass. Jegliches Leben schien aus ihrem Körper gewichen.

»Nein«, flüsterte Pelwick. »Nein, tu mir das nicht an. Peya!«

Der Gnom streckte seine zitternden Hände nach seiner Liebsten aus, wollte sie noch einmal berühren. Doch er zögerte. Er hatte Angst vor der Erkenntnis, die ihm zuteilwerden konnte. Pelwick zog sich auf die Knie. Schluchzend hockte er neben ihr und sein Kopf sank auf ihre Brust.

Eine Flut von Bildern stürzte in seine Gedanken, Erinnerungen an eine gemeinsame Vergangenheit, an Dinge, die sie zusammen erlebt und geteilt hatten. Jeder Gedanke war wie ein Hieb, der sein Herz malträtierte und ihm die Tränen in die Augen trieb.

»Nein«, sagte er erneut und ließ seiner Trauer freien Lauf. Er war zu spät gekommen. Er hatte alles versucht, um sie zu retten, hatte die anderen Gnome im Stich gelassen, damit er der Frau, die er liebte, helfen konnte. Aber er hatte es nicht geschafft.

Pelwicks hatte seinen Kopf auf ihrem reglosen Körper gebettet, als wolle er nie wieder von ihr lassen und das hatte er auch nicht vor. Er konnte sie nicht bei den Unholden zurücklassen. Er würde sie entweder tragen oder so lange über sie wachen, bis auch ihn der letzte Atemzug des Lebens verlassen würde.

Pelwicks wurde von seinen Gefühlen überwältigt. Er fand keinen Weg, der ihm die Kraft gab, ohne Peya weiterzuleben. Alles, was ihm etwas bedeutete, verschwand in einem Strudel der Leere. Das Einzige, was der Gnom außer dem Schmerz in seinem Herzen noch fühlte, war Peyas nasse Kleidung an seiner Haut.

Oder ist da noch etwas?

Zunächst dachte er an eine Täuschung, an die Hoffnung, welche begann, ihn irre zu leiten, aber da war noch etwas anderes.

Pelwick spürte einen Herzschlag.

Der Gnom prüfte es erneut, bekam Gewissheit und war von einem Moment zum anderen vollkommen außer sich. Er wusste nicht, wie er es anstellen sollte, damit sie ihr Bewusstsein zurück erlangte. Seine Finger streichelten hektisch ihr Gesicht, tätschelten sanft ihre Wangen, während er immer wieder ihren Namen sagte. Schließlich packte er behutsam Peyas Schultern und schüttelte sie sachte.

»Peya, bitte!« Der junge Gnom wurde immer unruhiger. *Verdammt, sie lebt doch!*

Aber warum bekam er sie nicht zurück? Was musste er tun, um den Bann, der sie gefangen hielt, zu brechen?

Hektisch blickte Pelwick zum Eingang der Kammer. Noch waren die Unholde nicht zurückgekehrt, aber es war sicherlich nur eine Frage der Zeit.

Der Gnom wandte sich wieder Peya zu, streichelte abermals ihre kalten, feuchten Wangen. Ihr weißes Haar war strähnig und nass. Es hatte jeglichen Glanz verloren. Ebenso ihre sonst so weiche Haut, welche nun runzelig und alt wirkte.

Pelwick strich ihr die Haare von der Stirn und berührte anschließend mit dem Daumen ihre Lippen. Nachdem all seine Bemühungen fruchtlos geblieben waren, hätte er am liebsten seine gesamte Enttäuschung herausgeschrien. Allein das Wissen um die nahe Bedrohung durch die Unholde rang dieses Verlangen nieder.

Seine Tränen mischten sich mit der Nässe ihrer Kleidung, als er sich zu ihr hinunterbeugte und ihre Lippen mit seinen berührte. Er spürte die Wärme, die noch in ihren steckte, und schloss die Augen. Für einen kurzen Moment vergaß er jegliches Leid, fühlte sich geborgen in diesem einfachen Kuss, obwohl er keine Erwiderung fand. Aber er war Beweis genug für ihn, Peya noch immer retten zu können. Die Kälte des Todes hatte ihren Körper noch nicht gefangen!

Ein Geräusch ließ ihn den Kuss beenden. Sofort dachte er an die Unholde, welche zurückgekehrt waren, um nach den Gefangenen zu sehen. Doch es kam niemand. Erst jetzt fiel ihm ein, dass er sich in der Kammer noch nicht umgesehen hatte. Er wusste nicht einmal, ob sich hier außer Peya und ihm noch jemand befand. Ein Hauch der Furcht kroch über seinen Rücken, während er sich ausmalte, was in einer der Ecken lauern konnte.

Seine Blicke flogen hastig durch die Kammer, aber abgesehen von einigen Fässern schien sich hier keine weitere Person aufzuhalten.

Plötzlich berührte etwas seinen Arm. Pelwick zuckte zusammen und sah in Peyas wunderschöne Augen. Das Herz des Gnoms machte einen Sprung.

Peya lebte!

Die Hand hatte sie in seinen Arm gekrallt und sie versuchte sich aufzurichten.

»Langsam«, flüsterte er ihr zu. Pelwick merkte, dass sie noch zu schwach war, um es selbst zu schaffen. Er stützte sie und half ihr, in eine sitzende Position zu gelangen.

»Wo bin ich?« Die Stimme der Gnomin klang heiser und geschwächt.

»Irgendwo in einem Raum. Ich weiß es nicht genau.«

»Ich bin von der Brücke gestürzt ...«, erinnerte sich Peya.

»Es ist alles gut«, unterbrach Pelwick sie. Er nahm ihren Kopf und drückte ihn an seine Brust. Es war ein schönes Gefühl, sie wieder bei sich zu haben, und er würde sie niemals wieder loslassen wollen. Darüber hinaus fürchtete er, sie würde sich zu sehr aufregen, wenn sie an die Geschehnisse zurück dachte. »Spare deine Kraft. Wir müssen hier verschwinden!«

Peya sah ihren Freund mit großen Augen an. »Danke, dass du mich gefunden hast.«

Pelwick lächelte. Er stand auf und sah sich noch einmal in der kleinen Kammer um. Hier gab es nichts, was sie gebrauchen konnten. Drei leere Holzfässer standen in einer Ecke, aber das war schon alles. Entfernt erinnerte dieser Raum hat den Vorratsraum der Zwerge, welchen er niemals hätte betreten sollen. In solchen Kammern wurde anscheinend Nahrung aufbewahrt.

»Wir müssen hier weg, Peya. Schnell!« Ein grausiger Verdacht keimte in ihm auf. Instinktiv tastete er nach den Grabkrallen, doch der Platz an seinem Hosenbund war leer. Wenn diese Wesen zurückkämen, hätte er nicht einmal mehr etwas zur Verteidigung.

Pelwick half seiner Freundin auf die Beine. Er stützte sie. Gemeinsam bewegten sie sich auf den Ausgang zu.

»Ich bin in den Heiligen Quell gefallen«, sagte Peya. »Ich war tot, aber du hast mich zurückgeholt.« Ihre Stimme gewann langsam den gewohnten Klang zurück. Auch ihre Bewegungen wurden allmählich flüssiger.

»Du warst nicht tot«, antwortete Pelwick.

Sie erreichten den Quergang. Vorsichtig spähten die Gnome in beide Richtungen des Tunnels und gingen weiter, als kein Feind zu sehen war. Sie hatten keinerlei Orientierung und entschieden sich einfach für den linken Gang.

»Ich war im Heiligen Quell!«, bemerkte Peya erneut. »Ich bin in sein Wasser getaucht und habe seine erlösende Kühle gespürt. Wie erklärst du dir das, wenn der Heilige Quell doch so weit entfernt ist?«

»Ich kann es nicht«, gab Pelwick zurück. »Du warst am Leben, als ich dich fand. Das ist alles, was ich weiß.«

Der junge Gnom verspürte keine große Lust, über den Heiligen Quell zu sprechen. Er wollte nur so schnell es möglich war aus diesem Tunnelwirrwarr entkommen.

Der Gang führte schräg in die Tiefe. Einige Male stolperte Peya, konnte aber von ihrem Freund rechtzeitig aufgefangen werden. Pelwick blickte immer öfter mit sorgenvoller Miene zurück, als rechnete er damit, jeden Augenblick von den Unholden aufgegriffen zu werden.

Und er sollte Recht behalten.

Die beiden Gnome erreichten eine Abzweigung, die sie weiter hinunter bringen sollte, als sie das knurrende Schmatzen vernahmen.

»Verdammt, sie haben uns«, fluchte Pelwick.

»Was sollen wir jetzt machen?« Die Gnomin war noch zu schwach, um allein laufen zu können, und von Pelwick gestützt konnten sie den Unholden nicht entkommen. Dennoch blieb ihnen keine andere Wahl.

»Laufen!« Pelwick zog Peya mit sich. Sie beeilten sich, doch die wütenden Laute kamen unaufhörlich dichter.

Die Gnome versuchten, Haken zu schlagen, abwechselnd Abzweigungen in unterschiedliche Richtungen zu nehmen, aber es gelang ihnen nicht, die Verfolger abzuschütteln. Schon bald gerieten die Gnome an ihre Grenzen. Peya war noch lange nicht im Vollbesitz ihrer Kräfte und Pelwick schaffte es nicht, sie auf Dauer mit sich zu ziehen. Sie wurden immer langsamer und ihre Verfolger holten auf. Noch waren sie nicht zu sehen. Die grässlichen Laute, welche sie ausstießen, wurden jedoch stetig lauter.

Die Unholde sind nicht mehr weit entfernt!

Beinahe wäre Pelwick an der schmalen Felsspalte vorbeigelaufen, entdeckte sie noch rechtzeitig, zwängte sich hinein und zog Peya hinterher. Die Spalte war gerade groß genug für die Statur der beiden Gnome, die sich, soweit es möglich war, hineinquetschten.

Pelwick sah Peyas ängstlichen Blick, legte ihr einen Zeigefinger auf die Lippen und drückte sie fest an sich. Die Stimmen wurden immer lauter. Bald schon müssten die Verfolger vor dem Spalt auftauchen. Die Gnome hielten den Atem an. Sie hofften, dass die Unholde vorbei laufen und sie nicht entdecken würden. Pelwicks Herzschlag klang verräterisch laut.

Die Unholde kamen immer näher.

Peya vergrub das Gesicht in der Schulter ihres Freundes. Er hatte sie gerettet, sie zurück ins Leben geführt. Sollte dies jetzt alles vergebens gewesen sein? Peya wagte nicht, den Kopf noch einmal zu heben und nachzusehen, ob die Unholde wirklich kamen.

Pelwick starrte wie gelähmt durch den schmalen Spalt. Jeden Moment müssten die Verfolger vor seinen Augen auftauchen und ihm blieb nichts weiter übrig, als abzuwarten, ob sie vorbei laufen oder stehen bleiben würden.

Sie kamen!

Es waren nicht mehr als einige Schatten, die kurz vor dem Spalt auftauchten und wieder verschwanden. Die Rufe der Unholde wurden leiser, als die Schatten vorüber zogen.

Einige Augenblicke später stieß Pelwick erleichtert den Atem aus. Er streichelte sanft über Peyas Haar.

»Sie sind weg.« Peya konnte die Erleichterung in seiner Stimme deutlich hören.

Auch ihr fiel ein Stein vom Herzen. Sie hatten es zwar noch nicht geschafft, den Unholden zu entkommen, aber die unmittelbare Gefahr war vorerst gebannt.

»Lass uns weiter«, forderte Pelwick, doch Peya reagierte nicht.

Schreckensbleich stand sie vor ihm und starrte über seine Schulter hinweg tiefer in den Spalt. Pelwick drehte sich um und erschrak. Wenige Fingerbreit vor seinem Gesicht befand sich die Spitze einer Klinge.

***

Olsmund ging weiter, obwohl die Stimmen hinter ihm zahlreicher und lauter wurden. Er hoffte, bald auf eine Biegung oder Abzweigung zu stoßen, die ihn vor den Augen der unheimlichen Wesen verbergen würde. Er hatte Glück. So schnell er konnte, humpelte er in einen Seitentunnel. Für einen Moment hielt er die Luft an und lauschte.

Die Stimmen wurden nicht lauter.

Offensichtlich war ihm niemand gefolgt. Olsmund atmete erleichtert aus. Er dachte zwar daran, den Weg auch wieder zurück zu müssen, aber vorerst war er froh, nicht entdeckt worden zu sein. Alles Weitere würde sich später zeigen.

Der pochende Schmerz in seiner Wade machte ihm Sorgen. Jeder Schritt wurde anstrengender und lange würde er es nicht mehr aushalten können.

Nur ein kleines Stück noch. Nur so weit, bis ich sehen kann, wohin die Tunnel führen.

Olsmund stützte sich an der Tunnelwand ab. Der Stein war kühl und glatt. Er erinnerte sich an den ersten Gang, den er in Chupa Waia gegraben hatte. Keineswegs gerade und eben, sondern vollkommen schief und unsauber. Anstatt von einer Knotenhalle zur nächsten hatte er einen anderen Tunnel erwischt.

Ein kurzes Lächeln huschte über sein von der Anstrengung gezeichnetes Gesicht, als er daran dachte. Doch dies war vor sehr langer Zeit gewesen. Seitdem war viel passiert, was er nicht so leicht weggesteckt hatte wie einen falsch gegrabenen Tunnel. Er hatte seine Frau verloren, viel zu früh und noch bevor sie das Leben, welches sie in sich trug, gebären konnte. Das Gatter der Erdkäferstallungen war gebrochen und eines der Tiere hatte entkommen können. Es war ein schrecklicher Zufall, dass seine Frau den Weg des Riesenkäfers gekreuzt hatte, bevor die Wachen das Tier hatten stellen können. Sie war sofort tot gewesen. Olsmund hatte sich nicht einmal mehr von ihr verabschieden können.

Peyas Vater hatte damals in den Stallungen gearbeitet und auch wenn ihn keine Schuld an dem gebrochenen Gatter getroffen hatte, so gab Olsmund sie ihm innerlich trotzdem an dem Unglück. Vielleicht war dies auch der Grund, warum Olsmund gezögert hatte, Hilfe zu holen, als der Tunnel über Peyas Vater eingestürzt war.

Seitdem musste Olsmund mit dieser Vergangenheit leben, hatte sich abgesondert und niemals ein Wort darüber verloren. Aber diese Sünde verfolgte ihn. Er hatte Nusas Nähe gesucht, um ihr bei allem behilflich zu sein. Nur Reden konnte er mit ihr darüber nie. Sie hätte ihn verachtet.

Der Erkunder schleppte sich weiter. Nusas notdürftiger Verband schaffte es schon seit längerem nicht mehr, die Blutung zurück zu halten. Ein breiter Streifen getrockneten Blutes reichte bis zu seiner Ferse hinab. Jeder Schritt kostete Olsmund Überwindung. Jedes Stück, das er vorankam, bezahlte er mit starken Schmerzen. Lange konnte er es nicht mehr aushalten und er dachte bereits daran umzudrehen, als der Tunnel in einer halbrunden Halle mündete. An der geraden Seite befand sich eine breite Schlucht, über die sich eine große Steinbrücke spannte. In der halbrunden Wand führten viele Gänge in unterschiedliche Richtungen. Obwohl die Halle verlassen schien, setzte sich Olsmund resigniert auf den Boden. Es gab zu viele Möglichkeiten und keine ließ auf einen Ausgang aus diesem Irrgarten schließen.

Olsmund lehnte sich mit dem Rücken gegen den Fels und starrte auf einen unbestimmten Punkt innerhalb der Halle. Ihm fehlte die Kraft weiter zu suchen oder umzukehren. Irgendwann würden die anderen Gnome ihn hier finden, und wenn er Glück hatte, war er noch am Leben. Aber einen Weg hinaus würden auch sie nicht finden, dessen war er sich jetzt sicher.

***

Die rostige Klinge befand sich so dicht vor seinem Gesicht, dass Pelwick fürchtete, sie könnte ihn ritzen.

»Wer seid ihr?«, fragte eine krächzende Stimme. »Ihr seid keine Unholde, oder?«

Nachdem der erste Schreck verflogen war, konnten die beiden Gnome die Gestalt erkennen, welche das Kurzschwert in der knochigen Hand hielt. Es war ein kleiner Kerl, sogar noch kleiner als sie selbst. Seine Haut war hellgrau und sein kahler Schädel, mit den großen, dunklen Augen, war übersät mit Flecken und kleinen Pusteln. Anstatt Ohren besaß er Hauttaschen, die sich ständig öffneten und schlossen, als wären es Münder, die versuchten, ihnen etwas mitzuteilen.

»Na los! Was seid ihr?« Der Fremde entblößte seine vielen, spitzen Zähne.

»Wir sind Gnome aus Chupa Waia«, antwortete Peya.

»Kenne ich nicht! Aber so leicht bekommt ihr mich nicht!« Die Stimme des Kleinen wurde zorniger.

Die Gnome wichen vor dem bedrohlichen Kerl zurück.

»Wir haben nicht vor, dir etwas zu tun«, sagte Pelwick mit zitternder Stimme. »Wir sind auf der Flucht vor den Zwergen!«

»Zwerge wohnen hier schon ewig nicht mehr! Ich lasse mich nicht von euch täuschen. Ihr seid Spitzel von denen. Ihr sollt meinen Unterschlupf ausspähen. Aber nicht mit mir!« Der Kleine sah sich verstohlen um, als rechnete er mit einem Hinterhalt. »Kommt mit, hier ist es nicht sicher! Wenn ihr schreit, hören die euch und dann haben sie mich!« Der Kleine hielt das rostige Kurzschwert weiterhin in Pelwicks Richtung und ging rückwärts tiefer in den Spalt hinein.

»Kommt«, wiederholte er.

Die beiden Gnome zögerten. Sie hätten rasch aus der Spalte rennen können, aber irgendetwas an diesem sonderbaren Wesen schien ihnen vertrauenswürdig. Möglicherweise kannte es sogar einen Weg an die Oberwelt.

»Kommt!«, sagte der Kleine diesmal fordernder und die Gnome taten ihm den Gefallen.

Sie folgten ihm den Spalt entlang und in eine kleine Höhle hinein, aus der es keinen weiteren Ausgang gab. Eine kleine, brennende Fackel blendete die Gnome. Sie mussten für einen kurzen Moment die Augen schließen. Der kleine Kerl kicherte. Pelwick und Peya fiel es schwer, sich an die veränderten Lichtverhältnisse anzupassen. Auch wenn in der Oni Thal ständig die Feuer in den Werkstätten gebrannt hatten, war ihnen vollkommene Dunkelheit lieber.

Es dauerte einen Moment, bis sie Einzelheiten erkennen und die Höhle genauer betrachten konnten. Sie schien, im Gegensatz aller anderen Gebäude und Hallen in dieser Mine, natürlichen Ursprungs zu sein. An einer Seite lag ein kleiner Berg aus Lumpen und getragener Kleidung. Der Boden war übersät mit kleinen Insektenpanzern und es knirschte unangenehm unter den nackten Füßen der Gnome, während sie die Höhle betraten.

Flink hopste der kleine Kerl auf den Lumpenberg, ohne die Gnome aus den Augen zu lassen, und setzte sich.

»Wer bist du?«, fragte Peya.

»Ich stelle die Fragen, Unholdspitzel«, gab der Kleine gereizt zurück. »Wie habt ihr mich gefunden?«

»Es war ein Zufall«, beteuerte Pelwick. »Wir haben uns nur vor den Unholden versteckt.«

Der Kleine legte den Kopf schief und betrachtete die Gnome genau. Dabei zielte er mit der Klingenspitze immer auf den Gnom, welchen er gerade nicht ansah.

»Xnonok«, sagte er plötzlich.

Pelwick blickte Peya fragend an, doch sie hob lediglich die Schultern.

»Das ist mein Name«, fuhr der Keine fort. »Nach Unholden seht ihr wahrlich nicht aus.«

»Wir sind Gnome aus Chupa Waia«, erklärte Peya erneut.

»Ja ja«, sagte Xnonok, »und ihr flieht vor den Zwergen. Aber die sind gegangen, vor vielen, vielen Jahren. Und dann kamen die Unholde. Widerliche Dinger! Nisten sich überall ein! Haben mir meine Höhle gestohlen!«

»Was bist du?« Peya gewann Vertrauen zu dem kleinen Kerl.

»Ihr habt noch keinen von uns gesehen, was?« Xnonok kicherte. »Die Tendar nannten mich Oron Bor, ‚Der im Berg wohnt', und das Westvolk nennt mich einen Grottenschrat.«

»Mein Name ist Peya und das hier ist Pelwick. Kannst du uns helfen?«

Xnonok kicherte zunächst, verengte plötzlich seine Augen zu schmalen Schlitzen und starrte die beiden Gnome feindselig an. »Helfen?«, fragte er. »Ich habe euch doch gerade erst gefangen genommen!«

Peya wich aufgrund Xnonoks Sinneswandels unwillkürlich vor dem Grottenschrat zurück, aber Pelwick wurde dieses Spiel allmählich zu bunt. Mit einem Satz sprang er auf Xnonok zu, wischte mit einer Handbewegung den Waffenarm zur Seite und drängte ihn an die Wand der Höhle. Der Grottenschrat ließ vor Überraschung die Waffe fallen und quiekte ängstlich.

»Jetzt hör mir mal zu, du Wicht!« Pelwick packte den Kleinen am Hals und blickte ihn böse an. »Wir sind nicht hier, um dir irgendetwas zu tun oder dir dein Heim zu rauben. Ich will nur den Ausgang an die Oberwelt finden und du hilfst uns! Hast du das verstanden?«

Xnonok röchelte, versuchte sich mit den Fingern aus dem Griff zu befreien, was ihm allerdings nicht gelang. Als Pelwick bemerkte, dass der Grottenschrat in dieser Haltung nicht sprechen konnte, ließ er ihn los.

Sofort huschte Xnonok eilig an die am weitesten entfernte Wand der Höhle und rieb sich den geschundenen Hals. Dabei röchelte und würgte er die ganze Zeit.

»Es tut mir leid«, entschuldigte sich Pelwick, »aber wir haben nicht viel Zeit. Die Zwerge haben uns aus unserer Heimat vertrieben und uns eingesperrt. Wir konnten ihnen entkommen, aber seither machen sie Jagd auf uns. Wir versuchen, an die Oberwelt zu gelangen, aber die Zwerge geben nicht auf. Und jetzt haben wir auch noch diese Unholde an den Fersen. Es sind noch andere von uns hier, aber wir wurden getrennt. Ich weiß nicht einmal, ob sie überhaupt noch leben. Wir müssen sie finden und aus diesen Höhlen entkommen. Die Zeit drängt!«

Der junge Gnom sah Xnonok bittend an. Zu gern hätte er gewusst, was in dem Kopf des Grottenschrats vorging. Sicherlich heckte er etwas aus, damit Peya und er ihm doch noch in die Falle gehen würden. Aber selbst wenn es die Absicht des Kleinen war, so bestand in seiner Gegenwart die geringere Gefahr. Pelwick beschloss, auf jeden Fall aufmerksam zu sein und Xnonok nicht aus den Augen zu lassen. Vorausgesetzt er würde ihnen überhaupt helfen.

»Kein Grund, gleich grob zu werden!« Xnonok hatte seine Stimme zurückerlangt. »Warum sollte ich euch helfen?«

»Weil du anders bist«, sagte Peya mit sanfter Stimme. Sie ging an Pelwick vorbei und kniete sich in einigem Abstand vor dem Grottenschrat nieder. »Du bist kein böses Wesen, das spüre ich. Du verabscheust jene, die dir dein Heim streitig machen, und genau dies ist uns widerfahren. Wir wurden aus unserem Heim vertrieben und genau das macht uns so ähnlich. Wir alle leiden unter der Willkür dieser anderen. Du hast die Möglichkeit, dich hier zu verstecken, uns ist dies aber nicht gegeben. Wir wollen nur zur Oberwelt, um dort ein neues Leben zu beginnen. Wir brauchen deine Hilfe. Bitte, hilf uns.«

Xnonok legte den Kopf schief, rieb sich erneut den Hals und kicherte leise. »Zur Oberwelt wollt ihr?«, fragte er mit breitem Grinsen.

Die beiden Gnome nickten.

»Ihr denkt, dort ist es weniger gefährlich?« Xnonok kicherte wieder. Er löste sich von seinem Platz und sprang auf die beiden Gnome zu, die erschrocken zurückwichen. Er betrachtete ihre Gesichter ganz genau, bevor er weitersprach: »Nun gut. Ich bringe euch zur Oberwelt. Sie ist ganz nah.«

»Wirklich?« Pelwick war überrascht.

»Ja«, sagte der Grottenschrat geheimnisvoll und blies die kleine Fackel aus.

ZWERGE GEGEN ZWERGE

Sie kamen von überall. Wie Ameisen stürzten sie sich auf das Opfer, welches in ihr Reich eingedrungen war. Die Unholde stießen ohrenbetäubende Kreischlaute aus, während sie mit ihren primitiven Waffen angriffen.

Hurik riss das Kriegshorn vom Gürtel und blies einige Male kraftvoll hinein, bevor es ihm durch einen Steinwurf aus der Hand geschleudert wurde. Der Zwerg knurrte und ging rückwärts. Er versuchte, den Ausgang zu erreichen, bevor die Angreifer ihn erreichen konnten, aber er kam nicht weit. Die Unholde waren schnell, hatten ihm den Rückweg abgeschnitten und sorgten dafür, dass er sich ihnen stellen musste.

Hurik machte sich nicht die Mühe, seine Gegner zu zählen. Es waren einfach zu viele. Wenn Hurik dem Tod heute in die Schattenwelt begleitete, sollten ihm dabei viele der Unholde folgen. Für einen Zwerg gab es kein Aufgeben. Nur der Kampf bis zum letzten Atemzug war ehrenhaft genug, um erhobenen Hauptes in die Kammern seiner Vorfahren einzutreten.

Hurik zog seinen breiten Dolch aus dem Gürtel, hielt in der anderen Hand die Axt kampfbereit und wartete auf den ersten Angriff.

Vier Unholde sprangen gleichzeitig von der Seite auf ihn zu. Hurik wirbelte herum, seine Axt trennte mit einem Schlag den Arm vom Rumpf eines Unholds. Dabei konnte der Zwerg nicht verhindern, dass sich die drei Verbliebenen auf seinen Körper warfen. Hurik rammte blind den Dolch über die Schulter und traf einen weiteren Gegner zwischen die Augen.

Der Zwerg geriet in einen Kampfrausch. Jeder seiner Angriffe kam schnell und präzise. Ein Unhold nach dem anderen wurde von ihm niedergestreckt und doch war die Anzahl der Gegner übermächtig. Für jeden Niedergerungenen folgten drei neue.

Einer der Unholde sprang an Huriks Rücken hinauf, riss das Maul auf und schlug seine schiefen Zähne tief in den Hals des Zwergs. Ein stechender Schmerz durchflutete den Krieger. Hurik drehte sich wie wild im Kreis. Die Axt durchschnitt die Luft und einige Unholde, die sich zu dicht heran gewagt hatten. Der Zwerg schaffte es aber nicht, den Beißer abzuschütteln. Hurik warf sich mit dem Rücken gegen die Felswand. Der Unhold in seinem Nacken kreischte auf und ließ von seinem Opfer ab. Hurik drehte sich um. Wie wild schlug er auf den Unhold ein, der ihn hinterrücks attackiert hatte. Selbst als sich der Unhold schon geraume nicht mehr regte, ließ der Zwerg nicht von ihm ab.

Die nächsten Angreifer kamen auf ihn zu. Hurik spürte es im rechten Augenblick. Er wirbelte herum. Sein Gesicht war zu einer Grimasse verzerrt und das Blut seines Opfers tropfte aus den Spitzen seines wirren Barts. Gleichzeitig mit Dolch und Axt wehrte er die zustoßenden Waffen ab, verteilte Tritte und Kopfstöße, doch die Zahl seiner Gegner wurde nicht weniger. Hurik rammte den Dolch einem weiteren Unhold in die Brust, wehrte indes mit der Axt andere Angreifer ab.

Wie ein Fels in der Brandung schlug er Welle um Welle zurück, achtete dabei aber nicht darauf, was sich über ihn anbahnte. Ein Unhold war zurück an die Decke geklettert, unbemerkt heran gekrochen und ließ sich auf den kämpfenden Zwerg fallen. Hurik war von dem Angriff überrascht, verlor für einen Moment den Überblick, welchen die anderen Unholde zum Angreifen nutzten.

In kürzester Zeit waren sie bei ihm, schlugen ihm gezielt auf die Arme, bis er die Waffen nicht mehr halten konnte. Gemeinsam rangen sie den Zwerg zu Boden und begruben ihn unter ihren Leibern.

***

Olsmund wusste nicht, wie lange er reglos am Boden gesessen hatte. Irgendwann hatte ihn die Erschöpfung gepackt und er war in einen unruhigen Schlaf gefallen. Fürchterliche Träume hatten ihn geplagt. Träume, in denen er lachend vor den Gnomen gestanden und dabei zugesehen hatte, wie sie alle durch eine Geröllawine zu Tode gekommen waren. Als Olsmund erschrocken die Augen öffnete, spürte er ein gleißendes Licht, welches ihn zwang, sie gleich wieder zu schließen.

Sah so der Tod aus? War dieser gleißende Strahl schmerzenden Lichts die Bestrafung durch den Heiligen Quell, der ihn für seine Sünde heimsuchte?

Olsmund wand sich, vergrub das Gesicht in den Händen, doch die Helligkeit spürte er noch immer. Der Erkunder rutschte weiter in den

Tunnel zurück. Das Licht wurde schwächer, es verfolgte ihn nicht weiter und der Gnom traute sich, einen Blick zu riskieren. Obwohl seine Augen noch immer brannten und ein schmerzhaftes Stechen im Kopf die Wahrnehmung trübte, konnte er deutlich den Lichtstrahl sehen, der wenige Schritte neben ihn die Dunkelheit zerschnitt und die halbkreisförmige Halle in einen zauberhaften Glanz hüllte. Starr strahlte das Licht auf den Platz, den Olsmund eben noch belegt hatte, und verharrte dort. Es schien darauf zu lauern, den Gnom wieder zu blenden, sobald er aus seinem Versteck kriechen würde.

Der Erkunder grübelte. *Wenn dies eine Bestrafung ist, warum verfolgt es mich nicht weiter? Warum wartet es, anstatt mich einfach zu blenden oder zu verbrennen?*

Olsmund tat nichts. Es schien, als hoffte er, seine Befürchtung würde sich bewahrheiten. Doch das tat sie nicht. Das Licht blieb unbeweglich auf der Stelle.

Nachdem sich die Augen des Gnoms an die neuen Lichtverhältnisse gewöhnt hatten und der Schmerz geringer geworden war, wagte er sich dichter an das Licht heran. Irgendwoher musste es kommen und etwas musste es verursachen.

Zögernd streckte Olsmund den Kopf vor, peinlich darauf bedacht, den Strahl nicht zu kreuzen. Der Gnom fand eine Stelle, die ihn zwar ein wenig blendete, ihm aber ausreichend Sehkraft ließ, um den Ursprung des Lichts auszumachen. Olsmunds Blick glitt den Strahl entlang und folgte seinem Verlauf bis zu einem Loch in der Höhlenwand jenseits der steinernen Brücke. Der Gnom war verwirrt. Er sah dort nichts, was diesen Schein verursachte: keine Feuerstelle oder einen besonders starken Glimmstein.

Olsmund streckte seine Hand in den Lichtstrahl. Er war warm und wohltuend auf seiner Haut.

Seine Gedanken rasten, schufen Ideen und zerstörten sie gleich darauf wieder. Schließlich kamen ihm die Berichte der Ältesten in den Sinn, wie sie von dem Ausflug zur Oberwelt berichtet hatten, von dem grellen Licht, welches in den Augen schmerzte. Olsmund geriet in Verzückung, seine Lippen formten Worte, die er nicht aussprach, und von einem Augenblick zum nächsten hatte der Gnom es verdammt eilig, den Tunnel zurück zu humpeln.

Den Schmerz in seinem Bein ignorierte er dabei weitgehend, denn etwas anderes war in das Zentrum seiner Gedanken gerückt.

Olsmund hatte den Weg zur Oberwelt gefunden!

***

Xnonok führte die beiden Gnome durch die Tunnel. Sie bewegten sich vorsichtig und der Grottenschrat hielt an jeder Abzweigung an und legte seinen Kopf lauschend auf den Steinboden.

»Schwingungen«, sagte er jedes Mal. »Man kann die Schritte der Unholde spüren.«

Pelwick und Peya fanden das Verhalten des Grottenschrats mehr als sonderbar, aber er war die einzige Möglichkeit, um die Oberwelt zu erreichen.

Der Gnomin ging es schon viel besser. Sie spürte zwar noch Schmerzen in der Brust, aber konnte sich mittlerweile schwindelfrei und schnell bewegen.

»Nur noch diesen Tunnel entlang und wir können den Ausgang schon sehen.« Xnonok hielt die Nase schnüffelnd in die Luft. Das rostige Kurzschwert hielt er weit vor sich gestreckt, als wollte er jeden, der unvermittelt vor ihm auftauchen würde, sofort aufspießen.

»Wie ist es an der Oberwelt?«, fragte Pelwick.

Obwohl der Gnom körperlich und seelisch angeschlagen war, ließ ihn die Neugier nicht los. Die Aussicht, das Ziel bald zu erreichen, entfesselte seine letzten Reserven.

»Nicht so eng«, der Grottenschrat kicherte. »Keine Wände, keine Decken. Keine Unholde. Die Oberwelt ist weit, man kann tagelang gehen und findet doch kein Ende. Die Tage sind hell und fröhlich, die Nächte schwarz und kalt. Es gibt blaue Himmel und rauschende Bäche. Grüne Wiesen und dunkle Wälder. Doch es gibt dort auch Sturm und Verderben. Kreaturen, die einem nach dem Leben trachten, nur der Freude willen!«

»Das kennen wir.« Pelwick senkte traurig den Blick.

»Man kann sich anpassen und muss vorsichtig sein. Nur so kann man an der Oberwelt bestehen«, fuhr Xnonok fort. Der kleine Kerl verharrte in seiner Bewegung. »Still jetzt«, zischte er.

Wieder legte er den Kopf auf den Boden und lauschte. Dabei murmelte er unverständliche Laute und krabbelte zwischen den beiden Gnomen hindurch, die sich ängstlich umsahen.

Schließlich hob der Grottenschrat die Nase und schnüffelte. »Sie kommen«, rief er plötzlich. »Lauft!«

Xnonok sprang auf und preschte zwischen Pelwick und Peya hindurch. Der kleine Kerl war schnell, schneller sogar als die beiden Gnome, die ihm sofort folgten.

»Was ist los?« Peya blickte über die Schulter, konnte aber keine Verfolger erkennen.

»Die Unholde kommen. Still jetzt«, antwortete Xnonok.

»Ich kann sie hören«, sagte Pelwick.

Das gurgelnde Kreischen schwoll immer mehr an. Es schien von überall zu kommen und schwappte über die Fliehenden wie eine Welle, die Furcht und Angst verursachte.

»Die scheinen überall zu sein!« Peya hatte das Kreischen ebenfalls vernommen. »Was wollen die von uns?«

»Euch fressen«, sagte Xnonok ärgerlich. »Ihr seid ihnen entwischt und jetzt suchen sie alle nach euch. Der gesamte, verdammte Stamm!«

Die Fliehenden liefen aus dem Tunnel und ihre Flucht wurde abrupt von einem Abgrund, der sich vor ihnen auftat, beendet.

»Verdammt!« Pelwick betrachtete das kleine Felsplateau, auf dem sie standen. Rechts und links führten hölzerne Brücken in die Tiefe, über welche eine große Anzahl Unholde auf sie zu kamen. Auch der Weg zurück in den Tunnel war versperrt.

Sie waren überall!

»Was machen wir jetzt?«, fragte Peya panisch.

Das Kreischen der Unholde wurde immer lauter, drang in ihre Köpfe ein und fügte ihnen seelische Schmerzen zu.

Xnonok wirbelte herum und blickte in jede Richtung.

Sie saßen in der Falle!

Es schien keinen Weg zu geben, der sie kampflos an den Unholden vorbeiführte. Ein Kampf wäre aber im Angesicht dieser Übermacht nur ein Aufschub des Unvermeidlichen gewesen.

»Wir haben nur eine Wahl!«, schrie Xnonok.

Er wandte sich den beiden Gnomen zu und stürmte ihnen entgegen. Pelwick und Peya waren von dem Angriff des Grottenschrats zu überrascht, um ihm auszuweichen. Mit ausgebreiteten Armen prallte der Xnonok gegen die Gnome und stürzte zusammen mit ihnen in die Tiefe.

***

Die Freude über seine Entdeckung erhielt einen Dämpfer, als er Geräusche vernahm. Olsmund erinnerte sich an den Raum mit den vielen Tunnelzugängen, in welchem er die Unholde gesehen hatte. Die Freude wandelte sich in Angst und er fragte sich, ob er den Raum noch einmal unbeschadet würde durchqueren können. Olsmund humpelte langsamer, während er sich dem Ende des Tunnels näherte.

Die grässlichen Laute der Unholde schienen von überall zu kommen. Sie klangen aufgeregt und wütend. Doch da war noch etwas anderes: ein zorniges Knurren, welches dem Gnom in gewisser Weise vertraut vorkam. Und das klirrende Geräusch, wenn Metall auf Metall traf.

Olsmund wagte sich weiter voran. Es war nur noch ein kleines Stück bis zu der Biegung, welche in den Raum führte. Er hielt den Atem an, versuchte sich so leise wie möglich zu bewegen, was mit dem verletzten Bein nicht unbedingt einfach war.

Olsmund spähte um die Ecke. Er konnte zwar nur einen Teil des Raumes einsehen, doch dieser schien leer. Die Geräusche hatten ihren Ursprung jedenfalls innerhalb dieser Höhle. Vermutlich in jenem Bereich, der noch verborgen lag. Olsmund musste etwas weiter vor, um ihre Herkunft entdecken zu können.

Die innere Anspannung ließ ihn die Schmerzen in der Wade beinahe vergessen. Olsmund spürte den Herzschlag laut in der Brust hämmern. Seine Hände zitterten, während er sich den letzten Abschnitt des Tunnels entlang bewegte.

In diesem Moment flog etwas auf ihn zu. Olsmund zuckte zurück. Der Gegenstand landete nur wenige Fingerbreit vor ihm auf den Boden. Dem Gnom zog sich der Magen zusammen, als er erkannte, worum es sich dabei handelte.

Es war der abgeschlagene Kopf eines Unholds.

Olsmund war mit diesem Anblick überfordert. Er spürte die Übelkeit in sich aufsteigen und wollte zurück in den Tunnel, sich irgendwo verkriechen, wo ihn niemand finden konnte. Doch der Gnom blieb an seinem Platz stehen und starrte gebannt auf den hässlichen Schädel. Es schien, als würde er ihn für seine Feigheit auslachen.

Die Erinnerung an die anderen Gnome kehrte zurück. Olsmund hatte sie nicht weit entfernt zurückgelassen und sie warteten auf seine Rückkehr. Er konnte sie nicht einfach ihrem Schicksal überlassen. Sie vertrauten ihm und hofften auf Rettung, aber dafür musste er sich den unheimlichen Gegnern stellen.

Gnome sind keine Kämpfer. Wegsehen ist viel leichter!

Olsmund hatte es schon einmal getan. Tatenlos zugesehen, wie jemand sein Leben verloren hatte. Er hatte damals gedacht, Gerechtigkeit zu erlangen und dadurch seinen eigenen Verlust besser verarbeiten zu können, doch er hatte sich getäuscht. Es war alles noch viel schlimmer geworden.

Kaum einen Tag hatte es gegeben, an dem ihn die Schatten seiner Schuld nicht heimgesucht hatten. Olsmund hatte sich zurückgezogen und jeden Kontakt vermieden, aber es hatte nicht geholfen. Erst jetzt, nachdem sie von den Zwergen vertrieben worden waren, fühlte er sich lebendig. Er spürte, es diesmal richtig zu machen, und musste diesen Pfad zu Ende gehen. Auch wenn er aussichtslos schien.

Der Gnom wandte den Blick von dem Schädel ab und wagte sich in die Kammer. Linker Hand, am anderen Ende, sah er einen Kampf toben. Unholde stürzten sich auf einen Zwerg, welcher Mühe hatte, der Übermacht Herr zu werden. Keiner von ihnen blickte in Olsmunds Richtung, der seinen gesamten Mut zusammennahm und dicht an der Höhlenwand entlang schlich. Es war nur ein kurzes Stück bis zum nächsten Tunnel, aber es kam ihm wie eine Ewigkeit vor.

Olsmund hatte Glück. Weder die Unholde noch der Zwerg sahen, wie er in die Finsternis des anderen Tunnels eintauchte und aus ihrem Blickfeld verschwand.

Der Gnom bog um die Ecke und atmete erleichtert aus. Sein gesamter Körper zitterte und kalter Schweiß lag als dicker Film auf seiner Stirn. Ihm wurde schwindelig. Olsmund gab sich einen Moment der Ruhe und es gelang ihm, dieses Gefühl niederzuringen. Nun war es nicht mehr weit bis zu der Stelle, wo er die anderen Gnome verlassen hatte.

Olsmund sah noch einmal zurück. Der Kampflärm war nah, doch niemand war ihm gefolgt. Schwerfällig setzte sich der Gnom wieder in

Bewegung. Der Schmerz in seinem Bein meldete sich zurück und das gesamtes Bein schien in Flammen zu stehen. Olsmund stützte sich an der Tunnelwand ab und kämpfte sich mühsam voran. Sein Atem ging stoßweise. Er spürte die Hitze in sich aufsteigen und hatte Schwierigkeiten, sich auf die Aufgabe zu konzentrieren. Vor jedem Schritt flüsterte ihm eine nicht vorhandene Stimme zu, sich niederzulassen und auszuruhen, aber noch konnte Olsmund ihrem verlockenden Vorschlag widerstehen.

Nur noch eine Biegung.

Olsmund keuchte, biss die Zähne zusammen und trieb sich weiter voran. Wäre er hier unten allein gewesen, hätte er schon vor langer Zeit aufgegeben gehabt. Olsmund dachte an die anderen Gnome. Ein Lächeln huschte bei der Vorstellung über sein gequältes Gesicht, wie sie auf die freudige Nachricht reagieren würden.

Der Gnom erreichte die Nische, wo er sich von den anderen getrennt hatte. Sein Lächeln erstarb, als er hineinblickte.

Die Gnome waren weg!

***

Hurik konnte sich nur noch verteidigen. Er versuchte, so gut er konnte, die Angriffe auf seinen Körper abzuwehren, schaffte es sogar, sich kurzzeitig Luft zu verschaffen, indem er einen Gegner von sich warf. Aber es kamen immer mehr.

Die Unholde waren im Blutrausch. Hurik konnte nicht mehr lange Stand halten. Kaum einer seiner Angriffe traf das Ziel. Seine Muskeln wurden müde, aber seine Ehre verbot ihm einfach aufzugeben. Dabei wusste der Zwerg bereits, dass er diesen Kampf nicht gewinnen konnte.

Die Unholde schlugen gemeinsam auf ihn ein, fügten ihm böse Wunden zu und wurden immer wilder, je mehr Blut sie zu sehen bekamen. Dabei achteten sie nicht mehr darauf, was sich hinter ihnen abspielte.

Mit gezogenen Waffen stürmten Grimmbart und Bok in die Höhle. Die ersten Unholde starben bereits, bevor sie überhaupt erkannten, was geschah. Die nächsten versuchten, sich der neuen Gefahr zuzuwenden, aber es blieb bei dem Versuch. Gnadenlos wurden sie von den beiden angreifenden Zwergen niedergerungen. Hammer und Axt trafen zielsicher ihre Opfer.

Der Druck auf Huriks Körper wurde rasch geringer. Der letzte seiner Peiniger wurde von Grimmbart am Fuß gepackt und mit einer unwahrscheinlichen Wucht gegen eine Steinwand geschleudert, wo er sein jähes Ende fand.

Bok kniete sich gleich darauf neben den verwundeten Zwerg, während Grimmbart großen Spaß daran fand, auch die letzten überlebenden Unholde mit all seinem Zorn zu richten.

***

Olsmund traute seinen Augen nicht. Die Nische war verlassen und nichts deutete daraufhin, dass die Gnome jemals hier gewesen waren. Olsmund wurde panisch. Seine Gedanken kreisten. Er suchte nach Möglichkeiten, die das Verschwinden der Gnome erklären konnten.

Habe ich mich verlaufen? Sind die anderen entdeckt und von den Zwergen oder Unholden verschleppt worden?

Olsmund fühlte, wie die Tränen aufstiegen. Er war jetzt auf sich allein gestellt, doch ihm fehlte die Kraft und auch der Wille wieder zurückzugehen. Was sollte er auch allein auf der Oberwelt?

Es ist vorbei!

Olsmund rutschte niedergeschlagen mit dem Rücken an der Tunnelwand hinab. Den Kopf lehnte er gegen den kühlen Stein und schloss die Augen. Er war so verdammt müde. Es wurde Zeit, die letzte Ruhe anzutreten, und er hoffte, die Unholde würden ihn erst finden, wenn sein Geist in die schützenden Wogen des Heiligen Quells eingetaucht sein würde.

Der Kampflärm aus der nahen Höhle wurde leiser und verschwand allmählich. Olsmund genoss die Stille. Sie war beruhigend, gab ihm ein Gefühl des Friedens. Alles wurde leicht um ihn herum. Ihm war, als würde er schweben, sämtliche Schmerzen und unschönen Gefühle hinter sich zurücklassen.

Nur ein Gedanke beschäftigte ihn und ließ ihn weinen.

Er hatte es nicht geschafft, die Gnome zu retten und sich von seiner Schuld zu befreien, obwohl er alles versucht hatte. Eine Sünde, welche auch im Reich des Heiligen Quells an ihm haften und für alle Zeit verfolgen würde.

Etwas zerrte an ihm, zog ihn zurück, versuchte zu verhindern, in das göttliche Wasser des Heiligen Quells einzutauchen. Olsmund wehrte sich. Das Ziel war so nah, seine Frau erwartete ihn sicherlich schon, doch er kam nicht weiter voran. Im Gegenteil: Diese unbestimmte Kraft zog ihn wieder zurück.

Gedämpft drang eine Stimme an sein Ohr. Wie aus weiter Ferne rief sie seinen Namen, forderte ihn auf hier zu bleiben. Olsmund wollte zu seiner Frau gehen und sie wieder in die Arme schließen, aber diese Kraft war stärker.

Olsmund schlug die Augen auf. Die Umgebung war verschwommen, doch diese Stimme hörte er nun klar und deutlich.

»Olsmund«, sagte sie, »bleib bei uns!«

»Er schlägt die Augen auf«, sagte eine andere.

»Er lebt«, rief eine dritte.

Langsam schwand der Schleier vor den Augen des Gnoms und er konnte die feinen Strukturen der Tunneldecke erkennen. Einige Gestalten waren bei ihm, er spürte Hände an seinen Armen und eine, die ihm sanft über das Gesicht fuhr.

Olsmund drehte den Kopf und sah in die vertrauten Gesichter von Nusa und Poluk.

»Wir dachten, wir hätten dich verloren«, sagte Nusa.

Olsmund entgegnete zunächst nichts. Er musste erst seine Gedanken sammeln, die Eindrücke der letzten Augenblicke zu einem, für ihn verständlichen, Ganzen zusammenfügen. Ihm war nicht wirklich bewusst, was gerade mit ihm geschah und ob er traurig sein oder sich freuen sollte.

»Wie geht es dir?«, wurde er von Poluk gefragt.

Olsmund wollte ihm antworten, doch seine Stimme versagte. Seine Mundhöhle war wie ausgetrocknet und alles, was er herausbekam, war ein kaum hörbares Krächzen.

»Lass ihn doch erst einmal zu sich kommen!« Nusa hielt Olsmund einen ledernen Schlauch an die Lippen, aus dem schwallweise eine klare Flüssigkeit schwappte.

»Trink«, sagte die Gnomin. »Es ist Wasser. Wir haben es in einer Kammer gefunden. Sie ist nur wenige Schritte von hier.«

Olsmund schmeckte das kühle Nass an seinem Mund. Gierig versuchte er, so viel wie möglich davon zu trinken, doch das meiste rann an seinen Wangen hinab.

Langsam kehrte das Leben in seine geschwächten Glieder zurück und der Erkunder begann von seiner Entdeckung zu berichten.

»Wir können es schaffen«, sagte er. »Diese Unholde kämpfen gegen einen Zwerg. Wenn wir schnell an ihnen vorbei schlüpfen, bleiben wir vielleicht unentdeckt.«

»Das klingt gefährlich«, meinte Poluk.

Auch Nusa war von dem Plan nicht wirklich überzeugt: »Wir haben Kinder dabei und besitzen nichts, womit wir uns wehren könnten.«

»Wir müssen es einfach wagen!« Olsmund richtete sich auf. Der plötzlich wiederkehrende Schmerz in seiner Wade ließ ihn zornig werden, trieb ihn aber gleichermaßen an, das alte Ziel wieder aufzugreifen. »Wir sind so weit gekommen! Die Oberwelt ist greifbar nahe und ihr wollt euch lieber verstecken, bis sie euch finden? Ich kann euch hier rausbringen, warum vertraut ihr mir nicht?«

Poluk, Nusa und die anderen Gnome antworteten nicht. Olsmund hatte das Gefühl, sie versuchten, seinen Blicken auszuweichen. Aber dafür gab es keinen Grund. Niemand wusste von seiner schrecklichen Bürde.

»Was ist mit Pelwick? Wir können ihn nicht hierlassen!« Fadas Antlitz war von Schrecken und Trauer gezeichnet. Ihre sonst strahlenden Augen wirkten müde und kraftlos.

»Wenn alle in Sicherheit sind, werden wir Peya und ihn suchen gehen.« Olsmund versuchte, seiner Stimme einen hoffnungsvollen Klang zu verleihen, aber es gelang ihm nur teilweise. Seine Reise war noch lange nicht zu Ende, obwohl er kaum noch Kraft in seinem Körper spürte.

Fada nickte stumm.

»Können wir es wirklich schaffen?«, fragte Nusa.

»Ja«, antwortete Olsmund. »Wenn wir uns beeilen!«

Der letzte Satz des Erkunders sorgte für den entscheidenden Schub unter den Gnomen. Wie von einer unsichtbaren Hand geführt, machten sie sich zum Marsch bereit. Poluk stützte Olsmund, der unter den dabei einsetzenden Schmerzen kurz aufstöhnte.

»Los, alter Freund«, verlangte Poluk lächelnd. »Bring uns hier raus!«

***

In dem nahezu runden Raum sah es schrecklich aus: Der Boden war von getöteten Unholden übersät. Und noch immer wurde gekämpft. Hurik lag, schwer vom Kampf gezeichnet, auf der anderen Seite des Raumes. Vereinzelt krochen Unholde aus irgendwelchen Löchern in den Wänden und stürzten sich auf das scheinbar sichere Opfer. Aber ihre Versuche scheiterten tödlich an den Waffen der beiden Zwerge, die ihren Gefährten beschützten.

Olsmund zog den Kopf ein und wandte sich den Gnomen zu, die hinter ihm im Tunnel warteten.

»Wir müssen uns beeilen«, flüsterte er. »Die Unholde sind fast besiegt und jetzt sind es drei Zwerge dort. Wir laufen gleich eng an der rechten Wand entlang in den Raum und durch den nächsten Tunnel wieder hinaus. Sie dürfen uns nicht entdecken. Ich glaube, sogar Grimmbart ist bei ihnen.«

Allein die bloße Erwähnung des Clanfürsten zeichnete auf die Gesichter der Gnome die nackte Angst. Niemand mochte sich auch nur im Entferntesten vorstellen, was der Zwerg mit ihnen anstellen würde, wenn er sie erwischte.

Olsmund konnte die Gedanken seiner Freunde raten und ihm erging es keinen Deut besser. Liebend gern hätte er ihnen einen anderen Weg vorgeschlagen, aber er kannte keinen.

»Das ist Wahnsinn«, sagte Hadumod. »Das mache ich nicht! Wir können uns auch gleich selbst umbringen!«

Die Gnome drehten sich zu ihrem Gefährten um, der am Ende der Gruppe stand.

»Was schlägst du vor?«, fragte Olsmund.

»Wir gehen zurück nach Chupa Waia«, erklärte Hadumod. »Grimmbart ist hier. In Chupa Waia sind wir vor ihm sicher. Wir können dort neu anfangen und leben wie früher!«

»Und dann?«, fragte Nusa. »Was denkst du, wirst du in Chupa Waia finden? Grimmbart ist nicht der einzige Zwerg. In unserer alten Heimat wimmelt es von ihnen und wenn Grimmbart uns nicht findet, wird er früher oder später in seine Mine zurückkehren. Und was denkst du, welchen Weg er gehen wird?«

»Und zwischen uns und Chupa Waia wimmelt es von Unholden«, ergänzte Olsmund. »Wir sind keine Krieger, das wissen wir alle. Einen Kampf gegen Zwerge oder Unholde werden wir auf lange Zeit verlieren. Aber wenn wir jetzt einen kurzen Moment Mut beweisen und uns unsere Lautlosigkeit zunutze machen, können wir es schaffen. Ich jedenfalls glaube daran!«

Die Gnome sahen einander an. Olsmunds Worte gab ihnen Zuversicht. Wenn er an sie glaubte, konnten sie es auch.

»Seid ihr bereit?«, fragte Olsmund.

Die Gnome nickten stumm.

Olsmund und Poluk, der ihn stützte, gingen voraus. Die anderen folgten ihnen dicht auf. Hadumod sah ihnen nach und folgte schließlich. Allein zurückzubleiben war auch für ihn keine erfreuliche Aussicht.

Die Gnome schlichen so leise wie möglich in die Kammer. Der Anblick der vielen Toten verlangte alles von ihnen ab. Sie versuchten, auf die kahle Wand zu ihrer Rechten zu schauen, um nichts von den Leichen oder den noch immer kämpfenden Zwergen mitzubekommen. Das kleine Stück bis zum rettenden Tunnel schien eine Ewigkeit entfernt zu sein. Aber sie kamen ihm immer näher.

Plötzlich rutschte Olsmund aus Poluks Griff und sackte zu Boden. Ein kurzes Stöhnen entglitt seinen Lippen. Entsetzt blieben die anderen Gnome stehen, als wären sie gegen eine unsichtbare Wand geprallt. Keiner wagte, etwas zu sagen, noch hinüber zu den Zwergen zu sehen. Sie schickten stattdessen stumme Gebete zum Heiligen Quell, auf dass er ihnen in dieser bitteren Stunde hilfreich zur Seite stehen möge.

Poluk half Olsmund wieder auf die Füße und die Gnome schlichen weiter. Anscheinend hatten die Zwerge und Unholde nichts von dem Vorfall mitbekommen.

Poluk und Olsmund bogen in den Tunnel. Sie gingen hinein, ohne sich umzudrehen, noch auf die anderen Gnome zu warten. Erst, als sie den Zugang zur halbkreisförmigen Halle erreicht hatten, hielten sie an.

Kein Gnom schien zurück geblieben zu sein, alle hatten den Weg unbeschadet überstanden. Olsmund konnte man die Erleichterung förmlich ansehen.

Er hatte es tatsächlich vollbracht, sein Volk zu retten.

»Und wo ist nun die Oberwelt?«, fragte Nusa.

Kraftlos wies Olsmund mit der Hand durch die Halle über die Brücke zu einem Punkt, hinter dem ein greller Strahl die Halle erhellte.

Die Gnome folgten mit ihren Blicken der Richtung und waren von dem Glanz des Lichts überwältigt.

Die Freiheit lag vor ihnen und war zum Greifen nah.

Die Gnome hatten es geschafft!

***

Allmählich verebbten die Angriffe. Nur noch vereinzelt wagte sich ein Unhold vor, um bei einem Zwerg vielleicht einen Glückstreffer zu landen. Doch Grimmbart gab sich keine Blöße. Zielsicher beendeten die todbringenden Schläge seines mächtigen Hammers jeden Vorstoß der unterlegenen Angreifer. Die wenigen, welche übrig waren, entschlossen sie sich zur Flucht. Sie rannten verschiedenen Ausgängen entgegen. Das wütende Gebrüll des Clanfürsten, dem ihre Flucht missfiel, begleitete sie.

Grimmbart hatte noch lange nicht genug. Er verabscheute Feiglinge und hätte seinem Hammer gern noch das Blut des einen oder anderen zu kosten gegeben. Wütend starrte er den Flüchtenden nach, überlegte kurz, ob es sich lohnte, ihnen die Waffe hinterher zu schleudern, verwarf diesen Gedanken jedoch wieder. Er hatte etwas anderes bemerkt, was seine Aufmerksamkeit erregte.

»Grimmbart!« Der Ruf Boks lenkte den Clanfürsten ab und veranlasste ihn dazu, sich zu seinem Vetter zu begeben.

Bok hockte neben Hurik, den die Unholde übel zugerichtet hatten. Er blutete aus mehreren Wunden im Gesicht und an den Beinen. Sein rechter Arm war grotesk verdreht und wahrscheinlich gebrochen. Aber Hurik war ein starker Krieger und ließ sich die Schmerzen nicht anmerken.

»Wir müssen ihn zurück bringen«, sagte Bok. »Die Heiler sollten ihn sich ansehen!«

Grimmbart sagte nichts, doch Bok konnte an dessen Mimik erkennen, wie wenig ihm dieser Vorschlag gefiel. Auch Huriks bittender Blick konnte nichts daran ändern.

»Er kann so nicht mitkommen!« Bok versuchte, seinen Vetter mit ein wenig Nachdruck zum Umkehren zu überreden.

»Dann soll er doch gehen!« In Grimmbarts Stimme schwang deutlich die Verachtung für den geschlagenen Zwerg mit. »Wir gehen ohne ihn weiter. Er ist für uns nur hinderlich.«

»Wir müssen zurück«, forderte Bok. »Wir haben die Gnome verloren und werden sie hier niemals finden. Es ist jetzt wichtig zusammenzuhalten. Die Eisenbrecher sind sicherlich schon nah und wenn du nicht umkehrst und dich um den Konflikt kümmerst, ist unser Königreich in Gefahr. *Dein* Königreich ist in Gefahr!«

Grimmbart wandte sich ab. Er schritt durch den runden Raum auf einen der Ausgänge zu, bückte sich und hob etwas vom Boden auf. Anschließend kehrte er zu Bok und Hurik zurück und warf ihnen ein blutgetränktes Stück Stoff vor die Füße.

Verwundert sahen die beiden Zwerge zuerst den Stoff und dann den Clanfürsten an.

»Das lag vorhin nicht dort«, erklärte Grimmbart. »Daran klebt Gnomenblut. Ich kann es riechen! Was für ein König wäre ich, wenn selbst solche Schwächlinge sich mir zu widersetzen wissen?«

»Vielleicht hast du es vorher nicht gesehen oder einer der Unholde trug es bei sich«, versuchte Bok den Fund abzuschwächen.

»Halte mich nicht zum Narren, Bok!«

Grimmbarts stechender Blick ließ seinen Vetter frösteln. Es machte von nun an keinen Sinn mehr, Grimmbart weiterhin die Jagd auszutreiben. Geschlagen senkte der einäugige Zwerg den Kopf.

»Wir beide werden die Gnome weiterjagen und du, Hurik«, Grimmbart wandte sich an den verletzten Zwerg, »verschwinde! Vielleicht sind die Götter gnädig und lassen dich am Leben!« Grimmbart drehte sich um und stapfte auf den Tunnel zu, vor welchem er den Stofffetzen gefunden hatte.

Bok erhob sich mühsam. »Ich wünsche dir alles Glück auf Erden, Hurik.« Bok packte den verletzten Zwerg an der Schulter und versuchte, ihm ein aufmunterndes Lächeln zu schenken, welches ihm jedoch misslang. Mit einem schwerfälligen Seufzer wandte er sich ab und folgte seinem Vetter in den Tunnel.

***

Alles ging viel zu schnell.

Pelwick fand keine Möglichkeit, das Unvermeidliche abzuwenden. Der plötzliche Angriff des Grottenschrats hatte ihn und Peya regelrecht von den Beinen gefegt. Es gab nichts, woran er sich noch hätte festklammern können. Der Felsvorsprung entfernte sich schnell. Die Dunkelheit der Höhlenwelt verschwamm um Pelwick herum zu einem finsteren Strudel, der ihn unaufhörlich in die Tiefe riss. Der junge Gnom merkte nicht einmal, dass er schrie.

Warum hat Xnonok uns in die Tiefe gerissen?

Obwohl er wusste, niemals eine Antwort darauf erhalten zu können, war diese Frage die Einzige, womit sich seine Gedanken beschäftigten.

Pelwicks Magen krampfte sich zusammen, ihm wurde übel und die Gewissheit, jeden Augenblick auf dem Boden aufzuschlagen, raubte ihm den Atem.

Warum?

Die Frage verblasste, wich anderen, wichtigeren!

Pelwick hatte die Augen geschlossen. Der Strudel zog ihn tiefer, immer schneller. Wie gern hätte er noch einmal Peya in die Arme geschlossen oder seine Mutter, um ihnen zu sagen, dass alles gut werden würde. Ein Wunsch, der unerfüllt zu bleiben schien.

Jeden Moment rechnete er mit dem tödlichen Aufprall. Er schrie noch immer und er war nicht der Einzige. Eine zweite Stimme vereinigte sich mit seiner zu einem Laut, der die größte Angst widerspiegelte, die sich ein lebendes Wesen nur vorstellen konnte: Todesangst!

Schließlich schlug Pelwick auf!

Der junge Gnom rechnete mit einem heftigen Schmerz, der lediglich kurz aufflammen würde, wenn sein Körper auf dem harten Fels zertrümmert wurde und sein Geist in die Wogen des Heiligen Quells eintrat.

Und er spürte den Schmerz!

Er war allerdings keineswegs in dem Maße, wie er es sich vorgestellt hatte. Er hatte auch nicht das Gefühl, sein Körper würde auf dem Gestein zerschmettert werden. Es war viel mehr, als dränge sein Körper durch den Boden, wurde von allen Seiten umschlossen und hüllte ihn vollkommen ein. Sein Sturz wurde rasch verlangsamt, er fühlte eine angenehme Kühle und schien zu schweben.

Pelwick riss die Augen auf. Die Dunkelheit um ihn herum war hinter einem undeutlichen Schleier verborgen, der in seinen Augen brannte. Der junge Gnom spürte den Druck in seiner Lunge, ihm verlangte es nach Luft und er riss weit den Mund auf. Die kühle Masse schwappte durch seine Lippen. Pelwick würgte, schloss den Mund wieder und versuchte, durch die Nase zu atmen, aber auch dies gelang ihm nicht. In seinem Hals entstand ein Gefühl, als würden sich unsichtbare Klauen darum legen und erbarmungslos zudrücken. Mit weit aufgerissenen Augen suchte er den vermeintlichen Gegner, aber Pelwick war in dieser undurchdringlichen Dunkelheit allein.

Der Gnom strampelte mit Händen und Füßen, suchte nach etwas, woran er sich hätte festhalten können, aber seine Anstrengungen blieben wirkungslos. Im gleichen Maße, wie der Druck an seinem Hals anschwoll, verringerten sich seine Bewegungen. Ihm fehlte die Kraft, sich aus diesem Zustand zu befreien.

Ist dies das Ende? Ist dies der Heilige Quell, der mich zu sich holt? Pelwick glaubte daran. *Es war genau so, wie es Peya vor kurzem beschrieben hatte. So ist es also ...*

Der Gnom hörte mit seinen Bewegungen auf. Er ließ es geschehen und ein friedliches Lächeln legte sich auf sein Gesicht.

***

Die Übelkeit schwoll an und das Brennen in der Lunge verstärkte sich. Pelwick rollte sich zur Seite und begann zu husten. Einige Schwall Wasser würgte er dabei hervor.

»Warum könnt ihr nicht schwimmen?«, fragte eine kaum vernehmbare Stimme. »Warum habt ihr nichts gesagt?«

Der junge Gnom öffnete die Augen. Verschwommen nahm er die Umgebung wahr. Zwei Gestalten hockten bei ihm und nur langsam nahmen sie Konturen an.

Pelwick versuchte sich zu erinnern. Vor seinem geistigen Auge sah er, wie er mit Peya und dem Grottenschrat vor den Unholden geflüchtet war, bis sie von eben diesem Grottenschrat den Abhang hinunter geschubst worden waren. Pelwick dachte an den Aufprall, an das Eintauchen in die Welt des Heiligen Quells, und hier endeten seine Erinnerungen.

Aber dies kann unmöglich das Reich des Quells sein. Ist es so wenig anders als die Wirklichkeit?

Er lag in nasser Kleidung auf einem steinernen Boden, ähnlich wie er es vorhin bei Peya in der Vorratskammer beobachtet hatte. Dicht am Rande dieses Felsplateaus befand sich ein breiter, mit Wasser gefüllter Graben, beinahe wie der des Heiligen Quells, nur um ein Vielfaches breiter und das Wasser war bei weitem nicht so klar.

Die beiden Gestalten zeichneten sich nun deutlicher in der Dunkelheit ab. Es waren Peya, die ihn erleichtert ansah, und Xnonok, der Grottenschrat, welcher versucht hatte sie umzubringen.

»Du!« Pelwicks Stimme klang heiser und klang schwach. Er spürte jedoch, wie der warme Strom des Lebens in seinen Körper zurückkehrte. Wut stieg in ihm auf. Er sprang hoch und warf sich gegen den Grottenschrat.

Xnonok war von dem Angriff vollkommen überrascht. Er quiekte kurz auf und kippte einfach um. Rasch war Pelwick über ihm und nagelte seinen Körper förmlich am Boden fest. Der Gnom hob den Arm, ballte die Hand zur Faust und wurde am Schlag gehindert.

»Nicht, Pelwick!« Peya hielt seinen Arm fest. »Er hat uns gerettet!«

Ungläubig sah der junge Gnom seine Freundin an. Er hörte zwar ihre Worte, verstand sie aber nicht.

»Er hat uns in den Abgrund gestürzt«, bemerkte Pelwick.

»Ja, aber nur, um uns vor den Unholden zu retten«, antwortete Peya. »Hier unten ist Wasser, wie aus dem Heiligen Quell, nur sehr viel mehr davon. Wir konnten hineinspringen, ohne uns zu verletzen.«

»Aber«, Pelwick stockte einen Moment, »was ist dann mit uns passiert?«

»Ihr wärt beinahe gestorben«, erklärte Xnonok keuchend. »Ich dachte, ihr könntet schwimmen, euch in dem Wasser bewegen, damit ihr nicht ertrinkt. Ich habe euch heraus gezogen.«

Pelwick blickte nachdenklich auf den Grottenschrat unter sich, der trotz seiner Bemühungen nicht in der Lage war, sich zu befreien.

»Er wollte nur helfen.« Peya legte ihrem Freund eine Hand auf die Schulter.

Diese Berührung beruhigte Pelwick. Er ließ von dem Grottenschrat ab, behielt ihn dennoch argwöhnisch im Auge.

Xnonok rappelte sich auf und entfernte sich gleich einige Schritte von dem angriffslustigen Gnom.

»Was ist ‚Schwimmen'?« Peya versuchte, die angespannte Lage mit einer einfachen Frage zu entschärfen.

Xnonok kicherte und schüttelte den Kopf. »Ihr seid ein ulkiges Volk«, sagte er. »Ihr müsst Arme und Beine im Wasser bewegen, damit ihr vorankommt und nicht untergeht. Aber das kann ich euch nicht mehr beibringen. Die Zeit drängt! Die Unholde geben ihre Opfer niemals auf. Sie werden nach euch suchen.«

»Was wollen sie von uns?«, fragte Pelwick.

»Euch fressen, was denn sonst?« Xnonok tat überrascht. »Die Unholde sind Fleischfresser. Ihr seid für die nicht mehr als Tiere. Eine willkommene Notwendigkeit gegen den Hunger und vielleicht sogar besonders schmackhaft.«

Der Grottenschrat kicherte erneut, bevor er fortfuhr: »Ihr müsst jetzt gehen. Seht ihr dort drüben den schmalen, steinernen Stieg? Der führt hinauf zu einer großen Brücke, die euch zum Ausgang dieser Mine bringt. Dahinter liegt die Oberwelt.«

»Kommst du nicht mit uns?«, fragte Peya.

Xnonok kicherte wieder. »Nein«, sagte er. »Ihr wolltet von mir dorthin gebracht werden und das habe ich getan. Meine Welt ist hier unten. Mich reizt nichts an der Oberwelt.«

»Warum nicht?«, wollte Pelwick wissen.

»Findet es selbst heraus. Viel Glück!« Mit diesen Worten machte Xnonok auf dem Absatz kehrt und sprang in den unterirdischen Fluss.

Peya und Pelwick blickten noch einen Moment lang auf die Stelle der Wasseroberfläche, an welcher Xnonok hinein gesprungen war. Der Grottenschrat tauchte nicht wieder auf.

»Ein komischer Kerl.« Pelwick zuckte mit den Schultern.

Er nahm Peya an die Hand und ging mit ihr in die Richtung, welche ihnen Xnonok gewiesen hatte. Und tatsächlich: In das Felsgestein war eine schmale, steile, steinerne Stiege geschlagen worden, die dem spiralförmigen Aufgang zum Ratshaus der Oni Thal ähnelte. Über eine weite Strecke wand sie sich in schwindelerregende Höhen hinauf. Erst jetzt sahen die beiden Gnome die lange, steinerne Brücke, die sich über den Fluss spannte. Um sie zu erreichen, stand Peya und Pelwick ein langer Aufstieg bevor.

»Also los«, sagte Pelwick und betrat die ersten Stufen.

Peya zögerte. Suchend sah sie sich um, fand jedoch nicht, wonach sie sich sehnte. Pelwick bemerkte es erst, als er schon fast einmal um den Fels geklettert war.

»Was ist?«, fragte er.

Peya sah ihren Freund an, unschlüssig ihm zu sagen, was sie beschäftigte.

»Na los, du kannst mir doch alles sagen«, hakte Pelwick nach.

»Ich weiß nicht, ob wir ohne die anderen zur Oberwelt sollten«, meinte die Gnomin.

Pelwick sah in ihr hübsches Gesicht und erkannte die quälende Sorge darin. Ihm erging es nicht anders. Seitdem er die Gnome wegen Peya verlassen hatte, fragte er sich ständig, ob er sie wiederfinden würde. Es war ungemein schwer, sich in diesem unbekannten, unterirdischen Irrgarten zurechtzufinden. Vielleicht würde es auch niemals dazu kommen, aber hier unten zu verweilen und abzuwarten, verbesserte die Aussichten ebenso wenig.

»Ich weiß, was du meinst«, antwortete Pelwick. »Ich möchte meine Mutter und die anderen auch nicht zurücklassen. Aber hier unten ist es nicht sicher. Wir sollten hinaus gehen und uns einen sicheren Platz an der Oberwelt suchen, an dem wir vor Unholden und Zwergen geschützt sind. Anschließend, wenn wir gestärkt und bereit sind, können wir nach ihnen suchen. Ich denke, das ist ein guter Plan.«

»Wer sagt dir, dass die Oberwelt sicher ist?«, fragte die Gnomin.

»Niemand«, antwortete Pelwick wahrheitsgemäß. »Aber erinnere dich an die Worte der Ältesten. Eine so schöne, überwältigende Welt kann nicht voller Gefahren sein. Wir sollten es versuchen!«

Peya zögerte noch einen kurzen Moment, wog die Worte ihres Freundes in Gedanken ab, nickte schließlich und folgte ihm.

Pelwick lächelte und reichte ihr eine Hand. Er zog sie zu sich hinauf, streichelte ihr sanft über das helle Haar und gemeinsam machten sie sich an den Aufstieg.

Die Stufen schlängelten sich dicht an dem massigen Felsen entlang, führten durch kurze Tunnel und unaufhörlich im steilen Winkel in die Höhe. Die hohen Stufen waren für die Gnome schwer zu gehen. Schon bald hatte sich ein dünner Schweißfilm auf ihren Stirnen gebildet und sie atmeten stoßweise mit offenen Mündern.

»Kannst du das Ende schon sehen?« Peya hatte Schwierigkeiten, Pelwick zu folgen. Sie kämpfte immer noch mit den Nachwehen ihres Absturzes und hoffte, der Aufstieg würde alsbald ein Ende finden.

»Ich glaube, es ist nicht mehr weit.« Pelwick verharrte kurz in seiner Bewegung, um sich zu orientieren. »Jenseits dieses Felsens müsste die Brücke wieder auftauchen. Und wenn ich richtig liege, sollten wir dann auch oben sein.«

»Na gut, dann weiter!« Peya hoffte, die Annahme ihres Freundes stellte sich als wahrheitsgetreu heraus. Lange würde sie diesen steilen Aufstieg nicht mehr durchhalten können.

Die beiden Gnome gingen weiter. Vorsichtig verlagerten sie ihr Gewicht immer mehr gegen die raue Felswand, je höher der Weg sie führte. Ein Absturz hätte aus dieser Entfernung zum Boden schlimme Folgen haben können, auch wenn sie wieder in das Wasser gefallen wären.

Plötzlich blieb Pelwick stehen. Peya wäre beinahe gegen ihn gerannt, konnte allerdings rechtzeitig anhalten.

»Was ist?«, fragte sie überrascht.

»Pst!« Pelwick begann zu flüstern. »Ich habe etwas gehört.«

Angestrengt lauschten beide und tatsächlich hörten sie leise Stimmen, konnten allerdings kein Wort verstehen.

Pelwick wollte seinen Aufstieg langsam wieder fortsetzen, als ihn eine donnernde Stimme daran hinderte: »Bleib stehen, du Wurm!«

***

Die Anstrengungen der letzten Zeit waren mit einem Mal vergessen. Kein Gedanke an Hunger oder Durst formte sich in den Köpfen der Gnome. Sie hatten nur noch Augen für das grelle Licht, welches ihnen den Weg in die Freiheit wies.

Und diese war zum Greifen nah!

»Lasst uns die Oberwelt betreten!« Poluk sprach aus, was alle Gnome dachten.

Sie liefen los. Jeder von ihnen wollte als Erster die breite, steinerne Brücke überqueren, welche den direkten Pfad zum Ausgang darstellte. Poluk stützte Olsmund weiterhin. Schon bald wurden sie von den anderen Gnomen überholt und betraten als Letzte die Brücke.

»Wir haben es geschafft!« Olsmunds Augen strahlten. Er hat die Gnome tatsächlich in die Freiheit geführt und wenigstens einen Teil seiner Schuld abgetragen. Niemals würde es Nusa den Mann und Peya den Vater zurückbringen, aber wenigstens hoffte er, der Heilige Quell würde es ihm anrechnen und ihn trotz allem empfangen.

»Ja, das haben wir.« Poluk rannen Tränen der Erleichterung über die Wangen. »Was wird uns dort erwarten? Wird es so sein, wie die Ältesten berichtet haben? Wo werden wir wohnen? Was werden wir essen?«

»Du stellst viele Fragen, alter Freund«, antwortete Olsmund. »Und ich kann sie dir nicht beantworten. Aber ich bin mir sicher, die Gnome werden auch an der Oberwelt ihren Weg gehen.«

»Ja, das werden sie«, antwortete Poluk.

Für einen Moment blieben die beiden Gnome stehen und sahen den anderen nach, welche die Brücke längst überquert hatten und über eine breite Treppe dem erhellten Ausgang entgegen liefen. Es war ein wundervolles Gefühl, das Volk der Gnome nach dieser langen Zeit wieder fröhlich zu sehen. Ein Gefühl, welches Olsmund schon beinahe vergessen hatte.

»Komm weiter«, forderte ihn Poluk auf, doch Olsmund konnte nicht. Seine Knie gaben nach und er sackte in den Armen seines Freundes zu Boden.

»Nein, Olsmund«, sagte Poluk. »Gib nicht auf! Es ist nicht mehr weit. Wir haben es fast geschafft! Komm, nur noch ein kleines Stück!«

Poluk legte seinen Freund vorsichtig nieder, da er ihn ohne Hilfe nicht tragen konnte, und kniete sich neben ihn. Poluk blickte auf die Wunde seines Freundes. Der Verband befand sich nicht mehr an der Wade und die Verletzung war deutlich zu sehen. Es sah schlimm aus. Olsmund hatte eine Menge Blut verloren und die Haut um die Wunde herum wirkte dunkel und vertrocknet. Poluk wandte den Blick ab und sah seinem Freund ins Gesicht. Die Haut war ungewöhnlich blass, beinahe blutleer.

»Komm schon, Olsmund«, sagte Poluk. »Du musst mir helfen, alter Freund. Ich kann dich nicht allein tragen!«

Olsmund blickte ihn aus klaren Augen an. Seine Lippen formten ein sanftes Lächeln.

»Nein, Poluk«, antwortete der Erkunder mit schwacher Stimme. »Ich habe mein Ziel schon erreicht. Geh nur und kümmere dich um die anderen. Meine Reise endet hier.«

»Nein!« Poluk ließ seinen Gefühlen freien Lauf. »Ich lasse dich nicht zurück. Das kannst du nicht von mir verlangen!«

Olsmund hob kraftlos den Arm und wischte Poluk mit dem Daumen die Tränen von der Wange.

»Du warst mir ein guter Freund«, sagte Olsmund. »Ohne dich hätte ich es nicht so weit geschafft. Aber nun ist es an der Zeit, die Reise allein fortzusetzen. Nusa und Fada brauchen deine Hilfe nötiger als ich. Hilf ihnen, ihre Kinder zu finden.«

Poluk konnte nicht antworten. Sein Hals war wie zugeschnürt. Er versuchte, so gut es ging, die Tränen zurückzuhalten, doch es war ein Kampf, den er verlor. Er schloss kurz seine Augen, um neue Kraft zu sammeln. Es musste ihm doch gelingen, Olsmund an die Oberwelt zu tragen, wenn er sich nur genügend anstrengen würde. Poluk atmete noch einmal tief aus und öffnete die Augen. Er sah in Olsmunds Gesicht, doch dessen Augen starrten leer in seine Richtung. Es war zu spät. Olsmund hatte diese Welt bereits verlassen.

Poluk schloss erneut für einen Augenblick die Augen, ließ die Tränen frei über sein Gesicht rinnen und legte seine Hand auf Olsmunds Gesicht.

»Gute Reise, alter Freund«, sagte Poluk, während er Olsmunds Augenlider hinunter schob.

Poluk blieb noch eine ganze Weile bei seinem toten Freund hocken. Er dachte darüber nach, was er nun machen sollte. Er konnte Olsmund nicht einfach hier liegen lassen. Aber allein würde es ihm nicht gelingen, den Gnom zu tragen.

Poluk stand auf. Er musste Hilfe holen und zwar schnell.

»Bleib stehen, du Wurm!« Eine ihm vertraute Stimme ertönte hinter seinem Rücken.

Poluk drehte sich um und starrte in das bösartige Gesicht Grimmbarts!

Poluk erstarrte. Der Anblick des Zwergs versetzte ihn in einen Zustand, in dem er nicht in der Lage war, einen klaren Gedanken zu fassen. Der Zwerg kam mit beinahe geschmeidigen Bewegungen auf ihn zu. Siegessicher schwenkte er den massiven Hammer in der rechten Hand, die Lippen unter dem dichten Bart bebten vor Erregung und aus seinen düsteren Augen sprach der kalte Hass.

»Poluk?« Eine leise Stimme drang an das Ohr des Gnoms. Er brauchte sich nicht umzudrehen, um zu wissen, dass sie Nusa gehörte.

Einige Gnome hatten sich am anderen Ende der Brücke gesammelt, da sie sich über das Fortbleiben Poluks und Olsmunds gewundert hatten. Unfähig, ihrem Freund zu helfen, starrten sie lediglich auf den Zwerg, der sie ebenfalls entdeckt hatte.

Ein teuflisches Grinsen umspielte die Züge unter dem dichten Bart.

Noch bevor Poluk überhaupt begriff, wie ihm geschah, war der Clanfürst mit einem schnellen Ansturm bei ihm, packte ihn am Hals und hob ihn ohne den Hauch einer Anstrengung über den Boden. Poluk würgte, die Starre löste sich von seinem Körper und er versuchte, mit Händen und Füßen dem Griff des Zwerges zu entgehen. Der Kraft Grimmbarts hatte er jedoch nichts entgegenzusetzen.

»Kommt her«, rief Grimmbart den anderen Gnomen zu. »Kommt her, wenn euch das Leben eures Freundes von Wichtigkeit ist!«

Bok sah sich das Schauspiel aus einigen Schritten Entfernung an. Es gab keine Notwendigkeit für ihn einzugreifen. Er redete sich ein, Grimmbart möge die Sache schnell hinter sich bringen, damit sie sich um die Sicherheit des Königreichs sorgen konnte.

Seine Gefühle konnten Bok allerdings nicht täuschen: Die Gnome taten ihm leid! Sie hatten viel ertragen müssen und noch mehr auf sich genommen, um einen Hort des Friedens zu finden, wo sie sicher waren. Trotzdem hatten sie kurz vor Erreichen ihres Ziels versagt.

Ein trauriges Schicksal.

Aber anscheinend notwendig, damit Grimmbart sich wieder auf seine eigentlichen Aufgaben konzentrieren konnte.

»Worauf wartet ihr?« Grimmbart hob Poluk noch ein klein wenig höher.

Die Gnome reagierten nicht. Nach wie vor starrten sie wie gebannt auf den Zwerg, der mit nur einer Handbewegung das Leben ihres Freundes beenden konnte. Keiner von ihnen wagte sich zu bewegen, noch etwas zu sagen. Die Angst hielt sie fest umklammert. Sie hatten nicht den Mut, Grimmbart entgegen zu treten. Es war der reine

Selbsterhaltungstrieb, der sie zurückhielt. Poluk würde so oder so sterben, egal was sie unternahmen.

Grimmbart störte sich nicht sonderlich daran. Im Grunde gefiel es ihm sogar. Er würde sie ohnehin alle finden und erst Ruhe geben, wenn sie ihre Strafe bekommen hatten. Hätten sie seinem Befehl gehorcht, wäre der Spaß zu früh beendet worden.

»Sieh sie dir an!« Grimmbart wandte sich an Bok. »Wie sie da zitternd stehen und auf den Tod ihres Freundes warten.«

»Lass sie gehen, Vetter«, forderte der einäugige Zwerg, der die Quälerei der Gnome nicht länger ertragen konnte.

»Warum?«, fragte Grimmbart und begann zu lachen. Er wandte sich wieder den Gnomen zu, reckte die Arme in die Höhe. In der einen Hand zappelte Poluk und kämpfte um sein Leben, in der anderen hielt er den mächtigen Ziegenschädel.

»Kommt her, ihr Maden«, schrie der Clanfürst. »Befreit euren Freund, wenn ihr mutig genug seid, oder seht zu, wie er stirbt!«

Etwas flog auf ihn zu. Grimmbart bemerkte es zunächst nicht. Erst im letzten Augenblick nahm er den Schatten im Augenwinkel wahr, doch es war bereits zu spät.

Pelwick, der das Schauspiel am Rande der steinernen Treppe beobachtet hatte, war vorgestürmt. Er hatte einen günstigen Augenblick abgepasst und warf sich mit aller Kraft gegen den Clanfürsten. Der Aufprall war nicht hart genug, um ihn zu Boden zu werfen, aber reichte aus, um ihn abzulenken. Poluk entglitt seinen Fingern und fiel, nach Atem ringend, zu Boden.

Grimmbart schrie wütend auf. Er wirbelte herum, packte Pelwick am Arm und schleuderte ihn wie ein lästiges Insekt von sich.

Fada schrie auf, als sie sah, wie ihr Sohn vor Poluk auf den Felsen stürzte.

»Du!« Grimmbarts Stimme zitterte vor Wut. In seinen weit aufgerissenen Augen loderten Hass und Wahnsinn. Für einen kurzen Moment sah es so aus, als würde sich der Clanfürst auf die beiden Gnome stürzen und sie mit seinem Hammer zerschmettern. Stattdessen blieb er stehen und begann zu lachen. Es war ein tiefes, grollendes Gelächter, mit dem er seine grenzenlose Überlegenheit zum Ausdruck brachte.

Pelwick hatte sich wieder gefangen. Er krabbelte rückwärts und näherte sich Poluk. Pelwick schützte den alten Gnom mit seinem Körper.

»Du zögerst lediglich das Unvermeidbare hinaus, Gnom!« Grimmbart weidete sich in der Angst der Gnome. Jeden Augenblick kostete er in vollen Zügen aus. Er würde sie langsam töten, einen nach dem anderen und unter unsäglichen Qualen, bis sie ihn um Erlösung anflehten.

Die anderen Gnome standen nach wie vor auf der Treppe und wussten nicht, wie sie sich verhalten sollten. Die Furcht vor den mächtigen Zwergen lähmte ihren Verstand.

Auch Peya wagte nicht, aus ihrer Deckung hervor zu kriechen. Mit weit aufgerissenen Augen beobachtete sie, wie Bok dichter an seinen bösartigen Vetter herantrat. Der Blick des einäugigen Zwergs wanderte ständig zwischen den am Boden liegenden Gnomen und Grimmbart hin und her.

»Nein!«

Der Aufschrei lenkte Peyas Aufmerksamkeit in eine andere Richtung. Sie sah, wie ihre Mutter die Treppe verließ, über die Brücke lief und sich zwischen Pelwick und Grimmbart stellte. Peyas Herz machte einen Sprung. Entsetzt sah sie, wie Grimmbart auf Nusa zu ging.

»Keine Sorge, Gnomenweib.« Grimmbart nahm beinahe liebevoll Nusas zierliches Kinn zwischen Daumen und Zeigefinger. »Ich vergesse keinen von euch!«

Nusa wusste nicht, woher sie den Mut nahm, sich dem Zwerg zu stellen. Es wäre ein Leichtes gewesen, die Treppe hinauf in die Freiheit zu gehen und doch hatte sie sich anders entschieden. Ihr Körper zitterte und die rauen Finger des Zwergs fühlten sich an wie der eisige Hauch des Todes.

Für Peya gab es kein Halten mehr! Sie verließ den Schutz der steinernen Treppe und stürmte vor. Dabei stieß sie den überraschten Bok zur Seite und hämmerte ihre Fäuste auf Grimmbarts kräftigen Arm. Der Clanfürst ließ Nusa augenblicklich los.

»Lass deine stinkigen Finger von ihr!« Wie eine kampfbereite Furie stellte sie sich vor dem körperlich weit überlegenen Zwerg auf. Ihr Blick hätte sicherlich manchen Gegner eingeschüchtert, aber Grimmbart belustigte er nur.

»Ihr braucht nicht zu drängeln!« Grimmbart lachte wieder, sah kurz zu seinem Vetter und schlug ansatzlos zu. Peya wurde zur Seite geschleudert und krachte hart auf den Boden. Ihr Gesicht brannte, als wäre es in die Feuer der Schmiedeöfen getaucht worden. Der Schmerz brachte sie an den Rand der Ohnmacht und hätte Grimmbart etwas anderes als seine flache Hand benutzt gehabt, wäre die junge Gnomin bereits tot gewesen.

Nusa lief, begleitet von höhnischem Gelächter, zu ihrer Tochter. Unter Tränen redete sie auf Peya ein und strich ihr übers Haar.

Grimmbart beachtete die beiden Frauen nicht weiter. Es war an der Zeit, zu Ende zu führen, was er vor einiger Zeit begonnen hatte. Wenn er damals gleich das gesamte Gnomenvolk vernichtet hätte, wäre ihm viel Zeit und Ärger erspart geblieben. Auch wenn es sich nicht mehr ändern ließ, wollte er die Gnome für jeden verschwendeten Augenblick büßen lassen. Ein einziger Schlag mit dem Hammer konnte das Leben eines oder mehrerer Gnome kurzerhand auslöschen, aber Grimmbart wollte diesen Moment genießen.

»Lass sie gehen, Grimm!« Bok war unvermittelt neben Grimmbart aufgetaucht. Die Stimme des Einäugigen klang gutmütig, aber trotzdem bestimmt. »Du hast ihnen bereits mehr Leid zugefügt, als sie es jemals verdient hätten. Es ist an der Zeit, in die Mine zurückzukehren und die Gnome ziehen zu lassen.«

Grimmbart schüttelte den Kopf, als wäre er einer Täuschung aufgesessen und versuchte sie von sich zu schleudern. Nur widerwillig wandte er den Blick von Pelwick ab und drehte den Kopf langsam in Richtung seines Vetters.

»Was hast du gesagt?« Grimmbart wollte nicht glauben, was er gehört hatte.

»Lass sie gehen«, wiederholte Bok. Er vermochte es nicht zuzugeben, aber das Verhalten der Gnome hatte ihn letztlich berührt. Wie sie füreinander einstanden, obwohl sich der Schatten des Todes über ihre Häupter senkte, war das Verhalten großer Krieger. Ein Verhalten, wie es vor Jahrhunderten bei seinem Volk selbstverständlich gewesen war, bevor sich die Zwergenclans immer mehr zerstritten und häufiger untereinander gekämpft hatten als gegen Trolle oder Orks. In Boks Augen hatten die Gnome den Tod weniger verdient als sein eigen Fleisch und Blut.

Grimmbarts freie Hand schloss sich zur Faust. Sein Gesicht färbte sich zu einem dunklen Rot und das kantige Kinn zitterte unter dem dichten Bart.

»Verschwinde, Bok!« Grimmbarts Stimme bebte vor Wut und Enttäuschung. Niemals hätte er gedacht, dass sich ein Zwerg seiner Sippe gegen ihn stellen würde. Und vor allem nicht seine eigene Familie. »Oder ich töte dich.«

»Es ist noch nicht zu spät«, versuchte Bok seinen Vetter weiterhin zu überzeugen. »Lass die Gnome ziehen und wir gehen zurück in unser Reich. Wir schlagen die Eisenbrecher zurück und das Tribunal braucht niemals etwas von alledem erfahren!«

»Das Tribunal ist nur von feigen Schwächlingen erschaffen worden. Weder zittere ich, noch beuge ich mich vor ihnen.« In Grimmbarts Augen glomm erneut Verachtung vor allen auf, die nicht seinem Weg folgten. »Du tätest gut daran, dich nicht gegen mich zu stellen, Bok!«

Der einäugige Zwerg merkte, dass seine Versuche vergebens waren. Grimmbart hatte sich wahrhaftig verändert und nichts an seinem Wesen erinnerte Bok noch an den Zwerg, welcher sein Vetter vor vielen Jahren einmal gewesen war.

Vor zu vielen Jahren.

»Verschwindet«, wandte sich Bok an die Gnominnen, welche nur wenige Schritt hinter ihm kauerten. Er trat demonstrativ mit halb erhobener Axt auf seinen Vetter zu.

»Ich warne dich«, zischte Grimmbart.

Bok hatte das Gefühl, die Augen in dem Ziegenschädel, welcher den Hammerkopf Grimmbarts Waffe darstellte, hätten kurz rötlich aufgeflammt. Doch der Zwerg wich keinen Schritt zur Seite und verstellte den Weg zu den Gnomen.

Nusa half ihrer Tochter auf die Beine. Peyas Bewegungen waren noch ein wenig wackelig, aber mit Hilfe ihrer Mutter schafften es die beiden Gnominnen, hinter Bok in Richtung Pelwick und Poluk zu schleichen. Nur noch wenige Schritte trennten sie von ihren Freunden, als Grimmbart angriff.

Sein Vorstoß kam überraschend, für die Gnome viel zu schnell. Die ziegenköpfige Waffe vollzog einen Halbkreis und jagte auf die vor Angst erstarrten Gnominnen nieder. In weniger als einem Atemzug würde die mächtige Waffe die Leiber der beiden Frauen zerquetschen. Doch der Treffer kam nicht.

Boks Schnelligkeit stand der seines Vetters in nichts nach. Er hob seine Axt ebenso rasch und parierte den Schlag.

»Flieht!« Der einäugige Zwerg schrie die Gnome an, ohne den Blick von Grimmbart abzuwenden. Bok stemmte seine Waffe mit aller Kraft gegen Grimmbarts Hammer und drängte ihn langsam zurück.

Nusa und Peya erwachten aus ihrer Starre. Sie stolperten zu Pelwick und Poluk hinüber, die immer noch benommen und entsetzt auf dem Boden kauerten. Nicht einmal mit vereinten Kräften schafften es die Frauen, die beiden Gnome von ihrem Platz zu zerren.

»Kommt!« Nusa versuchte, die Teilnahmslosigkeit der beiden zu durchdringen. »Wir müssen weg!«

Sie sah zu den anderen Gnomen hinüber, die immer noch wie erstarrt an der Treppe zusahen. »Helft uns«, rief sie ihnen zu.

Die Gnome reagierten nicht.

Nusa und Peya waren verzweifelt. Unter Tränen flehten sie Poluk und Pelwick an, mitzukommen.

»Es tut mir Leid«, flüsterte Peya und schlug Pelwick fest auf die Wange.

Der Bann brach. Pelwick schüttelte verwirrt den Kopf, sah die Gefahr durch die beiden Zwerge und zerrte zusammen mit den Frauen Poluk auf die Beine. Zusammen eilten sie über die Brücke, an deren Ende ein gewaltiges, steinernes Tor den Durchgang versperrte. Zu rechter Hand führte die schmale Treppe hinauf und endete an einem schmalen Durchlass, durch den grelles Licht schien.

Nusa half dem angeschlagenen Poluk die Treppe hinauf. Erst jetzt reagierten die wartenden Gnome, packten den alten Gnom an den Armen und zogen ihn den Weg zum Durchlass hinauf. Nusa folgte, Peya und Pelwick kamen gleich danach.

Der junge Gnom blieb auf der dritten Stufe stehen, stützte sich am Fels ab und sah noch einmal zurück. Peya bemerkte es nicht und schon bald war Pelwick der letzte Gnom in dieser alten Mine. Gebannt starrte er auf die beiden kämpfenden Zwerge.

Es war kein offener Kampf, eher eine Art des Kräftemessens. Trotz der Entfernung konnte Pelwick deutlich verstehen, was die beiden Zwerge brüllten.

»Jeder, der sich gegen mich wendet, verdient den Tod! Du weißt das, Bok«, schnaufte Grimmbart.

»Du bist nicht mehr du selbst, Vetter«, entgegnete der Einäugige. »Lass uns umkehren! Es ist noch nicht zu spät!«

»Für dich schon!« Grimmbarts Augen loderten in einem Feuer, das aus Wut und Verachtung bestand.

Mit einer unglaublichen Schnelligkeit zuckte der Clanfürst zurück, entwich somit dem Druck, den die Axt seines Vetters ausübte, und wirbelte um die eigene Achse. Der Hammer mit dem Ziegenschädel schoss schräg von oben auf den überraschten Bok hinunter. Nur mit Mühe schaffte dieser es, die Axt zur Seite zu reißen und den Schlag abzuwehren. Er konnte die Wucht des Schlages jedoch nicht mehr abfangen. Er stolperte zurück und sackte mit einem Bein auf das Knie.

Grimmbart brüllte und setzte nach. Die Schlagfolge kam so schnell, dass Pelwick ihr kaum folgen konnte. Gebannt starrte er auf den Kampf der beiden Zwerge und vergaß dabei alles um sich herum. Die Flucht aus der alten Mine war zur Nebensächlichkeit verkommen.

Bok geriet stärker in Bedrängnis. Instinktiv gelang es ihm, den Hammer immer wieder mit der Axt abzuwehren, konnte aber seine verteidigende Lage nicht verbessern. Er rutschte, getrieben durch die kraftvollen Schläge, weiter zurück, dem Abgrund entgegen.

Pelwick wurde in seinem Versteck unruhig. Der Kampf faszinierte ihn und er war über alle Maßen gespannt, wie er wohl ausgehen würde. Er stützte sich am Rand der schmalen Treppe ab und beugte sich ein kleines Stück weiter vor. Auf einmal rutschte seine linke Hand weg. Kleinere Steine hatten sich gelöst und polterten in die Tiefe. Pelwick konnte den Sturz zwar abfangen, aber nicht mehr verhindern, dass seine Anwesenheit gehört wurde.

Grimmbart unterbrach seine Angriffsbemühungen und starrte in Pelwicks Richtung. Deutlich konnte der junge Gnom die vom Hass zerfressene Fratze des Clanfürsten sehen. Ihre Blicke trafen sich. Ein kalter Schauer lief Pelwick über den Rücken und er spürte, wie die Angst von ihm Besitz ergriff. Der junge Gnom rappelte sich auf, sah noch einmal in das grinsende Gesicht Grimmbarts, und eilte die schmale Treppe hinauf.

Bok erkannte seine Gelegenheit: Mit einem Fußtritt trieb er seinen überraschten Vetter zurück, sprang auf die Beine und schlug mit der Axt erbarmungslos zu.

SONNENLICHT

Das grelle Licht fügte ihm unermessliche Schmerzen zu. Noch nie zuvor hatte er eine derartige Helligkeit erlebt. Pelwick presste die Handballen auf die Augen, beugte sich vor, um sich vor der plötzlichen Helligkeit zu schützen. Von Panik erfüllt war er die Treppe hinauf gestürzt und genau in diese Falle getappt. Der Kopf des jungen Gnoms schien zerplatzen zu wollen. Seine Augen brannten, als würden sie in einem Schmiedeofen gesteckt und besonders schnell erhitzt werden. Grelle Kreise, sich immer wieder in einander verschmelzend, zerplatzten, um wieder neu zu entstehen, und tanzten in der Dunkelheit seiner Handballen.

Pelwick stöhnte.

Etwas packte ihn am Arm, riss ihn unsanft zu Boden. Der junge Gnom versuchte, sich gegen den plötzlichen Angriff zu stemmen, aber es gelang ihm nicht. Taumelnd ging er auf die Knie.

»Komm her, Pelwick«, hörte er Peyas Stimme.

Der Gnom wurde jetzt behutsam über den Boden geführt. Das grelle Licht wich langsam einer sanfteren Helligkeit.

»Meine Augen«, klagte Pelwick. »Sie verbrennen! Ich kann nichts mehr sehen! Es tut so weh!«

»Pscht!« Peya legte ihrem Freund den Zeigefinger auf die Lippen. »Es geht vorüber. Erinnere dich, was die Ältesten von der Oberwelt erzählt haben. Das Licht wird schwinden. Wir müssen nur im Schatten warten, bis es soweit ist.«

Peya behielt Recht. Das Halbdunkel um Pelwick herum war Balsam für seine Augen und das anfängliche Brennen ließ allmählich nach. Trotzdem war es ihm noch nicht möglich, andere Dinge als grelle Flecken zu sehen.

Behutsam legten sich Arme um den Körper des Gnoms. Er wurde sanft an einen Körper gedrückt, hörte ein ihm bekanntes Schluchzen und eine Stimme, die immer wieder seinen Namen flüsterte. Sie gehörte seiner Mutter. Sie hatte ihren Sohn zurück, presste ihn an sich, als würde sie ihn niemals wieder hergeben. Auch Pelwick erfüllte ihre

Nähe mit Freude und er konnte nicht verhindern, dass Tränen über seine Wangen liefen. Er wollte es auch gar nicht.

Erst nach einiger Zeit löste er sich aus ihrer Umklammerung. »Wir können nicht warten«, sagte er. »Wir müssen hier weg, bevor Grimmbart uns findet!«

»Weshalb?« Peya war von seinem Einwand überrascht. Ihr und auch den anderen Gnomen ging es mittlerweile etwas besser als Pelwick. Trotz ihres längeren Aufenthalts im Schatten waren sie jedoch erst in der Lage, schwache Umrisse zu erkennen. Jetzt hinaus in das grelle Licht zu treten, schien ihnen unvernünftig. »Bok hat uns doch beschützt! Er wird Grimmbart besiegen!«

»Dessen bin ich mir nicht sicher!« Pelwick schüttelte den Kopf. »Ich habe die Zwerge kämpfen sehen. Wir dürfen nicht hier sein, wenn Grimmbart uns folgt. Wir haben von ihm keine Gnade zu erwarten!«

»Was schlägst du vor?«, fragte Poluk. Er hatte das Gespräch verfolgt und sich, zusammen mit Nusa, genähert.

»Wir müssen hinaus auf die Oberwelt«, sagte Pelwick. »Jetzt sofort!«

»Das geht doch nicht, Junge«, sagte Fada und strich ihrem Sohn über die Haare.

»Deine Mutter hat Recht«, mischte sich Nusa ein. »Wir können das grelle Licht nicht ertragen. Es raubt uns die Möglichkeit zu sehen. Wir wissen nicht, was uns da draußen erwartet. Wir haben keine Ahnung, wohin wir überhaupt gehen sollen!«

»Alles ist besser, als hier drinnen auf den sicheren Tod zu warten«, erwiderte Pelwick.

»Lass uns warten, bis das Licht schwindet«, schlug Peya vor.

»Das geht nicht!« Pelwicks Stimme überschlug sich. »Wir müssen hinaus. Der einzige Weg zurück wird uns genau zu Grimmbart und seinem tödlichen Hammer führen. Hier drin gibt es kein sicheres Versteck mehr. Wir sollten nicht mehr hier sein, wenn Grimmbart kommt!«

»Warum bist du so sicher, dass er kommen wird?«, fragte Nusa.

»Ich habe ihn kämpfen sehen«, erklärte Pelwick. »Er ist so mächtig. Niemand wird ihn je besiegen können!«

»Na schön«, sagte Peya. »Aber wie sollen wir uns draußen zurechtfinden? Was ist, wenn wir gleich hinter dem Ausgang in die Tiefe stürzen?«

»Das halte ich für unwahrscheinlich«, meinte Pelwick. »Wir sollten es aber versuchen. Wir haben keine andere Wahl!«

Die anderen Gnome wurden von Pelwicks Worten verunsichert. Die Angst vor dem Clanfürsten war auf einmal wieder in greifbarer Nähe und keiner von ihnen wollte dessen Zorn spüren. Es schien keinen anderen Ausweg zu geben, als hinaus in das grelle Licht zu gehen, wie Pelwick es vorschlug.

Der junge Gnom versuchte indes, in die Nähe des Ausgangs zu gelangen. Mit wankenden Schritten bewegte er sich in die Richtung, welche ihm als die hellste erschien. Mit der rechten Hand schützte er seine Augen und mit der linken tastete er sich an der schroffen Felswand entlang.

Peya erhob sich ebenfalls und die anderen Gnome folgten ihrem Beispiel. Ihr Augenlicht war schon weitestgehend wieder hergestellt und sie holten Pelwick schnell ein.

»Versuchen wir es!« Peya legte einen Arm um seine Schulter, wandte ihr Gesicht vom Ausgang ab und ging mit ihm hinaus in das grelle Licht.

***

Der Schmerz beschränkte sich nicht nur auf die Augen. Er nahm Besitz vom gesamten Körper. Die Gnome krochen auf allen vieren aus der schützenden Dunkelheit. Die Kinder weinten vor Erschöpfung und ihre Mütter versuchten, ihnen Mut zu machen, obwohl sie selbst am Rande der Ohnmacht wandelten. Pelwick und Peya krochen voran. Die Augen hatten sie fest zugekniffen und trotzdem schien das grelle Licht einen Weg zu finden, ihren gesamten Kopf von innen heraus auszuleuchten. Die Pein, welche sie dabei empfanden, ließ ihre Bewegungen verlangsamen. Es forderte große Überwindung, über den steinigen Fels des Berges vorwärts zu klettern und sich nicht einfach niederzulegen und abzuwarten.

»Wir müssen ein Versteck finden«, keuchte Pelwick gequält. Diesen Satz wiederholte er immer wieder und versuchte, sich auf diese Weise zum Weiterkriechen zu zwingen.

Trotz der Strapazen bemerkten die Gnome die Veränderung, die sie umgab. Abgesehen von der schmerzenden Helligkeit war da noch etwas anderes, was sie nie zuvor gespürt hatten.

Ein sanfter, kühler Hauch streichelte ihre geschundenen Körper und schien dabei ihre Qual ein wenig zu lindern. Helle Rufe drangen an ihre Ohren, die sich zu einer Melodie vereinigten und ihnen ebenfalls wie heilender Balsam vorkamen. Sie schöpften neuen Mut, auch wenn noch keiner von ihnen in der Lage war, auch nur einen kleinen Ausschnitt der neuen, fremden Welt zu sehen.

Der Boden veränderte sich. Pelwick spürte, wie der harte Fels unter seinen Händen einer trockenen aber weichen Masse wich. Er konnte diesen neuen Untergrund nicht einordnen und hoffte inständig, dies zu einem anderen Zeitpunkt nachholen zu können. Aber im Augenblick war es ihm egal. Es galt nur, sich so weit wie möglich von der Mine zu entfernen und einen Ort zu finden, wo sie vor der Helligkeit geschützt waren.

Die Umgebung veränderte sich weiter. Hindernisse befanden sich auf ihrem Weg. Sie waren ein wenig breiter als ein Gnom selbst und ähnelten in ihrer Beschaffenheit dem bekannten Wurzelholz. Der Boden wurde weicher, schien von kleinen Splittern übersät. Die Helligkeit wurde gedämpft, war aber dennoch keineswegs weniger schmerzhaft.

Poluk spürte, wie ihn immer mehr die Kraft verließ. Die Beine versagten ihm den Dienst und er war nicht mehr in der Lage weiter zu krabbeln. Er krallte seine Finger ins weiche Erdreich und begann, sich auf diese Weise voran zu ziehen, doch diese Anstrengungen waren größer, als er vertragen konnte.

Das Licht ist böse.

Es schien ihn von innen heraus verbrennen zu wollen und jeder Versuch voranzukommen schien den Zustand nur zu verschlimmern.

Noch einmal streckte er seine Hand aus, bohrte die Finger tief ins Erdreich, bäumte sich auf und sackte zusammen. Mit dem Gesicht auf dem Boden blieb er liegen. Poluk bemühte sich ruhig zu atmen, wieder neue Kräfte zu sammeln, doch sein Geist war zu erschöpft.

Hände legten sich auf seinen Körper, rissen an ihm und halfen ihm auf.

»Komm, Poluk«, sagte Efren. Zusammen mit der alten Kuri versuchte er, den alten Gnom zum weiterkriechen zu bewegen, doch Poluk war nicht mehr dazu in der Lage.

Mit vereinten Kräften schafften es die beiden Gnome trotzdem, den ohnmächtigen Gnom über den weichen Boden zu ziehen. Sie riefen dabei um Hilfe und ihr Flehen wurde gehört. Fada ließ sich zurückfallen, auch Sana und deren Tochter Mira kamen, um zu helfen.

Pelwick befand sich ebenfalls am Rande der Erschöpfung. Der hämmernde Schmerz in seinem Kopf linderte sich nicht. In gleichbleibendem Maße quälte er ihn. Nur langsam kam der junge Gnom voran, streifte hin und wieder eines der hohen Hindernisse und musste seine Richtung anpassen. Den Kopf hielt er zu Boden, die Augen fest zugekniffen. Die Orientierung hatte er schon lange verloren. Auf allen vieren kroch er jedoch unermüdlich weiter, von der Angst getrieben, der hasserfüllte Zwerg könnte sie einholen und töten.

Es wäre eine Wohltat gewesen, jetzt einfach liegen zu bleiben und abzuwarten, bis das Licht verschwinden würde, doch ohne ein richtiges Versteck wäre dies einem Todesurteil gleich gekommen.

Pelwick streckte die Hand aus, erwartete den weichen Boden zu berühren, berührte aber etwas anderes.

Er erschrak!

Es war ein Fuß. Ein schmaler, nackter Fuß.

»Hör auf, mich zu kitzeln«, hörte Pelwick seine Freundin sagen.

Der junge Gnom glaubte sich an der Spitze der schutzsuchenden Gnome, doch Peya musste ihn irgendwann überholt haben. Diese Erkenntnis beruhigte ihn. Ihn ihrer Stimme war darüber hinaus etwas zu hören, was er selbst schon beinahe verloren hatte: Hoffnung.

Peya musste ähnliche Schmerzen erleiden, wie er selbst, und trotzdem war nichts Dergleichen von ihr zu hören. Sie hatte so viel durchgemacht und war trotzdem weiterhin voller Zuversicht.

Pelwick schöpfte neuen Mut. Er biss die Zähne zusammen und versuchte, schneller zu werden. Immer öfter berührte er ihre Füße und freute sich über die nicht wirklich ernstgemeinten Beschwerden seiner Freundin. Dieses kleine Spiel stachelte ihn an, nicht aufzugeben, und er fand es beruhigend, ihre Stimme zu hören.

Aber plötzlich schrie Peya heiser auf. Pelwick griff nach vorn, doch er konnte sie nicht berühren. Er kroch schneller, tastete den Bereich vor sich ab, fand seine Freundin jedoch nicht.

Pelwick öffnete entsetzt seinen Mund und schickte sich an ihren Namen zu rufen. Er kam nicht mehr dazu.

Mit dem Oberkörper sackte er ab und begann zu rutschen. Er suchte nach Halt, konnte aber den Sturz nicht mehr verhindern. Kopfüber fiel er in die Tiefe. Ein Schrei entlud sich seiner Kehle, welcher abrupt endete, als Pelwick nach kurzer Zeit auf hartem Untergrund landete.

Die schmerzende Helligkeit um ihn herum wurde schlagartig weniger. Er öffnete die Augen, aber wie zuvor in der Mine war es ihm nicht vergönnt, auch nur Kleinigkeiten zu erkennen.

»Komm her«, rief Peya ihm zu.

Pelwick tastete die Umgebung ab. Der Boden war kalt und steinig. Er erinnerte ihn an die Tunnel von Chupa Waia. Der junge Gnom kroch ziellos über den Boden.

»Wo bist du?«, rief er und auf einmal berührte er die zarte Hand seiner Freundin.

Ihre Finger umschlossen sich und Peya zog Pelwick ganz dicht an sich heran. Ihre Lippen fanden sich und entluden sich in einen langen Kuss, der die Strapazen der vergangenen Zeit nahezu vergessen ließ.

»Ich glaube, dies ist eine Höhle«, sagte Peya schließlich. »Hier sind wir sicher und können uns ausruhen.«

»Sie scheint groß genug für uns alle. Wir müssen die anderen holen«, schlug Pelwick vor.

»Lass sie uns rufen!« Noch bevor Peya den ersten Ruf ausstieß, legte sich Pelwicks Zeigefinger auf ihre Lippen.

»Wir können sie nicht rufen«, sagte er. »Was ist, wenn er uns hört?«

»Grimmbart?«

»Ja!«

»Du weißt nicht einmal, ob er noch lebt. Und wenn doch, ist er uns vielleicht nicht gefolgt. Wir haben keine andere Wahl. So lange wir nichts sehen können, schaffen wir es nicht, die anderen zu finden. Wir müssen das Wagnis eingehen, sie zu rufen.«

Pelwick dachte über Peyas Worte nach. Obwohl er wusste, dass sie Recht hatte, war ihm nicht wohl bei der Sache. Aber ihnen blieb anscheinend wirklich keine andere Möglichkeit.

Noch während er das Für und Wider gegeneinander abwog, begann Peya zu rufen. Zögerlich stimmte Pelwick mit ein.

***

Nach einiger Zeit hatte jeder Gnom den Zugang gefunden und sich einen geschützten Platz in der geräumigen Höhle gesucht. Zunächst war man noch zu aufgewühlt, umarmte einander und unterhielt sich, bevor die Anstrengungen ihren Tribut forderten. Geschützt vor dem Sonnenlicht fielen die Gnome in einen erholsamen Schlaf.

Peya hatte sich eng an ihren Freund gekuschelt. Sie spürte, wie auch sie von der Müdigkeit übermannt wurde, aber war von den Eindrücken der Oberwelt immer noch ein wenig aufgekratzt.

»Wenn das Licht schwindet«, sagte sie, »werde ich hinaus gehen und mir alles ansehen. Alles ist hier so wundervoll, so riesig. Ich möchte sehen, woher die Musik und die Düfte kommen.«

»Das können wir«, antwortete Pelwick matt. Er war nicht mehr in der Lage, auf Peyas Schwärmereien einzugehen. Für ihn zählten nur noch die Ruhe und die Hoffnung, der schwächer werdende Schmerz würde bald vollständig aufhören.

Die nächsten Worte seiner Freundin hörte er bereits nicht mehr.

***

Schlagartig schlug Pelwick die Augen auf. Sein Blick war verschwommen, aber das grelle Licht und der hämmernde Schmerz waren verschwunden. Sein Herz raste und erst langsam schaffte er es, sich zu beruhigen.

Es fühlte sich wie ein fürchterlicher Traum an, aus dem er schweißgebadet erwacht war. Als wären die bösartigen Zwerge, die sein Volk getötet und die Überlebenden durch die unterirdischen Gänge gehetzt hatten, nur Gebilde seiner Fantasie gewesen.

Aber er wusste es besser.

Verschlafen rieb er sich die Augen. Sie brannten noch immer, aber es war nichts im Gegensatz zu dem, was er vor dem Auffinden der Höhle durchgemacht hatte. Zum ersten Mal seit Verlassen der Mine konnte er wieder Konturen sehen. Zunächst waren sie undeutlich, kaum einzuschätzen, wozu sie gehörten, doch allmählich erkannte er die Umrisse der schlafenden Gnome, die sich innerhalb der Höhle befanden.

Schließlich erkannte Pelwick auch die Wurzeln, welche von der Decke in die Höhle ragten, und sah auch das Loch, durch welches sie gefallen waren. Ein schwaches Leuchten war von dort zu erkennen, kaum heller als der Widerschein der Kochstellen seiner Heimat.

Pelwick setzte sich auf. Tief sog er den Atem ein. Seine Arme und Beine schmerzten. Er besah sich seine aufgeschürften Knie und knetete die geschundenen Waden. Das leise Atmen der schlafenden Gnome drang an seine Ohren. Es erfüllte ihn mit Freude und war der Beweis dafür, dass sie es tatsächlich geschafft hatten, lebend der Todesfalle zu entkommen. Ein sanftes Lächeln huschte über seine Lippen.

Pelwick drehte sich zur Seite. Er streckte den Arm aus, um Peya liebevoll zu streicheln, zuckte aber im selben Moment verwirrt zurück.

Sie war nicht da!

Peya befand sich nicht mehr an ihrem Platz. Pelwick richtete sich auf, blickte durch die Höhle. Seine Sehkraft war zum größten Teil wieder hergestellt, aber dennoch konnte er seine Freundin nicht entdecken.

»Peya?« Pelwicks Ruf glich eher einem Flüstern. Er wagte es nicht, laut zu rufen. Noch steckte die Angst, Grimmbart könnte etwas mit dem Verschwinden seiner Freundin zu tun haben, zu tief in seinen Knochen.

Pelwick bekam keine Antwort. Voller Sorge bemühte er sich auf die Beine. Schwindel überkam ihn und er musste sich kurz an der Höhlenwand abstützen.

»Peya ist hinausgegangen«, hörte er Nusas schläfrige Stimme. »Sie konnte nicht mehr warten und wollte die Oberwelt sehen.«

Pelwick antwortete ihr nicht. Panik stieg in ihm auf. Rasch wandte er sich dem Loch in der Höhlendecke zu und torkelte darauf zu.

»Pelwick! Warte!«

Nusas Ruf beachtete der junge Gnom nicht.

Kühle Luft strömte ihm entgegen, als er unter dem Loch stand. Er starrte hinauf und konnte eine Art dunkle Decke sehen, an der unzählige kleine Glimmsteine zu leuchten schienen. Der Anblick faszinierte ihn und er hatte Mühe, die Augen davon abzuwenden.

Schließlich besann er sich eines Besseren, sprang hoch und packte einige Pflanzenbüschel, welche zu ihm herabhingen. Mit aller Kraft zog er sich an ihnen hoch und zwängte sich durch den Ausgang.

Zunächst verharrte er hockend und sah sich um. Nur langsam gewöhnten sich seine Augen an das Zwielicht und die einfachen Umrisse verwandelten sich in vollständige Gebilde. Den schwachen Schmerz hinter seiner Stirn hatte er bereits vergessen. Er hatte nur noch Augen für das überwältigende Bild, welches sich ihm bot.

Riesenhafte Hölzer standen überall um ihn herum. An ihren unzähligen, dünneren Verzweigungen befanden sich kleine grüne Flächen, welche gemeinsam eine gewaltige Decke bildeten. Dies mussten die Bäume sein, von denen erzählt worden war.

Irgendwo jenseits dieser Decke schien sich eine Quelle schwachen Lichts zu befinden, welches alles um Pelwick herum einen silbrigen Glanz verlieh.

Für einen kurzen Moment lief Pelwick in Gefahr, sich in dieser Schönheit zu verlieren. Schlagartig fiel ihm jedoch wieder ein, weshalb er die schützende Höhle überhaupt verlassen hatte: *Peya!*

Pelwick drehte sich. Er versuchte, durch das Gewirr der Baumstämme etwas zu erkennen. Vielleicht eine flüchtige Bewegung, etwas, das ihm zeigte, wo seine Freundin sich aufhielt. Aber da war nichts.

»Peya?« Pelwicks Ruf war verhalten. Die Angst, von Grimmbart aufgespürt zu werden, war noch zu groß.

Der Ruf blieb unerwidert.

Pelwick lief einige Schritte in eine wahllose Richtung, hielt aber inne. Es machte keinen Sinn, irgendwo hin zu laufen, wenn er keinen Anhaltspunkt besaß. Sein Blick huschte hektisch umher. Wieder rief er den Namen seiner Freundin, diesmal ein wenig lauter. Abermals antwortete ihm niemand.

Pelwick spürte, wie die Panik in ihm aufstieg. Irgendetwas musste geschehen sein, sonst hätte ihm Peya doch geantwortet. Er kämpfte die Angst, entdeckt zu werden, nieder, formte mit den Händen einen Trichter vor seinem Mund und schrie Peyas Namen lauthals heraus.

»Was ist geschehen?« Die Stimme klang in Pelwicks Rücken auf und erschreckte ihn, obwohl sie ihm bekannt war. Sie gehörte Fada, seiner Mutter.

Pelwick drehte sich zu ihr um. Er sah sie nur verschwommen und bemerkte erst jetzt, dass sich seine Augen mit Tränen gefüllt hatten. Er wischte sie mit dem Handrücken beiseite.

»Peya ist verschwunden!« Pelwicks Stimme zitterte.

Fada trat an ihren Sohn heran und packte seine Schultern. »Wir werden sie finden«, sagte sie mit ernstem Ton.

Pelwick nickte. Er hatte sie schon einmal verloren gehabt. Das durfte sich nicht wiederholen. Der Blick seiner Mutter gab ihm Hoffnung. Es war ein schönes Gefühl, nicht auf sich selbst gestellt zu sein. Pelwick gewann seinen Mut zurück. Er würde Peya auch ein zweites Mal finden.

»Gut«, sagte Pelwick. »Ich laufe schon mal los. Sag den anderen Bescheid. Wir müssen in alle Richtungen gehen, aber dabei untereinander in Sichtweite bleiben. Wenn einem irgendwas passiert, müssen die anderen sofort zur Stelle sein.«

Fada nickte. Mit der Hand strich sie ihrem Sohn über das Gesicht. »Pass auf dich auf.«

Pelwick lächelte ihr zu, drehte sich um und lief eilig durch den Wald.

Schon bald hatte Fada ihren Sohn aus den Augen verloren, hörte aber weiterhin seine Rufe. Jetzt war es an der Zeit, den anderen Bescheid zu geben.

***

»Peya!« Das ständige Rufen und der ausgetrocknete Mund ließen Pelwick heiser werden. Er lief, so schnell er konnte, durch den Wald, achtete stets darauf, nicht zu stolpern, und hatte den Blick für die Schönheit der Oberwelt gänzlich verloren. Allein Peyas Wohlergehen lag ihm am Herzen. Nur musste er sie erst einmal finden.

Pelwick lief im Zickzack. Einige Schritte geradeaus, rief ihren Namen und wartete auf eine Antwort. Anschließend lief er in eine andere Richtung, wo er seine Vorgehensweise wiederholte.

Pelwick hörte das Hämmern seines eigenen Herzens. Sein Blut rauschte durch die Schläfen und ein schwacher Schweißfilm bildete sich auf seiner Stirn.

Es gibt keine Spur von Peya.

Die Rufe des Gnoms wurden zögerlicher und weniger druckvoll. Schreckensbilder formten sich in seinem Kopf. Bilder, in denen seine Freundin auf abscheulichste Weise ums Leben gekommen war.

»Peya«, rief er noch einmal.

Es kam keine Antwort.

Erschöpft ließ er den Kopf hängen. Verzweifelt ging Pelwick in die Hocke und strich mit den Fingern über die vielen kleinen holzähnlichen Splitter, welche den Boden übersäten. Winzige Tierchen huschten vor seinen Fingerkuppen davon, aber der Gnom beachtete sie nicht. Für ihn war es bittere Gewissheit, dass Peya etwas Schreckliches zugestoßen war. Und er hatte sie nicht davor beschützen können.

Pelwick spürte Tränen über seine Wangen laufen und er ließ es geschehen.

»Hierher!« Die Stimme drang nur gedämpft an seine Ohren. Beinahe hätte er sie überhaupt nicht vernommen. Der Ruf wiederholte sich. Es war einer der Gnome. Anscheinend hatte er etwas gefunden.

Pelwick war sich zunächst nicht sicher, ob er wirklich sehen wollte, was die anderen Gnome entdeckt hatten. Zu schrecklich waren die Bilder in seinem Kopf. Die Rufe wiederholten sich. Jetzt waren es mehrere Stimmen.

Und plötzlich keimte Hoffnung auf. Vielleicht war Peya nur verletzt und benötigte dringend Hilfe!

Diese Erkenntnis ließ neue Kraft durch den Körper des jungen Gnoms fließen. Mit einem Sprung kam er auf die Beine und lief in die Richtung, aus der die Rufe zu kommen schienen.

Schon bald erreichte er eine kleine Lichtung. Alle Gnome standen so, dass sie Pelwick die Sicht versperrten. Es war still. Niemand sagte etwas, nur ein leises Weinen drang an Pelwicks Ohren.

Das ist Nusas Weinen!

Pelwick verlangsamte seinen Lauf. Ihm war, als würde das Blut in seinen Adern gefrieren und ihn daran hindern, schneller zu dem Schauplatz zu gelangen. Insgeheim war er sich nicht sicher, überhaupt sehen zu wollen, was sich seinen Augen bieten würde. Das Weinen Nusas sagte eigentlich genug.

Pelwick schluckte trocken. Seine Hände begannen zu zittern und zögernd trat er an die letzte Reihe der Gnome heran. Er zwängte sich zwischen Mulwyn und Brita hindurch, schloss die Augen und presste die Lippen aufeinander.

Pelwick hatte in der Vergangenheit nie viel vom Anbeten des Heiligen Quells gehalten, aber nun flehte er ihn an, Peya beizustehen.

Der junge Gnom atmete noch einmal tief durch, senkte den Kopf und öffnete die Augen.

Er stand beinahe in der ersten Reihe. Nusa hockte unweit von ihm auf dem weichen Boden und hatte das Gesicht in den Händen vergraben. Fada war bei ihr und warf ihrem Sohn einen verzweifelten Blick zu.

Pelwick schaute auf. Es traf ihn wie ein Schlag!

Sein Magen verkrampfte sich. Mit einem Mal schoss ihm der kalte Schweiß aus allen Poren und das Bild, welches sich seinen Augen bot, schien immer weiter von ihm abzurücken.

Und doch war es genau vor ihm.

Das Gelände führte ein wenig abwärts. Die Gnome standen auf einer Anhöhe und sahen hinunter. Dort, in der Nähe eines Baumstumpfs, stand er: Grimmbart!

***

Der Zwerg sah fürchterlich aus: Verkrustetes Blut klebte in seinem Gesicht, an seiner Stirn befand sich eine klaffende Wunde und Teile seiner Rüstung hingen in Fetzen herunter. Dahinter waren an Armen und Beinen deutliche Schnittspuren erkennbar. Grimmbart hatte im Kampf gegen seinen Vetter Bok einige schwere Verletzungen davongetragen.

Aber er hatte ihn besiegt!

Doch etwas schockierte Pelwick viel mehr als der bloße Anblick des schrecklichen Clanfürsten. Es war die Gestalt, die er in seinem linken Arm hielt.

Peya! Pelwick stockte der Atem. *Sie lebt!*

Obwohl Grimmbart die Gnomin mit dem Arm festgeklammert und mit seiner Hand ihren Mund zuhielt, schöpfte Pelwick neue Hoffnung. Grimmbart führte irgendetwas im Schilde, andernfalls hätte er Peya schon längst getötet gehabt.

Pelwick brauchte nicht lange auf eine Erklärung zu warten.

»Sind das jetzt alle?« Grimmbarts Stimme klang tief und dunkel wie zuvor, doch ein wenig angeschlagen. Auch wenn der Zwerg nicht mehr im Vollbesitz seiner Kräfte war, hatten die Gnome ihm im Kampf nach wie vor nichts entgegenzusetzen.

»Ja«, sagte Hadumod mit zittriger Stimme.

Die anderen nickten unterstützend.

»Gut«, befand Grimmbart. »Wo ist der Gnom, der mir das alles angetan hat?«

Die Gnome wussten nicht, wovon der Clanfürst sprach. Niemand war sich einer Schuld bewusst und jeder war der Meinung, die Zwerge hätten den Kampf begonnen.

Die Gnome schwiegen.

»Wer war der Gnom, der in mein Reich eingedrungen ist?« Grimmbarts Stimme wurde zorniger. »Sagt es mir oder sie wird einen grausamen Tod erleiden!« Zur Unterstreichung seiner Worte hob er Peya ein Stück weit über den Boden.

Erschrocken riss sie die Augen auf.

Peyas angsterfüllter Blick lief Pelwick kalt durch den Körper.

Nusa schrie!

»Was ist?«, brüllte Grimmbart voller Ungeduld. »Seht ihr nicht die Möglichkeit, die ich euch biete? Einen für das Leben von euch allen? Seid nicht dumm! Ich könnte euch alle bis an euer Ende jagen! Wollt ihr das? Gebt mir diesen einen Gnom und ihr seid frei!«

Die Gnome wagten es nicht, auch nur einen Ton zu sagen. Sie wussten nicht, von wem Grimmbart sprach.

Pelwick wusste hingegen genau, nach wem Grimmbart verlangte. Nach ihm selbst!

Für Pelwick war es eindeutig. Er war es, der durch die geheime Kammer geschlichen war und die Zwerge aufgescheucht hatte. Er war es auch, der den Tod Grolings gesehen hatte.

Er selbst trug die alleinige Schuld. Pelwick wollte eingreifen, vorgehen und sich dem finsteren Zwerg stellen, doch die Szenerie vor seinen Augen schien in weite Ferne gerückt und hinter einem milchigen Schleier zu liegen. Die Vergangenheit war an ihre Stelle gerückt und ständig liefen die einstigen Geschehnisse vor seinen Augen ab.

»Wie ihr wollt!« Grimmbart hielt Peya noch höher. Die Gnomin strampelte und keifte, doch im Gegensatz zum Zwerg war ihre Kraft geradezu erbärmlich. Sie schaffte es nicht, sich auch nur eine Handbreit aus der Umklammerung zu lösen. Schließlich sackte sie ohnmächtig in seinem Griff zusammen.

Nusa sprang auf. Kreischend lief sie auf den Clanfürsten zu und hämmerte ihre Fäuste gegen dessen Flanke.

»Lass sie los«, schrie sie unter Tränen. »Lass meine Kleine los!«

Es war mehr eine flüchtige Bewegung, die Grimmbart ausführte, aber sie reichte aus, um die Gnomin wegzuschleudern. Erschrocken wichen die übrigen Gnome zurück.

Nusa lag auf dem Rücken. Über ihr verzerrtes Gesicht rannen Tränen der Wut und der Verzweiflung. Die Schmerzen durch Grimmbarts Schlag waren nebensächlich.

»Helft ihr doch«, flehte sie die Gnome ihres Volkes an.

Doch diese traten langsam einen Schritt nach dem anderen zurück. Fada kniete sich zu ihr und versuchte, ihr aufzuhelfen, doch Nusa schüttelte sie ab.

»Helft meiner Kleinen«, rief sie erneut.

»Es tut mir Leid.« In Poluks Augen stand Mitgefühl, aber auch die unbändige Angst vor dem drohenden Tod. »Wir Gnome sind keine Kämpfer.«

Mit diesen Worten wandte er sich ab. Auch Mulwyn und ihr Sohn, Hadumod, Efren, Sana und Mira, Brita, deren Sohn und die alte Kuri zogen sich immer weiter zurück. Schritt für Schritt entfernten sie sich von dem Ort des Schreckens, um ihre eigene Haut zu retten.

Nur Pelwick blieb.

Beinahe willenlos trat er näher an den Zwerg heran. Es reichte aus, um dessen Aufmerksamkeit zu erregen.

»Ja«, rief der Zwerg. Seine Augen flackerten vor Erregung auf. »Ja, du bist es! Ich hätte dich schon gleich zu Anfang töten sollen! Jetzt ist es an dir, dein Volk zu retten. Gib mir die Genugtuung eines Zweikampfs. Dein Leben für das der anderen!«

Fada erkannte, was ihr Sohn vorhatte. Sie sprang auf, wollte ihn daran hindern, doch jemand hielt sie fest.

»Lass ihn gehen«, zischte Nusa.

»Nein, Junge! Nein!« Fadas letzte Worte endeten in einem Schluchzen. Wimmernd sackte sie zusammen. Zuerst ihr Mann und nun auch noch ihr Sohn. Es war zu viel für sie.

Pelwick war unfähig, etwas zu antworten. Seine Mutter so zu sehen, brach ihm das Herz. Aber er hatte keine Wahl und konnte sich dem Willen Grimmbarts nicht widersetzen. Es gab nur eine Möglichkeit, sein Volk vor dem Untergang zu bewahren und Peya zu retten: Er musste sich dem Clanfürsten stellen! Auch wenn es seinen eigenen Tod bedeuten würde.

Pelwick sah in Peyas Gesicht. Er war in gewisser Weise froh, dass sie im Augenblick von alledem nichts mitbekam. Der junge Gnom spürte, wie die Gefühle ihn zu überwältigen drohten. Seine Augen füllten sich mit Feuchtigkeit. Ihm wurde schwindelig. Die Umgebung schien sich zu drehen. Seine Beine wurden weich und unter dem triumphierenden Gelächter des Zwergs fiel Pelwick auf die Knie. Unter seinen Händen fühlte er den weichen Waldboden.

In einiger Entfernung unterbrachen die Gnome ihren Rückzug. Die Furcht vor dem Zorn Grimmbarts steckte tief in ihren Herzen. Keiner wagte es, sich gegen den Zwerg zu erheben. Wenn es bedeutete, einen von ihnen zu opfern, damit die anderen überleben konnten, so war es ein annehmbares Übel. Dennoch waren sie gespannt, ob Pelwick es schaffen würde, ihr aller Leben zu bewahren.

»Diesen Augenblick werde ich vollkommen auskosten.«

Grimmbart ging langsam auf Pelwick zu. Peya war nunmehr ein unnötiger Ballast. Achtlos warf er sie von sich. Die Gnomin fiel in einigen Schrittlängen Entfernung auf den weichen Waldboden. Hadumod und Efren wagten sich vor und zogen sie in Sicherheit. Nusa eilte zu ihrer Tochter, bettete deren Kopf in ihren Schoß und streichelte sanft ihr Gesicht.

Grimmbart interessierte sich nicht dafür. Er hatte nur Augen für Pelwick, den einen, der es gewagt hatte, ihm die Stirn zu bieten. Der Zwerg hielt den schweren Hammer in nur einer Hand. Er erwog, den Gnom mit einem Schlag zu richten, überlegte es sich aber anders. Dicht vor seinem Opfer blieb er stehen.

»Nun ist es an der Zeit!« Grimmbarts Stimme war nach wie vor hasserfüllt, nur diesmal schwang so etwas wie Freude mit. »Nein, ich gönne dir keinen schnellen Tod! Du wirst leiden, so wie ich gelitten habe. Ich will, dass du dich wehrst!«

Pelwick hielt den Kopf gesenkt. Er kniete vor seinem Peiniger und wagte nicht aufzublicken. Er ballte die Hände zu Fäusten und versuchte, ruhig zu atmen. Auf keinen Fall wollte er, dass sich Grimmbart an seiner Angst weiden konnte, und blickte schließlich zu ihm hinauf.

Aus der Nähe sah der Zwerg noch schrecklicher aus. Viele kleine Platzwunden wurden größtenteils von dem schwarzen Bart verdeckt. Das eine Auge war geschwollen und die feuchten Haare hingen ihm strähnig ins Gesicht.

»Wie sagt das Westvolk? Hast du noch einen letzten Wunsch?« Grimmbart Atem klang rasselnd. Er kostete seinen Sieg bis ins Letzte aus.

Pelwick wusste zwar nicht, wer dieses Westvolk war, aber er wollte diese Möglichkeit nutzen. »Ich hätte eine Frage!" Pelwick senkte seine Stimme, damit ihn niemand außer Grimmbart verstehen konnte. »Du wirst keinen meines Volkes verschonen, habe ich Recht?«

Der Clanfürst trat einen weiteren Schritt vor und beugte sich weit zu Pelwick hinab. »Nicht einen«, sagte er grinsend.

Die Antwort überraschte den jungen Gnom keineswegs. Er hatte mit nichts anderem gerechnet.

Pelwick blickte zur Seite, wo die Gnome sich hinter Bäumen und Sträuchern versteckt hielten. Er sah in das flehende Gesicht seiner Mutter. Aber er konnte nicht zurück. Er sah, wie Peya langsam wieder zu sich kam. Sie schien die Gefangenschaft gut überstanden zu haben und Pelwick lächelte.

Die Zeit ist gekommen.

***

»Lauft!« Pelwicks Stimme überschlug sich fast.

Mit einem Satz sprang er auf die Beine und schleuderte Grimmbart eine Handvoll Erde ins Gesicht. Der Clanfürst jaulte auf. Der heimtückische Angriff hatte ihn vollkommen überrascht. Mit dem Hammer schlug er wild um sich, während er versuchte, sich mit der freien Hand den Sand aus den Augen zu wischen.

Pelwick unterlief die ungezielten Schläge. Er sah, wie die Gnome in Richtung der Höhle davonliefen, und wandte sich selbst der anderen Seite zu, um Grimmbart nicht zu diesem Versteck zu führen.

»Ich reiße dich in Stücke!«, tobte der Zwerg.

Pelwick war bereits recht weit von Grimmbart entfernt und versteckte sich hinter einem Baum, als der Zwerg wieder sehen konnte.

Grimmbart wirbelte herum, doch egal in welche Richtung er blickte, die Gnome schienen wie vom Erdboden verschluckt zu sein. Grimmbart schrie die Wut in den Nachthimmel hinaus.

Beinahe ohnmächtig vor Zorn hockte er sich nieder. Er brauchte einen Moment, um einen klaren Gedanken zu fassen. Hier draußen war es nicht einfach, diese kleinen Gnome aufzuspüren. Auch wenn er sich an der Oberwelt weitaus besser auskannte. Der Wald bot jedoch unzählige Verstecke. Es war pures Glück gewesen, als ihm die kleine Gnomin über den Weg gelaufen war.

Schwerfällig stieß er den Atem aus. Der Kampf gegen seinen Vetter hatte ihm schwer zugesetzt. Mehr, als er selbst zuzugeben bereit gewesen war. Es fehlte ihm an Kraft, den Gnomen immer wieder hinterher zu hetzen. Sie waren in seiner jetzigen Verfassung einfach zu flink für ihn.

Grimmbart starrte auf den Waldboden. Mit der rechten Hand stützte er sich auf den Hammer. Seitdem er ihn besaß, hatte er sich unbezwingbar gefühlt, und trotzdem sollte er jetzt von einem Haufen Winzlinge in die Knie gezwungen werden?

Schweiß tropfte von seinen langen Haaren herab. Der Zwerg verfolgte ihren Fall zu der Stelle, wo sie die Erde trafen.

Grimmbart zog die Stirn in Falten.

Mit der linken Handfläche wischte er Baumnadeln und Laub beiseite. Er bewegte sich ein Stück voran, wiederholte den Vorgang und sah sich suchend um.

Er hatte eine Fährte gefunden.

Nichts von alledem, was er einst über die Spurensuche gelernt hatte, war in Vergessenheit geraten. Lange Zeit hatte sich seine Fähigkeit verborgen gehalten, doch nun hatte er etwas gefunden, was sie wieder hervorlockte.

Grimmbart schöpfte neue Hoffnung. Er spürte, wie seine Muskeln an Stärke gewannen und richtete sich auf. »Versteck dich ruhig, Gnom! Ich werde dich überall finden!«

Kaum hatte Grimmbart den Satz beendet, lief er los. Seine Bewegungen waren bei weitem nicht mehr so flüssig wie vor wenigen Tagen, aber er blieb dennoch eine bedrohliche Erscheinung. Den Hammer hielt er fest umklammert und sein Blick suchte stetig den Waldboden ab. Die Spuren des Gnoms waren für den erfahrenen Fährtenleser deutlich zu sehen. Grimmbart lief schneller. Das Jagdfieber hielt ihn erneut gepackt. Wenn sich der Gnom irgendwo versteckt hielt, würde er ihn finden.

Plötzlich brach die Fährte ab. Der Clanfürst wollte den Lauf stoppen, doch es war bereits zu spät. Hart schlug der Ast gegen seine Knie. Grimmbart strauchelte, versuchte den Sturz zu verhindern, und scheiterte.

Der Zwerg fiel.

Pelwick hatte hinter einem Baum gelauert und Grimmbart diese Falle gestellt. Er sprang rasch aus seiner Deckung und schlug mit dem Ast auf den am Boden liegenden Zwerg.

Grimmbart war allerdings ein erfahrener Krieger. Zahllose Kämpfe hatten seine Sinne geschärft und viele Gegner, die sich im Vorteil gewähnt hatten, waren eines Besseren belehrt worden.

So auch Pelwick.

Blitzschnell drehte sich der Zwerg und parierte den Schlag des Gnoms mit dem Hammer.

Pelwick war einen kurzen Moment von dem fehlgeschlagenen Angriff überrascht. Einen Moment zu lang!

Der Fußtritt des Zwergs traf ihn im Bauch und holte ihn von den Beinen. Der Schmerz ließ ihn die Tränen in die Augen treiben. Einen Lidschlag später war Grimmbart über ihm. Die große Hand des Zwergs schloss sich um Pelwicks Hals. Er hob ihn hoch und hielt ihn sich dicht vor das Gesicht.

Die beiden ungleichen Feinde sahen sich an. Pelwick fürchtete den Hass, der in den Augen des Zwergs loderte, und Grimmbart weidete sich an der Angst seines Opfers.

»Jetzt werden wir es beenden!« Grimmbarts Gesicht war nunmehr eine Grimasse, geformt aus dem Zorn, der ihn erfüllte.

Pelwick antwortete nicht. Der Griff des Zwergs schnürte ihm ohnehin die Luft ab, aber auch sonst hätte er nichts zu sagen gehabt. Die Zeit der Heldentaten war vorbei.

Ansatzlos schleuderte Grimmbart seinen Gegner davon. Pelwick krachte gegen einen Baum und fiel benommen zu Boden. In seinem Kopf drehte sich alles und eine leise Stimme in seinem Inneren wünschte, es möge schnell beendet sein.

Grimmbart konnte diese Stimme nicht hören.

Noch bevor Pelwick wusste, wie ihm geschah, hatte ihn der Zwerg gepackt und warf ihn wieder von sich. Der junge Gnom flog knapp an einem Stamm vorbei und stürzte in einen Busch. Die feinen Zweige brachen unter seinem Gesicht und hinterließen feine Kratzer in seiner Haut. Pelwick stöhnte vor Schmerzen, doch es ging in dem bösartigen Lachen des Zwergs unter.

Wenige Schritte brachten Grimmbart zum Busch. Wild schleuderte er den Hammer über dem Kopf und schlug unerbittlich zu. Der massige, eiserne Ziegenschädel pflügte eine breite Schneise in das Gestrüpp.

Grimmbart wartete auf den Schmerzensschrei seines Opfers, doch er blieb aus. Verwundert starrte der Zwerg in den Busch. Pelwick war nicht mehr da.

Wieder hieb Grimmbart in den Busch, riss ihn regelrecht auseinander, aber der Gnom war weg.

Wütend stapfte er durch die unzähligen zerstörten Äste.

***

Pelwick lief, so schnell er konnte. Er war gleich nach dem Sturz aus dem Gebüsch gekrochen, als hätte er Grimmbarts Angriff geahnt gehabt. Pelwicks Beine und Arme schmerzten. Dünne rote Bahnen zogen Wege über seine Haut und die Stellen ihres Ursprungs brannten wie Feuer.

Grimmbart würde ihn früher oder später einholen, das war sicher. Im offenen Kampf hatte er nicht den Hauch einer Chance gegen den körperlich überlegenen Krieger. Schon hörte Pelwick das Knacken der Äste hinter sich. Grimmbart hatte die Verfolgung aufgenommen.

Pelwicks Gedanken rasten. Ihm musste dringend etwas einfallen, wollte er nicht unter dem todbringenden Hammer enden. Der Gnom versuchte schneller zu laufen. Immer wieder strauchelte er, stützte sich noch irgendwo mit den Händen ab und vermied es so zu fallen.

Hektisch warf er einen Blick über die Schulter. Noch war sein Verfolger nicht zu sehen, aber Pelwick wusste, dass er da war. Der Gnom lief weiter. Sein Herz pochte wild. Gierig sog er die Luft in die Lunge und spürte dabei ein schmerzhaftes Ziehen in der Magengegend, doch die Angst trieb ihn vorwärts. Wenn ihm nicht bald etwas einfiel, würde ihn Grimmbart kriegen.

Wieder blickte Pelwick über die Schulter. Das Knacken der Zweige wurde lauter.

Grimmbart tauchte auf.

Wie ein böser Schatten stürmte er mit kraftvollen Schritten durch das Unterholz. Und er holte auf.

Pelwick trieb sich weiter, verlangte seinem Körper alles ab. Durch die vielen Kratzer brannte seine Haut. Der Gnom versuchte, den Schmerz zu ignorieren. Weiterlaufen war alles, was noch zählte.

Das Gelände vor ihm wurde lichter. Immer weniger Büsche und Bäume gerieten in sein Sichtfeld. Eine offene Landschaft war nicht das, was ihm jetzt helfen konnte. Ohne die Möglichkeit, sich irgendwo doch noch zu verstecken, war er eine leichte Beute für den schnelleren Zwerg.

Der Boden unter den Füßen des Gnoms veränderte sich. Er wurde wieder fester, steiniger. Pelwick lief noch einige Schritte weiter und blieb abrupt stehen. Keine fünf Fuß entfernt hörte der Boden auf und erstreckte sich in eine tiefe, gähnende Schlucht. Im selben Augenblick frischte der Wind ein wenig auf und zerrte an Pelwicks spärlicher Bekleidung, als wolle er ihn in den Abgrund zerren. Doch dieser Weg war für den jungen Gnom unmöglich zu bewältigen: Die Schlucht war zu tief und auch viel zu breit, um einfach über sie hinüber zu springen. Er musste sich etwas anderes überlegen.

Aber es war zu spät!

Als Pelwick sich umdrehte, sah er Grimmbart aus dem Schatten des Waldes treten. Er lief nicht mehr, sondern war in eine langsamere Gangart übergegangen. Es gab keinen Grund zur Eile. Pelwick konnte nicht entkommen.

Der Blick des Gnoms fiel auf einen jungen Baum in seiner Nähe. Der Stamm war nicht dicker als er selbst, dafür hoch genug, um der Reichweite des Zwergs zu entgehen.

Vorerst!

Instinktiv hastete Pelwick auf den jungen Baum zu, packte die unteren Äste und zog sich zwischen den Blättern und Zweigen in die Höhe. Es schien ihm der einzige Weg zu sein, das Unvermeidliche hinaus zu zögern. Auch wenn er hier oben in der Falle saß. Pelwick hoffte nur, dass Zwerge nicht klettern konnten.

Der junge Gnom kam gut voran. Er hatte den Baum bereits zu Zweidrittel erklommen, als Grimmbart in seine Nähe trat.

»Was soll das werden?« Spott und Hohn erfüllten die Worte des Clanfürsten. »Denkst du, mir so entkommen zu können?«

Pelwick zog sich weiter hoch. Die Äste wurden dünner, einer brach unter seinem Griff und der Gnom sackte ein kleines Stückchen tiefer. Ängstlich klammerte er sich um den Stamm und suchte eine andere Möglichkeit, höher in die Krone zu gelangen.

»Dann hol mich doch, wenn es so einfach ist!« Pelwick wusste nicht, woher er den Mut nahm, selbst im Angesicht des Todes spöttische Worte für seinen Widersacher zu finden. Er hoffte nur, Grimmbart würde dieser Herausforderung nicht folgen können.

Der Clanfürst knurrte. Für einen kurzen Augenblick schien es, als würde er einem Tobsuchtsanfall erliegen, doch auf einmal grinste er überlegen den Baum hinauf.

Pelwick verstand die Regung des Zwergs nicht und kletterte sicherheitshalber noch ein bisschen höher. Der junge Gnom spürte, wie er am ganzen Körper zitterte. Er wusste nicht, wie er dem grausamen Zwerg entgehen sollte, und alles, was ihn jetzt noch blieb, war der bloße Überlebenswille. Insgeheim hoffte er auf eine Rettung im letzten Augenblick, die wahrscheinlich niemals kommen würde. Verstohlen sah er über seine Schulter hinweg in die Tiefe. Unbeweglich stand Grimmbart am Fuße des Stamms. Die Zeit verstrich. Pelwick konnte sich die Reglosigkeit des Zwergs nicht erklären. Verrückte Gedanken schossen durch seinen Kopf und gaben ihm neue Hoffnung. Irgendetwas musste mit Grimmbart geschehen sein.

Vielleicht ist er zu Stein erstarrt oder einfach nur gestorben?

Der junge Gnom hätte bei dieser Vorstellung kichern können, wenn seine Lage nicht so beängstigend gewesen wäre. *Aber worauf wartet er nur?*

Pelwick sah nach oben. Die Spitze des Baums war nicht mehr weit entfernt. Er war in dieser kurzen Zeit ziemlich hoch geklettert und allem Anschein nach konnten Zwerge keine Bäume erklimmen. Er bräuchte nur abwarten, bis Grimmbart müde wurde, und konnte dann fliehen.

Pelwick hatte diesen Gedanken noch nicht einmal beendet, als der Baum, in dem er hockte, erzitterte. Panisch klammerte sich der Gnom an den Stamm. Wieder bebte der junge Baum, begleitet von einem dumpfen Geräusch. Kleinere Zweige und Blätter rieselten hinunter. Pelwick sah hinunter und erschrak. Grimmbart war aus seiner Starre erwacht und schlug mit dem großen Hammer auf den Stamm des Baumes.

Pelwick wusste sofort, was der Zwerg vorhatte: *Er fällt den Baum!*

»Zeit zu sterben!« Grimmbarts tiefe Stimme mischte sich mit den dumpfen Schlägen seines Hammers.

Holz splitterte, als der Ziegenschädel den Stamm traf. Die Erschütterung ließ Pelwick erneut erzittern. Er hatte Mühe, sich zu halten, und fasste nach. Mit beiden Händen umschlang er den Stamm, so gut er konnte, als der nächste Schlag kam. Pelwick rutschte.

Grimmbart schlug wieder zu. Die Rinde barst. Kleinere Stückchen rieselten zu Boden.

Der nächste Schlag.

Verzweifelt versuchte Pelwick, sich in dem Baum zu halten. Er schlang die Beine um den Stamm und hockte verzweifelt auf einer Astgabel.

In den nächsten Schlag mischte sich das dunkle Lachen des Clanführers.

Wieder ein Schlag.

Die Kraft der Treffer nahm nicht ab. Jedes Mal wurde Pelwick unerbittlich durchgeschüttelt. Er krallte sich regelrecht in die Rinde, hoffte, dass ein Wunder geschehen würde. Ängstlich sah er nach unten. Der Stamm hatte enorm gelitten. Es war nur noch eine Frage von wenigen Augenblicken, bis er nachgeben musste.

Grimmbart schlug erneut zu.

Jeden Treffer untermalte er nun mit seinem grässlichen Gelächter.

Noch ein Schlag.

Ein fürchterliches Knacken drang an die Ohren des Gnoms. Der Baum geriet in Schieflage, genau auf die Schlucht zu. Holz splitterte unter dem nächsten Schlag und der Baum kippte. Pelwick war unfähig zu reagieren. Er konnte nur hoffen und abwarten. Er kniff die Augen zusammen, bemerkte den Sturz des Baumes und ein panischer Schrei entfuhr seiner Kehle.

Hart schlug der Stamm auf den steinigen Boden. Der größte Teil ragte weit über die Schlucht, doch der Baum fiel nicht. Pelwick wurde durch den Aufprall durchgeschüttelt. Sein linker Arm rutschte weg. Er spürte, wie er den Halt verlor, griff wild um sich und bekam einen dünnen Zweig zu packen. Er reichte aus, um die Lage des Gnoms erst einmal zu festigen.

»Du hast mehr Glück, als du verdienst«, sagte Grimmbart höhnisch.

Der Baum hing nur noch an einigen faserigen Holzsträngen fest, die ihn am Absturz hinderten. Beinahe gemächlich schritt der Clanfürst neben dem Stamm auf den Rand der Schlucht zu. Pelwick spürte, wie Grimmbart sich an seiner Angst erfreute.

Die Blicke der ungleichen Gegner trafen sich.

»Ihr hättet mir nur geben müssen, wonach ich verlangte.« Grimmbarts Stimme klang fast versöhnlich.

Pelwick hätte dem Clanfürsten am liebsten ins Gesicht geschrien. Ihn trotz des Unrechts, welches er dem Gnomenvolk angetan hatte, angefleht, sein Leben zu verschonen. Doch er schwieg. Er hatte ohnehin von seinem Gegner keine Gnade zu erwarten.

Mit zusammengekniffenen Lippen und Tränen erfüllten Augen sah er ihn an. Er konnte dem Zwerg nicht noch diese Genugtuung zuteil werden lassen.

»Wie dem auch sei. Gehabt Euch wohl«, sagte Grimmbart und holte zum endgültigen Schlag aus.

Pelwick schloss mit seinem Leben ab. Es gab nichts mehr, was ihn jetzt noch aus dieser Lage befreien konnte. Er sah Grimmbart mit hoch erhobenem Hammer am Rande der Schlucht stehen, doch das Bild verschwamm in einem wässrigen Schleier.

In seinen Gedanken sah er auf einmal Peya, wie sie ihm zuzwinkerte und ihren Kopf neigte, um ihn zu küssen. Trotz seiner Not legte sich ein Lächeln über seine Mundwinkel. Seine Mutter erschien ihm, strich über seinen Kopf und auch sein Vater war auf einmal da. Es schien, als würde er etwas rufen, doch Pelwick konnte ihn nicht verstehen.

Ein wütender Schrei ließ seinen Vater verschwinden. Pelwicks Blick war getrübt. Tränen rannen aus seinen Augen.

Gleich ist es vorbei!

Im Reich des Heiligen Quells würde er wieder mit seinem Vater vereint sein.

Der wütende Schrei wiederholte sich.

Pelwick wartete auf den erlösenden Schlag.

Aber er blieb aus.

Weitere Geräusche drängen an Pelwicks Ohren. Er blinzelte, hob den Kopf und sah in Richtung des Clanfürsten. Der junge Gnom konnte nicht glauben, was er sah.

Grimmbart wurde angegriffen. Zahlreiche Äste wurden auf ihn geschlagen. Der Zwerg hatte genug damit zu tun, einige von ihnen abzuwehren, und fand kaum eine Möglichkeit, einen eigenen Hieb zu landen. Steine flogen und trafen den Zwerg an Kopf und Schultern.

Grimmbart brüllte.

Pelwick sah Hadumod, Efren, Peya und die anderen. Die Gnome waren zurückgekommen!

Gemeinsam drangen sie auf Grimmbart ein und der Krieger taumelte. Die Schläge waren zwar nicht kraftvoll geführt, aber allein die Masse zeigte Wirkung. Ein wichtiger Wurf traf den Zwerg an der Schläfe. Grimmbarts Kopf wurde zur Seite geschleudert, wo ihn zwei Asthiebe wieder in die entgegengesetzte Richtung trieben.

Der Zwerg wich zurück. Den Hammer hielt er nur noch schützend vor seinen Kopf. Mit der linken Hand versuchte er, den Schild auf dem Rücken zu ergreifen, aber er schaffte es nicht. Grimmbart brüllte, als wollte er die Angreifer mit bloßer Wut einschüchtern und zurückschlagen.

Ein Hieb traf den Zwerg in der Kniekehle und zwang ihn zu Boden. Blut rann aus vielen Platzwunden, seine wütenden Schreie wurden leiser. Ein Steinwurf traf ihn am Auge. Grimmbart kippte zurück, bekam Übergewicht und stürzte über den Rand der Klippe.

Pelwick sah, wie der einst stolze Zwergenkönig fiel. Für einen kurzen Moment trafen sich ihre Blicke. Grimmbarts Gesicht war nur noch eine blutende Grimasse, doch der Hass in seinen Augen loderte nach wie vor. Den Ziegenschädel hielt er fest umklammert, während sich seine Gestalt allmählich in der Dunkelheit verlor.

Grimmbart war besiegt!

NOCH MEHR ZWERGE

Pelwick lehnte, ein wenig von der Schlucht entfernt, an einem Baumstamm. Nachdem ihn Hadumod und Efren aus der misslichen Lage gerettet hatten, war er froh, wieder festen Boden unter den Füßen zu haben. Peya, Fada und Nusa hockten bei ihm und versorgten seine Wunden. Die anderen Gnome standen im Halbkreis um ihn herum und freuten sich, ihren Gefährten gesund zurück zu haben.

»Ich dachte schon, ich würde dich nicht mehr wiedersehen«, sagte Peya.

Pelwick sah in ihre zauberhaften Augen. Es war ein Anblick, der ihn den kürzlich erlebten Schrecken beinahe vergessen ließ. Wären da nicht die Schmerzen gewesen, die ihn ständig daran erinnerten.

Er lächelte seine Freundin an und streichelte ihr über die Wange. Peya beugte sich vor und gab ihm einen innigen Kuss. Ihre warmen Lippen kamen Pelwick wie eine Erlösung vor; wie der Aufbruch in eine neue Zeit, der die Vergangenheit ungeschehen werden ließ.

Und im Grunde war es das auch.

»Wir sollten allmählich zur Höhle zurück«, störte Hadumod.

Pelwick blickte zu ihm auf. »Ich danke dir, Hadumod«, sagte er. »Ich danke euch allen.«

»Nicht der Rede wert«, antwortete Hadumod. »Ich habe dich falsch eingeschätzt und es tut mir leid. Nachdem, was du für uns getan hast, war es das Mindeste, was wir für dich tun konnten. Poluk hatte zwar Recht, als er meinte, wir seien keine Kämpfer, aber gemeinsam sind wir zu vielem fähig.«

»Ja«, lächelte Pelwick. »Das sind wir.«

Pelwick schickte sich an aufzustehen, doch er war noch zu ermattet, um es aus eigener Kraft zu schaffen. Peya, Fada und Nusa halfen ihm auf die Beine.

»Wir sollten zuerst zum Versteck zurück«, meinte Poluk. »Da können wir entscheiden, wie es weitergeht.«

»Ein guter Vorschlag«, stimmte Pelwick zu.

Gemeinsam setzten sich die Gnome in Bewegung und suchten den richtigen Weg durch den Wald.

»Wir sollten zurück sein, bevor das Licht wiederkehrt«, meinte Nusa. Sie sprach damit jedem Einzelnen aus der Seele, denn niemand verspürte das Bedürfnis nach einer erneuten Welle des Schmerzes. Es würde sicherlich sehr lange dauern, bis sich die Augen der Gnome an die Helligkeit des Tages gewöhnt hatten.

Wenn sie es jemals tun würden.

Auf ihrem Weg sagte niemand ein Wort. Jeder versuchte auf seine Weise, mit den Geschehnissen fertig zu werden. Sie waren zu Mördern geworden. Sie hatten eine Tat begannen, zu der nie zuvor ein Gnom imstande gewesen wäre. Es war kein offener Kampf gewesen, wie damals in Chupa Waia, als die Zwerge ihr aller Leben bedroht hatten. Nein, diesmal hatten sie ihr Opfer hinterrücks attackiert und niedergerungen. Auch wenn es in ihren Augen richtig gewesen war, und sie einen Freund vor dem sicheren Tod bewahrt hatten, saß dieser Stachel doch jedem von ihnen tief im Herzen.

Langsam veränderte sich die Umgebung. Es schien heller zu werden. Obwohl es noch nicht klar zu sehen war, so spürten es die Gnome bereits in ihren empfindlichen Augen.

»Es ist nicht mehr weit!« Nusa hatte die Veränderung ebenfalls bemerkt. Unwillkürlich ging sie schneller, zog Pelwick regelrecht mit sich. »Nur noch ein kleines Stück«, sagte sie und blieb abrupt stehen.

Die anderen Gnome wären beinahe gegen sie gelaufen und bevor sie sich beschweren konnten, sahen sie den Grund dafür: Sie hatten die Höhle gefunden, aber sie waren nicht allein. Vielzählige Gestalten hielten sich dort im Halbdunkel auf und untersuchten die Höhle.

»Wer ist das? Was sollen wir machen?«, fragte Nusa. Sie hielt sich mit den anderen hinter Büschen versteckt und beobachtete die Geschehnisse.

»Es sind Zwerge!« Pelwicks Erkenntnis traf die übrigen wie ein Schlag. *Ist der Tod Grimmbarts noch nicht das Ende?*

Kein Gnom besaß die Kraft, noch einmal zu fliehen. Ihre Körper waren ausgemergelt, verlangten nach Nahrung und Wasser. Es war unvorstellbar, diese Tortur ein weiteres Mal durchzustehen.

»Ich zähle zweiunddreißig«, sagte ein Gnom, »Fünfunddreißig«, ein anderer.

Es waren zu viele.

»Was sollen wir machen?«, wiederholte Nusa.

»Ich weiß es nicht«, antwortete ihre Tochter. »Pelwick, was schlägst ...«

Doch Pelwick war nicht mehr an seinem Platz. Er war aufgestanden und ging den Zwergen entgegen. Sein Gang war schwerfällig, aber von einem gewissen Stolz.

Peyas Herz machte einen Satz. Auch Fada war der Aufbruch ihres Sohnes nicht entgangen.

»Nicht, Junge! Bleib hier!« Sie rief lauter, als sie beabsichtigt hatte, und ihr Ruf blieb nicht ungehört.

Einige Zwerge drehten sich um und sahen, wie Pelwick auf sie zuging. Sie verständigten sich untereinander und vier traten ihm entgegen, angeführt von einem weißhaarigen Zwerg. Einige Schritt vor Pelwick hielten sie an.

Der junge Gnom war ebenfalls stehen geblieben.

Der weißhaarige Zwerg ging noch einen weiteren Schritt vor und musterte den jungen Gnom. Pelwick konnte sich kaum noch auf den Beinen halten. Sein Körper wies blaue Flecken und viele kleinere Kratzer auf. Man vermochte sich kaum vorzustellen, was dieser Gnom in der letzten Zeit durchgemacht haben musste.

Einige Augenblicke standen sie sich reglos gegenüber, bis der weißhaarige Zwerg das Haupt senkte und vor Pelwick auf die Knie ging.

»Verzeiht dem Volk der Tendar«, sagte er mit zitternder Stimme.

***

Die Zwerge kümmerten sich um die erschöpften Gnome, gaben ihnen zu essen, zu trinken und versorgten ihre Wunden.

Noch bevor die Sonne am Horizont zu sehen war, wurden die Gnome zurück in die Mine geführt. Zunächst waren die Gnome davon nicht angetan, aber die Zwerge schienen ihnen vertrauenswürdig. Innerhalb der Mine bekamen sie einen Raum, in welchem sie allein sein konnten. Sie erholten sich in einem langen Schlaf.

Später saßen sie gemeinsam im Thronsaal des weißhaarigen Zwergs, der sich ihnen als Dharain Eisenbrecher vorgestellt hatte. Sie berichteten ihm über das Geschehene. Dharain verurteilte die Gräueltaten der Tiefenfelszwerge und schenkte den Gnomen Bewunderung für Grimmbarts Untergang. Pelwick hingegen war überrascht, wie viel der Clanfürst der Eisenbrecher über Grimmbarts Jagd auf die Gnome wusste.

»Das lässt sich leicht erklären«, erzählte Dharain. »Wir fanden in den Tiefen eurer Höhlen einen schwer verwundeten Zwerg. Sein Name ist Hurik. Er erzählte uns alles und welchen Weg ihr gegangen wart. Ich wusste von Mûn Ravar und wo die Mine der ersten Tendar zur Oberwelt führt. Dort haben wir mit unserer Suche begonnen.«

»Habt ihr noch andere Gnome in Chupa Waia gefunden?«, fragte Pelwick. »In unseren Höhlen, wie ihr sie nennt, müsste noch eine weitere Gruppe Gnome unterwegs sein. Sie wollten nicht fliehen und sich dort unten ein neues Heim schaffen.«

»Nein.« Dharain schüttelte sein weißhaariges Haupt. »Wir fanden keine andere Gnomengruppe dort. Nur jenen hier!« Der Clanfürst wies hinüber zum Eingang des Thronsaals.

Gebannt folgten die Gnome seiner Bewegung und starrten auf das geöffnete Portal. Zuerst sahen sie nur einen Schatten, der langsam größer wurde, und schließlich betrat eine Gestalt, begleitet von einem Zwerg, den Thronsaal. Es war ein Gnom, der einen Arm in einer Schlinge trug.

»Zulias!« Für Fada gab es kein Halten mehr. Sie sprang auf und rannte ihrem totgeglaubten Mann entgegen. Unter Tränen fiel sie ihm um den Hals. Auch Pelwick lief zu ihm und umarmte seinen Vater, während er seinen Gefühlen freien Lauf ließ.

Die anderen Gnome gaben der Familie einen kleinen Moment, bevor sie aufstanden und Zulias zu seiner Rückkehr beglückwünschten.

Dharain gab ihnen die Zeit, welche sie benötigten, um ihre Gefühle zu ordnen, bevor er sich von seinem Thron erhob und zu den Gnomen hinüberging.

»Wenn ihr wünscht, könnt ihr nun in eure alte Heimat zurückkehren«, schlug der Clanfürst vor. »Es ist alles vorbereitet. Im Augenblick wird der Zugang zu Mûn Ravar versiegelt und auch den Weg von hier zu eurem Reich werden wir verschließen. Vielleicht könnt ihr auf diese Weise wie früher weiterleben.«

Die Gnome wandten sich dem Clanfürst zu und tauschten einige Blicke untereinander. Schließlich war es Pelwick, der das Wort ergriff.

»Wir danken dir für dieses Angebot.« In seiner Stimme schwang ein Hauch von Traurigkeit mit. »Wir haben bereits darüber gesprochen. Chupa Waia war ein Ort der Freude, doch uns wurde Leid gebracht. Unsere Heimat ist nunmehr nichts anderes als ein Grab. Nichts führt uns dorthin zurück. Wir wollen an der Oberwelt leben.«

Der Clanfürst der Eisenbrecher runzelte die Stirn. Er hatte nicht damit gerechnet, konnte die Beweggründe der Gnome aber wohl im Grunde nachvollziehen.

»Die Oberwelt ist aber tückisch und voller Gefahren«, warnte Dharain. »Vor allem für so unerfahrene Gesellen, wie ihr es seid.«

»Wir werden einen Weg finden. Hier hält uns nichts mehr«, sagte Pelwick.

Dharain sah dem jungen Gnom prüfend in die Augen. Pelwick hielt dem Blick stand. Die Ereignisse der jüngsten Vergangenheit hatten ihn verändert. Er war nicht mehr der verspielte Junge, der davon träumte, einmal Großes zu leisten. Denn genau das hatte er bereits getan.

»Ja, davon bin ich überzeugt!« Dharain schenkte den Gnomen ein zuversichtliches Lächeln.

***

Drei Tage blieben die Gnome in der Mine und genossen die Gastfreundschaft der Eisenbrecher. Doch am Abend des dritten Tages hieß es Abschiednehmen.

Dharain bestand darauf, die Gnome persönlich zu verabschieden. Gemeinsam standen sie vor dem zerstörten Eingangstor und sahen in die Dunkelheit hinaus. Die Gnome hatten Bündel bekommen, gefüllt mit Brot und Trockenfleisch. Jeder von ihnen trug obendrein einen Wasserschlauch und eine Axt. Dharain hatte darauf bestanden, den Gnomen die Äxte mit auf den Weg zu geben. War es zur Verteidigung vor unbekannten Gefahren oder einfach nur, um einen Ast von einem Baum zu trennen.

»Es ist eine schöne Nacht«, sagte Pelwick.

Er hatte, seitdem sie zurück in der Mine waren, jede Nacht hinaus gesehen, aber diese war wahrhaftig wundervoll. Ein sanfter, kühler Windhauch zog über das Land und am Himmel hingen unzählige Lichter.

»Ihr solltet euch eilen«, sagte Dharain. »Bald wird es Winter.«

»Was ist ein Winter?«, fragte Peya.

Der Clanfürst lächelte sie an. »Er ist schön«, sagte er. »Aber auch schrecklich. Er überzieht das Land mit seinem weißen Tuch, welches kalt wie der Tod ist. Es wäre ratsam, ihm gegenüber gewappnet zu sein. Wärmt euch, zündet ein Feuer an und wagt es niemals, längere Strecken allein über sein weißes Tuch zu wandern. Wisst ihr schon, in welche Richtung ihr gehen werdet?«

Die Gnome hoben unschlüssig die Schultern.

»Geht nach Norden«, schlug Dharain vor. »Versucht immer in die Richtung zu gehen, in welcher sich die zwei Monde des Nachts treffen. Dort, am Rande des Reichs des Westvolks, gibt es einen kleinen Gebirgskessel. Dort ist gutes Land. Ihr werdet eine verlassene Tendarmine finden. Sie ist nicht besonders groß, aber ich denke, sie wird euch von Nutzen sein.«

»Ich danke dir, Dharain.« Pelwick reichte dem Clanfürst die Hand, doch dieser umarmte den viel kleineren Gnom.

»Passt auf euch auf«, sagte Dharain.

Nachdem sich auch die anderen Gnome verabschiedet hatten und die Mine in Richtung Norden verließen, blickte der Clanfürst ihnen noch so lange nach, bis sie von der Dunkelheit verschluckt wurden.

Es war das letzte Mal, dass Dharain Eisenbrecher einen Gnom zu Gesicht bekam.

EPILOG

Mûn Dhanbar wurde wieder instandgesetzt und der Clan Eisenbrecher begann seine Arbeit unter Tage, wie sie es einst getan hatten, bevor die Tiefenfelszwerge ihnen die Heimat geraubt hatten. Alles, was an Grimmbarts Herrschaft erinnerte, wurde zerstört und der Zugang zu Chupa Waia verschlossen. Dieser Ort diente fortan als Grabkammer der von Grimmbart getöteten Gnome und ihre letzte Ruhe sollte nie wieder gestört werden. Mûn Ravar wurde durch neue angelegte Seitengänge Mûn Dhanbar hinzugefügt und von den Unholden gesäubert. Anschließend begannen die Zwerge, die Mine der ersten Tendar zu untersuchen und ihre Schriften zu entschlüsseln.

Dharain ließ nichts unversucht, die sterblichen Überreste Grimmbarts zu bergen, aber es gelang ihm nicht. Der Leichnam blieb unauffindbar.

Jahre später gab es erste Gerüchte über Sichtungen eines einsamen Zwerges, der sich in den südlichen Eislanden versteckt halten sollte. Doch diese wurden nie bestätigt.

Aber auch in den Norden richtete Dharain seine Aufmerksamkeit. Eines Tages ereilte ihn die Nachricht, dass ein kleinwüchsiges, sonderbares Volk eine Siedlung namens 'Gutland' in der Nähe des Westvolks gegründet hätte. Diese Nachricht erfreute den alten Zwerg sehr, doch eine Reise dorthin blieb ihm bis zu seinem Tode nicht mehr vergönnt.

DER AUTOR

Manuel Timm wurde 1971 in einer kleinen Stadt nördlich von Hamburg geboren. Während seiner Kindheit verfiel er dem Lesen einer bekannten Heftromanreihe, die ihn auch zum Schreiben animierte. Innerhalb dieser Heftreihe konnte er einige Kurzgeschichten veröffentlichen. Später entdeckte er seine Leidenschaft für Fantasygeschichten und schrieb erste Romane dieser Thematik.

Auf seiner Website – www.manueltimm.de – finden Sie die komplette Namensliste aller im Roman erscheinenden Figuren und Orte sowie die Hintergrundgeschichte über die Entstehung der Welt Asthalion.

Weitere Veröffentlichungen:

Handbuch für Drachentöter (Roman)
Humorvolle Fantasy

Kurze Drachentöter (Kurzgeschichten)
01. **Drachenjagd**
02. **Winterdrachenfest**
03. **Der Oenkerschreck**

EMPFEHLUNGEN

Handbuch für Drachentöter
Humorvolle Fantasy von Manuel Timm

Diebesgeflüster – das Buch
Fantasy-Reihe

Ruf der Drachen
Mystery von Yalda Lewin

Die dunkle Seite des Weiß
Ein Mystery-Krimi von Yalda Lewin

Im Bann der Drudel
(Auf der Suche nach dem magischen Buch)
Fantasy von Kim Kestner

In den Wänden
Phantastik von Miriam Rademacher

Der Fluch der Liondales
Mystery-Romance von Catarina Ehrlich

Drachen, Gold und Gaunerehre
Fantasy von Susanne Haberland

Iloy - Denn er ist anders
Science Fiction von Rea Sturm

Aeternica Verlag, Inh. M. Till-Lambrecht, Steinbrunnen 2, 79244 Münstertal, www.aeternica.de